btb

Aus Freude am Lesen

Zunächst sieht alles nach einem Unfall aus: In Barentsburg, der russischen Enklave auf Spitzbergen, wird eine männliche Leiche gefunden. Der 53-jährige Ivan Makanin hatte einen Arbeitsunfall, war in einen großen Betonmischer gefallen. Reine Routine. Um die Formalitäten abzuwickeln, wird Kommissar Knut Fjeld vom Festland auf die abgelegene Insel geschickt. Doch der wird schnell stutzig, denn die Hände des Toten wurden gebrochen. Beim Versuch, aus der Trommel zu steigen? Und das ist nicht die einzige Merkwürdigkeit, auf die der wachsam gewordene Kripobeamte stößt. Unversehens sieht er sich einer eingeschworenen Gemeinschaft gegenüber, die vor allem eines grandios beherrscht: das Schweigen …

Monica Kristensen ist eine der bekanntesten norwegischen Polarforscherinnen, sie leitete zahlreiche Expeditionen in arktische und antarktische Gebiete. Von 1998–2003 war sie Direktorin der Kings Bay GmbH, der Kohlebergwerkgesellschaft in Ny-Ålesund auf Spitzbergen. Darüber hinaus promovierte sie an der Universität von Cambridge in Glaziologie. Für ihre Forschungsarbeiten erhielt sie mehrere bedeutende wissenschaftliche Auszeichnungen, darunter die Goldmedaille der Royal Geographical Society. »In manchen Nächten« ist ihr zweiter Roman, der auf Deutsch erscheint.

Monica Kristensen bei btb
Suche (74434)

MONICA KRISTENSEN

IN MANCHEN NÄCHTEN

Kriminalroman

Aus dem Norwegischen von Ulrich Sonnenberg

btb

Die norwegische Originalausgabe erschien 2011 unter dem Titel »Den Døde i Barentsburg« bei Forlaget Press, Oslo.

Zitat S. 5: T. S. Eliot, Gesammelte Gedichte, Englisch und Deutsch, Herausgegeben und mit einem Nachwort versehen von Eva Hesse, Suhrkamp Verlag, Frankfurt am Main, 1988, Seite 112.

FSC
www.fsc.org
MIX
Papier aus verantwortungsvollen Quellen
FSC® C083411

Verlagsgruppe Random House FSC® N001967
Das für dieses Buch verwendete FSC®-zertifizierte Papier *Lux Cream* liefert Stora Enso, Finnland.

Deutsche Erstveröffentlichung November 2013
by btb Verlag in der Verlagsgruppe Random House GmbH, München

Published by agreement with Leonhardt & Høier Literary Agency A/S, Copenhagen.
Umschlaggestaltung: semper smile München
Umschlagmotiv: Corbis; Alexandra Dohse, www.grafikkiosk.de; shutterstock/Mikael Damkier
Satz: Uhl + Massopust, Aalen
Druck und Einband: CPI – Clausen & Bosse, Leck
RK · Herstellung: sc
Printed in Germany
ISBN 978-3-442-74633-0

www.btb-verlag.de
www.facebook.com/btbverlag
Besuchen Sie auch unseren LiteraturBlog www.transatlantik.de

My friend, blood shaking my heart
The awful daring of a moment's surrender
Which an age of prudence can never retract

T. S. Eliot, »The Waste Land«

Mein Freund, Blut schießt mir ins Herz ein
Das nicht geheure Wagnis im Moment der Hingabe
Den ein Lebtag des An-sich-Haltens nie zurücknimmt

T. S. Eliot, »Das wüste Land«

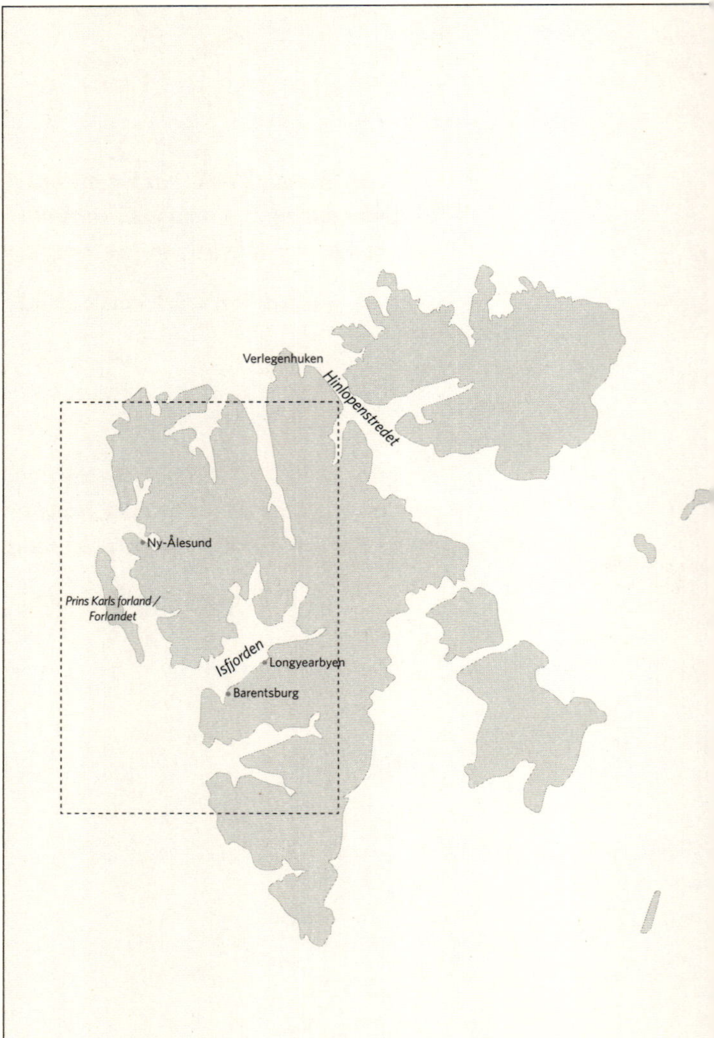

Verlegenhuken
Hinlopenstredet
Ny-Ålesund
Prins Karls forland /
Forlandet
Isfjorden
Longyearbyen
Barentsburg

Krossfjorden
Kongsfjorden
Kvadehuken
Ny-Ålesund
Brøggerhalvøya
Pyramiden
ins Karls forland /
Forlandet
Daudmannsodden
Isfjorden
Adventfjorden
Longyearbyen
Grumant
Grønfjorden
Barentsburg
Svea
Van Mijenfjorden

KAPITEL 1

Der Dritte

Allen war es aufgefallen. In manchen Nächten hatte Licht hinter den Fenstern des alten Hauses gebrannt. Im Winter kam es vor, dass das Eis auf den Fensterscheiben schmolz. Jemand feuerte im Haus den Kachelofen an. Alle wussten es, aber nie wurde jemand gesehen.

Das Haus war in traditioneller russischer Art aus Lärchenholz gebaut. Man sah, dass die Handwerker sich bei den Türfassungen, der kleinen Veranda und den Fensterrahmen Mühe gegeben hatten. Vielleicht war die sorgfältig gearbeitete Vertiefung, die unter dem Dach verlief, einmal lackiert gewesen, doch inzwischen wirkte alles nur noch grau und verfallen. Die Lage verstärkte den trostlosen Eindruck: Das Haus stand abseits an einer unbebauten Stelle des Abhangs, zwischen der Siedlung und den hässlichen Lagerhäusern unten am Kai.

Niemand wohnte dort, das war offensichtlich. Die Haustür stand häufig offen und schwang in ihren schiefen Angeln im Wind. Eine Reparatur des Dachs wäre nötig gewesen. Die nach alter Sitte zugeschnittenen Dachpfannen aus Holz waren morsch, vom Wetter zerfressen. So lange jemand sich entsinnen konnte, hatte das Haus so dagestanden und war langsam verfallen.

Aber irgendjemand musste sich in dem alten Schuppen wohlfühlen. Irgendjemand reparierte das Haus heimlich. Es war nicht zu übersehen, dass jemand die lockere Türangel festgeschraubt hatte. Ein zerbrochenes Fenster wurde mit einem Stück Pappe abgedichtet. Und als vor ein paar Jahren im

Winter der Schornstein aus Ziegelsteinen einstürzte, hatte irgendjemand ihn wieder aufgebaut.

Das Haus wurde selten betreten. Es gab keine Veranlassung dazu, welchen Grund hätte es auch geben sollen? Und wenn jemand hineinging, dann höchstwahrscheinlich ein Tourist, der es eigentlich besser wissen sollte, als an Orten herumzuschnüffeln, an denen solche Leute nichts verloren haben. Ein zufälliger Besucher hätte allerdings auch bemerken können, dass die Einrichtung des Hauses in Stand gesetzt und gut erhalten war. Der ungebetene Gast hätte sich wahrscheinlich über den sauberen Flur und den gefegten Boden gewundert. In der Küche gab es weder Staub noch Dreck, und das Wohnzimmer wirkte so merkwürdig … bewohnt. Als sei jemand gerade noch im Zimmer gewesen und hatte vergessen, die Teetasse mit in die Küche zu nehmen – eine alte, gesprungene Tasse mit abgenutztem Dekor, aber hergestellt aus dünnem, feinem französischen Porzellan. Was hatte eine solch hübsche Teetasse hier zu suchen, in einer kleinen russischen Bergarbeitersiedlung in der Nähe des Nordpols?

Noch stand die Tasse unberührt im Zimmer. Noch hatte kein neugieriger Tourist sie als unverdientes Souvenir mitgenommen.

Selten stieg eine dünne Rauchsäule aus dem Schornstein. Meist im Winter und häufig mitten in der Nacht. Und obwohl man nie jemanden sah, gab es viele unter den knapp achthundert Einwohnern von Barentsburg, die wussten, wer sich im Haus an dem runden Kohleofen wärmte, süßen Kuchen aß und dazu echten russischen Tee mit Himbeermarmelade trank und vorsichtig mit winzigen Gläsern voller Wodka der feinsten Marke anstieß.

»Ah, Ljuda, endlich … War es schwierig herzukommen?«

Die Frau war nicht jung. Nach westlichen Maßstäben hätte man sie wohl als alt bezeichnet. Doch die Stimme des Mannes war herzlich, ein zärtlicher Blick begleitete sie, als sie sich vorsichtig in den zerschlissenen Sessel niederließ und sich dabei mit beiden Händen auf die Armlehnen stützte. »Hast du wieder Schmerzen?«

Sie schüttelte den Kopf und lächelte ihn an. »Es ist dieser Winter. Ich habe solche Angst zu stürzen. Du weißt, ich bin groß und schwer. Stell dir vor, ich würde die Treppe von der Stadt bis zum Kai hinunterfallen. Stufe um Stufe, wie eine breite Kommode.« Er lächelte zurück, ein Goldzahn blitzte auf.

Sie kümmerte sich um den Samowar, er besorgte frisches Wasser. Den Tee, die Kekse und die Marmelade brachte sie mit, eingepackt in ein weißes Küchentuch, das sie in eine fleckige, schmutzige Schultertasche gelegt hatte. Den Wodka steuerte er bei, diesmal eine halbe Flasche original Stolichnaya, geschmuggelt vom Festland und aufgespart für solche Gelegenheiten.

Als sie aufstehen wollte, sprang er auf. »Bleib doch sitzen, ich hole die Gläser.« Er war flink und unerwartet beweglich, trotz des schweren Körpers und des dicken Bauchs, der sich unter dem Hemd und der Strickjacke wölbte. Erst holte er kleine Teller und Gläser aus einem Eckschrank, dann stellte er vorsichtig die Teetassen auf den Tisch – die alte französische Tasse stellte er vor ihren Platz, die henkellose Tasse aus dickem weißen Porzellan vor seinen.

Sie brauchten nicht viele Worte, seit etlichen Jahren schon trafen sie sich hier ein paar Mal im Monat. Häufiger wagten sie es nicht. Sie waren sich im Klaren, dass viele von ihren eher bedauernswerten Begegnungen wussten und sie gutmütig akzeptierten. Und ihnen war auch klar, dass ihr heimlicher Treffpunkt nicht mehr sicher wäre, wenn sie diese stumme Loyalität ausnutzen und sich nicht angemessen benehmen würden.

»Na, Vanja, wie steht es um die Zeche?« Ihr Ton war feierlich, als würden sich bedeutende Persönlichkeiten über Dinge unterhalten, die sie ändern könnten, sollte ihnen ihre Entwicklung nicht gefallen. Ein leises Lächeln zeigte sich auf seinem Gesicht, sie lag nicht ganz falsch.

»Es sind schwierige Zeiten, das will ich nicht leugnen. Aber nicht so schlimm wie früher. Erinnerst du dich an den Herbst 1996? Was für eine Tragödie, dieses furchtbare Flugzeugunglück … Das ganze Jahr dachte ich, dass das Bergwerk in Barentsburg geschlossen wird.«

»Und der 23. September im vergangenen Jahr?« Sie sprach das Datum leise aus, weil sie wusste, dass er nicht gern darüber redete.

»Ja.«

»Dreiundzwanzig Tote und sieben Männer waren in den Stollen eingeschlossen. Es muss doch mal ein Ende haben mit dieser miserablen Führung. Haben sie uns auf dem Festland vergessen? Die Versorgung reicht nicht aus … Wovon sollen wir im Winter leben? Von Almosen aus Longyearbyen?«

Er antwortete nicht, sondern beugte sich mit zwischen den Knien gefalteten Händen vor.

»Du bist ein Held, Ivan Sergejewitsch. Sie sehen zu dir auf. Nach allem, was du für sie bei dem Grubenunglück getan hast … unter Lebensgefahr. Die ganzen Kumpel, die du gerettet hast, viele von ihnen auf eigene Faust. Wärst du nicht gewesen … Kein Wunder, dass sie dir vertrauen und niemandem sonst.«

»Solches Vertrauen ist gefährlich, Ljuda! Der Direktor ist ein schwieriger Mann … Wir dürfen ihn nicht zu sehr unter Druck setzen. Viele in der Gruppe sind ungeduldig, aber … das System lässt sich nicht ohne weiteres verändern. Wir müssen Geduld haben, an unseren Prinzipien festhalten. Wir dürfen nicht vergessen und uns nicht von Gier und Egoismus zerstören lassen. Wir müssen zusammenstehen, Schulter an Schulter.«

»Du bist doch vorsichtig, Vanja?« Sie sagte es so leise, dass er es gerade noch verstehen konnte.

»Vorsichtig? Ein echter Don Kosak wie ich?« Er drehte ihr den Kopf zu und lächelte. »Nein, Mütterchen. Ich will nicht vorsichtig sein. Ich muss für die Forderungen der Arbeiter kämpfen, das ist meine Pflicht als Gewerkschaftsvorsitzender. In diesem Winter werden wir hier in Barentsburg nicht hungern und frieren. Ich habe mit dem Direktor …«

Plötzlich erstarrte er und streckte seine Hände in ihre Richtung. »Pst, hast du das gehört?«

»Nein … Ist draußen jemand?« Sie flüsterte und sah ängstlich aus.

»Ganz ruhig jetzt. Ich werde nachsehen.« Er schlich durchs Wohnzimmer in die dunkle, kalte Küche. Blickte durchs Fenster auf die langen Treppen, die hinunter zum Kai führten. Nichts zu sehen. Er hielt den Atem an. Kein Laut. Dann ging er durch den engen Flur und öffnete vorsichtig die Haustür. Um das gesamte Haus zog sich eine schmale Veranda. Er hielt sich im Schatten, dicht an der Wand. Ging einmal um das ganze Haus. Kein Mensch, nirgendwo.

»Offenbar sind wir ein wenig schreckhaft. Schlechtes Gewissen?« Er bemühte sich um einen spöttischen Tonfall, doch es gab tatsächlich einiges, was er ihr nicht erzählte. »Vielleicht sollten wir uns einen anderen Ort für unsere Verabredungen suchen?«

Ihre Augen wurden dunkel vor Enttäuschung. »Oh nein, Vanja … es ist so gemütlich hier … genau wie …«

»Genau wie das Zuhause, das wir in Lugansk hätten haben können?« Mit schweren Schritten ging er durchs Zimmer und setzte sich wieder in den zerschlissenen Sessel. »Ich habe dir … ein ganzes Leben genommen.«

Sie berührten das unzulässige Thema. Ihr Ton wurde streng. »Das ist aus Güte passiert, ich will nichts anderes hören. Du hast sie aus einem elenden Dasein mit Armut, Beleidigungen und vielleicht Lebensgefahr gerettet … Es konnte doch niemand sicher sein, dass sie sich nicht eines Tages an alles erinnern würde. An alles, was du für sie getan hast …«

Er schüttelte den Kopf, beugte sich über den Tisch und rührte süße Himbeermarmelade in den Tee. Zwischen ihnen stand das Wissen um die andere Wirklichkeit, die Wirklichkeit außerhalb dieses verfallenen Holzhauses.

Die heimlichen Verabredungen folgten mit ihren kleinen Ritualen einem eingespielten Muster. Sie aßen Kuchen, tranken Tee und prosteten sich mit Wodka zu. Dann folgte die erwartete Überraschung.

Er sagte jedes Mal dasselbe. »Denkst du etwa, es gibt nichts mehr davon? Oder dass ich es vergessen hätte?«

Aus seiner Jackentasche zog er eine kleine rote Flasche Streleskaya, den bittersüßen starken Wodka, der nach einem geheimen Rezept aus Samara aus Weizen destilliert wurde. Er verabscheute den Geschmack, trank ihn jedoch wegen ihr. Sie hatte solche Freude an diesem heimlichen Überfluss.

Jedes Mal tat sie gleichermaßen verblüfft, spielte die Überraschte, lachte. »Nein, wie bist du … hast du noch immer etwas davon? Wo versteckst du das alles? Die Frauen der Theatergruppe würden für ein paar Tropfen Morde begehen. Außerdem ist er gesund, ich weiß, dass er gegen Erkältung hilft … es ist der Honig … Sieh mich an, habe ich im Herbst vielleicht gehustet?«

Sie waren wieder auf sicherem Terrain. Es ging ihnen gut, besser als wenn sie ein Ehepaar gewesen wären und ständig den grauen Alltag hätten teilen müssen. Sie waren Verschwörer, Genossen. Und Geliebte. Sie flirtete kokett und fragte ihn, ob er erraten könne, was man ihr aus Longyearbyen geschickt hatte. Er würde es bald zu sehen bekommen. Und so näherten sie sich dem letzten Punkt ihres Programms.

Sie ging zu dem Sofa unter dem großen Wohnzimmerfenster, von dem man auf das Kai blicken konnte, setzte sich und klopfte mit der Hand auf die gute Wolldecke, die er vor einigen Monaten mitgebracht hatte. Er folgte ihr und verdeckte für ein paar Sekunden die Öffnung des Kohlenofens und den roten Schein der glühenden Kohlen. Einen Moment wurde es dunkel im Zimmer.

Er stieß mit dem Fuß an den Tisch, die Gläser und Flaschen klirrten. Daher hörte er das leise Geräusch hinter der geschlossenen Tür zum kalten Nebenzimmer nicht. Sie betraten es nie, denn es roch dort so säuerlich nach Schimmel und fauligem Holz.

Es war vorbei. Sie mussten zurück in ihre heruntergekommenen und kalten Wohnungen im Arbeiterblock. Er erhob sich vom Sofa, zog sich an. Ging zu dem Tisch zwischen den Sesseln. Stellte die Teetassen und Gläser vorsichtig in den Eckschrank. Entfernte die Spuren ihrer nächtlichen Mahlzeit.

Vom Sofa aus folgte sie ihm mit den Augen, einen nackten Arm unter dem Kopf, das Haar in langen Locken über dem Kissen. Er sah sie an und fand, dass sie auf dem schmalen, ausgefransten Diwan – in dem schwachen Schein des Kohleofens, in diesem sonst so armseligen Raum – beinahe hübsch aussah.

KAPITEL 2

Ein unerwartetes Ansuchen

An einem dieser späten Oktobertage, an denen es weder hell noch dunkel ist, kam frühmorgens ein Anruf aus Barentsburg. Emailblau wölbte sich der Himmel über Longyearbyen und seinen knapp zweitausend Einwohnern, von denen sich die meisten in den unterschiedlichsten Stadien des Erwachens befanden. Die Luft stand still, ohne den Hauch eines Windes. Sämtliche Geräusche waren über das schneebedeckte Tal zu hören. Am Krankenhaus wurde mit einem Knall ein Fenster geschlossen, unten am Kai rasselten die Ketten, ein Trecker tuckerte im Leerlauf. Aus Nybyen kam ein Auto, aus dem Inselinneren am Gletscher. Einige Minuten später waren die Scheinwerfer in den Straßen des Zentrums zu sehen. Der Schnee war in diesem Jahr früh gekommen. Die geräumten Schneeberge lagen bereits meterhoch um die Ansammlung von Läden und Geschäftsgebäuden, aber noch gab es keine Scooterspuren auf der stürmischen Tundra. Die Alten nannten diese Zeit des Jahres »den ersten Winter« und behaupteten, das Polarland hätte vier oder fünf Formen des Winters, allesamt unterschiedlich.

Die Telefonistin im Büro der Regierungsbevollmächtigten von Spitzbergen erschien an diesem Oktobermorgen früher als gewöhnlich zur Arbeit. Sie hastete fröstelnd und noch schläfrig von ihrem Zimmer im alten Telegraphenamt ins Büro. Ein großer Haufen Post hatte sich angesammelt und musste abgelegt werden, bald ergossen sich die Papiere über den Boden. Sie wollte eine Stunde aufräumen, bevor der morgendliche Ansturm mit Telefonaten und Besuchern einsetzte.

Noch ehe sie die doppelte Außentür aus verstärktem Glas aufgeschlossen hatte, hörte sie das Telefon. Das Läuten setzte sich fort, als sie an der Garderobe ihre Stiefel auszog, in normale Schuhe schlüpfte und ihren Parka aufhängte. Dann wurde es still. Nur wenige Sekunden später begann es erneut. Merkwürdig. Warum nahm der wachhabende Beamte das Gespräch nicht an? Alle, die vor acht anriefen, wurden nach ein paar Klingelzeichen automatisch von der Telefonzentrale zum Telefon des Wachhabenden weitergeleitet.

Der Empfangsbereich im neuen Gebäude der Regierungsbevollmächtigten war ein ansehnlicher Raum: sehr hoch, Parkettfußboden, keine weiteren Möbel als ein Sofa mit einem dazugehörigen niedrigen Tisch gegenüber der Rezeption. An den Panoramascheiben in Richtung Skjæringa und Kohleverladekai, durch die man eine prächtige Aussicht auf den Isfjord hatte, stand ein starkes Fernrohr. Es war für ungeduldige Besucher gedacht, diente jedoch noch einem anderen Zweck. Der Umweltbeauftragte konnte damit die planlosen Wanderungen und das unvorhersehbare Verhalten umherstreifender Eisbären auf dem Eismeer verfolgen. Dieser Mann entschied, ob die Tiere nur verjagt wurden oder ob sie sich so beunruhigend verhielten, dass sie getötet werden mussten. Vor dem Korridor zu den Büros der Beamten richtete sich solch eine ehemalige Bedrohung im Schatten auf, eine ausgestopfte Eisbärin. Sie sollte alle Besucher daran erinnern, dass Eisbären keine Touristenattraktion, sondern gefährliche Raubtiere waren.

Erneut klingelte das Telefon. Die Telefonistin lief hinter den Empfangsschalter. Eine Frau war am Apparat. Sie sprach einigermaßen verständliches Englisch, allerdings mit einem schweren russischen Akzent. So unerwartet kam dieser Anruf, dass die Telefonistin zunächst gar nichts verstand. Nach und nach wurde klar, dass die Frau mit der Regierungsbevollmächtigten verbunden werden wollte. Sie rief an, um eine Verbindung für den Konsul in Barentsburg herzustellen. Geduldig versuchte ihr die Telefonistin zu erklären, dass es in Longyearbyen früher Morgen war. Noch war niemand in den Büros. Irgendwie hörte es sich idiotisch an, als gehörten sie zu einer anderen Zeitzone als Barentsburg. Aber was sollte sie sagen? Sie wollte lieber dumm als abweisend erscheinen.

Der Konsul kam selbst an den Apparat. Über die Telefonistin ergoss sich ein Sturzbach aus nahezu unverständlichen Ersuchen um baldige Unterstützung durch die Regierungsbevollmächtigte.

»Für Barentsburg? Aber, aber …«

Natürlich für Barentsburg. Es eilte. Der Konsul hoffte, nein, er *erwartete*, dass die Regierungsbevollmächtigte sich so schnell wie möglich in der russischen Siedlung einfand. In dieser Krisensituation … nun ja, er sehe jedenfalls augenblicklicher Hilfe entgegen. Dann knallte er den Hörer auf.

Der Empfangsbereich lag im Halbdunkel, nur hin und wieder durch Autos erleuchtet, die auf der Straße nach Skjæringa fuhren. Die Telefonistin blieb sitzen und blickte auf die Silhouette der Eisbärin am anderen Ende des Raumes. Die Glasaugen des Tieres blitzten jedesmal auf, wenn ein Scheinwerfer sie streifte. Die Telefonistin beschlich eine Art Vorahnung.

Der kleine digitale Bildschirm der Telefonzentrale zeigte 07:23 Uhr. Welche Katastrophe hatte sich in der russischen Siedlung ereignet, dass der Konsul die Regierungsbevollmächtigte so früh am Morgen sprechen wollte? Jedenfalls musste es wichtig sein, vielleicht irgendein Unglücksfall? Aber die Polizei in Longyearbyen wurde selten über derartige Ereignisse informiert, bevor die Russen nicht ihre eigenen Untersuchungen vorgenommen oder aufgeräumt hatten, um dann Ergebnisse zu präsentieren, über die sie kaum mit sich reden ließen. Warum hatten sie es diesmal so eilig?

Und wieso hatte der wachhabende Beamte den Anruf nicht entgegengenommen?

KAPITEL 3

Dummheit

Knut Fjeld, Polizeibeamter der Regierungsbevollmächtigten, erwachte wie jeden Morgen – schlagartig. Er wusste, dass die Uhr Viertel nach sieben zeigte. Es war zur schlechten Gewohnheit geworden, exakt um diese Uhrzeit aufzuwachen. Ohne darüber nachzudenken, wusste er auch, dass es Montag war. Er wollte die Augen nicht öffnen, fühlte sich krank. Und für sein Unwohlsein gab es durchaus einen Grund. Er befand sich im Polarhotel, Zimmer 211 – er erkannte es an der großen Lithographie, die an der Wand über dem Bett hing, eine Art Collage über die Geschichte der Bergbaugesellschaft Kings Bay.

Ohne ein Geräusch von sich zu geben, hob er den Kopf aus dem Kissen und blickte neben sich. Trotz eines schwachen Parfümdufts lag er allein im Bett. Erleichtert stieß er die Luft aus. Er war in diesem Zimmer schon unangenehmer erwacht. Dennoch war es schlimm genug. Das Bett bewegte sich sanft schaukelnd, obwohl er wusste, dass er es sich nur einbildete.

Was war schlimmer? Er blieb liegen und grübelte ein paar Minuten über dieses grässlich egozentrische Problem. Sein Kopf fühlte sich an, als hätte man ihn in Glas gegossen; er durfte nicht bewegt werden, aus Angst, bei hastigen Bewegungen zu zerspringen. Bei dem Gedanken musste er lachen, ärgerte sich jedoch sofort über diese gedankenlose Verschwendung der Kräfte. Wie klebriger Brei ergoss sich die Übelkeit in seinen Mund. Oh, wie er es bereute. Er taumelte ins Bad und zog sich so rasch es überhaupt möglich war an. Einige Minuten später ging er mit abgewandtem Gesicht an der Rezeption vorbei und trat auf den eingeschneiten Platz vor dem Hotel.

Der Mann an der Rezeption hatte ihn gesehen, doch er hatte Besseres zu tun, als ihn zu grüßen. Auch die Beamten der Regierungsbevollmächtigten hatten das Recht auf ein bisschen Privatleben. Es war allgemein bekannt in Longyearbyen, dass Knut nicht erkannt werden wollte, wenn er nach einer Feier mit einer Frau im Polarhotel landete – in der Regel jedes Mal mit einer anderen und so gut wie nie mit einer Frau aus Longyearbyen. Knut wusste, dass die Leute redeten. Im Grunde war ihm klar, dass er sich so verhielt, seit die Krankenschwester Hannah Vibe einen Job auf dem Festland angenommen und Spitzbergen verlassen hatte. Seine Freunde fragten sich irritiert, wann dieser unausgesprochene Liebeskummer vorbei wäre, aber sie sprachen ihn nicht darauf an. Er verbat sich jegliche Einmischung und beantwortete jeden Versuch eines freundschaftlichen Rats mit abweisender Kälte.

Knut stand allein auf dem großen Platz vor dem Hotel. Der Oktober war einer der stillsten Monate auf Spitzbergen – das hektische Touristenchaos des Sommers war überstanden, und für die Weihnachtsvorbereitungen war es noch zu früh. Obwohl Longyearbyen zwei Hotels und mindestens drei Gästehäuser vorzuweisen hatte, waren bereits zwei wegen der Winterpause geschlossen. Das Polarhotel hatte ganzjährig geöffnet – zur Freude der offiziellen Komitees und Ausschüsse, die das harte Leben in der Arktis mit eigenen Augen erleben wollten, ohne auf den Komfort der niedrigeren Breitengrade verzichten zu müssen.

Die Hände in den Taschen der schwarzen Felljacke ging er mit kurzen Schritten zum Parkplatz, um nicht auf dem Eis unter der Lage Neuschnee auszurutschen. Er schloss seinen Wagen auf und kletterte fröstelnd auf den Vordersitz. Ließ den

Motor an und fror, bis das Heizungsgebläse endlich so viel Eis auf der Frontscheibe geschmolzen hatte, dass er den Rest mit dem Scheibenwischer wegkratzen konnte. Hatte er eigentlich zu viel Restalkohol im Blut, um fahren zu können? Es wäre ausgesprochen peinlich, wenn er von der Straße abkäme und man ihn mit Promille erwischen würde. Der Wagen schlich auf der Straße dahin.

Blöd, blöd, blöd. Wieso hatte er gestern Nacht nicht ein Taxi gerufen und war nach Hause gefahren? Lächerlich und dumm, er fühlte sich krank und schmutzig. Um Parfüm, Alkohol und das schlechte Gewissen abzuspülen, wäre eine Dusche wunderbar. Danach vielleicht ein bisschen frühstücken und zwei Kopfschmerztabletten – und bevor er zur Arbeit musste, noch einmal unter die Decke des eigenen Betts kriechen und mindestens ein paar Stunden schlafen. Er könnte sagen, er hätte verschlafen. In den letzten Wochen war es im Büro der Regierungsbevollmächtigten so ruhig gewesen, dass niemand ihn vermissen würde.

Doch er irrte sich. Noch als er versuchte, mit einem eiskalten Schlüssel in seinen steifen Fingern die Tür des Hauses in Blåmyra zu öffnen, hörte er das Telefon. Er rannte die Treppe hinauf und nahm ab.

»Verflucht, wo hast du gesteckt? Seit über einer halben Stunde versuche ich, dich zu erreichen. Hast du schon wieder dein Handy abgestellt?« Die Stimme des Polizeichefs Tom Andreassen klang ausnahmsweise einmal wütend und scharf.

»Ist es nicht ein bisschen früh am Morgen, um sich so aufzuregen?« Knut ließ sich in einen Sessel fallen und legte den Kopf in den Nacken. Alles drehte sich. Vielleicht hätte er sich krankmelden sollen?

»Du hast Bereitschaftsdienst. Die Telefonistin hat versucht, dich zu erreichen. Sie wurde aus Barentsburg angerufen. Die

Russen haben einen toten Mann vor der Kohlengrube gefunden, vermutlich ein Unfall. Es dauert ungefähr eine Stunde, um dorthin zu kommen.«

»Um dahin zu kommen?« Knut stöhnte laut. Er hatte sich abrupt aufgesetzt.

»Ja, was dachtest du denn? Du musst nach Barentsburg und dir ansehen, worum es geht. Passt dir das nicht? Fühlst du dich nicht fit? Vielleicht brütest du ja eine Erkältung aus? Die letzte ist schon einige Wochen her, oder?« Der Polizeichef hatte nicht mehr zu sagen. Nicht am Telefon.

Es war nicht das erste Mal in diesem Herbst, dass Knut sich bei Standby-Wachen Freiheiten herausnahm. Häufig begann es mit einem gemütlichen Abendessen in der Stadt. Essen musste er schließlich, und sein Diensttelefon hatte er dabei. Aber irgendwann hatte er angefangen, ein oder zwei Bier zum Essen zu trinken, und dann kam der Absturz.

Knut erinnerte sich nur vage an den letzten Teil des gestrigen Tages. Der Abend hatte wie gewöhnlich mit einem Essen im Restaurant Huset begonnen, es gab einen besonderen Anlass: Besuch aus Ny-Ålesund, einige Meilen nördlich von Longyearbyen. Seit seiner Ankunft vor drei Jahren in Spitzbergen existierte der Kontakt zwischen ihm und diesen zurückhaltenden Exzentrikern, die die isolierte Forschungsstation in der ehemaligen Bergarbeitersiedlung betrieben. Jedes Mal, wenn sie nach Longyearbyen kamen, trafen sie sich. Diesmal war der Geburtstag des Stewards der Anlass gewesen. Sein Diensttelefon hatte Knut demonstrativ neben seinen Teller gelegt und den Abend relativ früh beendet. Dennoch hatte er mehr getrunken, als ihm bewusst war. Auf dem Heimweg nach Blåmyra war er in die Wohnung eines Bekannten gewankt, aus der laute Musik kam. Es stellte sich als verhängnisvoller Fehler heraus. Er hatte nicht widerstehen können und einen besonders guten Calvados probiert, den der Wirt in seiner Freude, Knut zu sehen, aus einer Kiste mit Notproviant geholt hatte.

Der Ablauf dessen, was danach geschah, blieb unklar. Waren sie in den Pub des Polarhotels weitergezogen und hatten ein paar Frauen mitgenommen, die ihnen zufällig über den Weg liefen? Vermutlich war es sein Vorschlag gewesen. Jedenfalls hatten sie die Nacht draußen in Danskebrakka beschlossen, wo die Piloten der Hubschraubergesellschaft wohnten. Aber er hatte keinerlei Erinnerung, wie er danach wieder im Polarhotel gelandet war.

Der Polizeichef saß hinter seinem Schreibtisch. Sämtliche Papiere hatte er zur Seite geräumt, das Telefon auf die Zentrale umgestellt. Jetzt erwartete er den Polizeibeamten Fjeld.

»Mach die Tür hinter dir zu!«

Knut konnte sich nicht entsinnen, Tom Andreassen jemals so aufgebracht gesehen zu haben. Das sonst so sanfte lange Gesicht hatte einen ernsten Ausdruck. Die Lippen presste er zu einem gequälten Lächeln zusammen.

»Ich weiß nicht, was in dich gefahren ist, Knut. Longyearbyen ist ein kleiner Ort. Es ist Oktober, und es gibt kaum noch Touristen oder Besucher vom Festland. Glaubst du, die Leute wissen nicht, dass du im Dienst trinkst? Glaubst du, dich sieht niemand?«

Im Dienst trinken …? So wie Tom es sagte, hörte es sich so demütigend an, so schwach. Knut sah es anders. Ein Bier zum Essen, das musste erlaubt sein. »Ehrlich gesagt, Tom, ich bin doch kein Alkoholiker …« Knut stand mitten im Zimmer, das schlechte Gewissen lag ihm wie ein Zementsack auf den Schultern.

»Du hattest Wache – Bereitschaftsdienst, okay, aber der Sinn der Sache ist doch, dass du erreichbar bist. Was ist, wenn eines

Nachts plötzlich etwas passiert? Wo bist du dann? Gehst du ans Telefon? So geht das nicht. Die Leute fangen an, komisch zu grinsen, wenn die Sprache auf dich kommt. Ein bisschen so … ja, Knut, mit dem kann man um die Häuser ziehen … Und dann diese Vereinbarung mit dem Polarhotel. Alle wissen davon. Findest du das den Frauen gegenüber nicht zynisch?«

»Das ist Privatsache. Hat nichts mit dem Job zu tun.«

»Knut, wir sind nicht nur Kollegen, wir sind Freunde. Nachdem ich jetzt drei Jahre mit dir zusammengearbeitet habe, behaupte ich, das sagen zu können. Ich will uns beiden ein peinliches Erlebnis ersparen. Dies ist kein Anschiss, auch kein Wutausbruch. Nur ein Ultimatum. Wenn du das nächste Mal Bereitschaftsdienst hast und nicht ans Telefon gehst, dann rede ich mit Anne Lise.«

Knut antwortete nicht. Er hatte genug mit seinen Kopfschmerzen zu tun.

Tom sah ihn misstrauisch an. »Mehr habe ich nicht zu sagen, Knut. Mein Gott, sieh zu, dass du dir eine Tasse Kaffee besorgst. Du stinkst schlimmer als ein …«

Der unangenehme Teil des Gesprächs war damit beendet. Beide waren erleichtert. Knut legte einen Stapel Unterlagen beiseite und setzte sich an den kleinen Konferenztisch, den der Polizeichef in eine Ecke seines Büros geklemmt hatte. »Wissen wir schon Einzelheiten aus Barentsburg?«

Tom Andreassen lehnte sich zurück und wippte mit seinem Bürostuhl. »Nein, aber ich habe ein ganz mieses Gefühl bei dieser Anfrage. Sieht fast so aus, als wären sie die ganze Nacht auf den Beinen gewesen und hätten versucht, ein Problem zu lösen. Offensichtlich ist es ihnen nicht gelungen, deshalb haben sie die Regierungsvertreterin angerufen, um die Verantwortung auf uns abzuwälzen. Das sind reine Vermutungen, aber komisch ist es schon.«

»Was soll ich unternehmen? Müsste den Fall nicht die Arbeitsaufsicht übernehmen?«

»Die technischen Umstände werden von ihnen untersucht. Aber eine Reihe Mitarbeiter sind derzeit auf dem Festland, sie werden erst in ein paar Tagen nach Barentsburg fahren können. Und sie sind keine Polizisten, wie du weißt.«

»Ja, okay, ich gehe also die routinemäßigen Sachen durch… die Personalien des Toten, Beschreibung des Tatorts …?«

»Tatort? Die Rede ist von einem Unfall, Knut.«

»Du weißt, was ich meine… den Arbeitsplatz, den Ort des Geschehens, nenn es, wie du willst.« Knut beugte sich vor und stützte den Kopf in eine Hand.

Der Polizeichef sah ihn an. »Übel?«

»Ja, kannst du laut sagen. Ich habe überhaupt keine Lust auf einen Helikopterflug zum Grønfjord. Allein der Gedanke an Turbulenzen oder ein schweres russisches Mittagessen…« Er stöhnte.

Doch Tom Andreassen zeigte keinerlei Anzeichen von Mitgefühl.

KAPITEL 4

Barentsburg

Der Flug dauerte nicht lang, knapp zwanzig Minuten. Der Hubschrauberpilot drehte eine Extrarunde über den Gebäuden von Barentsburg, bevor er auf Heerodden landete. »Die üblichen Turbulenzen heute«, sagte er, bevor er einen Schalter vor sich umlegte und die formelle Kommunikation mit Spitzbergen Radio und der russischen Funkstation unter ihnen fortsetzte.

Knut hatte sich das Headset aufgesetzt. Nicht um sich mit der Helikoptermannschaft zu unterhalten, was denen sehr schnell klar geworden war, sondern um den Lärm der Rotoren auszublenden. Sein Gehirn wurde wie ein Ball aus Metallfolie durchgeschüttelt, das konnte unmöglich gesund sein. Er hatte sich hastig auf etwas anders konzentrieren müssen, denn es wäre ihm peinlich gewesen, wenn er auf den Rücksitz des Hubschraubers gekotzt hätte.

Der Isfjord lag unter ihnen, ein scharfer Kontrast zu den schneeweißen Strandflächen. Es konnte noch mehrere Monate dauern, bevor das Meer vereiste und das Eis im Winter alles überzog. Auf der anderen Seite des Fjords zeichneten sich die Konturen der Berge als leuchtend goldener Streifen ab. Lange blaue Schatten, die Sonne hing tief am Horizont. Der Rauch des Kraftwerks in Barentsburg war aus weitem Abstand als rußig graue Säule zu sehen, die hoch über die Landschaft stieg.

Die russische Bergarbeitersiedlung lag an einem steilen Abhang zum Fjord und sah aus wie eine alte, verlassene Ruine, um die sich niemand kümmerte oder die zu entfernen zu teuer geworden wäre. Die wenigen Straßenlaternen warfen ein trauriges gelbes Licht auf die Straßen und wirkten kraftlos gegen die polare Dunkelheit rund um die Stadt. *Wie immer ist Barentsburg ein deprimierender Anblick*, dachte er. Lange Reihen von verfallenen Beton- und Backsteingebäuden. Verdreckte Straßen über schneebedeckte Hügel bis zu den Grubeneingängen. Steile, schmale Treppen hinunter zum Kai. Ein paar vertäute Schiffe, aber dort bemerkte er keinerlei Aktivität.

Ihm fiel auf, dass man offensichtlich die Kohleförderung unterbrochen hatte. Rund um die Tagesanlage und die Lagerhallen sah er weder Menschen noch Fahrzeuge. Könnte etwas im Berg passiert sein? Hatten die Russen möglicherweise Angst vor einer Explosionsgefahr, als sie die Regierungsbevollmächtigte anriefen? In diesem Fall waren sie an der falschen Adresse. Es wäre sehr viel besser gewesen, direkt bei der Store Norske Spitsbergen Kulkompani SA anzurufen, der Gesellschaft, die die norwegischen Bergwerke in Longyearbyen betrieb. Knut wurde unruhig, er wollte auf keinen Fall einfahren. Wie die meisten Bewohner von Spitzbergen hatte er eine instinktive Angst vor Grubenunglücken.

Der Hubschrauber bebte und rüttelte und brauchte eine Ewigkeit, um die Siedlung zu umfliegen. Eigentlich müssten sie doch bald landen? Knut spannte die Bauchmuskeln an, ein paar Minuten würde er es noch aushalten. Auf der Erde könnte er dann so tun, als müsse er auf die Toilette. Alles würde besser werden, wenn er die wabernde, geleeartige Masse los wäre, die in seinem Magen herumschwappte und drohte, ihm den Hals hinaufzusteigen. Außerdem war er schon oft in Barentsburg gewesen und hatte keinen Bedarf, sich die Siedlung wie ein Tourist aus der Luft anzusehen.

Alle früheren Besuche bei den Russen waren Dienstreisen gewesen, seiner Meinung nach vollkommen sinnlose Demonstrationen norwegischer Souveränität und Gesetzgebung. Er sah keinen Sinn darin, kostbare Hubschrauberzeit zu verschwenden, nur um sich mitten in der Zechensiedlung aufzubauen und Alkoholkontrollen bei den wenigen Fahrern durchzuführen, die über ein Auto oder einen Schneescooter verfügten. Nach diesen Einsätzen hatte er keinerlei Verlangen mehr verspürt, der russischen Bergarbeiterstadt einen Privatbesuch abzustatten.

Barentsburg hatte sich in wenigen Jahren gewaltig verändert. Vor nicht allzu langer Zeit hatten hier über zweitausend Menschen gelebt. Nicht nur Bergleute mit ihren Familien und Kindern. Es gab Geschäfte, die Kinder gingen zur Schule, man hatte sich selbst versorgt, mit Gemüse aus einem Treibhaus und Milch, Eiern und Fleisch aus einem Stallgebäude. Die Kohlengruben von Spitzbergen waren wichtig, um die Interessen des Sowjetstaats im Norden zu wahren. Die Russen hatten die Hoffnung nie aufgegeben, die Verwaltung der arktischen Inseln mit Norwegen zu teilen. Dieser unausgesprochene Konflikt, dessen Wurzeln weit in die Zeit vor dem Kalten Krieg zurückreichten, flammte durch eine Vielzahl kleiner und großer Zwischenfälle immer wieder auf. Bei jeglicher Form der Kommunikation war das Misstrauen zwischen den beiden Polarnationen deutlich zu spüren.

Der kleine russische Flugplatz lag auf der östlichen Landzunge an der Mündung des Grønfjords. In den siebziger Jahren war er der Ausgangspunkt für wiederholte Konflikte zwischen den norwegischen und den russischen Behörden gewesen. Die Russen wollten die Landebahn erweitern, damit große Passagiermaschinen aus Murmansk dort landen konnten. Außerdem wollten sie den Hubschrauberverkehr zwischen Barentsburg und Longyearbyen ausbauen. Diese Gründe hielt man auf norwegischer Seite für suspekt und interpretierte sie als Versuch, sowjetische Interessen auf Spitzbergen der norwegischen Kontrolle zu entziehen. Es kam zu Konfrontationen, denn wie sollte der Regierungsvertreter gegen all die sowjetischen Hubschrauber vorgehen, die sich den Flugrestriktionen und Luftverkehrsregeln in den norwegischen Polargebieten widersetzten? Knut konnte sich nur daran erinnern, dass die Auseinandersetzungen mit der Zeit als tägliche Praxis akzeptiert wurden. Inzwischen wurden die russischen Helikopter auf Heerodden ausschließlich zum eigenen Transportbedarf der Bergbaugesellschaft Trust Arktikugol eingesetzt.

Ein großer Lastwagen fuhr von der Siedlung über die Schotterpiste zum Flugplatz. Knut hatte die Scheinwerfer bereits gesehen, bevor sie landeten. Er sprang aus dem Hubschrauber, dessen Pilot sich auf den Rückflug nach Longyearbyen vorbereitete, ohne die Rotoren abzuschalten. Aber irgendetwas hielt den Piloten auf. Die Zahl der Rotorumdrehungen verringerte sich, die Tür des Cockpits wurde geöffnet. Der Chefpilot sprang in den Schnee und kam auf Knut zu. Spitzbergen Radio habe weiter nördlich ein Notsignal aufgefangen, berichtete er. Sollte er innerhalb kurzer Zeit keine anderslautende Meldung bekommen, müssten sie hinfliegen, um es zu überprüfen.

»Es könnte der Notpeilsender eines Fischkutters sein, der durch einen Fehler ausgelöst wurde. Wenn es sich nur um einen Routineauftrag handelt, holen wir dich auf dem Rückweg wieder ab. Rechne mit vier, fünf Stunden Aufenthalt.«

Der Pilot kletterte wieder in den Hubschrauber, der Helikopter stieg hoch und war bald nur noch als schwarzer Punkt in den Wolken auf seinem Flug gen Norden zu erkennen.

Die kleine Gruppe Russen am Lastwagen bestand aus dem Konsul, einem Dolmetscher und dem Fahrer. Der Konsul trug einen langen schwarzen Mantel, einen Schal und eine russische Pelzmütze. Er bemühte sich, offiziell auszusehen. Dimitri Petrowitsch Brodskij, unter Freunden Dima. Er habe viele Freunde in Longyearbyen. Unter anderem die Regierungsbevollmächtigte Anne Lise Isaksen, den Direktor der Store Norske, den Pastor und den Leiter des Spitzbergen-Rats. Der Konsul war ein vierschrötiger Mann mit wenigen rötlichen Haaren, dessen Gesicht um den Mund lockere, joviale Falten warf. Große Tränensäcke unter den Augen. Ein netter, beliebter Teddybär, der einige Jahre Erfahrung auf Spitzbergen hatte.

Der Dolmetscher und der Fahrer hielten sich im Hintergrund, beide trugen dunkle, abgegriffene Kolotjuska-Joppen, die ihnen beinahe bis zu den Knien reichten. Knut wusste, dass diese Art der Oberbekleidung sehr gesucht war. Die Bergleute bekamen sie als Arbeitskleidung, aber ein Teil verschwand auf dem Schwarzmarkt, weil sie warm und widerstandsfähig waren. Einige Exemplare waren auch schon in Longyearbyen aufgetaucht.

Der Konsul trat einen Schritt vor, breitete die Arme aus und hieß Knut willkommen in Barentsburg. Wenn er enttäuscht war, dass nicht mehr Mitarbeiter aus dem Büro der Regierungsbevollmächtigten gekommen waren oder dass Anne Lise Isaksen es nicht für sinnvoll erachtet hatte, persönlich an der Mission teilzunehmen, verbarg er es gut. Knut hätte fast gegrinst, hielt sich aber zurück. Höflichkeit und Pomphaftigkeit zu verwechseln war einer der Fehler, die Norweger im Umgang mit den Russen häufig begingen. Er wusste, dass der Konsul nur selten Besucher auf dem Flugplatz begrüßte. Eine solche Ehrenbezeugung konnte bedeuten, dass die Russen etwas als Gegenleistung erwarteten.

Der umgebaute Lastwagen, der als Transportmittel für Passagiere zum Flugplatz Heerodden diente, schien in einem jämmerlichen Zustand zu sein. Verbeult, verrostet und verdreckt. Die gesamte Ladefläche war mit einer Art Transportkabine überbaut. Die schmalen, hohen Fenster hatte man mit gelblichbraunen Gardinen zu verschönern versucht, die vielleicht irgendwann einmal weiß gewesen waren. Als Lackierung für den Aufbau war ursprünglich Hellblau verwendet worden. An der Seite stand der Name der staatlichen russischen Fluggesellschaft Aeroflot in kyrillischen Buchstaben.

Die hinteren Türen wurden geöffnet, und man winkte Knut hinein. Er setzte sich auf einen der hinteren Plätze. Es war eiskalt und stank nach Tabak und Diesel. Glücklicherweise lag die Siedlung weniger als vier Kilometer entfernt. Die Fahrt würde nicht allzu lange dauern. Vor den Fenstern flimmerte die Landschaft im schwachen Tageslicht vorbei. Auf dem schneebedeckten Boden verstreut lagen Belege von industrieller Aktivität herum – leere Plastikkanister, verrostete Maschinenteile, Planken und Betonreste. Der Kohlenstaub hatte die Erde mit grauen Flecken übersät. Knut lehnte den Kopf gegen die Scheibe und schloss die Augen. Fünf Minuten Ruhe waren besser als nichts.

Der Fahrer fuhr vorsichtig über die holprige Straße ins Zentrum der Siedlung und hielt im Eingangsbereich des Konsulats. Das stattliche Gebäude war das neueste in Barentsburg und stammte vermutlich aus den frühen achtziger Jahren, als die Russen begonnen hatten, helle Ziegelsteine für ihre Bauten zu verwenden. Vor dem Konsulat befand sich ein Zaun mit senkrechten Eisenpfosten, dahinter ein überdachter pompöser Eingang. Das imponierende Gebäude hätte ebenso gut an einer Hauptstraße in Sankt Petersburg liegen können, allerdings durfte man nicht so genau hinsehen. Die Ziegel der Mauern bröckelten, und die Fassade hatten die ständige Kohlenstoffwolke und der Ruß des Kraftwerks verdreckt.

Die Passagiere kletterten aus der Hintertür der Transportkabine. Der Lastwagen verschwand auf demselben Weg, den er gekommen war. Bald sah man ihn nur noch als Schatten hinter seinen eigenen Abgasen.

Der Konsul ging über eine breite, schlecht beleuchtete Treppe in die erste Etage voran. Knut stöhnte und folgte ihm. Er kannte dieses merkwürdige Gefühl der Verwirrung – ein Gefühl, als sei er irgendwo weit von Spitzbergen entfernt, obwohl sie sich lediglich ein paar Meilen westlich von Longyearbyen befanden. Außerdem hatte die fremde Atmosphäre in dem Gebäude etwas Beunruhigendes, das Geräusch ferner Stimmen und Schritte auf der Treppe über ihm, der Geruch von Zigarettenrauch. Er hatte das idiotische Gefühl, dass er verhört werden sollte, ohne sich wirklich auf seine Unschuld berufen zu können.

Sie folgten einem langen Korridor bis zu einem kleinen Vorzimmer, ohne irgendjemandem zu begegnen. Eine junge Frau in einem kurzen pfirsichroten Pullover und einem dicken Wollrock, der um ihre kräftigen Hüften spannte, sprang hinter dem Schreibtisch auf und wurde ihm als Sekretärin des Konsuls vorgestellt. Den Nachnamen verstand Knut nicht, doch den Vornamen Olga konnte er sich merken. Ihr Lippenstift leuchtete orangefarben in ihrem blassen Gesicht. Sie strich sich über das stramm aufgesteckte Haar, errötete und blieb am Schreibtisch stehen, bis sie vorbeigegangen waren.

Der Konsul öffnete die Doppeltüren zu einem weitaus größeren Büro, seinem eigenen. Dort saß bereits ein Mann und erwartete sie, Konstantin Nikolajewitsch de Rustin, der Bergwerksdirektor des Trust Arktikugol in Barentsburg. Die Atmosphäre veränderte sich schlagartig. Die joviale Unterwürfigkeit des Konsuls, aber auch die Aufstellung des Dolmetschers neben dem Bergwerksdirektor ließen keinen Zweifel aufkommen, wer der eigentliche Chef war. Die mächtige Bergbaugesellschaft stand hinter dem Ersuchen an die Regierungsbevollmächtigte, der Arbeitsunfall war ihr Problem. Alle vier setzten sich auf mit schwarzem Lederimitat bezogene Stühle an einen niedrigen Tisch.

Der Dolmetscher räusperte sich. »Der Herr Konsul hat mich gebeten, Ihnen zu sagen, dass er die Bestrebungen der Regierungsbevollmächtigten Anne Lise Isaksen sehr schätzt, die Beziehungen zwischen Barentsburg und Longyearbyen auszubauen. Wir alle wünschen uns eine gute Kooperation zwischen den beiden großen arktischen Nationen auf Spitzbergen. Daher sind wir dankbar für Ihre Hilfe.« Er verbeugte sich formell in Knuts Richtung.

Knut war dem Dolmetscher schon häufiger begegnet. Bei den Kontakten des Büros der Regierungsbevollmächtigten mit den Russen ließ es sich nicht vermeiden. Sowohl die politische wie die administrative Führung in Barentsburg forderten formelle Übersetzer in allen offiziellen Zusammenhängen. Der Dolmetscher war glitschiger als ein Aal. Ein rundes, unreifes Gesicht, sparsames helles Haar, das er in die Stirn kämmte, und die Andeutung eines Bauches unter dem Nylonhemd. Undefinierbares Alter. Die affektierte norwegische Diktion mit vielen Fremdworten und diplomatischen Wendungen deutete auf eine Universitätsausbildung, ergänzt durch einige Kurse im russischen Außenministerium.

»Spasiba«, entgegnete Knut und verbeugte sich höflich, erst in Richtung des Dolmetschers, dann an den Konsul und den Direktor gewandt.

Das Lächeln erstarrte. »Sprechen Sie Russisch?« Der Dolmetscher brauchte keine Aufforderung, um diese Frage zu stellen.

»Nein.« Knut sah auf die Uhr, die Zeit verstrich. Er hatte

dröhnende Kopfschmerzen und wollte den offiziellen Teil des Besuchs so rasch wie möglich beenden. Er sehnte sich zurück in sein Büro, um einen raschen Bericht zu schreiben und dann nach Hause gehen zu können. Ein leichtes Abendbrot und früh zu Bett. Auf keinen Fall wollte er den Rücktransport nach Longyearbyen verpassen. Wenn der Helikopter aus dem Norden zurückkam, hatte er nicht mehr genügend Treibstoff, um auf Heerodden lange mit laufenden Rotoren zu warten.

Er wandte sich dem Konsul zu. Aus früheren Begegnungen wusste er, dass dies die korrekte Form war. Normalerweise hätte er beim Sprechen den Dolmetscher angesehen, schließlich war er für die Kommunikation auf Norwegisch zuständig. »Was kann die Regierungsbevollmächtigte für Sie tun? Soweit wir verstanden haben, hat sich gestern im Bergwerk ein Arbeitsunfall ereignet? Vielleicht sollten wir …«

Der Bergwerksdirektor saß am unteren Ende des Tischs, fast im Hintergrund. Er hatte während des Austauschs von Höflichkeiten und den Wünschen nach guter Zusammenarbeit kein Wort gesagt, nun beugte er sich vor und redete rasend schnell auf den Dolmetscher ein.

»Es hat wohl ein Missverständnis gegeben. Das Unglück ereignete sich außerhalb der Grube. Das tragische Geschehen hat nicht mit der Kohleproduktion zu tun. Es gibt keinen Zweifel am Ablauf der Ereignisse …«

Knut bündelte die letzten Reste von Geduld und fragte vorsichtig: »Es ließ sich nicht vermeiden, vom Hubschrauber aus zu bemerken, dass die Förderung gestoppt wurde. Gibt es einen Grund dafür?«

Die Produktion in einem Bergwerk wiederaufzunehmen war teuer und zeitaufwendig. Die Leitung in Barentsburg hätte sicher sehr viel gegeben, um es zu vermeiden. Wieder ein kurzer Blickkontakt zwischen den drei Russen. Diesmal ergriff der Konsul das Wort. »Die Ereignisse sind sehr betrüblich. Nicht nur für die junge Frau des Toten, sondern auch für seine Arbeitskollegen, die Gesellschaft, ja, für unsere ganze kleine Bergbaugemeinschaft …«

Als der Dolmetscher übersetzte, stand ihm ein Schweißfilm auf der Stirn. Seine Wortgirlanden wurden immer feierlicher. Die Augen des Konsuls schimmerten, er seufzte schwer. Bei dem Toten handelte es sich um einen ausgesprochen angesehenen Mann der alten Schule, ehrlich und gerecht. Kein gewöhnlicher Bergmann. Vorsitzender der Gewerkschaft. Die Arbeiter haben daher beschlossen, die Förderung aus Respekt vor dem Toten zu unterbrechen …

Der Bergwerksdirektor zischte dem Dolmetscher auf Russisch etwas zu.

»Die *Leitung* hat beschlossen … natürlich. Der Direktor hat entschieden … zusammen mit den Arbeitern … nein, aus *Respekt* vor den Arbeitern … vor der Gewerkschaft, der Partei … ja, auf jeden Fall ist das Bergwerk heute geschlossen. Wir hoffen, die Arbeit morgen wiederaufnehmen zu können.«

Mit den irritierten Einwürfen des Konsuls und des Direktors im Hintergrund verstrickte der Dolmetscher sich hoffnungslos in seinen eigenen Erklärungen.

Knut hörte nur mit halbem Ohr zu. Ihm ging durch den Kopf, dass weder dem Konsul noch dem Direktor gefiel, welchen Eindruck der Dolmetscher hier vermittelte.

»Wo ist das Unglück passiert?«, wollte er wissen. »Kann ich den Tatort sehen?«

KAPITEL 5

Der Tatort

Alles lief offenbar nach einem Plan, den die Russen von vornherein ausgetüftelt hatten. Knut schaute immer öfter auf die Uhr und wartete unruhig darauf, dass sie endlich ihr Geplauder bei Tee und Keksen beendeten. Schließlich sah es so aus, als wären sie bereit, mit ihm den Unglücksort zu inspizieren. Der Konsul nickte der Sekretärin im Vorzimmer zu. Sie hob den Telefonhörer und gab kurz jemandem Bescheid.

Knut trat als Letzter aus dem Konsulat, blieb einen Moment auf der Treppe stehen und sah sich um. Vor ihm standen die Gebäude von Barentsburg an einem Hang, der sich bis hinunter zum Grønfjord zog. Auf den Bergen am gegenüberliegenden Ufer lagen tiefe blaue Schatten, ein Kontrast zum Himmel, an dem rötliches Polarlicht leuchtete. Es war eine Erleichterung, den wohlbekannten Horizont zu sehen, er klammerte sich an diesen Anblick, er war auf Spitzbergen und nicht in einer kleinen Industriestadt in Sibirien. Soweit er es in der Hand hatte, würde die Besichtigung des Tatorts schnell vonstattengehen.

Diesmal transportierte sie ein Bus der Zeche. Offensichtlich konnte nicht einmal der Direktor über den Lastwagen verfügen, dessen Sonderanfertigung zum Transport der Fluggäste gedacht war. Der Bus stand vor dem Konsulat und wartete. Er bebte und rüttelte im Leerlauf, Dieselrauch zog durch die kalte, klare Luft.

Der Bergwerksdirektor klopfte energisch an die geschlossene Tür. Mit einem quietschend metallischen Geräusch glitt sie auf. Sie stiegen über ein hohes Trittbrett ein und verteilten sich auf die Sitze. Knut setzte sich neben den Dolmetscher und wollte ihn nach den Gebäuden an der Straße fragen – während der kurzen Fahrt zur Grube ließ sich allerdings unmöglich ein Gespräch führen. Der Bus schlingerte, dass man genug damit zu tun hatte, sich an den Sitzen festzuhalten.

Die Fahrt endete vor der Tagesanlage. Knut schaute durch das enorme offene Tor in die Dunkelheit des Schachts und schauderte – erleichtert, dass sie nicht in den Berg einfuhren. Von hier ab gingen sie zu Fuß. Der Boden war glatt und von einer dünnen Schicht Neuschnee überzogen. Das blaue Tageslicht ließ die Landschaft schmutzig und trist aussehen. Knut wusste, dass dieser Eindruck durch Vorurteile belastet war. Auch in Longyearbyen gab es nicht nur aufgeräumte, ordentliche Ecken.

Sie mussten auf dem immer unwegsameren Weg nicht weit gehen, bis sie in der feuchten Kälte anfingen zu frieren – alle außer dem Konsul, der mit seinem Mantel und der Pelzmütze vernünftig gekleidet war. Unweit vom Eingang des Schachts näherten sie sich dem Ziel ihres Spaziergangs, einem niedrigen, kleinen Betonklotz im Rohbau. Der Dolmetscher trippelte in blanken Lederstiefeln voran, zeigte und erklärte. Man sei dabei, die Förderung umzustellen und zu modernisieren. In dem neuen Gebäude würden Büros und Werkstätten untergebracht, außerdem eine Waschkaue für die Arbeiter. Das Projekt steckte noch in der Anfangsphase, kräftige Armiereisen ragten wie rostige Skelettteile aus der Verschalung aus groben Holzplanken. Hinter dem Rohbau stand eine gewaltige Betonmischmaschine auf einem eisernen Pritschenwagen mit großen Rädern. Über der Maschine erhob sich ein Gerüst, das in einer Art Holzbaracke endete.

Knut sah sich um und versuchte sich einen Eindruck zu

verschaffen, doch ihm ging nur durch den Kopf, dass dies ein einsamer und trauriger Ort war, um zu sterben. Außerdem ein Albtraum für jeden Tatort-Analytiker. Im Moment war kein Mensch zu sehen. Der Platz vor der Tagesanlage am Eingang des Schachts war ebenfalls verlassen. Aber rund um die Betonmischmaschine war der Schnee voller Fußabdrücke, Reifen- und anderen Spuren, die schwer zu identifizieren waren. War hier jemand auf der Erde geschleift worden?

Er zog ein Notizbuch und eine Digitalkamera aus seiner Jackentasche und hielt beides dem nickenden Direktor hin. Sie hatten offenbar damit gerechnet. Das Tageslicht war nur noch schwach und der kleine Blitz machtlos gegen die konturlose Polardunkelheit. Das erste Foto war so nichtssagend und eigenartig, dass er es gern wieder gelöscht hätte. Der Schnee zeigte keinerlei Kontrast, nicht eine Spur war auf dem Bild zu erkennen.

Der Dolmetscher wartete, bis Knut zurückkam und die Gruppe sich um ihn gesammelt hatte. Dann begann er mit seiner offensichtlich eingeübten Erklärung, die er wie einen guten Vortrag aufgebaut hatte. Zunächst eine Orientierung, wie der Beton auf dem Bauplatz hergestellt wurde. Die verschiedenen Zutaten, die zusammen die Betonmasse ergaben, wurden durch Röhren und Schächte der Mischmaschine zugeführt. Dann folgten ein paar Details über den Produktionsprozess und die Funktionsweise der Mischmaschine. An den Seiten des runden Metallzylinders waren innen große Messer angeschweißt, mit denen der Zement zum Rotieren gebracht wurde.

Weder der Direktor noch der Konsul sagten etwas. Sie waren die Erklärung offenbar mehrfach durchgegangen, genau wie der Polizeichef in Longyearbyen es vermutet hatte.

Alles sei automatisiert, erklärte der Dolmetscher. Die Betonmischmaschine wurde über eine Schalttafel, die sich im Steuerhaus oben auf dem Gerüst befand, in Betrieb genommen und gestoppt. Wenn der Mischer gestartet wurde, strömten Sand, Zementpulver, Wasser und Chemikalien durch die verschiedenen Röhren. Dann fing die Trommel an zu rotieren. Nach einer bestimmten Zeit ließ sich das Bodenventil öffnen, und der Beton wurde in eine mobile Rinne gepresst. Entweder auf die Ladefläche eines wartenden Lasters oder direkt in die Verschalung, wo der Beton nach und nach aushärtete.

Der Dolmetscher kam zum abschließenden Teil seines Einführungsvortrags. Die Stimme bekam etwas Singendes, er wählte seine Worte genau. Der Verstorbene war gestern Abend das Gerüst hinaufgeklettert und offenbar von dort in den Mischer gefallen. Durch ein doppeltes Unglück hatte in diesem Moment der Produktionsprozess eingesetzt, und die Masse war in den Behälter geflossen. Der Verstorbene hätte ums Überleben gekämpft, sei aber schließlich ertrunken.

Knut hatte ziemlich viele Fragen. Er ahnte die Konturen des Unfalls, wartete aber auf die unausweichliche pädagogische Wiederholung des Dolmetschers. Der zählte die einzelnen Punkte an den Fingern ab. Punkt eins: Der Verstorbene fiel in den Behälter der Betonmischmaschine. Punkt zwei: Durch einen unglücklichen Zufall wurde die Maschine in diesem Moment in Gang gesetzt. Punkt drei: Der Verstorbene rief um Hilfe, aber niemand hat ihn gehört. Und schließlich Punkt vier: Der Verstorbene ertrank im Zement. Es war ein Arbeitsunfall.

»Was ist mit den Messern? Wurde er nicht ziemlich zugerichtet?«

Der Dolmetscher sah den Bergwerksdirektor an. Ja, ein Schuh des Verstorbenen wurde abgerissen, er hat sich Verletzungen an den Füßen zugezogen. Offenbar versuchte er, über die Messer hinaufzuklettern, um sich dann über den Rand zu ziehen. Aber er hatte es nicht geschafft. Die Entfernung vom Boden bis zum Rand des Mischzylinders betrug über zwei Meter. Der Dolmetscher schüttelte sich unfreiwillig. Schließlich sei es zu viel Beton gewesen. Der Verstorbene hätte sich nicht mehr an der Oberfläche halten können. Die Kräfte hatten ihn wohl verlassen.

Knut ging um den Betonmischer herum. Der Schnee rund um die große Tonne war schmutzig, sie hing leicht schräg in einer kräftigen Eisenhalterung. Auf der Rückseite betrug die Höhe vom Boden aus nicht mehr als … Er ging ganz nah heran und maß mit dem Körper. Zwei Meter? Etwas höher vielleicht, jedenfalls konnte er den Rand nicht mit den Fingern erreichen.

Auf der Rückseite des Mischers lag tiefer Schatten. Nur das schwache Licht der Lampen an der Schachtöffnung war zu sehen. Nach und nach gewöhnten sich die Augen jedoch an die Dunkelheit, und er bemerkte eine schmale Metallleiter, die bis zum Rand des Mischbehälters führte. Neben der Leiter standen ein Spaten und ein großer, schwerer Vorschlaghammer mit einem alten, rostigen Eisenkopf. Er fotografierte die Werkzeuge, die Leiter und die Rückseite des Mischers.

»Wo ist der Tote? Sie haben ihn woanders hingebracht?« Knut stellte die Frage, bevor er hinter dem Betonmischbehälter wieder auftauchte – er zählte seine Schritte und schätzte einen Umkreis von ungefähr acht Metern. Als er den Behälter ganz umrundet hatte, sahen die Russen ihn ungläubig und empört an.

Wieder antwortete der Dolmetscher: »Selbstverständlich ist der Tote längst abtransportiert worden … man wusste doch nicht … Ich muss Ihnen noch erklären, wie er gefunden wurde. Einige Bergleute, die gestern am späten Abend hier vorbeigingen, bemerkten, dass der Mischer sich drehte und Beton über den Rand schwappte. Einer der Arbeiter kletterte die Leiter am Gerüst hinauf und drückte den Notknopf. Vom Ende der Leiter aus sah er einen Schuh in der Masse schwimmen. Die Bergleute alarmierten die Werksleitung und gossen den Beton aus. So wurde der Tote gefunden. Sie zogen ihn heraus und brachten ihn sofort ins Krankenhaus. Aber er war bereits tot. Man konnte nichts mehr für ihn tun.«

Knut nickte, aber er hatte das Gefühl, dass irgendetwas an der Geschichte nicht stimmte. Er wusste nicht was, vielleicht lag es nur an der Stimmung oder der Körpersprache der drei Russen. Sie wirkten merkwürdig entspannt und schienen mit ihren Erklärungen ausgesprochen zufrieden zu sein.

»Wann ist der Unfall passiert? Und wieso war der Verstorbene hier allein?«

Der Direktor persönlich antwortete über den Dolmetscher. Der Tote hatte Mechaniker gelernt. Er war Steiger und arbeitete viele Jahre für Trust Arktikugol. Beim Bau des neuen Gebäudes war er ebenfalls als Vorarbeiter eingesetzt. Auf dem Bauplatz wurde in lediglich einer Schicht gearbeitet, von acht Uhr morgens bis sechs Uhr abends. Nach der Schicht hatte der Verstorbene mit seiner Frau in der gemeinsamen Kantine gegessen. Als sie in ihre Wohnung gehen wollten, hatte er gesagt, er hätte noch etwas an seinem Arbeitsplatz zu erledigen. Der Beton würde bei diesem kalten Wetter so schlecht aushärten, er wollte die Mischung der Chemikalien in dem Sand- und Zementpulver ändern. Und zwar sofort, damit es nicht vergessen würde. Heute Morgen sollte alles bereit sein. Die Übersichtstabelle für das Mischungsverhältnis befand sich oben auf dem Gerüst neben der Steuereinheit. Er hatte gesagt, es würde nicht mehr als eine halbe Stunde dauern, dann käme er nach Hause.

»Furchtbar für seine Frau.« Der Konsul murmelte dem Dolmetscher irgendetwas Ernstes zu und fing an, von einem Fuß auf den anderen zu stampfen. Sie froren, alle vier. Der Dolmetscher ging einen Schritt auf den Weg zu, den sie gekommen waren. Er schlug den Kragen hoch bis an die Ohren und steckte beide Hände in die Taschen seiner Jacke. Der Konsul und der Direktor setzten sich ebenfalls in Bewegung.

Knut schaute auf die Uhr. Er war bereits über zwei Stunden in Barentsburg. Als er sich umdrehte, um den anderen zu folgen, wusste er, was ihn irritierte. »Kann diese Mischmaschine wirklich von allein losgehen?«

»Nein, absolut nicht.« Dolmetscher und Direktor schüttelten die Köpfe. »Außerdem gibt es den roten Notknopf, groß und deutlich sichtbar auf der Steuereinheit. Wird der Betonmischer durch einen unglücklichen Zufall gestartet, kann man ihn damit innerhalb von Sekunden anhalten. Der Verstorbene muss gestolpert sein, dann hat er mit den Armen gerudert und dabei den Schalter getroffen, mit dem die Maschine in Gang gesetzt wird. Er befindet sich an der Tafel, an der auch die Mischungsverhältnisse programmiert werden. Aber es war ja niemand da, der den Notknopf drücken konnte.«

Die drei Russen sahen Knut an. Er erwiderte nichts. Schließlich schlug der Konsul vor, hinaufzusteigen und sich die elektrische Steuertafel anzusehen.

Der Holzschuppen am Ende des Gerüsts stand knapp zwei Meter über dem Boden. Zur Mischmaschine gab es keine Wand, festhalten konnte man sich nirgends. Die Steuereinheit hing gut sichtbar an der Wand neben der Öffnung, unter einer Neonröhre, die bläulich schimmerte. Die Texte an den Knöpfen und Schaltern ließen sich ohne Probleme lesen – wenn Knut kyrillische Buchstaben hätte lesen können. Auch der Notknopf war nicht zu übersehen, rot und zentral angebracht. Ansonsten war der Holzschuppen leer. Der Boden war gefegt, es gab weder Schnee noch Staub. Worüber hätte der Steiger stolpern können?

Knut trat an die Öffnung. Ein Mann, der hier herausfiel, würde direkt im Mischer landen. Es schien nicht tief zu sein, vielleicht drei Meter. Er selbst hätte nicht gezögert hinunterzuspringen, wenn es nötig wäre. Darüber hinaus war ein schmaler Rand rund um die Kante des Mischers geschweißt, breit genug, dass ein Mann mit gutem Gleichgewichtssinn darauf balancieren konnte. Es müsste möglich sein, sich mit den Armen bis an den Rand zu ziehen. Aber wenn der Mischer rotierte und sich mit Betonmasse füllte, war es vermutlich ziemlich schwierig herauszuklettern.

Knut fotografierte der guten Ordnung halber den Schuppen und die Schalttafel. Dann kletterten sie das Gerüst wieder hinunter. Der Konsul zuerst. Ständig blieb er mit seinem Mantel irgendwo hängen. Als sie schließlich wieder auf der Erde standen, unternahm Knut einen letzten Versuch, einige Details des Unglücks zu klären. Er zeigte auf die Stellen, an denen Betonmasse in den Schnee geflossen war. »Diese Fußabdrücke sind im Schnee und auch im Beton zu finden. Sie müssen von jemandem stammen, der hierherkam, nachdem der Mischer angestellt wurde.«

»Ja … vermutlich von den Arbeitern, die versucht haben, Vanja zu retten.« Der Konsul schien nur ungern zu antworten. Zum ersten Mal hörte Knut den Namen des Toten.

»Das ist ziemlich wahrscheinlich.« Knut nickte. »Aber einige sind sehr, sehr klein.«

»Wahrscheinlich spielende Kinder. Die springen hier überall herum.« Der Dolmetscher zuckte die Achseln.

Knut sah sich die Betonklumpen näher an. Sie waren hart. »Meinen Sie, dass Kinder hier gespielt haben, während der

Steiger verzweifelt versuchte, sich nach oben zu kämpfen? Und dass sie nichts gehört oder Erwachsenen von dem Unglück erzählt hätten?«

Die Russen blieben stehen und schauten den Beamten der Regierungsbevollmächtigten an. Niemand hatte noch etwas zu sagen.

»Möchten Sie jetzt den Toten sehen?«, fragte der Dolmetscher schließlich.

KAPITEL 6

Der Tote

Der tote Steiger lag auf einer niedrigen Bank im Versammlungssaal, der gleichzeitig als Sporthalle diente. Über die Bank waren weiße Tischtücher oder Laken gebreitet. Auf beiden Seiten des provisorischen Sargs standen Kerzenleuchter aus Eisen. Die kurzen, kräftigen Kerzen waren angezündet, flackerten aber im Zug der halb geöffneten Eingangstür und eines angekippten Fensters oben an der Wand. Auf dem Boden hatte sich geschmolzenes Wachs in erstarrten Wülsten gesammelt. Der Saal war kalt und nicht sonderlich hell. Knut fiel der unangenehm aufdringliche Geruch auf. Trotzdem trat er näher an den Sarg. Er überlegte, ob der Konsul und der Direktor etwas anderes als eine reine Routineuntersuchung erwarteten.

Der Mann war von kräftiger Statur gewesen, untersetzt und breitschultrig. Er lag auf dem Rücken, die Arme an den Seiten, die Beine gerade ausgestreckt, der Bauch wölbte sich wie ein großer, runder Sack unter der Kleidung. Die Füße waren nackt und so malträtiert, dass sie eher wie blutige Stümpfe aussahen. Ansonsten war er bekleidet. Die Kleidungsstücke hingen in steifen, grauen Fetzen an ihm. Das Gesicht bot einen entsetzlichen Anblick: aufgerissene Augen, die aus den Höhlen hervorzutreten schienen, der Mund offen und verschmiert von der gleichen grauen Masse, die auch seine Kleidung verdreckte. Abgesehen von den blutigen Knöcheln wiesen seine Hände keine großen Verletzungen auf.

Knut unterdrückte seine Übelkeit und trat noch näher heran. »Wieso haben Sie ihn hierhergebracht, in den Versammlungssaal? Wäre es nicht naheliegender gewesen, ihn im Krankenhaus zu lassen?«

Der Dolmetscher verzog den Mund. »Das Krankenhaus ist für die Lebenden. Selbstverständlich hat ein Arzt den Toten genau untersucht und einen Bericht geschrieben – ja, man kann wohl sagen, dass er die Todesursache festgestellt hat. Tod durch Ertrinken … in der Betonmasse. Am späten gestrigen Abend, nachdem die Witwe Gelegenheit hatte, am Sarg ihres Mannes zu sitzen und das Ereignis zu beklagen, wurde er hergerichtet … so gut es sich machen ließ … und hierhergebracht. Noch heute soll eine Feier zu seinem Gedenken stattfinden. Aber in der Kapelle ist nicht genügend Platz für alle Bergleute. Der Verstorbene wird aufs Festland gebracht, um dort begraben zu werden. Vielleicht wird er bereits heute Nachmittag mit einem Hubschrauber abgeholt.«

Knut hörte Lärm hinter sich und drehte sich um. Eine Gruppe Russen war hereingekommen und unterhielt sich an der Tür, lautstark und offensichtlich verärgert. Sie hatten die Tür ebenfalls nicht hinter sich geschlossen. Eine korpulente Frau stand bei ihnen.

»Die Witwe?«, wandte sich Knut an den Bergwerksdirektor.

»Nein, selbstverständlich nicht. Bei der Frau handelt es sich um Ljudmila Wyborova Babjuk. Sie ist Köchin in der Kantine der Arbeiter und soll die Gedenkfeier vorbereiten. Außerdem ist sie die Leiterin des Kulturkomitees von Barentsburg.«

Knut nickte. Der Direktor verstand also Norwegisch und sprach es ziemlich gut. Er wandte sich dennoch an den Dolmetscher. »Wer sind die anderen?«

Der Dolmetscher kam näher heran. »Tja, das sind einfach … Neugierige. Bergarbeiter, Kollegen des Toten. Sie haben hier eigentlich gar nichts verloren, aber vermutlich gehört, dass ein Vertreter des Büros der Regierungsbevollmächtigten anwesend ist. Vielleicht wollen sie mit Ihnen sprechen? Sie haben einen albernen Streik angezettelt, weil ...« Als er den wütenden Blick des Direktors bemerkte, hielt er plötzlich verlegen inne.

Der Konsul trat ein paar Schritte vor, so dass er nun zwischen Knut und den anderen Russen stand. »Gehen wir zurück in mein Büro?« Plötzlich sprach er ebenfalls Norwegisch.

»Einen Augenblick, ich würde den Verstorbenen gern näher untersuchen. Haben Sie etwas dagegen, wenn ich ihn anfasse? Außerdem würde ich gern ein paar Fotos machen ...?«

Knut wartete nicht auf eine Antwort, schob den Konsul beiseite und ging wieder zu der Leiche auf der Bank. Er bückte sich und griff prüfend nach einzelnen Kleidungsstücken und Körperteilen. Wie erwartet war die Kleidung steif, im Gegensatz zu dem Körper. Seit man die Leiche gefunden hatte, waren einige Stunden vergangen; die Leichenstarre verschwand allmählich.

Knut zog das Taschenmesser heraus, das er stets bei sich trug, schlitzte ein Hosenbein auf und breitete es auseinander. Nicht nur die Füße waren übel zugerichtet. Die blauschwarzen Flecken an Knöcheln und Knien sahen aus, als stammten sie von Verletzungen, die sich der Tote vor seinem Ableben zugezogen hatte. Nach einigen Minuten richtete Knut sich wieder auf und untersuchte den übrigen Körper. Es war ihm ein wenig peinlich, vor allem, als er mit der Kamera ganz nah heranging. In gewisser Weise kam es ihm respektlos vor. Außerdem hatte er nicht sehr viel Erfahrung mit technischen Ermittlungsverfahren. Er arbeitete vor allem weiter, um den Schein zu wahren, zückte seinen Notizblock, notierte sich etwas. Die Hände – er betrachtete die blutigen Finger. Wie war es zu diesen Verletzungen gekommen? Vorsichtig griff er nach einer Hand. Ein Gefühl, als würde er eine Puppe anfassen, deren Finger schlaff und kalt waren. Er drückte auf den Handrücken. Weich, unangenehm nachgiebig. Wie ein mit Kies gefüllter Gummihandschuh.

Der Konsul ging ungeduldig auf und ab. Das Mittagessen war bestellt und sollte vor der Abreise nach Longyearbyen in seinem Büro serviert werden. Er sah auf die Uhr und stellte fest, dass es bereits drei Uhr nachmittags war. Im Übrigen gab es nichts mehr zu sehen, immerhin war der Tote von einem Arzt untersucht worden. Der Konsul redete so schnell, dass der Dolmetscher Probleme hatte, mit der Übersetzung nachzukommen. Schließlich drehte der Konsul sich um und marschierte auf die Eingangstür zu. Knut hatte keine Wahl, er musste folgen. Den Direktor sah er nicht. Er war mit den aufgebrachten Arbeitern nach draußen gegangen.

Vor dem Versammlungssaal war der kurze arktische Tag bereits vorbei. Am Himmel zeigten sich Sterne. Die zitronengelben Streifen auf den Felsen wurden schwächer und verschwanden, als sie vom Versammlungssaal zum Konsulat zurückgingen. Der vorsichtige, unsichere Spaziergang im Halbdunklen auf den glatten, verschneiten Wegen kam ihm vor wie in einem Traum. Zwischen den Häusern, an denen sie vorbeigingen, reckten sich Schatten aus den schmalen Zwischenräumen. Knut fühlte sich beobachtet, versuchte aber, seine Unruhe abzuschütteln.

Der Dolmetscher hielt mit Knut Schritt. »Im Büro des Herrn Konsul erwartet Sie ein Mittagessen«, erklärte er. »Außerdem hat seine Sekretärin ein Dokument zur Unterschrift vorbereitet.«

Das geräumige Büro des Konsuls hatte man aus Anlass des Essens umgeräumt. Der große, mit Büchern und Aktenmappen übersäte Konferenztisch war abgeräumt und stand mitten im Zimmer. Die Sessel um den Couchtisch waren zur Seite geschoben. Die Tischplatte bog sich unter den Platten und Schüsseln. Eine Auswahl Flaschen und Gläser stand an einem Ende des Tischs. Es duftete intensiv nach gewürztem Fleisch, Kohl und irgendetwas unbestimmt Russischem, das Knut nicht identifizieren konnte. Es erinnerte ihn entfernt an den Geruch eines in Schweinefett ausgebratenen Pfannkuchens – süßer Teig und Frittierfett. Er wandte sich ab und fürchtete einen Moment, dass die Übelkeit ihn übermannen könnte.

Der Konsul breitete die Arme aus und hielt vor der Mahlzeit in einer Mischung aus Russisch und Norwegisch eine kleine Rede. Seiner Ansicht nach war der formelle Teil des Programms vorbei. Der Dolmetscher trippelte umher und schenkte Wodka in kleine Gläser. *Am besten nicht alles auf einmal hinunterkippen*, ermahnte sich Knut und legte mit dem Wodkaglas am Mund den Kopf in den Nacken. »Tirpitz«, sagte er.

Der Dolmetscher und der Konsul lächelten begeistert und erwiderten den Toast. Knut bemerkte, dass beide immer wieder auf die Tür zum Vorzimmer schielten. Der Tisch war für vier Personen gedeckt. Offensichtlich sollte der Direktor der Zeche ebenfalls teilnehmen.

Die Gläschen wurden erneut eingeschenkt. Der Konsul verfügte über einen unerschöpflichen Vorrat an pikanten und mehr oder weniger witzigen Anekdoten aus seiner Zeit auf Spitzbergen – über Ny-Ålesund und den Besuch wichtiger Persönlichkeiten in Barentsburg oder von eigenen Erlebnissen in Longyearbyen. Schließlich waren aber auch seine Möglichkeiten erschöpft.

Knut nippte gedankenverloren an seinem zweiten Gläschen mit dem starken Schnaps und spürte, dass es ihm allmählich besser ging.

Es war Zeit, zurück nach Longyearbyen zu fliegen. »Wann rechnen Sie mit der Ankunft des Hubschraubers? Haben Sie Funkkontakt mit dem Piloten?«

Der Konsul verschwand ins Vorzimmer zu seiner Sekretärin. Nach ein paar Minuten kehrte er mit einem Stapel Papier in den Händen zurück. Seine Miene hatte etwas von ihrem teddybärhaft-jovialen Ausdruck verloren.

Der Dolmetscher übersetzte die Antwort des Konsuls. »Unsere Funkstation in Heerodden hatte Kontakt mit Spitzbergen Radio«, sagte er. »Der Helikopter der Regierungsbevollmächtigten befindet sich noch immer in Nordostland. Es wird daher noch ein paar Stunden dauern, bevor Sie abgeholt werden können. Der Konsul schlägt vor, dass wir den Papierkram vor dem Essen erledigen. Außerdem warten wir noch auf Direktor de Rustin. Leider wird er durch geschäftliche Umstände aufgehalten.«

Knut nahm die Papiere entgegen und setzte sich ans Ende des Konferenztischs. Der Konsul lächelte und reichte ihm einen Kugelschreiber. »Alle Details sind in Ordnung. Die Erläuterung eines Arbeitsunfalls. Wir haben bei den Formulierungen die norwegischen Bestimmungen beachtet. Die Kohlebergwerksvorschriften für Spitzbergen, nicht wahr?«

Die Dokumente lagen in doppelter Ausführung vor ihm. Sie enthielten einen Obduktionsbericht auf Russisch, den man aber auch ins Norwegische übersetzt hatte. Knut las ihn sorgfältig, was nicht lange dauerte: Er war auffallend kurz.

Der Verstorbene, Ivan Sergejewitsch Makanin, hatte gerade seinen dreiundfünfzigsten Geburtstag begangen. Er war als Steiger der Trust Arktikugol Grubenanlage in Barentsburg angestellt. Durch einen Unfall, der nicht weiter ausgeführt wurde, fiel er in einen Zementmischer, den er durch einen weiteren unglücklichen Zufall selbst in Gang gesetzt hatte.

Als Todesursache wurde Tod durch Ertrinken in flüssigem Beton angegeben. Die Verletzungen an Knien, Knöcheln und Füßen hatte sich der Tote durch die spiralförmig am Boden der Maschine befestigten Messer zugezogen, die dazu dienten, die Sandmengen mit dem in den Behälter fließenden Wasser zu vermischen. Die Messer waren nicht sonderlich scharf, die Verletzungen resultierten eher daher, dass der Verstorbene versucht hatte, entgegen der Rotationsrichtung aus dem Behälter zu klettern. Am Ende hatte der Zement den Kopf erreicht, der Verstorbene erstickte. In dem Bericht stand nichts über die Verletzungen an den Händen.

Und noch ein weiteres Dokument lag vor ihm, diesmal sogar in vierfacher Ausführung. Der kurze Text, russisch und norwegisch auf einer Seite, hielt fest, dass ein Vertreter der Regierungsbevollmächtigten auf Spitzbergen den Unfallort zusammen mit den offiziellen Behörden und der Leitung des Kohlebergwerks in Barentsburg inspiziert und er den Verstorbenen gesehen hätte. Außerdem sollte Knut mit seiner Unterschrift bestätigen, dass die Informationen im Obduktionsbericht des Arztes mit den Spuren am Unfallort und dem Zustand des Toten übereinstimmten. Es folgten Ort, Datum und eine Zeile für die Unterschrift.

»Es muss eben alles seine Ordnung haben. Unterschreiben Sie, dann essen wir und trinken ein, zwei Gläschen. Haben Sie schon mal Bier aus der Ukraine probiert? Es ist wirklich sehr gut, frisch und ein wenig scharf. Passt zu Piroggen.«

Sollte er unterschreiben? Knut konnte sich nicht entsinnen, schon einmal in einer ähnlichen Situation gewesen zu sein. Er blätterte die Papiere noch einmal durch. Bestätigte er mit seiner Unterschrift, dass es sich bei dem Todesfall um einen Unfall handelte? In diesem Fall konnte er nicht unterschreiben.

In diesem Moment trat der Direktor ein, offensichtlich aufgebracht. Das schwarze Haar, das noch vor wenigen Stunden so wohlgekämmt über dem Kopf lag, fiel ihm in die Stirn. Sein Gesicht zeigte hektische rote Flecken. Er wandte sich direkt an den Konsul. Die Russen führten ein schnelles Gespräch.

Mit einem Mal hatte Knut das Gefühl, an einem abstrusen Ort gefangen gehalten zu werden – so wie als Kind, wenn er gezwungen war, bei den Erwachsenen zu bleiben, die über für ihn unverständliche Dinge redeten. Er erhob sich und wandte sich an den Dolmetscher. »Könnte ich mal telefonieren? Ich würde gern mit dem Büro der Regierungsbevollmächtigten sprechen.«

Eine Pause trat ein, die Russen sahen sich an.

»Selbstverständlich, selbstverständlich. Kommen Sie mit ins Vorzimmer …« Der eifrige Dolmetscher ging voraus und scheuchte die Sekretärin aus dem Raum. Er nahm den Hörer eines schwarzen, altmodisch aussehenden Telefons ab, meldete sich auf Russisch und wartete auf Antwort. »Einen Augenblick«, sagte er mehrmals zu Knut. Es vergingen bestimmt zehn Minuten, die nur von dem einen oder anderen Wort des Dolmetschers unterbrochen wurden, bevor er Knut den Hörer überreichte und wieder in das andere Zimmer verschwand.

»Hallo?«

»Ja, hallo. Bist du es, Knut?«

Knut empfand eine derartige Erleichterung, dass er laut auflachte, als er die Stimme des Polizeichefs wie ein beruhigendes Echo am anderen Ende der Leitung hörte. »Ja, sicher bin ich es. Da hast du mich ja auf eine schöne Reise geschickt!«

»Ah ja, wieso?«

»Ich will jetzt nicht in Details gehen, ich stehe im Vorzimmer des Konsuls. Man hat mich gebeten, eine Erklärung zu unterschreiben.«

»Was für eine Erklärung? Normalerweise halten wir uns bei derartigen Inspektionen doch nicht mit Bürokratie auf. Die Arbeitsaufsicht hat die Verantwortung für den Bericht… wenn du irgendwelche Bedenken hast, solltest du das mit denen klären.«

»Tom, jetzt hör doch mal zu. Jeden Moment kann jemand hereinkommen, dann kann ich nicht mehr offen reden. Ich bin nicht so sicher, ob es sich um einen Arbeitsunfall handelt. Ich habe die Leiche untersucht. Einige der Verletzungen waren etwas… eigenartig. Es gibt keinen logischen Grund, warum… aber beide Hände waren zertrümmert, verstehst du, ich begreife nicht, was sich hier abgespielt hat. Außerdem herrscht hier eine ganz komische Atmosphäre. Sie haben den Betrieb des Kohlebergwerks eingestellt. Das machen die doch normalerweise nur, wenn…«

»Knut…«

»Wann werde ich abgeholt?«

Einen Augenblick blieb es still. Der Polizeichef räusperte sich. »Na ja, tut mir leid. Der Hubschrauber ist noch immer in Nordostland. Es handelt sich tatsächlich um eine echte Rettungsaktion, kein falscher Alarm. Du musst bis morgen in Barentsburg bleiben. Vielleicht kannst du mit dem Konsul über eine Unterkunft sprechen?«

»Ich rufe dich später noch mal an.« Knut legte den Hörer auf. Er hatte ein Geräusch hinter seinem Rücken gehört und drehte sich langsam um. Der Direktor stand in der Tür zum Büro des Konsuls.

»Probleme?«, erkundigte er sich.

KAPITEL 7

Umwege

Der russische Trawler, ein gewaltiger schwarzer Schatten in der weiten weißen Landschaft, glitt mit langsamer Fahrt aus der Mündung der Hinlopenstraße.

»Verflucht«, flüsterte der Kapitän. Erst jetzt entspannte er sich ein wenig. »So was mach ich nie wieder.« Er trat an ein Bullauge und blickte in die Polardunkelheit.

Der Steuermann widersprach nicht. Seine Hände klammerten sich wie im Krampf um das Ruder. Sie hatten eine schwierige, gefährliche Fahrt zwischen Eisschollen hinter sich. »Ich dachte, du hättest gesagt, die Gezeitenströmung sei nicht so kräftig?«

Der Kapitän antwortete nicht. Er hatte einen Fehler gemacht, aber sie waren durchgekommen. Kein weiteres Wort darüber. Jetzt interessierte ihn mehr, wie die anderen Trawler die Fahrt überstanden hatten. In dem Mahlstrom der Gezeiten und des Treibeises hatten sie an der engsten Stelle der Straße, direkt vor der Landzunge von Brage, den Kontakt zu den anderen Schiffen verloren. Danach hatten er und der Steuermann genug damit zu tun gehabt, den Trawler aus dem Bereich der Sandbänke östlich des Sorgfjords zu manövrieren. Es blieb keine Zeit, um Funkkontakt mit den anderen Trawlern aufzunehmen.

Bei den Schiffen handelte es sich keineswegs um kleine, einfache Fischkutter. Sie hatten die höchste Eisklasse, sonst hätten sie sich so spät im Herbst überhaupt nicht mehr in die Hinlopenstraße wagen können. Es waren neugebaute Fabriktrawler, auf denen die Fische direkt, nachdem sie an Bord kamen, ausgenommen und tiefgefroren wurden. Mit Winschen und großen, praktischen Luken direkt in die Laderäume. Angestrichen in der für russische Schiffe so typischen mittelgrauen Farbe, allerdings mit verbeulten und verschrammten Seiten nach den harten Zusammenstößen mit dem Eis.

Die Lichter der beiden anderen Fischerboote kamen endlich hinter ihnen an der Steuerbordseite in Sicht. Sie waren weit weg, bestimmt einige Seemeilen. Der Trawler mit dem internationalen Namen »Arktos« und dem Heimathafen Murmansk stoppte und wartete. Sie hatten viel Zeit. In der Nähe befanden sich keine weiteren Schiffe.

In Longyearbyen war es noch früher Morgen, doch das Büro der Regierungsbevollmächtigten war bereits zum Leben erwacht. In allen Büroräumen brannte die Deckenbeleuchtung, und die große Empfangshalle war voller Seeleute, die der Hubschrauber von dem Küstenwachtschiff »Senja« eingeflogen hatte, das nördlich von Spitzbergen lag. Im Sitzungszimmer saßen die Regierungsbevollmächtigte Anne Lise Isaksen, der Polizeichef Tom Andreassen und mehrere Offiziere des Küstenwachtschiffs. So viel Betrieb hatte es im Büro der Regierungsbevollmächtigten seit Langem nicht mehr gegeben. Der halbdunkle, schläfrige Oktobertag hatte interessant angefangen, fand die Dame am Empfang, da könnte noch mehr kommen. Heute würde die eingegangene und bearbeitete Post nicht abgelegt werden.

Im Sitzungszimmer hatte Kommandeurkapitän Kristian Fredriksen von der Küstenwache Nord gerade einen Lagebericht gegeben und auf einer Karte, die man inzwischen an die Wand gehängt hatte, die taktisch wichtigen Positionen markiert. »Das also ist die Situation«, fasste er zusammen. »Ein russisches Frachtschiff ist auf der nördlichen Route von Murmansk aus aufgebrochen und wird Ende der Woche in Barentsburg erwartet. Wir haben außerdem Grund zu der Annahme, dass drei große Fabriktrawler, ebenfalls Russen, in nördlicher Richtung auf dem Weg durch die Hinlopenstraße sind. Sie sind schwer beladen mit ihrem Fang. Eigentlich gibt es für sie überhaupt keinen Grund, nördlichen Kurs zu halten. Die Barentssee ist so gut wie eisfrei, die Hinlopenstraße dagegen ist voller Treibeis aus dem Polarmeer. Wir vermuten, dass sie vorhaben, westwärts bis Danskøya zu kommen, um dann Kurs nach Süden zu nehmen. Möglicherweise wollen sie irgendwo südlich von Spitzbergen mit dem Frachter zusammentreffen. Unser Plan ist, sie zu überraschen. Wir sind absolut sicher, dass sie versuchen werden, den verarbeiteten Fisch auf das Frachtschiff zu verladen. Die Trawler fahren danach wieder leer in die Barentssee und fischen weiter, als sei nichts geschehen. Bei gefälschten Logbüchern an Bord können wir nicht viel unternehmen. Wir müssen sie auf frischer Tat erwischen, wenn sie den Fisch umladen.«

»Es ist doch nicht verboten, den Fang auf ein Frachtschiff zu verladen, wenn die Laderäume voll sind?« Polizeichef Tom Andreassen lehnte sich gegen ein Fenster, er fand, er hätte im Stehen eine bessere Übersicht über die Karte. »Die Trawler sparen doch Zeit und Treibstoff, wenn sie nicht bis Murmansk zurückmüssen, um die Ladung zu löschen.«

»Du hast vollkommen Recht.« Der Kommandeurkapitän seufzte und setzte sich. »Wir haben ein paar Nackenschläge einstecken müssen, weil wir zu früh in Aktion getreten sind. Mit exakt dieser Argumentation haben sich die Russen immer wieder aus der Affäre gezogen. Dieses Mal müssen wir warten, bis die Trawler den verabredeten Treffpunkt erreichen. Wir vermuten, dass er bei der Bäreninsel liegt. Mit ein bisschen

Glück beim Timing haben sie dann bereits die Fangaufzeichnungen und die Logbücher gefälscht. Damit hätten wir handfeste Beweise für den Quotenbetrug.«

»Über welchen Betrag reden wir eigentlich?« Nach zahlreichen Arbeitstreffen von Küstenwache und Regierungsbevollmächtigten kannte Anne Lise Isaksen das Problem der illegalen Fischerei in der Barentssee, doch auch für die anderen Teilnehmer der Besprechung konnte es sinnvoll sein, einen Einblick in den Umfang des Fischereibetrugs zu bekommen.

»Tja, das ist nicht so einfach auszurechnen, da alles illegal vor sich geht und der Fisch aller Wahrscheinlichkeit nach auf den Kontinent geschmuggelt und dort an der Schwarzmarktbörse verkauft wird. Aber wenn wir von hunderten Millionen Kronen sprechen, liegen wir vermutlich nicht falsch. Momentan wird wahrscheinlich ebenso viel Fisch geschmuggelt, wie aufgrund der zwischen den Ländern vereinbarten Fangquoten legal umgesetzt wird. Wir müssen diese Praktiken unterbinden, sonst gibt es bald keinen Kabeljau mehr in der Barentssee.«

Tom Andreassen sah sich den Kommandeurkapitän an. *Kapitän der Küstenwache ist doch eigentlich ein schöner Job*, dachte er. *Schiffe und Hubschrauber bei international wichtigen Operationen zu kommandieren, statt durch die Flure des Büros der Regierungsbevollmächtigten zu schlurfen und sich mit irgendeinem Fall von Rentier-Wilderei in der Tundra zu beschäftigen.*

»Können wir bei dieser Operation irgendwie behilflich sein?«, fragte er.

Der Kommandeurkapitän wandte den Blick zur Karte. »Eigentlich nicht. Das Küstenwachtschiff ›Andenes‹ ist auf dem Weg zu dem Frachtschiff an der Bäreninsel, und das Küstenwachtschiff ›Senja‹ ist schon bald an der letzten angegebenen Position der Trawler nördlich von Spitzbergen. Wir haben zwei Helikopter an Bord jedes Schiffes, beide sind auch für Flüge bei Dunkelheit zugelassen. Selbstverständlich halten wir euch über die Entwicklung auf dem Laufenden … und wir sind sehr dankbar, dass wir diesen Raum für unsere Besprechung nutzen durften.« Der Kapitän wirkte für einen Moment ein wenig verlegen. Er hatte sich eben etwas überlegen müssen, warum er die Regierungsbevollmächtigte um Hilfe bitten konnte … einfach aus Gründen der guten Zusammenarbeit zwischen den einzelnen Behörden.

An der Nordseite Spitzbergens war es zu dieser Jahreszeit dunkel und einsam. Der Kapitän des Trawlers »Arktos« war daher erleichtert, als er die Lichter der anderen Trawler sah. Er befahl langsame Fahrt in ihre Richtung, wollte sich aber gleichzeitig nicht allzu weit nach Norden auf das Eis zubewegen. Von Zeit zu Zeit hob er das Fernglas an die Augen und murmelte grimmig: »Was zum Henker … nein, was treibt dieser Idiot denn da?«

Die »Arktos« fischte mit dem Schleppnetz nur nach Kabeljau und fast ausschließlich in der Barentssee. Sie waren ausgerüstet, um auch nach Krabben zu fischen, aber der Kapitän wollte den Fang nicht mischen. Außerdem waren die Laderäume des Schiffs voll. Das Deck war aufgeräumt und seeklar. So weit nördlich glaubte der Kapitän nie dem Wetterbericht, er erwartete Sturm.

Die Zusammenarbeit zwischen den drei Trawlern wurde ausschließlich vom Gewinn diktiert. Die Kapitäne kannten und mochten sich nicht, und auch auf die Mannschaften hatte diese Haltung abgefärbt. Mit Ausnahme der Fahrt zu dem Frachtschiff waren sie Konkurrenten und blieben für sich.

Die Laderäume des kleinsten der drei Fischtrawler waren nicht voll. Der Kapitän der »Ishav« ärgerte sich, dass er östlich von Edgeøya den erfolgreichen Kabeljaufang abbrechen musste. Aber er konnte nichts dagegen unternehmen. Der Kapitän der »Arktos« hatte den Befehl, er bestimmte, wann der Fang überführt wurde. Und er hatte Recht – denn eigentlich war es fast zu spät, um zu dieser Jahreszeit noch durch die Hinlopenstraße zu laufen. Vermutlich war es die letzte illegale Lieferung in diesem Jahr. Im Augenblick lagen sie hier, vergeudeten Treibstoff und warteten aufeinander, überlegte der Kapitän des kleinsten Trawlers. Da konnte man doch auch die Krabbennetze auswerfen und noch einen kleinen zusätzlichen Fang einfahren.

»Hast du diesen Idioten gesehen!«, schimpfte der Kapitän der »Arktos« und verfolgte die Aktivitäten durch sein Fernglas. »Da, jetzt holen sie endlich das Netz ein.« Er ging auf den Steuermann zu und übernahm das Ruder. »Funk sie an. Das ist ihre letzte Chance. Entweder sie machen den Trawler seeklar und folgen uns, oder sie müssen allein zurechtkommen.«

Der Steuermann hatte das Funkgerät noch nicht in der Hand, als sie selbst angerufen wurden. »Arktos, hier ist die Ishav. Rufen Arktos …« Einer der Matrosen hatte sich an Deck in der Stahltrosse der Winsch eingeklemmt, beim raschen Einholen des letzten Netzes war die Mannschaft unvorsichtig geworden. Der Kapitän der »Ishav« deutete an, dass der Kapitän der »Arktos« eine Mitschuld an dem Unfall trage, weil er so gedrängelt hatte.

»Sag ihm, er soll mich am Arsch lecken … und zusehen, dass sein Netz bald eingeholt ist, damit wir weiterkommen«, bellte der Kapitän der »Arktos«.

Der Steuermann schaltete auf Kopfhörerempfang, doch die Funkverbindung war schlecht, er hörte kaum, was die anderen sagten. Er lauschte, antwortete mit Einwortsätzen, schüttelte den Kopf und wandte sich an den Kapitän.

»Es sieht nicht gut aus. Der Matrose ist schwer verletzt, er steht unter Schock. Offenbar ist er ganz grau im Gesicht, zittert und windet sich. Der Kapitän der ›Ishav‹ glaubt, dass er sich außer einem Rippenbruch noch innere Verletzungen zugezogen hat. Sie bitten, Kontakt zu den Norwegern in Longyearbyen aufnehmen zu dürfen.«

»Zur Regierungsbevollmächtigten? Auf keinen Fall … jetzt begreift er endlich, wie schnell so etwas gehen kann …«

Der Steuermann redete wieder ins Funkmikrofon, lauschte … »Er sagt, der Matrose wird sterben … er glaubt, die Milz ist gequetscht … sie rufen jetzt Longyearbyen und senden ein Notsignal … mit oder ohne deine Erlaubnis.«

Der Kapitän der »Arktos« fluchte verbissen und rief schließlich selbst Spitzbergen Radio, um mit dem Büro der Regierungsbevollmächtigten zu sprechen. Zu diesem Zeitpunkt hatte die »Ishav« bereits ein Notsignal abgesetzt.

KAPITEL 8

Das Hotel

Nach dem Telefongespräch mit Longyearbyen wurde Knut mehr oder weniger aus dem Büro des Konsuls geschoben. Der Konsul erklärte, die Anwesenheit eines Beamten der Regierungsbevollmächtigten bei der Trauerfeier für den toten Steiger werde weder erwartet noch sei sie erwünscht. Es handele sich um eine interne Angelegenheit, ohne Interesse für Außenstehende.

Der Dolmetscher wurde beauftragt, Knut bei der Suche nach einem Hotelzimmer behilflich zu sein. Lieber wäre der Dolmetscher mit dem Konsul und dem Direktor zu der Trauerfeier im Versammlungssaal gegangen und hätte neben ihnen Platz genommen – als eine der wichtigen Persönlichkeiten der Stadt. Leider waren der Direktor und der Konsul einer Meinung, dass Knut im Hotelzimmer warten sollte, bis die Feierlichkeiten im Versammlungsraum vorbei waren. Dem Direktor kam es offensichtlich überhaupt nicht in den Sinn, dass der Dolmetscher damit auch von der Trauerfeier ausgeschlossen war.

Sie gingen nebeneinander über die Hauptstraße, die Köpfe hielten sie wegen des eiskalten Windes gesenkt. *Ulitsa Ivana Starostina.* Wissen Sie, nach wem die Straße benannt wurde? Nach dem russischen Entdecker und Fänger Ivan Starostin. Er kam 1780 zum ersten Mal in diese Gegend und überwinterte zweiunddreißig Mal am Isfjord. Schade, dass ihr Norweger so wenig über unsere Geschichte wisst.«

»Und ich dachte, es sei eine Frau.«

»Nein, das ist eine Genitivform«, erwiderte der Dolmetscher.

Wortlos liefen sie weiter. Nicht ein Mensch war auf der Straße zu sehen. Das Hotel erwies sich als einigermaßen zentral gelegenes, vierstöckiges Gebäude aus hellem Backstein. Es war nicht zu übersehen: An einer Wand hing ein enormes hellblaues Schild, auf dem mit weißen Buchstaben senkrecht das Wort HOTEL geschrieben stand.

»Hierher hätte ich auch allein gefunden«, sagte Knut.

Der Dolmetscher murmelte etwas Unverständliches auf Russisch. Sie stiegen die hohe, glatte Holztreppe hinauf. Die Tür war nicht abgeschlossen. Die Rezeption lag im Dunklen, der Raum war feucht und kalt. Der Dolmetscher tastete an der Wand, um einen Lichtschalter zu finden. Knut folgte ihm zögernd. Er strengte seine Augen an, um die Konturen des Raumes zu erkennen. Hinter der Rezeption stand die Tür zu einem Büro halb offen. Niemand war zu sehen, kein Laut zu hören. Es roch nach Feuchtigkeit und Schimmel. Das Hotel wirkte verlassen.

Knut spürte, wie Melancholie in ihm aufstieg. Barentsburg hatte diese Wirkung auf ihn, eine Art Resignation wegen der Russen. Das Hotel war relativ neu, gebaut in den späten Achtzigern, als die Bevölkerung in Barentsburg versuchte, sich umzustellen: von einer sowjetischen Bergarbeitersiedlung zu etwas, das vielleicht einer westlichen Gemeinschaft ähnlich war. Eine gewisse Zeit hatte man die unterschiedlichsten Formen der Marktanpassung ausprobiert, allerdings hielten alle die russischen Versuche, vom Spitzbergen-Tourismus zu profitieren, für amateurhaft. Mit Ausnahme der Russen selbst. Wie hatten sie glauben können, dass norwegische Touristen in Scharen in dieses dunkle, verfallene Nest kommen würden? Touristen liebten es bequem, sie wollten nicht ihren eigenen Transport von Longyearbyen organisieren müssen, und sie wollten auch keine Siedlung im Verfall sehen, deren Einwohnerzahl sich im Laufe von ein paar Jahren halbiert hatte. Außerdem mochten sie das ungewohnte russische Essen nicht und quartierten sich nicht in einem Hotel ein, von dem sie nicht einmal wussten, dass es existierte. Zur Enttäuschung der Russen zogen die Touristen die kurzen Ausflüge nach Barentsburg vor, die von norwegischen Reisebüros organisiert wurden.

Knut wandte sich an den Dolmetscher. »Wie sehen die Pläne für den Rest des Abends aus? Ich muss mit dem Büro der Regierungsbevollmächtigten in Kontakt bleiben, falls es irgendwelche Änderungen bei dem Hubschraubertransport geben sollte. Außerdem brauche ich einige Toilettenartikel, und später muss ich wahrscheinlich auch noch etwas essen.«

»*Da, da* … natürlich. Lassen Sie mich nur … wo sind denn die Schlüssel, dann … alles andere kommt später. Ljudmila Wyborova ist für das Hotel verantwortlich. Ich müsste sie eigentlich holen, aber heute ist ja ein besonderer Tag. Man kann nicht ohne weiteres eine Trauerfeier stören. Außerdem gibt es Probleme im Bergwerk, einige Arbeiter haben sich darin verschanzt.« Er hielt abrupt inne, als er merkte, dass der Direktor dieses Gesprächsthema kaum gutheißen würde.

Knut erstarrte. Das könnte wichtig sein, ein möglicher Grund, warum die Russen die Regierungsbevollmächtigte um Hilfe ersucht hatten. Aber was erwarteten sie eigentlich von ihr? Eine Einmischung der norwegischen Behörden in einen Arbeitskonflikt in Barentsburg war vollkommen undenkbar.

»Wieso sind die Bergleute so aufgebracht? Hat es etwas mit dem Unfall zu tun?«, erkundigte er sich vorsichtig.

Der Dolmetscher zögerte, er blieb stehen und dachte nach. »Die Arbeiter behaupten, dass es der Leitung nur um Profit geht, nicht um die Sicherheit. Sie behaupten, das Leben der Arbeiter sei in Gefahr … So weit ist es mit dieser Gesellschaft gekommen, jeder Vorwand wird ausgenutzt, um Unruhe zu stiften. Und dann endet es mit einer kleinen Lohnerhöhung … das ist es doch, was sie letztendlich wollen. Mit dem Todesfall hat das nichts zu tun.« Er zuckte die Achseln und verschwand in der Dunkelheit hinter dem Tresen.

Minuten vergingen. Knut hörte, wie der Dolmetscher Schränke und Schubläden öffnete. Schließlich kam er mit einem Schlüssel zurück, mit dem er vergnügt klimperte.

Am vernünftigsten wäre gewesen, er hätte Knut ein Zimmer im Erdgeschoss neben der Rezeption gegeben. Aber der Dolmetscher hatte irgendeinen Schlüssel erwischt, ohne auf das Metallschild zu achten, das daran hing. Sie gingen mehrere Treppen hinauf und stolperten durch dunkle, schmale Korridore. Der Dolmetscher ging voran, schwer atmend und langsam. Er lokalisierte die Lichtschalter für die Lampen an der Decke, allerdings schaltete eine Zeituhr das Licht wieder ab, noch bevor sie halbwegs zum nächsten Lichtschalter gelangt waren.

Schließlich hatten sie das richtige Zimmer erreicht. Knut schloss die Tür auf. Der Raum war klein und spartanisch möbliert: ein Kleiderschrank, ein Sessel, ein kleiner Tisch und ein Waschbecken. Zwei Einzelbetten standen an den Seitenwänden, daneben zwei kleine Nachttischchen. Gardinen und Bettdecke aus dem gleichen grob gewebten, verblichenen Stoff. Über einem der Betten hing ein Druck aus der Sowjetzeit, die ungelenke Zeichnung eines Bauernhofs.

Der Dolmetscher zog sich unter kleinen, entschuldigenden Verbeugungen aus dem Raum zurück. »Ich werde jetzt Ljudmila Wyborova holen. Sie wird alles besorgen, was Sie benötigen.«

Dann war er verschwunden. Das Geräusch seiner Schritte entfernte sich auf dem Gang.

Knut setzte sich schwerfällig aufs Bett und sah sich in dem schlecht beleuchteten Raum um. Vermutlich würde ihn irgendjemand holen, sie konnten ihn doch nicht allein hier sitzen lassen? Immerhin war er auf Wunsch der Russen nach Barentsburg gekommen. Er stöhnte, es war unglaublich dämlich gewesen, allein hierherzufahren. Zu zweit wäre alles sehr viel einfacher gewesen. So wie der Besuch sich entwickelte, beschränkte sich die Polizeiarbeit hier auf Formalitäten.

Er hatte das Gefühl, als hätten die Russen nicht gewollt, dass er den Unfall genauer untersuchte. Er griff nach seiner einfachen Digitalkamera und klickte die Fotos der Fundstelle durch. Es waren weniger als erwartet. Hatte er wirklich nur sieben Bilder gemacht? Der Notizblock enthielt ebenfalls nicht viel, nur ein paar hastig hingekritzelte Sätze und einige zufällige Worte, die vielleicht einen Sinn ergeben hatten, als er sie aufschrieb.

Es war unangenehm kühl und klamm im Zimmer. Er streckte die Hand aus und legte sie auf einen großen, altmodischen Heizkörper am Bett. Er war eiskalt. Knut bückte sich und fand eine Art Regulator, an dem er drehte, eher zufällig. Es gurgelte vielversprechend in den Rohren, aber nach einer Weile war der Heizkörper noch immer kalt.

Dann ging das Licht aus. Wenn er ehrlich sein sollte, bekam er Angst – eine alberne Reaktion. Er tastete sich zum Lichtschalter an der Tür, aber das Licht flammte natürlich nicht wieder auf. Es war so ruhig, dass er seinen eigenen rasselnden Atem hörte. Auf dem Weg zum Fenster stieß er gegen den Nachttisch, er schaute hinaus. Keinerlei Licht von der kleinen Kapelle oder den Straßenlampen rund um den Platz.

Was nun? Sollte er wirklich hier in der Dunkelheit auf diese Ljudmila oder sonst jemanden warten, der es irgendwann für richtig hielt, nach ihm zu sehen? Er suchte die Taschen seiner Jacke ab. Hatte er keine Streichhölzer dabei … nein, er fand nur sein Taschenmesser und das Handy. Er drückte auf irgendeine Taste, und das Display leuchtete gespenstisch grün auf. Er hatte ein Netz. Kein sonderlich starkes Signal, nur ein Strich auf der Anzeige. Möglicherweise reichte es, um eine Verbindung zum Büro aufzubauen; er wollte es später versuchen.

Leider waren die Batterien nur noch halb voll. Genügend Kapazität für ein oder zwei kurze Gespräche, aber absolut nicht ausreichend, um das Display auf den dunklen Fluren und Treppen als Taschenlampe zu benutzen. Er fuhr mit der Hand über die Wand bis zu einem der Betten und setzte sich. Ihm blieb nichts anderes übrig, als zu warten.

Knut musste geschlafen haben. Er lag angekleidet auf dem Bett und schreckte auf, als die Tür seines Zimmers vorsichtig geöffnet wurde. Regungslos und angespannt zugleich blieb er liegen und sah eine dunkle Gestalt, die vorsichtig den Raum betrat.

»Hallo …? Polizeibeamter Fjeld?«

Es war der Dolmetscher. Knut erkannte ihn an der Stimme. Er richtete sich auf und wurde fast ohnmächtig – Kopfschmerzen, schlimmer als er sich je erinnern konnte. Ganze Ströme aus glühendem Schmerz flossen von seinen Schläfen zu den Augen und hinab zu den zusammengebissenen Zähnen. Er stöhnte auf. »Was zum Henker geht hier vor?«

»In ganz Barentsburg ist der Strom ausgefallen. Tut mir leid. Ich dachte, ich schaue mal nach Ihnen. Sie hatten doch keine Angst, oder? Keine gute Idee, jetzt allein durch Barentsburg zu laufen …« Der Dolmetscher seufzte und setzte sich auf das andere Bett. »Die Trauerfeier ist vorbei. Alle haben den Saal verlassen … und sind auf dem Heimweg. Ich habe Ljudmila gesucht. Und plötzlich … war das Licht weg.«

»Warum? Wie kommt es zum Stromausfall?«

»Jemand hat das Kraftwerk abgeschaltet. Vielleicht Sabotage. Sehr gefährlich, das Wasser kann gefrieren und die Rohre platzen lassen. Das Thermometer zeigt Minusgrade. Alles kann kaputtgehen, Abwasserleitungen, Heizungen … Auch im Bergwerk ist der Strom ausgefallen. Die Ventilatoren sind stehen geblieben … sehr, sehr gefährlich. Vielleicht muss ganz Barentsburg den Winter über geschlossen werden?«

Knut hatte einen fürchterlichen, unstillbaren Durst. Er dachte nur an die Kopfschmerzen und diese brennende Trockenheit in seiner Kehle. Konnte er aus dem Hahn am Waschbecken trinken? Und wie stand es um eine oder zwei Kopfschmerztabletten, ob sie sich beschaffen ließen?

Der Dolmetscher zog irgendwelche Dinge aus der Tasche und legte sie auf den Tisch zwischen ihnen. »Ich habe Ihnen etwas zu trinken mitgebracht … und etwas zu essen. Bald wird alles wieder in Ordnung sein. Der Direktor ist zum Kraftwerk gefahren, um mit den streikenden Arbeitern zu reden. Morgen früh können Sie zurückfliegen. In einem von unseren drei Hubschraubern. Sie sollen den Sarg mit dem Verstorbenen nach Longyearbyen bringen.«

Mit einem zischenden Geräusch öffnete er eine Dose. Biergeruch breitete sich im Raum aus. Knut kam es wie ein Wunder vor, als die kalte Flüssigkeit seinen Mund füllte und ihm den Hals heruntertropfte. Er leerte die Dose in einem einzigen langen Zug.

Der Dolmetscher hatte seine aufgesetzte Art zu reden abgelegt, nun zeigte sich eine ganz selbstverständliche Gastfreundschaft. Knut überraschte es nicht. Er hatte solche Verhaltensänderungen bei den Leuten in Barentsburg schon früher erlebt – eine Eigenschaft, die bei den Bewohnern von Longyearbyen zu der Meinung führte, dass man den Russen nicht trauen konnte. Nie wusste man, mit wem man es wirklich zu tun hatte. Knut hatte innerlich entschieden, dass beide Verhaltensweisen zwei Seiten derselben Person waren – sie traten nur zu unterschiedlichen Zeiten und in verschiedenen Situationen in Erscheinung.

Die Silhouette am Fenster redete weiter in einer informellen Mischung aus Russisch und Norwegisch: »Piroggen, bitte sehr, eigentlich muss es ja Kaninchenfleisch sein, aber diese sind auch sehr gut. Schwein. Und hier haben wir eine eingelegte Gurke, nehmen Sie nur … und eingelegte Zwiebeln, gut für, wie sagt man, ja, wenn es einem am Tag danach … nicht gut geht.«

Der Geruch von gärendem Teig und gewürztem Fleisch … Knut spürte, wie sein Magen sich gefährlich zusammenzog. Er aß ein paar kleine Gurken und eine Zwiebel. Es half nichts, verschlimmerte nur sein Befinden. Er stand auf, stützte sich auf den Tisch, versuchte, die Tür zu finden.

»Die Toilette?« Er kam nicht weiter als zum Waschbecken. Hinterher ließ er das Wasser laufen und rührte hilflos mit den Fingern im Becken, um alles in den Abfluss zu spülen. Er trocknete die Hände an seiner Hose.

Der Dolmetscher hatte eine halbe Flasche Wodka und zwei Schnapsgläschen mitgebracht. Knut leerte ein paar Gläser, bevor er wagte, noch etwas zu essen. Es war erbärmlich, tadelnswert. Er hoffte, der Dolmetscher würde niemandem von seinem plötzlichen Unwohlsein erzählen, ahnte aber, dass der Grubenleitung alles zugetragen wurde. Knut biss die Zähne zusammen, um nicht laut zu jammern. »Und, ist es möglich, dass ich morgen früh mit einem russischen Hubschrauber zurück nach Longyearbyen fliegen kann?«

»*Da, da.* Es wird möglich sein. Kostja … also Direktor de Rustin lässt grüßen. Selbstverständlich gibt es in dem Helikopter einen Platz für den Vertreter der Regierungsbevollmächtigten. Und selbstverständlich hofft er, dass die Dokumente über den Arbeitsunfall zuvor unterzeichnet werden … es wäre am besten, wenn alle Formalitäten erledigt sind, bevor der Verstorbene aus Barentsburg ausgeflogen wird.«

Knut aß vorsichtig von den halbmondförmigen, mit Fleisch und Gemüse gefüllten Teigtaschen. Er fühlte sich besser. *Ach, zur Hölle damit*, dachte er. *Was geht mich das an, ob bei diesem armen Schwein von Steiger bei seinem Sturz in den Betonmischer nachgeholfen wurde.*

Der Dolmetscher hatte seine Liste der schlechten Nachrichten allerdings noch nicht abgearbeitet. »Der Transport hängt auch davon ab, ob Kostja alle Probleme mit den Arbeitern lösen kann. Habe ich erzählt, dass einige von ihnen sich in dem älteren Teil des Bergwerks verschanzt haben? Leider ist es dort nicht ganz sicher … Methangas … große Explosionsgefahr. Seit der Tragödie von 1997 war dieser Bereich geschlossen … Sie haben davon gehört? Aber jetzt haben die Arbeiter die soliden Tore eingerissen, mit denen die alten Stollen verschlossen waren. Wussten Sie übrigens, dass die Stollen direkt unter uns verlaufen, hier, wo wir sitzen … unter ganz Barentsburg?«

KAPITEL 9

Ein Held

Knut stand auf und trat ans Fenster. Insgeheim hatte er erwartet, irgendein Zeichen von der dramatischen Situation unter der Erde zu sehen – eine Ansammlung aufgebrachter, ängstlicher Menschen, Bergleute, Fahrzeuge, zumindest irgendetwas. Aber der Platz war verwaist, die Straßen menschenleer.

Der Dolmetscher blieb sitzen und gab ihm mit der Hand ein Zeichen, sich wieder hinzusetzen, in seiner Stimme schwang ein Anflug von Abschätzigkeit mit. »Bleiben Sie ruhig. Die Bergarbeiter haben keine Chance. Sie haben genauso Angst vor einer Explosion wie wir. Die Mehrzahl von ihnen ist verheiratet und hat Frauen und Kinder in der Ukraine. Das sind alles nur leere Drohungen; letztendlich wollen sie einfach ein paar Verbesserungen durchsetzen. Der Direktor ist selbst eingefahren, um mit ihnen zu verhandeln. Wenn er glauben würde, dass tatsächlich ein Risiko besteht, hätte er die Bevölkerung von Barentsburg evakuiert.«

Knut fühlte sich nicht so sicher. Bei früheren Besuchen hatte er einen Blick in die Bergwerkstollen von Trust Arktikugol werfen können. Obwohl offiziell niemand etwas sagte und die Arbeitsaufsicht nur über eindeutige Verletzungen der norwegischen Arbeitsschutzgesetze berichtete, war es offensichtlich, dass ein norwegisches Bergwerk niemals auf diese Weise geführt werden würde. Es bedurfte nicht viel, um eine Explosion in den Stollen auszulösen, die die richtige Mischung aus Sauerstoff und Methan enthielten – dieses tödliche, aber unsichtbare und geruchlose Gas, das die Kohle freisetzte. Der geringste Funke konnte eine Sprengung auslösen. Sogar in vorbildlich geleiteten Kohleminen war ein derartiges Unglück denkbar. Nein, er fühlte sich dort, wo er saß, keineswegs sicher.

»Sie haben gefragt, wer der Tote war … als Mensch?« Der Dolmetscher lehnte sich zurück, zog ein Knie aufs Bett und sah aus, als hätte er vor, noch eine Weile im Hotel zu bleiben.

Hatte Knut danach gefragt? »Jedenfalls würde ich gern ein paar Worte mit der Witwe des Toten wechseln. Ich möchte sie fragen, wann der Verstorbene sich entschloss, zum Bauplatz zurückzugehen, und wer es eventuell gehört haben könnte; solche Fragen.«

»Die Witwe? Nein, das ist unmöglich. Sie steht unter Schock und ist vollkommen außer sich. Außerdem ist sie ständig in der Kapelle am Sarg ihres Mannes. Dort sollte man sie in Ruhe lassen. Wir wissen noch nicht, was wir tun sollen … sie arbeitet hier in Barentsburg als Touristenführerin. Im Pomor-Museum, dem Museum über die ersten russischen Händler in der Arktis. Wahrscheinlich wird sie aufs Festland zurückkehren wollen, aber leider hat sie keine lebenden Verwandten mehr. Vanjas Familie will nichts von ihr wissen … eine schwierige Situation.«

»Ich dachte, der Verstorbene soll morgen früh nach Longyearbyen gebracht werden; er ist doch schon dafür … hergerichtet worden?« Knut merkte, dass er die Kunstpausen des Dolmetschers vor jedem einzelnen Wort nachahmte. Dadurch bekamen sie eine rätselhafte Doppelbedeutung, die nicht immer beabsichtigt war. Ein feines Lächeln, das den Dolmetscher irritierte, ließ sich nicht vermeiden.

»Lachen Sie über mich? Wir Slawen sind durchaus ein wenig anders als ihr Westeuropäer. Wir haben mehr Gefühl, nehmen die Sorgen schwerer. Wir lieben unsere Familie und Russland, unser Vaterland. Wir wissen genau, dass ihr hier in Spitzbergen auf uns Russen herabseht, als wären wir nicht ebenso gut wir ihr Norweger. Aber wir haben die gleichen Rechte. Kommt nur mit euren Gesetzen und Arbeitsvorschriften …« Der russische Akzent verstärkte sich, Knut hatte Schwierigkeiten, den Dolmetscher zu verstehen. »Hier in Barentsburg arbeiten wir ebenso gern wie ihr bei euch in Longyearbyen. Ich kann Ihnen vom Grubenunglück 1997 erzählen, über das in den norwegischen Zeitungen nicht sonderlich ausführlich berichtet wurde … Sie werden die Geschichte eines wahren Helden hören.«

Knut merkte, dass der Dolmetscher inzwischen ziemlich betrunken war. Er selbst hatte höchstens ein paar Gläser getrunken, auf keinen Fall mehr als drei. Aber die Wodkaflasche auf dem Tisch war fast leer. Der Dolmetscher folgte seinem Blick, stieß die Flasche vom Tisch und stellte sie an einen der Bettpfosten. Er zog eine weitere Flasche aus seiner geräumigen Jackentasche, eine andere Sorte. Selbstverständlich musste Knut ein Glas probieren, alles andere wäre eine Beleidigung gewesen. Sie tranken auf ihre Zusammenarbeit und die Freundschaft zwischen Russen und Norwegern auf Spitzbergen. Knut konnte sich nicht erinnern, wann er zuletzt etwas derart Abscheuliches getrunken hatte.

»Pfefferwodka«, erklärte der Dolmetscher und nickte.

»Das Grubenunglück am 23. September 1997.« Der Dolmetscher lehnte sich zurück und legte den Kopf an die Wand, drehte das leere Wodkaglas zwischen den Fingern, sah an die Decke. »Sie sind ein Jahr vorher nach Spitzbergen gekommen, nicht wahr? Aber ich vermute, Sie erinnern sich an diesen Tag im September nicht so gut wie an das andere Unglücksdatum ein Jahr zuvor – den 29. August 1996.«

Knut nickte, er gab zu, dass das Unglück am Operafjellet Eindruck auf ihn gemacht hatte. Der Absturz einer Tupolev 154 auf dem Weg von Moskau nach Longyearbyen hatte sämtliche norwegische Medien beschäftigt – von dem Moment an, als das Flugzeug kurz vor der Landung vom Radar verschwand, bis zu dem Zeitpunkt, als es hoch oben am Rand des Plateaus gefunden wurde. Keiner der insgesamt hunderteinundvierzig Insassen an Bord hatte überlebt. Über den Anblick, der sich der Rettungsmannschaft bot, wurde in allen grausamen Details berichtet.

Damals war er nicht in Longyearbyen gewesen und konnte sich an den polizeilichen Ermittlungen nicht beteiligen. Er war gerade als Beamter für die Sommersaison nach Spitzbergen gekommen und sollte nur ein paar Monate bleiben. Mit Torbjørn, einem Freund aus Kinderzeiten, hatte er eine Inspektionsreise mit Zelt und Schlauchboot östlich der Sjuøyene unternommen. Die Nachrichten hatten sie über ein Feldradio empfangen. Sogar diese sparsamen Informationen über das Flugzeugunglück hinterließen einen nachhaltigen Eindruck. Als er einige Wochen später zurückkam, hatte man den Mantel des Schweigens über den Fall gebreitet, im Büro wollte niemand darüber sprechen.

»Der Verstorbene – Ivan Sergej… Sergejewitsch –, hatte er etwas mit dem Flugzeugabsturz zu tun? War er deshalb deprimiert?«

»Wir waren alle bedrückt, ja mehr als das. Barentsburg ist nicht wie Longyearbyen, hier gibt es nur das Kohlebergwerk. Keine flotten Bauten für die Bürokratie, keine Läden oder Schulen, auch keine Universität mit Studenten. Die meisten Russen auf Spitzbergen haben untereinander irgendeine Verbindung, sie kommen aus denselben Orten in der Ukraine und Russland oder wurden von einem Onkel oder Freund, der bereits hier lebte, als Bergarbeiter empfohlen. Der Trust leitet alles, wir sind an die Gesellschaft gebunden. Sogar der Konsul …«

»Der Konsul? Gibt es eine Verbindung zwischen ihm und Trust Arktikugol?«

Der Dolmetscher ignorierte die Frage und wollte weiter von dem Flugzeugunglück erzählen. Knut glaubte nicht, dass er Neues zu hören bekommen würde. 1996, als er nach der Feldexpedition in den Norden wieder ins Büro des Regierungsbevollmächtigten kam, hatte er sich gewundert, wie zurückhaltend der damalige Regierungsvertreter ihn über den Absturz informierte. Aber er hatte alle Berichte gelesen, einschließlich des Resümees der Havariekommission und der quälend detaillierten Beschreibung des Unfallorts durch die Rettungsmannschaft.

»So viele Tote. Alle Passagiere hatten Verbindungen nach Barentsburg, zu Bergarbeitern oder Familienangehörigen. Aber ihr Norweger habt als Erstes daran gedacht, dass die Tupolev ein altes Flugzeug mit vielen Fehlern ist … das war ihre eigene Schuld, habt ihr gedacht, die Schuld der unterlegenen Russen mit ihrer veralteten Technologie …«

Knut wollte protestieren, obwohl er wusste, dass es ohnehin nichts half. »Ihr … wen meinen Sie? Die Zeitungen in Norwegen … die Menschen in Longyearbyen oder die Behörden? Dass die Presse über Ursachen und Schuld spekuliert, damit müssen wir alle leben – auch die Norweger. Wäre die Maschine einer norwegischen Fluggesellschaft mit dem Berg kollidiert, hätte man exakt dasselbe geschrieben und behauptet. Außerdem hat die Tupolev eine ziemlich erschreckende Unfallstatistik.«

»Aber es war kein Fehler des Flugzeugs …«

»Nein …« Knut unterbrach sich. Wieso saßen sie hier in

einem stromlosen Barentsburg und diskutierten über ein altes Flugzeugunglück?

»Wenn die Maschine auf der Anflugschneise 10 hätte landen können, so wie sie es erbeten hatte, wären sie vielleicht sicher heruntergekommen.« Der Dolmetscher sah Knut unter halb geschlossenen Augenlidern an. »Sie hatten bereits einen Anflug von der See her berechnet und dem Tower durchgegeben. Und dann … im letzten Augenblick. So muss es für die Piloten ausgesehen haben. Sie wurden gebeten, noch eine Runde über Longyearbyen zu drehen und zwischen den Bergen zu landen.«

Knut seufzte. Er kannte die Diskussion genau. »Es herrschte Gegenwind. Der Tower hielt es für sicherer, die alternative Landerichtung über dem Tal zu wählen. Laut Bericht der Havariekommission, den ich mehrfach gelesen habe, sind die Unglücksursachen fehlerhafte Navigation und defekte Instrumente – insgesamt achtzehn Punkte. Außerdem hatte sich Nebel über den Bergen gebildet, die Piloten hatten keinen Sichtkontakt. Die Maschine wich von ihrer Flugbahn ab und zerschellte am Operafjellet.«

»Sie hätten vom Meer aus landen können, der Gegenwind war nicht so stark. Zehn Minuten länger, und sie hätten sicher auf der Erde gestanden … nur ein paar Kilometer.«

»14,3 Kilometer, um genau zu sein. Aber wieso reden wir darüber?«

Der Dolmetscher wandte das Gesicht ab, in dem dunklen Zimmer warf sein Kopf am Fenster einen Schatten. »Ich war an diesem Tag auf dem Flugplatz von Longyearbyen. Zusammen mit Russen und Ukrainern aus Barentsburg und Pyramiden, die nach Hause aufs Festland wollten. Und mit unserem Bergbauingenieur, der auf seine Frau und seine beiden Kinder wartete. Ich stand bei ihnen und schaute in den Himmel, um das Flugzeug zu sehen … meine Verlobte war an Bord. Sie kam das erste Mal nach Spitzbergen.«

»Oh, ich wusste nicht …«

»Wir standen da und wussten nichts. Wir schlugen vor, dass unser Hubschrauber sich an der Suche beteiligen sollte. Er stand bereit, um die Passagiere nach Barentsburg zu transportieren. Aber da war das Unglück bereits geschehen. Bergleute, Familien, Freunde – alle lagen zusammen mit den Wrackteilen des Flugzeugs über das Bergplateau verstreut. Zerschmettert, in Stücke gerissen – keine Überlebenden.«

Knut erinnerte sich an ein Foto der Unglücksstelle, das ihn am meisten berührt hatte – ein Spielzeugteddy im Schnee zwischen Wrackteilen und zerfetzten menschlichen Körpern. Es waren viele Kinder unter den Toten.

»Sie glauben vielleicht, ich erzähle Ihnen das, um mich sympathisch zu machen. Nein, ich erzähle es, um zu zeigen, dass ihr Norweger geschmeidige Gesetze habt. Sie denken vermutlich, der Spitzbergen-Vertrag und die norwegischen Gesetze beschützen uns Bewohner von Barentsburg genauso wie euch in Longyearbyen? Aber nicht, wenn Großmachtpolitik im Spiel ist. Dann gelten andere Maßstäbe. Und wer muss bezahlen? Ja, wir – die gewöhnlichen Russen und Ukrainer. Wir haben ein Rettungsteam geschickt, unsere besten Leute, um uns an der Suche nach Überlebenden zu beteiligen … wenn es denn möglich gewesen wäre, auch nur einen einzigen zu finden. Vielleicht lag ja irgendjemand schwer verletzt im Schnee und ist erfroren?«

»Ich glaube nicht …« Knut wollte nicht auf die Funde rund um das Flugzeugwrack eingehen. Das Letzte, was Angehörige aufgaben, war die Hoffnung, dass der eine Glückliche gefunden wurde.

»Wissen Sie, was diesem russischen Rettungsteam passierte? Sie wurden oben auf dem Berg in Handschellen gelegt. Sie wurden verhaftet, zum Regierungsbevollmächtigten gebracht und einem fünfstündigen Verhör unterzogen. Nicht, weil sie etwas so Lumpiges versucht hätten, wie das Gepäck zu plündern, das über den blutbefleckten Schnee verstreut lag. Manch einer in Longyearbyen mag das geglaubt haben … Nein, sie hatten sich außerhalb des Gebiets aufgehalten, das ihnen der Regierungsvertreter zugewiesen hatte – außerhalb des Gebiets, in dem sich Russen aufhalten durften. Um nach Überlebenden zu suchen! Was glauben Sie, wie haben wir über euch Norweger gedacht, als wir wieder in Barentsburg und Pyramiden hockten?«

Knut wusste von dieser merkwürdigen Episode während der Rettungsarbeiten, aber er wollte das Gespräch beenden. Sie könnten die Diskussion ein andermal fortsetzen. Er fühlte sich schläfrig, gleichzeitig war er aber auch nervös. Er stand auf, trat ans Fenster und blickte über die dunkle Stadt.

»Sie haben gesagt, die Wasserleitungen und Abwasserkanäle frieren bei Stromausfall nach einer Weile ein. Wie lange dauert es bis dahin?«

Der Dolmetscher überhörte die Frage. »Ich kann Ihnen noch etwas erzählen, was Sie vielleicht überrascht. Über das Grubenunglück ein Jahr später.«

»23. September 1997. Gerade hatte in Longyearbyen eine Gedenkfeier für das Flugzeugunglück im Jahr zuvor stattgefunden. Der Mönch Kliment war auf persönliche Bitte des Metropoliten Kyrill gekommen, um die Gedenkstätte am Fuß des Operafjellet zu segnen, einen Glockenturm und einen Teil des verunglückten Flugzeugs. Auch in Barentsburg gab es einen Gottesdienst mit der Fürbitte, die russische Bevölkerung möge ein solches Leid nicht noch einmal erleben.

Nur gab es ein fatales Gerücht über eine mögliche Stilllegung von Pyramiden. Die vielen Einsparungen in Barentsburg. Immer mehr Bergleute mussten in eine unsichere Zukunft aufs Festland zurück, der Bergbaubetrieb und die Bevölkerung auf Spitzbergen bekamen immer weniger Unterstützung. Es wurde mehr oder weniger verboten, seine Familie in Barentsburg zu haben. Die Kinder wurden aufs Festland geschickt, die Schule wurde geschlossen. Lachende und spielende Kinder verschwanden, die bunten Zeichnungen, die ganzen Lieder und Theateraufführungen. Es gab keine Freude mehr in der Siedlung… aber das Gefährlichste war natürlich, dass das Werk wichtige Ausrüstungsgegenstände nicht mehr erhielt und es an wesentlichem Nachschub mangelte.«

»Aber es gibt doch Kinder.« Knut dachte an die Fußspuren, die er am Betonmischer im Schnee gesehen hatte. Vielleicht gab es bei all den Geschichten ja auch mal eine Pause, in der er die vorsichtige Frage stellen konnte, ob er mit einigen der Kinder sprechen dürfe.

Der Dolmetscher goss Wodka in beide Gläser und leerte seins in einem Zug. »Der Beschluss, die Kinder wegzuschicken, wurde nach einigen Monaten teilweise revidiert. Einige bekamen die Erlaubnis, mit ihren Familien hier zu leben… so wurden die Loyalen belohnt.« Er seufzte und schloss die Augen, aber nur, um sie einen Moment später wieder zu öffnen. »Die Vorgeschichte dauert zu lange, Chnuet, und die Zeit ist knapp. Ich komme gleich zu dem Tag vor dem Grubenunglück 1997.

Am Abend zuvor gab's ein kleines Fest in der Arbeiterkantine. Die Arbeitsverträge vieler Bergarbeiter liefen demnächst aus, sie würden die Insel verlassen – einige für immer, andere nur für den Urlaub. Einige Veteranen hörten ganz auf, Leute, die viele Jahre auf Spitzbergen gewesen waren. Ivan Sergejewitsch nahm an dem Fest teil, ich auch. Außerdem eine Gruppe von Arbeitern, die kurz darauf die Nachtschicht antreten mussten. Aber das Unglück, das sich einige Stunden später ereignete, hatte nichts mit dem Fest zu tun. Kein Arbeiter der Nachtschicht war betrunken. Ich erzähle dies, um zu zeigen, dass niemand in Barentsburg stirbt, ohne dass es Konsequenzen für andere hat.

Wie Sie wissen, liegen die Kohleschichten, die den Abbau lohnen, in Barentsburg sehr tief, über vierhundert Meter unter der Erde. Einige Stollen führen bis unter die Gebäude, aber Sie haben wahrscheinlich gesehen, dass die alten Tagebaueingänge eingestürzt sind und in einem verfallenen Gebiet der Siedlung liegen. Der Transport der Kohle erfolgt heutzutage durch die moderne Tagesanlage vor dem Gebäude mit den neuen Toren. Mit elektrischen Lokomotiven und Loren. Weiter unten in der Grube gibt es Stollen … Sie wissen, was das ist? Die Schächte für den Transport und die Ventilation führen durch den Berg, der Abbau passiert an den Kohleschichten, und der Abtransport geschieht auf Bändern. Aber es ist teuer, den Stein zu schlagen …

1993, nach Glasnost, übernahm eine andere Art von Administration den Kohlebergbau hier in Barentsburg. Der Betrieb auf Spitzbergen sollte sich lohnen. Dass man die Anzahl der Hauptschächte von drei auf zwei reduzierte, war der erste Fehler, der begangen wurde.«

Knut hatte keine Ahnung vom Bergbau in Barentsburg, wollte aber nicht nach Details fragen. Der Dolmetscher schätzte ihn offenbar als aufmerksamen Zuhörer, nur kam ihm die Geschichte des Grubenunglücks schon jetzt unnötig lang und detailliert vor.

»Was war eigentlich die Ursache des Unglücks? Das fragen Sie sich wahrscheinlich. Wir in Barentsburg haben eine etwas andere Methode als in Longyearbyen und in der alten Kings Bay, um die Kohle aus der Grube zu holen. Die Wände, an denen die Kohle geschlagen wird, liegen höher als die Schächte mit den Transportbändern. An diesen Stellen werden die vertikalen Durchlässe gesprengt, die Schächte, eng wie Schornsteine. Die Kohle wird bis zu diesen Löchern gebracht und auf die Transportbänder gekippt. Am frühen Morgen des 23. September 1997 war man gerade dabei, einen solchen Schornstein zu sprengen, den Schacht 6.

Schließen Sie die Augen und stellen Sie sich das Bild vor, Chnuet. Am späten Abend sind die Kumpel unterwegs zu den Grubentoren. Einige fahren mit dem Bus, andere kommen zu Fuß. Viele waren bei dem Abschiedsfest in der Kantine, haben sich zugeprostet und gesungen. ›Heute ist dein Tag, Donbas, heute kannst du feiern‹ ebenso wie die bekannten Lieder ›Korobejniki‹, der Hausierer, oder ›Podmoskovnyje Vetsjera‹, Abende vor Moskau. Sicher waren Sie schon mal auf einem russischen Fest und haben diese Lieder selbst gesungen.

Auch Vanja war bei dem Abschiedsfest und hat mit seinem schönen tiefen Bass mitgesungen. Damals war er Steiger der Nachtschicht. Seit Wochen hatte er sich beschwert, dass sie keine schriftlichen Arbeitsanweisungen bekamen. Die Bergleute mussten selbst herausfinden, was sie machen sollten. Aber so war das. Im Bergwerk gab es nicht genug Leute, es sollte ja gespart werden. Außerdem waren viele der erfahrensten Bergleute bei dem Flugzeugunglück im Jahr davor ums Leben gekommen, und man hatte sie nicht ersetzt.

Vanja sollte Kohle bei Stoß 28 abbauen, der in einem anderen Teil der Grube lag als Schacht 6. Nach der Explosion rettete er sein eigenes und das Leben vieler seiner Kumpel. Er kroch mit einem Tau durch den engen Schacht, damit die Arbeiter, die sich im Transporttunnel befanden, hinaufgezogen werden konnten. Viele von ihnen waren bereits tot, einige schwer verletzt. Einer überlebte, aber er erblindete. Vanja hat sich einfach heldenmütig verhalten.

Die Menschen in Barentsburg erwachten an einem neuen Morgen, und viele wussten nichts von der Tragödie. Die ersten Stunden nach dem Unglück mochten sie nicht glauben, dass so etwas Furchtbares geschehen war. Die Bevölkerung schrie nach Informationen, Informationen … verzweifelt versuchten sie, etwas in Erfahrung zu bringen. Wer war unter Tage, wer kam als Leiche heraus? Wie konnte es zu diesem fürchterlichen Unglück kommen?

Es stellte sich heraus, dass die letzte Sprengung am Schacht 6 die Explosion verursacht hatte. Bei den Sprengungen unter Tage werden zwei Sorten von Sprengstoff verwendet, M-Detonitt und T-19-Amonitt. Ersteres hat eine gewaltige Sprengkraft mit einer großen Flamme und wird verwendet, wenn Stein gesprengt werden muss. Das andere wird für die Kohle eingesetzt und dort, wo Methangas sein könnte. An diesem Morgen wollte man den schwächeren Sprengstoff benutzen, aber in Barentsburg gab es kaum noch T-19-Amonitt, weil man die Produktion auf dem Festland eingestellt hatte. Deswegen waren die Preise gestiegen, und man wollte ja Kosten sparen. Außerdem hatten die Grubenarbeiter keine schriftlichen Anweisungen. Sie arbeiteten, wie sie wollten, und entschieden, von oben in den Transportband-Schacht zu sprengen, wo sich viel Kohlenstaub angesammelt hatte. Sie wissen sicher, dass man Kalk ausstreuen muss, um zu verhindern, dass der Kohlenstaub in die Luft wirbelt. Aber in der Grube gab es so gut wie keinen Kalk, er war vom Festland nicht geschickt worden …«

Der Dolmetscher fuhr sich mit der Hand durchs Gesicht, als müsse er seine Gedanken ordnen. »Die letzte Sprengung an diesem Morgen öffnete den Schacht und traf auf eine Einkapselung von Methangas. Die Flamme entzündete den aufwirbelnden Kohlenstoff… nicht nur an einer Stelle unter Tage, sondern an vielen… noch drei Kilometer vom ersten Explosionsort entfernt starben Arbeiter. Männer, die vor der ersten Explosion flüchten konnten, wurden von Druckwellen brennender Luft eingeholt. Einige erstickten am Karbonmonoxid, das sich bei der Verbrennung bildet. Es gab nur eine kleine Anzahl Sauerstoffmasken. Vanja und sein Rettungstrupp gingen Stollen für Stollen ab, um nach Überlebenden zu suchen. Aber sie fanden nur tote Kumpel.

In der Siedlung bebte die Erde. Das unterirdische Dröhnen der Explosionen, tief wie Trommeln, weckte viele Menschen in Barentsburg. Wir verstanden schnell, dass der schlimmstmögliche Fall eingetreten war. Ich selbst habe den Regierungsbevollmächtigten angerufen und um Hilfe aus Longyearbyen gebeten. Und die Norweger kamen – zunächst mit Rettungsgeräten und ihren Krankenschwestern, dann mit ihren Beamten und der Arbeitsaufsicht. Und als der Bericht über das Grubenunglück endlich fertig war, wissen Sie, was da passiert ist?«

Knut hatte den Eindruck, dass ihm nichts anderes übrig blieb, als den Kopf zu schütteln, obwohl er eine ungefähre Ahnung hatte, worauf der Dolmetscher mit seiner Geschichte hinauswollte.

»Gar nichts, Herr Polizeibeamter Fjeld, es passierte überhaupt nichts. Es wurde keine Anklage gegen den Trust erhoben, es wurde nicht einmal sonderlich viel bemängelt. Alles wurde plötzlich ganz still. Hätte man nicht darauf hinweisen sollen, dass schriftliche Arbeitsanweisungen vorliegen müssen, damit niemand einen Fehler macht? Die Bergleute wussten doch gar nicht, was sie tun sollten. War unter Tage Kalk nicht Vorschrift, um ihn über den Kohlenstaub zu verteilen?

Und waren nicht auch Sauerstoffmasken für jeden einzelnen Arbeiter vorgeschrieben? Hätte nicht der richtige Sprengstoff vor Ort sein müssen, und hatte die Leitung nicht dafür Sorge zu tragen?

1963 musste die damalige norwegische Regierung wegen eines Grubenunglücks zurücktreten, bei dem im Herbst 1962 einundzwanzig Arbeiter in Ny-Ålesund getötet wurden. Aber fünfunddreißig Jahre später, 1997, kam es zu keinem Skandal. Obwohl dreiundzwanzig Russen bei einem Unfall starben, der durch sehr viele Fehler und Verletzungen der Sicherheitsvorschriften ausgelöst wurde. Was sagen Sie dazu, Polizeibeamter Fjeld? Keine scharfe Kritik oder die Drohung der Schließung der Anlagen in Barentsburg von Seiten der norwegischen Arbeitsaufsicht. Keine großen Geldbußen oder Gefängnisstrafen für irgendjemanden aus der Leitung des Trusts.

Stattdessen stand der heldenmütige Einsatz von Ivan Sergejewitsch und der russischen Rettungstruppen im Fokus des allgemeinen Interesses. War auch nicht falsch, denn er verdiente das Lob für seinen Einsatz … nur, musste man ihm den Orden ›Held der Russischen Föderation‹ verleihen? In den Augen des Generaldirektors, der den Trust von Murmansk aus leitet, konnte Vanja danach nichts mehr falsch machen. Er bekam einen gefährlichen, aber auch einflussreichen Posten. Er machte das Beste für die Bergleute daraus. Im Namen der Gerechtigkeit muss das gesagt werden … Aber jetzt … Vanja ist tot, und der Niedergang der Gruben in Barentsburg wird weitergehen …«

Der Dolmetscher beugte sich vor. Er stützte den Kopf in die Hände. Knut hörte im Halbschlaf zu, den Kopf an die Wand gelehnt. Man hatte ihm gerade eine tragische Geschichte erzählt, doch es war tiefe Nacht, und Knut hatte Angst, am nächsten Morgen zu verschlafen. Wer sollte ihn rechtzeitig wecken, damit er mit dem russischen Helikopter zurück nach Longyearbyen fliegen konnte? Würde es überhaupt einen Transport geben, wenn der Strom ausgefallen war und die Bergleute streikten? Wollte der russische Dolmetscher eigentlich überhaupt nicht nach Hause gehen?

Inzwischen war es erstickend heiß in dem Hotelzimmer.

»Ich denke, ich sollte mich jetzt hinlegen und schlafen. Wären Sie so nett und lassen mich jetzt allein …« Er sprach die Worte nicht laut aus, bereitete sie nur vor. Sein Kopf vollführte eine angenehm schaukelnde Bewegung, die Augen fielen ihm zu.

Der Dolmetscher hatte sich auf die Kante des anderen Bettes geschoben, Knut hörte ihn atmen. »Ich will euch im Büro der Regierungsbevollmächtigten keinen Ärger machen. Wir haben viele Jahre gut zusammengearbeitet. Wie Sie vielleicht wissen, Chnuet, will ich mich nach Norwegen versetzen lassen … an die Botschaft in Oslo. Es wäre nützlich für meine weitere Karriere in der Diplomatie, wenn … eine vorteilhafte Stellungnahme der Regierungsbevollmächtigten … Übrigens können Sie mich Gosja nennen. Mein Name ist Georgi Gavrilowitsch Dubidin. Bei den Norwegern nennen mich alle nur den ›russischen Dolmetscher‹, aber ich habe einen Namen, auch ich. Ich kann Ihnen noch mehr über den Verstorbenen erzählen, wenn es Ihnen nützt. Ivan Sergejewitsch war jedenfalls nicht der Mann, für den die Werksleitung ihn hielt, so viel kann ich Ihnen sagen. Ich weiß, dass … aber es darf in keinem Bericht auftauchen, dass ich Ihnen das erzählt habe, klar? Es bleibt unter uns …«

Plötzlich ging das Licht wieder an. Knut setzte sich auf. Der Dolmetscher zwinkerte verwirrt, sie saßen sich unangenehm nah auf den schmalen Betten gegenüber. Auf dem niedrigen Tisch lagen das fettfleckige Papier mit Essensresten, leere Bierdosen und anderer Abfall. Und dann … Knut hörte schwere Schritte auf dem Korridor, die Tür des Hotelzimmers wurde aufgerissen. Ein gedrungener Russe stand im Zimmer. Er verbreitete einen widerlichen Gestank nach Gülle. Eine erschreckende Gestalt – was ihm an Größe fehlte, glich er in der Breite aus. Abgetragene Bergarbeiterkleidung, feste, verdreckte Stiefel, die auf dem Boden Erdklumpen hinterließen. Helles, rötliches Haar, helle Augenbrauen und hellblaue Augen. Die Haut war so bleich, dass Knut überlegte, ob er es mit einem Albino zu tun hatte. Der Mann grinste und sagte etwas zu dem Dolmetscher, der daraufhin aufstand. Gedämpft unterhielten sie sich an der Tür. Der bleiche Mann sprach in einem kriecherischen, unterwürfigen Ton, der Dolmetscher sah besorgt aus. Nein, Knut korrigierte seinen Eindruck, der Dolmetscher wirkte ängstlich. Schließlich drehte er sich um.

»Der Direktor bittet uns, zur alten Grube IV zu kommen … dort haben sich die Bergleute verschanzt. Er sagt, sie verlangen, mit Ihnen persönlich zu sprechen. Die Arbeiter glauben den Informationen nicht, die der Direktor ihnen über Vanjas Tod gegeben hat. Auf Wunsch des Direktors sollen Sie den Leuten erklären, dass es sich um einen Unfall handelt. Und ich muss mitkommen, um zu übersetzen.«

KAPITEL 10

Ödland

Sie gingen zu Fuß vom Hotel bis zu dem brachliegenden Gelände mitten in Barentsburg. Das Licht der Straßenlaternen reichte nicht bis hierher. Ein Schneeteppich lag über dem schlimmsten Verfall, aber die Reste von Bauten und Eisenschrott erschwerten es, unbeschadet bis zu dem teilweise eingestürzten Turm mit dem verbeulten, rostigen Eisentor vorzudringen, das jetzt offen stand. Schatten teilten das Gebiet in schwarz-weiße Muster. Mehrere Fußspuren führten in Richtung des Turms. Bereits vor ihnen waren Menschen hier unterwegs gewesen – erst kürzlich.

Es war kalt und ruhig. Über ihnen knisterten die Sterne wie gestoßenes Eis am dunklen Nachthimmel. Knut fror in seiner gefütterten Lederjacke, er schlug den Kragen hoch bis an die Ohren und steckte die Hände in die Taschen. Der Dolmetscher und der fremde Russe gingen vor ihm, beide trugen die traditionellen, dicken Russenjacken mit großen Kapuzen. Knut achtete genau auf jeden Schritt. Möglicherweise überdeckte der Schnee Löcher oder Gegenstände, über die er stolpern könnte.

»Wieso ist das Gelände nicht längst geräumt worden und wird als Bauplatz für neue Häuser verwendet?«, fragte er sich halblaut. Es musste sich um die Reste des alten Barentsburg handeln, das die Russen nach Übernahme der Kohleminen 1932 errichtet hatten – für die damalige Zeit ausgestattet mit den modernsten Zechengebäuden und Arbeiterbaracken. Während des Zweiten Weltkriegs schossen die deutschen Schlachtschiffe »Scharnhorst« und »Tirpitz« das gesamte Gebiet in Brand, am

6. September 1943 war ganz Barentsburg in Schutt und Asche gelegt worden. Nur einige wenige Gebäude blieben am Abhang stehen, darunter das Krankenhaus und ein paar alte Holzhäuser. Die deutschen Schiffe waren gekommen, um die Kohleminen zu zerstören.

Als die Russen nach dem Krieg zurückkehrten, konnten sie vermutlich nicht ohne weiteres neue Gebäude auf das zerbombte Gelände bauen. Zerstörte und eingestürzte Stollen hatten den Untergrund instabil werden lassen. Die beiden Türme waren alles, was noch von der alten Tagesanlage stand. Doch die Öffnungen für den Personenschacht und den Transportschacht existierten noch, von hier aus gab es noch immer Wege ins Bergwerk. Der Dolmetscher schob das verbeulte, rostige Eisentor mit einem kreischenden Geräusch auf. Er verschwand in einem klaffenden schwarzen Loch.

Der Schacht war schmal und niedrig. Knut senkte den Kopf und bückte sich. Es war anstrengend, auf diese Weise zu gehen. Leicht konnte man sich den Kopf an einem Vorsprung der Decke stoßen oder auf der Sohle stolpern, wie die Bergleute den unebenen Boden nannten.

Der Dolmetscher und der fremde Russe verfügten über Taschenlampen. Knut ging zwischen ihnen. Ihre Schatten tanzten einen makabren Tanz über glänzende Kohleflächen und verbrannte Stützpfeiler, die an der Decke verkeilt waren.

Je tiefer sie unter Tage kamen, desto wärmer wurde es. Wasser tropfte von der Decke, rann langsam die Wände hinab und sammelte sich in kleinen Pfützen auf dem Boden. Sie befanden sich in einer Unterwelt aus dunklen Gängen, die sich drehten und wanden, immer weiter nach unten führten, und sich erst in die eine, dann in die andere Richtung verzweigten.

Es muss eine Art Codesystem sein. Irgendwie merken sie sich die Gänge, so dass sie wissen, wo sie sich befinden, dachte Knut.

Er wollte den Dolmetscher fragen, warum sie die Grube durch eine der alten Tagesöffnungen betreten hatten, statt die neue, moderne Anlage zu benutzen, die über einen motorisierten Transport verfügte. Aber er kam nicht dazu, er hatte mehr als genug damit zu tun, Schritt zu halten. Das langsame Stolpern in der Dunkelheit kam ihm wie ein Albtraum vor. Er sehnte sich danach zu beenden, was sie von ihm verlangten, um unter die Decke seines Hotelbetts kriechen und schlafen zu können.

Endlich waren sie da, jedenfalls begann der Dolmetscher langsamer zu gehen. Sie hatten den Rand einer großen Höhle erreicht. Die Decke verschwand mindestens fünf, sechs Meter über ihnen. Sie wurde von breiten Säulen aus grob behauener Kohle gehalten. Das Licht der Taschenlampen flackerte durch den enormen Raum. Knut erkannte eine Wasserlache, groß wie ein Teich. Sie bedeckte den größten Teil des Bodens. Im Wasser lagen zerstörte, verzogene Eisengegenstände, alte Loren und etwas, das aussah wie Motorteile.

»Dies ist ein sehr alter Teil der Grube, Chnuet«, wandte sich der Dolmetscher an ihn. »Alles wurde bei einer heftigen Explosion vor vielen, vielen Jahren vernichtet. Auf der anderen Seite der Höhle kommen wir in einen Stollen, der uns zu der Stelle führt, an der das Unglück von 1997 viele Schächte zerstört hat. Es ist nicht mehr weit.«

Knut empfand eine geradezu feierliche Dankbarkeit, dass der Dolmetscher stehen geblieben war und ihm erklärt hatte, wo sie sich befanden.

»Danke, Georgi.«

»Nenn mich Gosja.«

Der Dolmetscher richtete sich ein wenig auf, winkte dem Russen hinter ihnen und übernahm die Führung am Rand des unterirdischen Sees. Der bleiche, stämmige Mann grinste, gleichzeitig höhnisch und unterwürfig.

Alle drei hielten sich eng an der Wand, gingen langsam und vorsichtig, hin und wieder leuchteten sie mit den Taschenlampen ins Wasser. Plötzlich bekam Knut von dem Russen hinter ihm einen Stoß in den Rücken, dass er beinahe gefallen wäre. Der Russe zeigte auf etwas und leuchtete ins Wasser. Unweit des Rands verschwand der Boden in einem steilen Abhang. Der See musste tief sein, sie liefen im Kohlenstaub über einen schmalen Grad. Der Russe grinste und machte Schwimmbewegungen. Knut heftete sich an die Fersen des Dolmetschers.

Auf der anderen Seite des unterirdischen Saals wurden die Stollen enger, beinahe unwegsam. Hin und wieder mussten sie über Gesteins- oder Kohlebrocken klettern, die den Durchgang versperrten. An anderen Stellen drückten sie sich an verworrenen Haufen mit Leitungen und Eisenstangen, zersplittertem Holz und zerstörten Loren vorbei. Endlich sah Knut weit voraus Licht und meinte, Stimmen zu hören.

Sie verließen den engen, eingestürzten Stollen und kamen in einen weit größeren und breiteren Raum, in dem mehrere Stollen aufeinandertrafen. An einer Wand stand eine kleine Hütte aus grauen Holzbrettern. Es war der alte Pausenraum, in dem die Grubenarbeiter vor langer Zeit in der Mitte der Schicht ihr Pausenbrot gegessen hatten.

Vor der verfallenen Hütte standen altmodische Karbidlampen in einem weiten Halbkreis um eine Gruppe Männer und ließen sie größer erscheinen, als sie waren – und bedrohlicher. Etwa zwanzig Bergleute, alle mit verschmierten, schmutzigen Gesichtern und in voller Arbeitsmontur. Knut bemerkte, dass er schwarze Kohleflecken an den Händen und vermutlich auch im Gesicht hatte. Es ließ sich nicht vermeiden, wenn man sich unbewusst kratzte oder den Schweiß von der Stirn wischte.

Die kleine Gruppe Arbeiter hatte einen Anführer, allerdings

fiel er im ersten Moment nicht auf. Ein sehniger Mann mit einem gelben Helm und ebenso abgetragener Arbeitskleidung wie die anderen. Als er die drei Neuankömmlinge sah, ging er ein paar Schritte auf sie zu und gab den Blick auf den Bergwerksdirektor frei. Neben ihm standen zwei Funktionäre, alle drei trugen normale Mäntel. Direktor de Rustin sah erschöpft aus, bleich und mitgenommen.

Er kam ihnen eilig entgegen und zog Knut und den Dolmetscher mit zu den Bergleuten. Der Dolmetscher übersetzte. »Hier, seht selbst … Knut Fjeld, ein Beamter aus dem Büro der Regierungsbevollmächtigten, ist aus Longyearbyen gekommen, um uns bei den Untersuchungen zu Ivan Sergejewitschs Todesfall zu unterstützen. Ich gehe doch hoffentlich zu Recht davon aus, dass diese Tatsache eine gewisse Beruhigung für euch ist. Er ist unparteiisch und hat mit unseren Konflikten hier in Barentsburg nichts zu tun. Wir alle müssen akzeptieren, was er im Zusammenhang mit dem Unfall herausfindet.«

Der Anführer der Bergleute unterbrach den Direktor. Er drehte sich um und sprach Knut direkt an. »Wir verlangen, dass für uns Russen die gleichen Regeln gelten wie für norwegische Bergleute. Es muss untersucht werden, ob es sich wirklich um einen Arbeitsunfall handelt oder ob Vanja ermordet wurde. Er hätte die bevorstehenden Entlassungen hier in Barentsburg verhindern können. Das wusste der Direktor …«

Diesmal unterbrach der Direktor. »Beschuldigst du mich etwa des Mordes, Igor Grigorowitsch?« Er senkte die Stimme zu einem tiefen, drohenden Flüstern. »Das lasse ich mir nicht bieten. Du überschreitest erheblich deine Grenzen. Leg Beweise vor … oder du kannst packen und mit dem ersten Schiff aufs Festland fahren – ohne Lohn oder Prämie.«

Obwohl die Männer in leises Protestgemurmel ausbrachen, war es offensichtlich, dass die Drohung des Direktors den Anführer erschreckt hatte. Er wandte sich noch einmal an Knut. »Ist es nicht so, dass auf Spitzbergen alle Arbeitsunfälle untersucht werden müssen? Steht das nicht sogar im Spitzbergen-Vertrag? Es muss doch für einen russischen Arbeiter möglich sein, berechtigte Zweifel zu äußern, ohne deswegen gleich bestraft zu werden.«

Der Direktor wollte in Anwesenheit eines norwegischen Polizisten seine Autorität nicht verlieren und zischte irgendetwas auf Russisch. Knut ging dazwischen. »Die Bergwerksverordnung und das Arbeitsschutzgesetz regeln die Sicherheit der Arbeiter in den Kohlebergwerken auf Spitzbergen. Aber Sie haben Recht. Selbstverständlich bin ich verpflichtet, Sie anzuhören, wenn Sie einen konkreten Verdacht in dieser Angelegenheit haben. Deshalb hat der Direktor ja die Regierungsbevollmächtigte um Unterstützung gebeten. Der Todesfall wird noch ein weiteres Mal gründlich untersucht werden, von der Arbeitsschutzbehörde. Es kommt in diesem Fall also zu einer doppelten Untersuchung. Sie können davon ausgehen, dass Direktor de Rustin alles getan hat, um eventuelle Unklarheiten auszuräumen.«

Der Dolmetscher versuchte sich stotternd an den schwierigen Formulierungen und Fachausdrücken, gab aber letztendlich auf und verwendete die norwegischen Begriffe. Trotzdem gelang es ihm offenbar, Knuts versöhnlichen Beitrag zu vermitteln. Die Stimmung schien nicht mehr ganz so bedrohlich. Die Bergleute besprachen sich leise. Knut war zufrieden mit sich. *Ein wenig Diplomatie kostet mich ja nichts*, dachte er bei sich.

Nach einer längeren Diskussion unter den Arbeitern ergriff der Anführer wieder das Wort. »Wir beenden den Streik und nehmen morgen unsere Arbeit wieder auf«, erklärte er. »Unter der Bedingung, dass wir unseren Verdacht erläutern können. Außerdem verlangen wir, dass die Kündigungen, die für fünfzig Bergleute ausgefertigt wurden, nicht verschickt werden. Wir wollen die persönliche Garantie des Direktors, dass die Versorgung mit Lebensmitteln und Material für den Winter beträchtlich erhöht wird. Es muss wieder erlaubt sein, sich in der Kantine etwas zu essen zu kaufen und es mit nach Hause zu nehmen. Darüber hinaus sollen die Arbeiter die Möglichkeit bekommen, etwas von der Schmuggelware zu kaufen, die die Schiffe vom Festland mitbringen …«

Der untersetzte Russe, der Knut im Hotelzimmer abgeholt hatte, lachte höhnisch und fing an, auf Russisch etwas zu rufen. Doch der Direktor, der einen Teilsieg verbuchen konnte, lächelte versöhnlich. »Bergmann Ivan Grigorowitsch meint selbstverständlich die kleinen Souvenirs, die von den Mannschaften der Schiffe als Geschenke für die Bevölkerung von Barentsburg mitgebracht werden, nicht wahr? Wahrscheinlich die eine oder andere Tüte mit frischen Krabben oder Fisch?« Er breitete die Arme aus. »Lasst mich die Absprache noch einmal bestätigen. Der Arbeitsunfall wird sowohl vom Büro der Regierungsbevollmächtigten als auch von der Arbeitsaufsichtsbehörde untersucht. Wir alle wünschen uns sichere Verhältnisse im Werk. Wenn es um die Entlassungen und die Versorgung geht, so fürchte ich, dass dies letzten Endes der Entscheidung des Generaldirektors in Murmansk obliegt. Zum Wohle des Trusts, natürlich. Aber ich werde meine bescheidenen Einflussmöglichkeiten einsetzen, so gut ich kann.«

Der Direktor lächelte und trat ein paar Schritte zurück, bis er neben Knut stand. »Im Übrigen hat der Polizeibeamte Fjeld bereits den Unglücksort und den Toten inspiziert. Seiner Schlussfolgerung nach handelt es sich bei dem Todesfall um einen Unfall. Das wird er sicher in seinem Bericht an das Büro der Regierungsbevollmächtigten erläutern – von dem uns eine Kopie versprochen wurde. Selbstverständlich werde ich den Bericht ins Russische übersetzen lassen, damit ihr alle lesen könnt, zu welchem Ergebnis er gekommen ist.«

Knut hätte protestieren können, allerdings war dies weder der richtige Ort noch der richtige Moment. Die Augen der Bergleute ruhten auf ihm. Er fühlte sich deplatziert, als Eindringling. Sie verdienten Aufrichtigkeit und wurden mit leeren Festreden abgespeist. Trotzdem sagte er nichts. Morgen würde er an Bord eines russischen Hubschraubers auf dem Weg nach Longyearbyen sein. Das war die Zeit, um alle Widersprüche dieses Todesfalls festzuhalten. Nicht hier, viele hundert Meter unter der Erde und mehrere Kilometer tief im Berg, in langen Stollen, durch die er allein unmöglich zurückfinden würde.

Die Digitalkamera steckte in seiner Jackentasche. Möglicherweise könnte es von Nutzen sein festzuhalten, wer sich an diesem nächtlichen Treffen unter der Erde beteiligte. Knut trat ein paar Schritte zurück, doch noch bevor er auf den Auslöser drücken konnte, wurde ihm die Kamera aus der Hand geschlagen.

»*Stjupid police piejg.*« Der Untersetzte aus dem Hotel hatte blitzschnell reagiert. Nach kurzem Nachdenken musste Knut verlegen zugeben, dass der Russe Recht hatte. Wie konnte er einen derartigen Fehler begehen? Er hatte nicht nachgedacht, ein Moment der Gedankenlosigkeit. Wahrscheinlich wäre es gut gegangen, moderne Kameras waren sicherlich nicht mehr so gefährlich wie die älteren Typen mit den großen Blitzlampen; vermutlich gab es inzwischen Mechanismen, um Funkenbildung zu verhindern. Aber dennoch, man konnte nie wissen. Er hätte selbst daran denken müssen, dass sich große Mengen Methangas in dem eingestürzten Teil der Grube befinden könnten.

Im vergangenen Jahr hatten sie in Longyearbyen in einem Kidnapping-Fall ermittelt und in den Grubenanlagen der Store Norske nach einem kleinen Mädchen gesucht, das aus dem Kindergarten der Siedlung verschwunden war. Dabei hatte Knut mehr als genug über die Explosionsgefahr in Bergwerken erfahren. Er wünschte sich, nicht zu wissen, wie eine Grubenexplosion sich entwickelte – Feuerwalzen, die mit mehreren hundert Stundenkilometern durch die Stollen rollen, Temperaturen von einigen tausend Grad, Schockwellen, die Trommelfelle sprengen und Lungen zerfetzen, die Luft gefüllt mit Karbonmonoxid, das sämtliche Arbeiter tötet, die keine Kohlestaubfilter oder Sauerstoffmasken tragen.

Der Russe hatte ihm vollkommen zu Recht die Kamera aus der Hand geschlagen. Aber wer war er? Was gab ihm die notwendige Autorität, sich so selbstsicher zu benehmen?

Die Bergleute hatten den Streik beendet. Nun mussten die zahlreichen Barrikaden abgebaut werden, die sie im modernen Teil der Grube errichtet hatten. Bewusst beschädigte Kohlehobel waren zu reparieren, große Haufen mit Steinen aus dem Weg zu räumen. Daher sollten der Dolmetscher und Knut allein an den eingestürzten Schächten bis zum Mundloch zurückgehen. Der Direktor blieb, um zu überwachen, dass die Aufräumarbeiten ohne Verzögerung durchgeführt wurden.

Man kann ihm vieles vorwerfen – Zynismus, Ehrgeiz, hin und wieder wohl auch Ausbeutung der Arbeiter, dachte Knut, *aber mutig ist er jedenfalls. Und loyal gegenüber seiner Gesellschaft auch.*

Sie kehrten auf demselben Weg, den sie gekommen waren, zum Verwaltungsgebäude zurück, mit gekrümmten Rücken und schmerzenden, gebeugten Nacken. Der Dolmetscher ging voran. Knut folgte mit der Taschenlampe, er versuchte, den unebenen Boden vor ihnen zu erleuchten. Er spürte die Einsamkeit wie ein Gewicht, außerdem sahen die langen Schatten auf der Kohle so furchtbar fragil aus. Wenn irgendetwas passierte und sie verschüttet würden, ein plötzlicher Einsturz der vielen Tonnen Stein aus der Decke, würde man sie vermissen? Könnte irgendjemand sie rechtzeitig ausgraben?

»Wer ist der Russe, der uns aus dem Hotel abgeholt hat?«

Der Dolmetscher blieb stehen und drehte sich um. »Grigótovit? Er ist Bergmann, kam letzten Sommer vom Festland. Außerdem ist er verantwortlich für das Treibhaus und den Stall, meist kümmert er sich darum.«

Knut blieb ebenfalls stehen und richtete sich so weit wie möglich auf. Er hatte eine Stelle gefunden, an der der Stollen etwas höher war. »Was pflanzt ihr denn an? Und gibt es noch immer Tiere im Stall?«

»Nicht mehr so viele wie früher.« Der Dolmetscher schien außer Atem zu sein, unwillig. »Ein bisschen Gemüse, Tomaten, Gurken, Paprika, aber im Augenblick ist so gut wie nichts mehr da. Im Stall sind auch keine Tiere mehr. Früher gab es Kühe und Ochsen. Jetzt haben wir nur noch ein paar Hühner und ein Schwein. Eigentlich sollen sie zu Weihnachten geschlachtet werden, der weiße Eber auch. Aber Grigótovit liebt dieses fette, fiese Schwein. Die Leute behaupten, es würde mit mehr vom Festland importierten Kartoffeln, Karotten und Kohl gefüttert, als die Küche der Arbeiterkantine bekommt, um eine Suppe zu kochen.«

»Stallknecht ist ja nicht gerade eine der einflussreichsten Positionen in Barentsburg, oder? Wieso lassen sich die Leute so viel von ihm gefallen?«

Der Dolmetscher zuckte die Achseln. »Er war schon immer so. Außerdem hat er Verbindungen … aber das musst du nicht unbedingt wissen.« Er drehte sich um und ging weiter die endlosen Stollen entlang. Schritt für Schritt kamen sie der frischen Luft und dem Nachthimmel näher.

Zurück im Hotelzimmer ließ Knut sich angezogen aufs Bett fallen und fiel sofort in einen tiefen Schlaf. Sein letzter Gedanke galt der Aussicht, dass er am nächsten Morgen zurück nach Longyearbyen fliegen sollte.

KAPITEL 11

Gebrochene Finger

Knut erwachte im Hotelzimmer. Er spritzte sich lauwarmes Wasser aus dem Hahn des Waschbeckens ins Gesicht, spülte sich den Mund aus, packte die Sachen auf dem niedrigen Tisch zusammen und ging die kurze Strecke bis zum Konsulat allein durch die menschenleere Bergarbeitersiedlung. Es war früh am Morgen, eine schmale Mondsichel leuchtete am Himmel. Noch immer war es windstill und eiskalt. Mit anderen Worten: optimales Flugwetter.

Die junge dralle Sekretärin des Konsulats – heute bekleidet mit einem moosgrünen Kostüm und einer kurzen, engen Bluse – wies ihn in das leere Büro des Konsuls. Knut wurde gebeten, am Couchtisch zu warten, er bekam eine Tasse Kaffee und einen Teller süßer Kekse. Sie ging zurück ins Vorzimmer und führte ein hastiges Telefonat. Kurz darauf erschienen beide – der Dolmetscher und der Konsul.

Der Dolmetscher sah erstaunlich ausgeruht aus, er trug ein sauberes Hemd und einen unmodernen, bunten Schlips. Er übersetzte fließend und höflich wie bei einem Fremden – als wären Knut und er nicht erst vor wenigen Stunden die letzten Meter aus dem alten Grubengebiet fast gekrochen, bevor sie sich getrennt hatten.

Auch der Konsul hatte ausgezeichnete Laune. »Der Direktor hat mir berichtet, dass Sie sich vorbildlich eingesetzt haben, um letzte Nacht die Arbeiter zu beruhigen. Gut geschlafen? Haben Sie in der ausgezeichneten Cafeteria des Hotels gefrühstückt, oder haben Sie heute keinen Hunger?«

Er zwinkerte sogar. Knut spürte einen Anflug von Irritation, der allerdings rasch wieder verschwand. Es hatte keinen Sinn, sich aufzuregen und das Gespräch zu verkomplizieren. In ein oder zwei Stunden saß er an Bord eines Hubschraubers auf dem Weg nach Osten. Allerdings mit einer Leiche neben sich. Er überlegte, ob er dem Büro der Regierungsbevollmächtigten Bescheid geben konnte, damit der Tote im Krankenhaus von Longyearbyen von einem Arzt untersucht wurde. War es möglich? Welche Art von Befugnissen hatten die norwegischen Behörden in derartigen Fällen?

»Polizeibeamter Fjeld?«

Er blickte auf und schaute in die Augen des Dolmetschers. Was hatte er ihn gefragt?

»Dimitri Petrowitsch … der Konsul … würde gern den Papierkram erledigen. Man muss vor dem Abtransport des Toten gewisse Vorbereitungen treffen … Wären Sie so freundlich und unterzeichnen dieses kleine Formular? Danach können wir uns in die Büroräume des Trusts begeben; in dem Gebäude, das ich Ihnen gestern gezeigt habe. Der Direktor ist Ihnen dankbar und möchte dies zum Ausdruck bringen. Es wird echten russischen Kaviar geben … eine große Ehre für Sie.«

Blinzelte nicht auch der Dolmetscher so geheimnisvoll, was hatten die beiden vor? War diese Munterkeit den Umständen entsprechend angemessen? Dem Dolmetscher gelang es allerdings nicht so routiniert wie dem deutlich älteren Konsul. Die aufgesetzte Freundlichkeit erreichte nicht seine Augen.

»Könnte ich ein kurzes Telefonat mit meinem Büro in Longyearbyen führen?« Selbstverständlich konnte er. Das Lächeln des Konsuls ließ sich nicht vertreiben.

Der Konsul ging ins Vorzimmer voraus. Die Uhr zeigte kurz nach acht. Tom Andreassen war bestimmt noch nicht im Büro. Durfte er den Polizeichef zu Hause stören? Ja, in Anbetracht der Entwicklung dieses Besuchs unbedingt. Zumal, wenn man die Ereignisse der Nacht dazuzählte.

Irritiert begriff Knut, dass er nicht frei sprechen konnte. Die Russen würden mithören, auch wenn sie den Raum mit großer Gebärde verlassen hatten. Er konnte doch schlecht eine norwegische Obduktion verlangen, wenn die Russen hinter der Tür standen und lauschten.

Es klingelte lange am anderen Ende der Leitung. Niemand nahm ab. Er wählte eine weitere Nummer, diesmal die Privatnummer der Regierungsbevollmächtigten Isaksen. Auch dort keine Antwort. Was ging in Longyearbyen vor, wo waren sie alle?

Knut ging zurück ins Büro des Konsuls. Sie sahen ihn erwartungsvoll an.

»Ein Besuch beim Trust hört sich gut an. Russischen Kaviar habe ich noch nie probiert. Aber diese Papiere kann ich trotzdem nicht unterschreiben, bevor ich nicht mit dem Polizeichef gesprochen habe. Ich verfüge nicht über die notwendige Autorität in derartigen Fällen …« Knut ahmte bewusst die vage und geschwollene Ausdrucksweise des Dolmetschers nach. Er hoffte, damit seine eigentliche Aussage übertünchen zu können. Er hatte ein unangenehmes Gefühl bei der Situation.

Knut hatte tatsächlich noch nie russischen Kaviar gegessen. Die kleine Dose mit der Köstlichkeit stand ungeöffnet in einer Schale mit zerstoßenem Eis. Das kleine Glas schien nicht sonderlich groß, ungefähr wie eine Dose gewöhnlicher Thunfisch. Auch die Verpackung war nicht übermäßig edel, ein goldfarbener Metalldeckel, schwarze Zeichnungen und die kyrillischen Buchstaben *икра рыбья*. Das also war »Ikra rybya«, echter russischer Kaviar. Der Rogen der russischen Störe, die es im geheimnisvollen Kaspischen Meer, dem größten Binnensee der Erde, früher reichlich gab, brauchte keine Verzierungen. Im Laufe der letzten fünfzig Jahre waren diese haiähnlichen Fische aus einer fernen Vorzeit, diese bis zu sieben Meter großen Riesen, bis an die Grenze der Ausrottung illegal gefangen worden. Eine kleine Dose mit vielleicht fünfzig Gramm Inhalt kostete in Oslo viele tausend Kronen – wenn man sie überhaupt bekam. Es gab strenge Auflagen für den Export von echtem russischen Kaviar.

Um diese Präsentation von suspektem Reichtum, die sich in Barentsburg ein wenig seltsam ausnahm, waren kleine Schälchen mit rohen, feingehackten Zwiebeln, Roter Bete und dicker Sahne platziert. Auf einer Warmhalteplatte, die aus einem Antiquitätengeschäft zu stammen schien, stand eine Schale mit einem großen Stapel Blinis. Kleine, frisch gebackene, goldene Pfannkuchen aus Buchweizen und Hefe. Knut hatte gewaltigen Hunger, es roch wunderbar nach Essen.

Sie befanden sich im Bürogebäude des Trusts in Barentsburg – einem alten, gut erhaltenen Holzhaus mit rot gestrichenen Außenwänden und weißen Verzierungen um Fenster, Türen und unter dem Dach. Auch bei der Restaurierung der Innenräume war man mit Liebe und Umsicht vorgegangen. Die Decke des großen viereckigen Zimmers vor dem Büro war mit Holzleisten in einem verzwickten Muster verziert. Die alte, ausgeblichene Farbe hatte man beibehalten. In einer Ecke des Raums stand ein gigantischer Kohleofen, der in einer kleinen Eisenspitze auslief. Anlässlich des Besuchs hatte man ihn mit einer angemessenen Menge Kohle angefeuert. Die Klappe stand offen.

Zur Feier des Tages war außerdem auf den runden Tisch in der Mitte des Zimmers eine weiße Decke gelegt worden … aber was wurde eigentlich gefeiert? Knut war der einzige Gast. Außer ihm waren lediglich der Bergwerksdirektor, der Konsul und der Dolmetscher anwesend. Hin und wieder zeigte sich eine dürre ältere, vornehm aussehende Dame mit schwarz gefärbtem, aufgestecktem Haar. Sie erschien und verschwand so leise wie ein Geist und wurde nicht vorgestellt. Zweifellos die Sekretärin.

Der Direktor sah fürchterlich aus. Sein Gesicht war blass, er hatte große dunkle Tränensäcke unter den Augen. Als hätte er mehrere Tage nicht geschlafen. Er hatte sein Jackett ausgezogen, das Hemd war zerknittert. Aber sein Ton war herrisch.

»Wie ich höre, machen Sie sich Gedanken über den Tod des armen Ivan Sergejewitsch. Überlegen, ob es wirklich ein Unfall war? Wie kommen Sie auf eine derartige Idee? Das müssen Sie mir erklären.«

Der Dolmetscher übersetzte nervös und unterbrach sich beim kleinsten Räuspern des Direktors.

Knut hatte nicht erwartet, dass der Direktor ohne Umschweife zur Sache kommen würde. »Aufgrund verschiedener Dinge … Es gab Funde an der Leiche … Vielleicht sollte man sich das Privatleben oder die Arbeitsverhältnisse des Verstorbenen etwas genauer ansehen?« Knut bemühte sich, die richtigen Argumente zu finden.

Etwas an seinen Ausführungen stieß auf Widerhall.

»Ah ja …« Der Zechendirektor schnaubte und sah dabei den Konsul an. »Daran haben wir nicht gedacht … Vielleicht haben Sie Recht. Selbstmord. Ich muss schon sagen, eine interessante Überlegung.«

Knut nickte vage und hielt den Blick auf das Essen gerichtet, das verlockend roch. »Wann fliegt der Helikopter von Heerodden nach Longyearbyen?«

Der russische Kaviar überraschte Knut ganz hinten im Gaumen – wie ein Überfall. Er spürte, wie er die Augen aufriss, bevor die Russen lachten. »Etwas ungewöhnlich, wie? Das erste Mal … ja, ja, man muss sich daran gewöhnen. Nicht, dass es sonderlich viele Gelegenheiten gäbe … unmöglich zu beschaffen. Neuer Geschmack, das Aroma, alles zusammen. Es ist vielleicht das einzige Mal. Aber sehen Sie …«

Der Direktor stellte sich neben Knut. Nahm ein Blini, strich einen großzügig gefüllten Löffel der grauschwarzen Perlen auf den Pfannkuchen, schmierte einen Klecks Sahne darüber und streute rohe Zwiebeln auf die Sahne. Dann rollte er das Ganze zusammen und reichte Knut den Pfannkuchen, der alles auf einmal in den Mund stopfte. Wieder dieser primitive, uralte Geschmack von etwas vollkommen anderem. Dieses Mal schmeckte es ihm – in gewisser Weise. Er fing an zu begreifen, worum es ging.

Die Wodka-Marke kannte Knut nicht. Der Konsul erklärte, es sei eine von den Russen besonders geschätzte Sorte – aus einer sehr alten Weizenart gebrannt und durch Kohle gefiltert. Soweit Knut es beurteilen konnte, schmeckte der Wodka absolut nach nichts, doch die Kehle glitt er hinunter wie eiskaltes Öl.

Was hat das alles zu bedeuten?, fragte er sich. Warum wurde ein einfacher Vertreter des Büros der Regierungsvertretung zu einer derartigen Völlerei eingeladen? Er musste an einen Artikel denken, den er vor vielen Jahren gelesen hatte, als er eine müßige Stunde auf ein verspätetes Flugzeug warten musste. Irgendetwas erinnerte ihn an diese Situation. Die Überschrift lautete »The Great Maskelyn on Magic«. Es ging um die professionellen Tricks, zu denen Zauberkünstler greifen, um das Publikum abzulenken – wie bringt man die Zuschauer dazu, in eine andere Richtung zu schauen? Der glatte Charme, die eleganten Handbewegungen, der amüsante Dialog mit dem Publikum.

Sie wollten ihm etwas über Ivan Sergejewitsch Makanin erzählen. Es sei an der Zeit, dass Knut mehr erfahre. Sie baten ihn, diese Informationen für sich zu behalten. Als Hintergrund für ein tieferes Verständnis des tragischen Todesfalles sei es nur für ihn bestimmt.

Der Direktor sprach in kurzen Sätzen, der Dolmetscher hatte kein Problem mit der Übersetzung. Allerdings ließ er Knut wie ein ängstlicher Hund nicht aus den Augen und schien sich bei den Erklärungen des Direktors nicht wohlzufühlen. Der Konsul saß in einem großen abgewetzten Sessel. Sein Kinn hatte sich in den Hautfalten verkrochen. Er hörte zu.

»Ivan Sergejewitsch wurde 1945 bei Krasnodon geboren, einer der größten Städte in der Oblast Luhansk. Über die Hälfte der Bergleute hier in Barentsburg sind Ukrainer. Das ist nicht weiter verwunderlich. Zur Zeit der Sowjetrepublik war die Ukraine aufgrund ihrer großen Kohleindustrie einer der reichsten Landesteile. Nach 1991 verschlechterten sich die Verhältnisse. Die Produktion verringerte sich um die Hälfte, die Leute verarmten. Die Grubenarbeiter verdienten mehr auf Spitzbergen und bewarben sich hier. Nun gut, genug von Politik…« Er streckte sein Glas aus, um es mit Wodka zu füllen.

»Ivan Sergejewitsch wuchs in äußerster Armut auf, aber in einer Familie mit strenger Erziehung und alten Traditionen. Mit gerade mal vierzehn Jahren hatte er seinen ersten Arbeitstag in den berüchtigten Zasyadka-Minen. Er grub Kohle mit einem Holzspaten und schob Transportloren aus mehreren hundert Metern Tiefe die steilen, dunklen Stollen hinauf.

Vanja wurde stark, er hatte von seiner Mutter den soliden Knochenbau eines Russen geerbt. Der Vater war ein echter Kosake mit der schmächtigen Figur eines Reiters. Es war ein hartes Leben in den Zasyadka-Gruben. Kohlenstaub, Husten…

Aber um eine lange Geschichte so kurz wie möglich zu erzählen: Ivan Sergejewitsch interessierte sich für Politik. Er wollte für die Rechte der Arbeiter kämpfen und wurde im Alter von nur vierundzwanzig Jahren zum Gewerkschaftsvorsitzenden der Bergleute gewählt. Ein paar Jahre später ging es dann leider schief…«

Der Direktor leerte das Wodkaglas in einem Zug und ging selbst herum, um eine weitere Runde auszuschenken. Als Knut nicht austrinken wollte, wies der Dolmetscher auf eigene Initiative darauf hin, dass so etwas Unglück bringe. Doch sehr schnell musste er sich wieder aufs Übersetzen konzentrieren.

»Die Zechen in Lugansk sind sehr alt. Bereits 1721 wurde in der Ukraine mit der Kohleförderung begonnen. Es gibt unzählige tiefe, enge und niedrige Stollen. Niemand hat die Übersicht, und es gibt auch nur ungenaue, mit der Hand gezeichnete Karten. Man kann sich leicht verirren, vor allem in den ältesten Gruben.«

Der Konsul hatte dem Direktor regungslos zugehört, nun räusperte er sich und rutschte unruhig auf seinem Stuhl hin und her.

»Ja, ja… wieder diese Details. Ich soll mich kurzfassen. Was ich Ihnen jetzt erzähle, haben Sie sicher noch nie gehört. Die Geschichte wurde außerhalb der Donbass-Region nicht bekannt. Im Herbst 1974 ereignete sich eine furchtbare Tragödie in einem abgelegenen Dorf. Ein kleiner Hof brannte nieder, eine ganze Familie kam im Haupthaus um. Altes Holz, isoliert mit Stroh und Lehm, es war…«

Der Zechendirektor hatte den Kopf abgewandt und starrte auf ein modernes Triptychon, das an der Wand hing. »Insgesamt sieben Menschen verbrannten, Erwachsene und Kinder. Sie wurden erst im folgenden Jahr gefunden. Der Schnee… Sie können es sich ja vorstellen… drei Kinder, das jüngste erst ein halbes Jahr alt.«

Ständig stieß den Russen Schlimmes zu. Ihre Tragödien schienen größer, die Leiden fürchterlicher zu sein. Knut schaute in sein Glas, das er zwischen den Fingern drehte. Der Direktor missverstand ihn, schenkte eine weitere Runde Wodka aus und nötigte den Gast, noch Blinis mit Kaviar zu essen.

»Die Brandursache konnte nicht ermittelt werden, aber nach einer Weile ... einige Jahre später ... ja, es war wohl zwölf Jahre nach dem Unglück ...«

»Zehn«, warf der Konsul ein.

»Ja, natürlich. Zehn Jahre später. Ivan Sergejewitsch wohnte damals ganz woanders. Ihn plagten Sorgen. Seine Frau war urplötzlich an irgendeiner Krankheit gestorben. Nach einigen Monaten wollte er ein junges Mädchen heiraten, das in seiner Familie aufgewachsen war. Keine Verwandte, wissen Sie, aber dennoch. Sie war erst sechzehn Jahre alt, glaube ich. Aufgrund der Formalitäten rund um die Eheschließung, also wegen des ganzen Papierkrams, fand man heraus, dass sie aus der Familie stammte, von der man angenommen hatte, alle Mitglieder wären bei dem Brand von Krasnodon umgekommen. Für Ivan Sergejewitsch war das sehr unangenehm. Denn die Behörden hatten keine Überlebenden registriert.«

Der Konsul beugte sich vor und rutschte mit dem Stuhl näher zu Knut. »Zu diesem Zeitpunkt habe ich im Büro des Vertrauensmanns in Krasnodon gearbeitet, der nächstgrößeren Stadt in der Nähe des Unglücksorts. Ich hatte die Verhöre von Ivan Sergejewitsch und seiner jungen Frau zu führen. Sie erinnerte sich an nichts aus ihrer Kindheit, glaubte, sie stamme aus einem Kinderheim. Ich erwähnte den Brand und den Tod ihrer ganzen Familie nicht. Aber es war auch unmöglich herauszufinden, was Ivan Sergejewitsch wusste. Im Zuge der Vernehmungen wurden neue Untersuchungen an der Brandstelle angestellt, die all die Jahre unverändert geblieben war.

Man redete mit den Leuten aus dem Dorf, aber natürlich war sehr viel Zeit vergangen. Zehn Jahre. Die Leute behaupteten im Übrigen, es spuke an der Hofruine. Sie glaubten, es brächte Unglück, wenn man sich dem Ort näherte.«

Der Direktor hatte eine Hand gehoben, bereit, den Faden wiederaufzunehmen. »Ein unangenehmer Verdacht blieb an Ivan Sergejewitsch hängen. Wegen des Brandes und weil er dieses junge Mädchen geheiratet hatte, das in seiner Familie so viele Jahre wie eine Tochter gelebt hatte. Es wurde für ihn immer schwieriger, in Lugansk zu wohnen. Deshalb zog er mit seiner neuen Frau nach Spitzbergen, hier nach Barentsburg.

Leider lief es nicht so wie geplant. Die Frau ist hübsch, und es gibt viele Junggesellen in einer Bergarbeitersiedlung … und er wurde nicht der Arbeiterführer, wie er es sich vorgestellt hatte. Und so endete es eines späten Abends, so wie Sie es angedeutet haben, Polizeibeamter Fjeld – Vanja stellte den Betonmischer an und sprang.« Der Direktor sah den Konsul an.

Der Konsul hatte den Sessel noch einmal verrückt. Nun saß er neben Knut – mit roten Wangen und kleinen Schweißtropfen auf der Oberlippe. »Wahrscheinlich ist es am besten, wenn man mit Rücksicht auf die Familie und die übrigen Bewohner von Barentsburg Ivans Tod dennoch als einen Unfall bezeichnet.«

Knut seufzte. Nur ein einziges bestätigendes Wort an den Konsul und er wäre ohne weitere Komplikationen auf dem Weg nach Longyearbyen. Seine Wohnung in Blåmyra, das gemütliche Wohnzimmer mit der Stereoanlage, das Schlafzimmer mit dem komfortablen Doppelbett, alles schien unwirklich weit weg zu sein. Als befände er sich in einem fremden Land und ahnte nicht, wie er von dort wieder fortkam. Er hatte nie darüber nachgedacht, wie unterschiedlich Norweger und Russen tatsächlich waren. Aber er konnte dem Konsul die

Bestätigung nicht geben, um die er bat. Die Verletzungen, die er an dem Toten festgestellt hatte, stimmten mit der Selbstmord-Theorie nicht überein.

Hatte er etwas gesagt? Die Augen des Konsuls waren schmal geworden.

Knut biss die Zähne zusammen. »Die Hände des Verstorbenen sind vollkommen zertrümmert. Die Finger sind an mehreren Stellen gebrochen, und der Handrücken fühlt sich an wie ein mit Kieselsteinen gefüllter Gummihandschuh. Ich weiß nicht, wie so etwas in einem Betonmischer passieren kann. Die Füße sind aufgerissen und voller Blutergüsse und Wunden. Aber sie waren nicht zerschmettert – nicht wie die Hände.«

Die drei Russen starrten ihn an.

»Hinter der Mischanlage, neben der schmalen Eisentreppe, die am Dach festgeschweißt ist, stand ein Vorschlaghammer. Ich habe ein Foto auf meiner Digitalkamera, die draußen in meiner Jackentasche steckt. Außerdem gab es Spuren im Schnee. Es ist durchaus möglich, dass es Zeugen gibt … aber niemand hat etwas gesagt, da es sich bei den Zeugen um Kinder handelt.«

Knut fuhr sich übers Gesicht. Er fühlte sich wie gelähmt. »Können Sie mir sagen, was Ihr eigentliches Problem bei diesem Todesfall ist? Dann kann ich Ihnen vielleicht helfen, es zu lösen. Es glaubt doch wohl niemand, dass einer von Ihnen den Steiger ermordet hat?«

Die Russen antworteten nicht. Sie starrten ihn ungläubig an, sie blinzelten nicht einmal.

Die dürre große Sekretärin mit dem unnatürlich schwarzen Haar schwebte in den Raum. Ohne die Miene zu verziehen, wandte sie sich in einem musikalischen und unpersönlich klingenden Russisch an den Direktor. Er erhob sich sofort, nahm sie am Ellenbogen und dirigierte sie in Richtung Vorzimmertür.

Der Dolmetscher wandte sich an Knut. »Der Hubschrauberflug musste leider verschoben werden. Offenbar ist in Longyearbyen schlechtes Wetter. Starker Wind und Schneesturm. Ich bedauere, aber Sie werden noch eine Nacht in unserem Hotel bleiben müssen.«

Knut stand ebenfalls auf und trat ans Fenster. Schirmte die Augen mit den Händen ab und blickte hinaus. Auf der anderen Seite des Fjords war ein schmaler gelber Lichtstreifen auf den dunklen Bergen zu erkennen. Ein silbern glänzender Halbmond glitt über den klaren Sternenhimmel. Nicht ein Windhauch berührte den Schnee, der auf der Hauptstraße lag. In Barentsburg herrschte kaltes, klares Wetter.

KAPITEL 12

Der Zufluchtshafen

Das Mittagessen war vorbei, sie verließen das Büro des Trusts. Vom Konsulat aus rief Knut noch einmal im Büro der Regierungsbevollmächtigten an. Dieses Mal erreichte er den Polizeichef sofort, und die Russen zogen sich diskret zurück. Allerdings nur ins Büro des Konsuls.

»Im Augenblick gestaltet sich mein Aufenthalt ein bisschen schwierig. Die Todesursache sieht nicht nach einem normalen Arbeitsunfall aus, aber allein komme ich bei den Ermittlungen nicht weiter. Es könnte Zeugen des Geschehens geben, aber was mache ich mit ihnen? Sie mit Hilfe des russischen Dolmetschers verhören? Der Tatort müsste genau untersucht und die Leiche obduziert werden. Wir brauchen hier Kriminaltechniker. Ich bin nicht der richtige Mann für derartige Untersuchungen.«

Die Stimme des Polizeichefs klang abwesend, als er endlich antwortete – als hätte er Probleme, sich auf Knuts Informationen zu konzentrieren. »Nein, du hast sicher … einen Moment.« Er hatte bereits die Hand aufs Telefon gelegt. Knut hörte mehrere Stimmen im Hintergrund, verstand aber nicht, was gesagt wurde.

»Tom? Hallo …«

»Ah ja, da bist du ja. Vorläufig können wir dich nicht abholen. Schlechtes Wetter … aber Knut? Wenn du ohnehin in Barentsburg bist … könntest du dich noch um etwas anderes kümmern?«

Knut konnte an nichts anderes als seine Situation denken und antwortete nicht.

Der Polizeichef fuhr fort: »Diese gemeinsame Operation mit der Küstenwache ist eine schwierige Angelegenheit, weißt du. Es wäre uns eine Hilfe, wenn du herausfinden würdest, ob am Kai von Barentsburg Fischkutter liegen. Also russische.«

Knut seufzte. Er zwang sich, an etwas anderes zu denken als eine Möglichkeit, aus Barentsburg wegzukommen. »Als wir gestern Vormittag landeten, habe ich vom Hubschrauber aus zwei Schiffe gesehen, ansonsten schien es dort unten vollkommen ausgestorben zu sein. Ich habe keinerlei Aktivitäten am Kai bemerkt. Von der Stadt aus kann man nicht so leicht erkennen, ob sie noch immer dort liegen – und wenn ich ehrlich sein soll, dann habe ich auch nicht noch einmal nachgesehen. Diese Nacht im Berg war, verdammt noch mal, ziemlich schrecklich. Ich habe nicht sonderlich gut geschlafen …«

»Nein, kann ich mir vorstellen, aber könntest du zum Kai gehen und dich ein bisschen umsehen? Ich meine, du hast doch Zeit … du musst ohnehin noch eine Weile in Barentsburg bleiben.«

Noch eine Weile? Hatte der Polizeichef Knut nicht zugehört? Der Arbeitsunfall könnte ein Mord gewesen sein. Was konnte denn wichtiger sein als Mord? Wieso sollte er zum Kai gehen, um nach irgendwelchen Fischerbooten Ausschau zu halten?

Knut war irritiert, aber bevor er antworten konnte, hörte er wieder die Stimme des Polizeichefs. »Kannst du mich von einem geeigneteren Ort mit deinem Handy anrufen? Ich könnte dich dann etwas leichter informieren.«

Der Dolmetscher musste gelauscht haben, denn sowie Knut den Hörer auf das altmodische Telefon legte, stand er im Vorzimmer. Die Sekretärin war verschwunden, wahrscheinlich zum Mittagessen. Der Konsul hatte sich in sein Büro zurückgezogen und die Tür geschlossen. Sie waren allein. Knut erklärte sein Problem mit dem so gut wie entladenen Mobiltelefon, einem Nokia 2110. Und der Dolmetscher bestätigte, was er befürchtet hatte. Es war wenig wahrscheinlich, in Barentsburg ein passendes Ladegerät zu finden.

Unschlüssig sahen sie sich an. Knut wollte möglichst schnell zurück nach Longyearbyen, und der Dolmetscher wünschte sich vermutlich, ihn so schnell wie möglich loszuwerden. Offenbar war es seine Aufgabe, zwischen den Gesprächen mit den russischen Verantwortlichen auf den norwegischen Polizeibeamten aufzupassen.

Der Dolmetscher schlug vor, in der Kantine des Hotels etwas zu essen.

Knut musste sich bei dem Gedanken beinahe übergeben. Obwohl es im Konsulat heiß war, brach ihm der kalte Schweiß aus. Hatte er sich bei irgendjemandem angesteckt? Vielleicht war ihm der russische Kaviar nicht bekommen?

Er wolle spazieren gehen, erklärte er, um ein bisschen frische Luft zu schnappen. Dann käme er zurück zum Konsulat. Er würde nicht weit gehen.

Der Dolmetscher sah besorgt aus. »Ich begleite Sie gern. Wir könnten zum Pomor-Museum gehen und uns die frühe russische Geschichte auf Spitzbergen ansehen. Sie sagten, Sie hätten die Ausstellung bisher nicht gesehen …«

»Nein, ich will in kein Museum. Ich will an die frische Luft – allein.« Knut hörte, dass er ziemlich barsch reagiert hatte, und lenkte ein: »Wir können ja ein andermal ins Museum gehen.«

»Aber … es könnte gefährlich werden. Sie kennen die Straßen nicht … die Lastwagen aus der Mine … dazu die ganzen Bürgersteige, die mit Brettern abgedeckt sind. Sie wissen, einige werden gerade repariert … unter dem Schnee gibt's tiefe Löcher.«

»Ich werde schon aufpassen. In einer Stunde bin ich zurück.« Knut beendete die Diskussion, indem er aufstand, an der Tür seine Jacke von der Hakenreihe nahm und rasch die Treppe hinunterging. Zum Glück folgte ihm der Dolmetscher nicht.

Es war bereits früher Nachmittag, vor mehr als vierundzwanzig Stunden war er nach Barentsburg gekommen. Draußen zog die blaue Dämmerung auf. Das Licht am Horizont war nahezu verschwunden. Nicht ein Mensch war auf den Straßen zu sehen. Wo hielten sich die Einwohner auf? Ein kalter Windstoß wirbelte auf der leeren Hauptstraße den Schnee auf und verschlechterte die Sicht. Das schlechte Flugwetter war in Barentsburg angekommen.

Knut ging nicht in Richtung Versammlungssaal und Sporthalle. Es gab nur wenige, weit auseinanderstehende Straßenlaternen. Mehrfach rutschte er auf irgendwelchen Gegenständen unter dem Schnee aus. Die Bedenken des Dolmetschers waren durchaus nicht unberechtigt gewesen. Er musste aufhören, so misstrauisch zu sein. Die Russen würden schon dafür sorgen, dass ihm während seines Aufenthalts nichts zustieß. Wenn er sich auf der Hauptstraße von Barentsburg einen Arm oder ein Bein brach, wäre es ebenso peinlich für sie wie für ihn.

Die Straße führte unweit der letzten Häuser steil den Abhang hinunter. Knut ging an einem Gebäude vorbei, das aussah wie ein Wohnheim. Vor den Fenstern hingen Gardinen und Nippes. Plastiktüten mit Lebensmitteln, die kalt bleiben sollten. Er kehrte um und ging zurück zum Platz. Schon von Weitem sah er das Licht in der kleinen Holzkapelle, ein schwaches Schimmern, das sich auf den Fensterscheiben zeigte und wieder verschwand. Intuitiv öffnete er die Tür.

Irgendjemand – es musste der Dolmetscher gewesen sein – hatte erwähnt, dass der Tote nach der Gedenkfeier im Versammlungssaal in die Kapelle gebracht werden sollte, um von dort nach Longyearbyen transportiert zu werden. Der Kirchenraum war erstaunlich klein, nicht mehr als zwanzig Quadratmeter höchstens. Er schien rund zu sein, war aber in Wahrheit achteckig. Die gelb lackierten Holzwände wurden von zwei langen Kerzen in großen Kerzenhaltern erleuchtet. An den Wänden hingen Ikonen in kräftigen Farben, ganz hinten ein vergoldetes Triptychon. Die Stühle und Bänke hatte man an die Wände geschoben. Mitten im Raum stand ein hölzerner Sarg, auch er lackiert. Der Deckel war verschraubt.

Vor dem Sarg saßen zwei dunkelgekleidete Gestalten auf einer niedrigen Bank. Es war eiskalt in der Kapelle, beide trugen eine dicke Bergarbeiterjacke und hatten die Kapuzen tief über die Köpfe gezogen. Die beiden Frauen stützten sich gegenseitig und hatten nicht reagiert, als Knut die Tür öffnete. Ein Windstoß fegte Schnee über den Boden. Die Kerzen flackerten heftig und wurden beinahe ausgeblasen. Die kleinere der beiden Gestalten drehte sich um – ein schmales, bleiches Gesicht unter dem Kapuzenrand, die Wangen nass und glänzend vor Tränen. Schnell schloss er die Tür und fühlte sich wie ein Spanner; er hatte dort nichts verloren.

Die übrige Bevölkerung Barentsburgs ließ sich nicht blicken, jedenfalls nicht in den Straßen. Vielleicht lagen sie in ihren Betten und schliefen nach der Nachtschicht, möglicherweise arbeiteten sie in Büros oder den Stollen. In den meisten Häusern brannte Licht, aber niemand hatte das Bedürfnis nach seiner Anwesenheit. Tatsächlich hatte er nur Kontakt zu drei Russen – dem Konsul, dem Direktor des Bergwerks und dem Dolmetscher. Sie kümmerten sich so gut wie möglich um ihn, allerdings mit höflicher Distanz. Allen anderen war er egal.

Er schaute hinüber zum Konsulat. Aus der Entfernung glich das Gebäude mit den hohen Eisentoren einer Festung. Vielleicht sollte er zurückgehen? Aber Tom hatte ihn gebeten, die Fischkutter zu überprüfen. Das blaue Tageslicht verschwand schnell und wurde beinahe von Minute zu Minute schwächer. Wenn er irgendetwas herausfinden wollte, dann musste er jetzt hinunter zum Kai gehen.

Der kürzeste Weg zum Kai führte über eine Reihe von Treppen, die mit kleinen Holzplattformen unterteilt waren. Hier und da liefen Reste eines verfallenen, morschen Bretterstegs den steilen Abhang hinab. Die ersten Einwohner von Barentsburg hatten diese Konstruktion gebaut, als der Sowjetstaat das Eigentumsrecht an den Kohlevorkommen im Grønfjord übernahm. Die Treppen und Bretterstege waren eine vernünftige Lösung für das Problem der steilen Steigung von der Uferzone bis zum Grubengebiet, zumal man auf diese Weise gleichzeitig die Abwasserrohre und Wasserleitungen isolieren und schützen konnte. Auch in Ny-Ålesund und Longyearbyen gab es solche alten Holzverschalungen, allerdings nicht so breit, dass man sie als Weg nutzen konnte.

Knut schämte sich, dass er sich ans Geländer klammerte, als er die Treppe hinunterstieg. Mit den Füßen tastete er sich vor wie ein unsicherer alter Mann. Verlor er hier den Halt, würde sein Fall vermutlich erst unten am Ufer enden. Die Stufen waren mit Eis und Schnee überzogen. Niemand hatte sich in den letzten Tagen die Mühe gemacht und gefegt. Er bemerkte, dass die Stufen keine Fußabdrücke aufwiesen.

Auf der Hälfte des Abstiegs zum Kai blieb er auf einem großen, länglichen Absatz stehen – beinahe einer Plattform. Zu beiden Seiten erstreckte sich das offene Ödland. Obwohl der Schnee den schlimmsten Eindruck überdeckte, wirkte alles durch den Kohlenstaub schmutzig. Er sah die Spuren der gestrigen Nacht, eine Menge Fußabdrücke in beide Richtungen. Zum Kai hin wurde das Gelände von einer Reihe teilweise eingestürzter Hütten begrenzt, die eine auffallend lange Baracke bildeten. Vermutlich die ursprünglichen Unterkünfte der ersten Grubenarbeiter. Trostlose, kleine Bruchbuden im letzten Stadium des Verfalls. Die Bretterstege davor waren voller Löcher und morscher Balken.

Knut ging ein paar unsichere Schritte weiter und entdeckte ein nettes kleines Haus, das am Rande des letzten Absatzes vor der Kaianlage stand. Auch dieses kleine Gebäude hatte er bisher nicht bemerkt. Es war im traditionellen russischen Stil gebaut, mit vielen Verzierungen am Dach und rund um die Fenster. Irgendwann einmal musste es ein gemütliches Heim für jemanden gewesen sein, dem man eine besondere Ehre erweisen wollte, vielleicht einem Direktor, einem Arzt oder einem Priester. Knut wurde neugierig, er hatte Lust, sich das Haus näher anzusehen. Trotzdem ging er weiter in Richtung Kai, stieg vorsichtig die Treppe hinunter, geriet außer Atem und dachte mit Unbehagen an den weit schwierigeren und ermüdenden Aufstieg zurück zur Siedlung – zweihundertsiebenundfünfzig Stufen, wie die Reiseführer den Touristen auf den Kreuzfahrtschiffen erzählten.

Die Kaianlage war weit größer, als sie von der Siedlung aus aussah – wahrscheinlich, weil der Abhang sich über die Dächer einiger großer Lagerhäuser aus Beton wölbte. Und wie in der Siedlung stand inmitten der hässlichen, viereckigen Klötze ein zwei Stockwerke hohes grün gestrichenes Holzhaus. Das

Hafenbüro des Trusts. Knut hatte es mehrmals besucht. Heute war es geschlossen und dunkel. Nicht ein Mensch war am Kai zu sehen.

Die Kutter waren größer, als sie vom Hubschrauber aus gewirkt hatten. Man hatte sie mit groben Trossen hintereinander vertäut, sie scheuerten an enormen schwarzen Gummireifen, lagen tief in der pechschwarzen See und schaukelten schwer in der langen Dünung. Aber warum am Kai von Barentsburg?

Knut näherte sich vorsichtig, er achtete auf jeden seiner Schritte zwischen den Tonnen, Stahltaubündeln, alten Blechbehältern und anderem Schrott. Die Anlegestelle war vereist und glatt von Seewasser und Schnee. Es roch nach Dieselöl und fauligem Holz. Worauf sollte er achten? Er zog sein Notizbuch heraus und schrieb sich die Kennzeichen und die russischen Namen auf, die er allerdings nicht verstand, weil sie mit kyrillischen Buchstaben auf den Rumpf gemalt waren. Aber er konnte genug Russisch, um das Wort Murmansk unter dem Namen am Heck lesen zu können.

Die Schiffe waren fest vertäut und hatten länger als einen Tag am Kai gelegen. Kein Besatzungsmitglied war zu sehen, weder an Deck noch auf dem Pier. Schwache Lichter wiesen trotzdem auf Leben an Bord hin – erst jetzt fiel ihm das tiefe Brummen der Motoren auf, das Platschen des Kühlwassers, das mittschiffs aus einem Rohr spritzte, das irritierende elektronische Summen. So ungern er es auch tat, er meinte, an Bord klettern zu müssen. Glücklicherweise führte eine kurze Gangway vom Kai auf das Deck eines der Fischkutter.

Es stank nach alten Fischinnereien, als er über die Reling kletterte. Das blaugraue, diffuse Licht einiger Leuchtstoffröhren flimmerte am vorderen Mast. Von dort kam das elektrische Summen. Das Deck war mit einer dünnen, fast unsichtbaren Eisschicht überzogen. Er rutschte auf unsicheren Beinen auf die rechte Seite des Ruderhauses. Der Eingang wurde von einer soliden Eisentür versperrt. Beide Handgriffe wiesen nach oben. Obwohl er sich daranhängte und zog, ließ die Tür sich nicht öffnen. Offensichtlich war sie abgeschlossen. Vorsichtig tastete er sich um das Ruderhaus, um einen anderen Zugang zu finden. Er hielt sich an der Reling fest, rutschte aber mehrfach aus und wäre beinahe gefallen, wenn er nicht im letzten Moment etwas gefunden hätte, woran er sich festhalten konnte.

Hinter dem Ruderhaus stand er nun auf der anderen Seite des Decks, im Schatten des schwachen Lichts von den Lampen am Mast. Die Landschaft auf der anderen Seite des Fjords sah aus, als würde sie über dem ölschwarzen Wasser schweben. Die Berge, die weißen Gletscher, die Uferlinie. Er atmete tief ein: Selbst jetzt, nach all den Jahren auf Spitzbergen, konnte ihn dieses Polarland mit einer Sehnsucht nach etwas erfüllen, von dem er wusste, dass er es längst besaß. Es war eine Art von Zärtlichkeit, die nur das Eis und die Kälte in ihm weckten.

Plötzlich entdeckte er die Leiter, die über der Reling hing.

Vorsichtig ging er zu den kräftigen Haken, mit der die Treppe an der Reling befestigt war, und schaute hinunter. Der Abstand zwischen der untersten Stufe und der Wasseroberfläche betrug weniger als einen Meter, die passende Höhe, um von einem Beiboot den Fischkutter zu entern. Es sah aus, als hätte die Leiter schon eine ganze Weile dort gehangen, die Farbe am Schiffsrumpf war an mehreren Stellen abgeblättert.

Warum hing sie hier? Ihm fiel kein Grund ein, warum jemand auf diese Weise an Bord gehen sollte. Besucher aus Barentsburg würden die Gangway benutzen. Und auf dem Fjord waren keine weiteren Schiffe zu sehen. Die Einwohner von Barentsburg fuhren in der Kälte und Dunkelheit dieser Jahreszeit nicht mehr hinaus. Die kleineren Boote lagen längst an Land.

Knut hörte nichts, er wusste auch nicht, ob sich außer ihm tatsächlich noch jemand an Bord des Fischkutters befand. Er hielt sich mit einer Hand fest und lehnte sich über die Reling – und einen Augenblick später stürzte er ins eiskalte Wasser.

KAPITEL 13

Gerettet

Jemand, der noch nie mit Eiswasser in Berührung gekommen ist, hält es für unwahrscheinlich, dass der Tod bereits nach ein, zwei Minuten eintritt. Die Kleidung bietet doch einen gewissen Schutz? Sicher, man friert, aber so schlimm kann es doch nicht sein? Zunächst verlierst du die Orientierung. Du schlägst auf das Meer wie auf eine Betonwand, in deinen Ohren blubbert und schäumt es, alles wird schwarz, du kannst nicht mehr atmen. Eine kurze Sekunde kannst du den Kopf über Wasser halten, bevor die Kälte dich wie eine Faust trifft und deine Brust einschnürt.

Du ringst um Atem, du begreifst, dass du über Bord gefallen bist, von einem Deck, auf dem du eben noch gestanden hast. Das Meerwasser, in dem du in blinder Panik strampelst, hat eine Temperatur unter null Grad. Du musst an Land, aber die Stiefel und die Kleidung ziehen dich nach unten. Du bist kurz davor aufzugeben, das Paddeln deiner Arme wird schwächer. Dann ist dein Kopf noch einmal über Wasser. Du siehst, wie die graue, rostfleckige Schiffswand sich über dir türmt. Du verstehst, dass du deine Kräfte nicht damit verschwenden darfst, um den Fischkutter herumzuschwimmen oder zu versuchen, die vier Meter hohe Kaimauer hinaufzuklettern. Beides wirst du ganz sicher nicht schaffen.

Aber dann … blitzartig geht dir durch den Kopf, dass du noch vor einem kurzen Augenblick auf eine Leiter geblickt hast. Sie kann nicht weit sein. Du überlegst, ob du es schaffen kannst, von der Wasseroberfläche aus die unterste Stufe zu erreichen. Vielleicht auf einem Wellenkamm? Es müsste doch eine leichte Dünung geben, die gibt es doch immer.

Du schaffst es, Knut. Sonst erfährst du nie, wie es geht …

Und tatsächlich – da hängt die Leiter. Irgendwie gelingt es dir, die unterste Stufe zu erreichen, dort hängst du mit den Armen und einem Bein und überlegst, wie es dir gelingen könnte, dich zur nächsten Stufe hinaufzuziehen.

Natürlich schaffst du das, denkst du, und dir kommen beinahe die Tränen vor Bewunderung über diesen Mann, von dem man keineswegs behaupten kann, er wäre durchtrainiert. Aber einen Willen hat er. Den muss er haben, dieser Beamte der Regierungsbevollmächtigten. Was zum Teufel hat er allein auf dem glatten Deck verloren, wieso schnüffelte er auf einem russischen Fischkutter herum? Was für ein Idiot.

Dir ist es irgendwie gelungen, du wälzt dich über die Reling und fällst auf die andere Seite, bleibst liegen. Nach einer Weile – du weißt nicht, wie viel Zeit vergangen ist, dir ist gleichzeitig eiskalt und fiebrig heiß – brüllt dich jemand an. *Sieh zu, dass du hochkommst, du weißt, du musst … so schwer kann das doch nicht sein. Stütz dich auf die Reling, so, ja!*, befiehlt dieser irritierende Polizist. Weiß er denn nicht, dass du dich gerade zu Tode frierst? Kann er dich nicht in Ruhe lassen? Die Klamotten triefen vor Seewasser, die Stiefel gurgeln bei jedem einzelnen schmerzhaft langsamen Schritt. Das Gesicht ist grau vor Kälte, der Kopf hängt auf der Brust.

Der tropfnasse, zitternde Mann stolpert über das Schiffsdeck, er geht nicht, eher schlittert er die Gangway hinunter, taumelt über den Kai. Zieht eine Spur durch den Schnee, als würde jemand einen Sack hinter sich herschleppen. Endlich steht er am Fuß der Treppen.

»Du schaffst es, Knut«, sagst du laut und enthusiastisch zu deinem Wiedergänger.

»Ja, das denke ich auch«, antwortet er und glaubt tatsächlich daran – weil er sich plötzlich, mitten in all dem Elend, daran erinnert, dass es zweihundertsiebenundfünfzig Treppenstufen bis zum Platz des russischen Grubenorts sind.

Das ist doch zu schaffen, denkst du. *Du musst sie nur zählen…* Aber er irrt, dieser Knut Fjeld. Auf der großen Plattform in der Mitte des Abhangs, vor dem verfallenen alten Holzhaus, stolpert er und bleibt auf dem Rücken liegen.

Kurz darauf erwachte er und sah zwei wunderhübsche Frauen als Silhouetten am Sternenhimmel – die eine klein und dick, die andere lang und schmal. Beide trugen diademförmige Kopfbedeckungen und Trachten, die vor Spitze, vergoldeten Seidenfäden und Edelsteinen glänzten.

Die große Frau beugte sich über ihn. Knut sah, dass sie stark geschminkt war.

»Können Sie uns hören?«, fragte sie. »Glauben Sie, Sie können aufstehen, wenn wir Ihnen helfen?«

Sie halfen ihm auf die Beine und schleppten ihn zu dem alten Holzhaus. Durch einen engen Gang gelangten sie in ein Zimmer, in dem sie ihn auf ein altes Sofa legten. Die ersten Minuten konnte er nicht klar denken, ihm war eiskalt. Seine Finger und Zehenspitzen schmerzten, die Tränen liefen, und er zitterte, dass die Zähne im Mund aufeinanderschlugen.

Die Frauen zogen ihm rasch die nasse Kleidung aus. Die Ältere legte ihm eine grobe Wolldecke um und rubbelte ihn am ganzen Körper ab, bis es wehtat. Die dünne, groß gewachsene Frau feuerte einen großen runden Kohlenofen an. Sie sah, dass er verwirrt war, und erklärte: »Wir hatten ein Treffen der Theatergruppe im Gemeinschaftshaus der Frauen. Es liegt in der Mitte der Siedlung, an der Hauptstraße. Sie können es gar nicht übersehen. Ein schönes blaues Holzhaus mit weißen Fensterbrettern. Wunderbare Aussicht auf den Fjord.« Sie war sichtbar stolz auf diese Räume. »Dort nähen wir die Kostüme für unsere Kulturveranstaltungen, außerdem üben wir ein paar Lieder und Tänze. Eines unserer Mitglieder stand vor der Tür und rauchte. Sie hat gesehen, wie Sie die Treppe hinaufkrochen. Wir haben vermutet, dass irgendetwas nicht in Ordnung ist, aber es ist nicht immer vernünftig, sich in Dinge einzumischen, die einen nichts angehen. Daher haben Ljuda und ich entschieden, dass wir nachsehen. Es hätte ja auch ein besoffener Seemann von einem der Kutter sein können …«

»Ihn hätten wir vermutlich nicht gerettet …« Die Frauen sahen sich an und lächelten.

»Erst als wir näher kamen, haben wir gesehen, dass es sich um den Polizeibeamten Fjeld handelt«, fuhr die große Dünne fort. »Was haben Sie denn da unten bloß gemacht? Und warum sind Sie ins Wasser gefallen?«

»Wer sind Sie?« Knut wandte sich an die Stämmige, presste die Frage zwischen seinen blau gefrorenen Lippen hervor. Die große Dünne hatte er wiedererkannt. Es war die Sekretärin des Bergwerksdirektors.

»Ich heiße Ljudmila Wyborova Babjuk.« Sie sah ihn neugierig an und sagte etwas auf Russisch zu der Sekretärin, die für Knut übersetzte. »Ljuda sagt, dass wir Sie zu den anderen Frauen mitnehmen werden, die oben im Haus warten, vielleicht können wir Sie ja vorführen? Nicht viele von uns haben schon mal einen nackten Beamten der Regierungsbevollmächtigten gesehen … jedenfalls keinen, der blau angelaufen ist.« Sie übersetzte Ljudmila den Witz.

Diesen beiden Frauen verdankte er sein Leben, so viel verstand Knut. Allein hätte er die Treppenstufen hinauf zur Siedlung nie geschafft. Doch als er ihnen danken wollte, konnte er nicht. Seine Stimme war heiser, die Zunge wollte die Worte zwischen den klappernden Zähnen nicht formen. Die Stämmige sah ihn an und schüttelte den Kopf, sagte etwas auf Russisch und verschwand in der Küche. Einen kurzen Augenblick später kam sie zurück mit einer kleinen roten Flasche. Sie holte ein Glas aus dem Eckschrank im Wohnzimmer, goss den letzten Tropfen aus der Flasche ins Glas und reichte es ihm. Bedeutete ihm, alles auf einmal zu schlucken.

Bitter, süß, scharf... aber auch merkwürdig sinnlich, würzig... Knut hatte noch nie etwas Vergleichbares probiert. »Und stark«, ergänzte er, als der Branntwein eine Sekunde später tief unten im Hals zuschlug. Er hustete und japste nach Luft. Ljudmila drehte sich um, aber nicht so rasch, dass er nicht die Tränen in ihren Augen gesehen hätte. Was hatte er getrunken?

»Danke. Ganz herzlichen Dank. Ich hätte es allein nicht geschafft, glaube ich. Möglicherweise wäre ich erfroren und zur Statue eines Polizeibeamten geworden?« Seine Stimme war kaum zu verstehen, doch die Frauen lächelten.

»Ja, vielleicht«, erwiderte die Sekretärin kurz. »Am besten ziehen Sie sich trockene Sachen an... aber vermutlich haben Sie nur die nassen? Dann müssen Sie die wieder anziehen. Wenn Sie sich am Ofen aufwärmen und wir Sie schnell zum Hotel bringen, müsste es gehen. Hier sollten wir nicht länger als nötig bleiben.«

Splitternackt stand Knut unter einer Wolldecke am Kohlenofen und wärmte sich auf. Jetzt war nicht die Zeit, um schamhaft zu sein. Er schauderte bei dem Gedanken, seine Kleidungsstücke wieder anziehen zu müssen, die von den beiden Frauen ausgewrungen und unter ständigem Wenden vor den Ofen gehalten wurden.

»Sind Sie die Ljudmila, die das Hotel leitet?« Knut wandte sich an die Stämmige.

»Unter anderem, ja.« Sie zuckte die Achseln und wandte den Blick ab. Reichte ihm Unterhose und Hemd. »Ziehen Sie sich an, wir müssen gehen.«

Knut krümmte sich zusammen, als er die Sachen anzog. Im ersten Moment waren sie warm, die Frauen hatten sie am Ofen geradezu gebraten. Doch schon nach wenigen Sekunden fühlten sie sich auf der Haut kalt und klamm an. Er drehte sich um, als er sich die Socken überzog und hastig in die Stiefel trat, doch sie hatten längst gesehen, dass an seinem linken Fuß zwei Zehen fehlten. Deshalb hinkte er. Knut meinte, man würde es kaum bemerken. Er hatte die Zehen bei einer Scooterfahrt verloren, die in einer Gletscherspalte endete. Knut redete nie über dieses katastrophale erste Jahr auf Spitzbergen.

Der Aufstieg über die Treppen ging quälend langsam. Die Frauen mussten ihn beinahe zwischen sich tragen, und er merkte, dass sie sich bemühten, vorsichtig mit ihren hübschen Trachten umzugehen. Beide hatten sich in ihre Kolotjoska-Jacken eingewickelt und achteten darauf, dass seine stolpernden Schritte ihren Rocksäumen nicht zu nahe kamen.

Sie näherten sich dem Platz und hatten nur noch wenige Stufen zu bewältigen, als eine dunkle Gestalt auf sie zurannte. Der Dolmetscher. Sein Gesicht war rot vor Wut.

»Polizeibeamter Fjeld, was habe ich Ihnen gesagt. Sie hätten nicht allein gehen dürfen. Sie kennen die Randbezirke von Barentsburg nicht. Sind Sie gestolpert? Na, was ist passiert?« Er bemerkte die nasse Kleidung. »Sind Sie unten am Kai gewesen? Was haben Sie da gemacht?«

»Seien Sie so nett und danken den beiden Frauen in meinem Namen. Ohne ihre Hilfe hätte ich wahrscheinlich nicht überlebt. Außerdem tut es mir leid, dass ich ihre hübschen Trachten mit all dem Salzwasser nass gemacht habe«, sagte Knut formell.

Der Dolmetscher schob die Frauen beiseite und griff Knut selbst unter die Arme. »Wir müssen trockene Sachen für Sie besorgen. Sie können etwas von mir bekommen.«

Der Dolmetscher wohnte im ersten Stock eines Mietshauses, das unweit der Hauptstraße am oberen Ende der Siedlung stand. Aus einem der Fenster konnte er bis auf den Platz sehen. Aus dem anderen hatte er eine unglaubliche Aussicht über den Fjord und die Berge auf der anderen Uferseite. Stolz zeigte er Knut sein Bett, das auch als Sofa diente. Mit Kissen verziert. Eine handgewebte Decke mit bunten Mustern lag über dem Bettzeug. Am Wohnzimmertisch standen zwei zerschlissene Sessel mit grünem Veloursbezug – Hinterlassenschaften aus dem Büro des Konsuls? Auf dem Tisch ein brodiertes Deckchen und eine Grünpflanze in einem kleinen Porzellantöpfchen mit abgeblättertem Golddekor.

Die Sachen, die der Dolmetscher ihm gab, waren ... Knut fehlten die Worte. Russisch? Volkstümlich? Solche Unterhosen hatte er nicht mehr gesehen, seit sein Großvater vor vielen Jahren gestorben war. Ein ärmelloser Baumwollpullunder. Ein weißes Nylonhemd mit dünnen hellblauen Streifen. Weite Hosen mit hohem Bund, Knut musste sich einen Gürtel leihen und fühlte sich sonderbar. Als würde er in dieser Kleidung zu einem anderen Menschen. Lange graue Strümpfe. Nur die Schuhe blieben ein Problem. Es war klar, dass der Dolmetscher ihm auf keinen Fall seine eleganten, blank geputzten Stiefel leihen würde. Im Moment trug er ein anderes, gröberes Paar, das aussah wie ein Paar abgetragene Grubenstiefel – seine Alltagsschuhe. Außerdem hatte der Dolmetscher kleinere Füße als Knut, der Schuhgröße 45 benötigte. Der Dolmetscher verließ die Wohnung, um sich von einem Nachbarn ein Paar Stiefel zu leihen.

Knut setzte sich in einen der Sessel und blickte über den Fjord. Längst war es dunkel geworden. Der Himmel bedeckt. Läge auf der Erde nicht Schnee und wäre das Meer nicht eisfrei gewesen, hätte Knut nicht sehen können, wie weit es bis zum Ufer war.

Er beugte sich vor und sah durch das Fenster ein Stück vom Kai. Die Schiffe lagen noch immer dort, an Deck nur das schwache blaue Licht. Kein Zeichen irgendeiner Mannschaft. Er konnte Tom nicht viel berichten, außer dass er über Bord gefallen war. Er hatte keine Antwort auf irgendeine Frage – warum lagen die Schiffe hier, worauf warteten sie? Es war kaum denkbar, dass beide Kutter gleichzeitig einen Motorschaden hatten – und wenn es doch der Fall sein sollte, dann wären doch sicherlich Menschen an Bord, um den Schaden zu reparieren?

Knut dachte an die letzten Sekunden, bevor er über Bord fiel. War noch jemand an Bord gewesen, oder bildete er sich nur ein, gestoßen worden zu sein? Er hatte niemanden gehört, erinnerte sich kaum an die Minuten im eiskalten Wasser und wusste nicht, woher er die Kräfte genommen hatte, sich an der untersten Stufe der Jakobsleiter hochzuziehen. Ein erschreckender Gedanke, dass jemand im Schatten des Ruderhauses gestanden und zugesehen hatte, wie er um sein Leben kämpfte.

Vergnügt kam der Dolmetscher mit einem Paar enormer, häufig benutzter Grubenstiefel und zwei dicken bestickten Wollstrümpfen zurück. »Valenki«, sagte er, zeigte auf die Strümpfe und erklärte, es sei echtes russisches Handwerk, hier in der Bergarbeitersiedlung hergestellt.

Sie gingen in die Arbeiterkantine des Gemeinschaftshauses, um etwas zu essen. Knut war früher schon einmal dort gewesen, allerdings als Tourist, bei einer Führung. Heute war es anders. Er hatte das Gefühl, in der russischen Kleidung unter den übrigen Einwohnern zu verschwinden. Mit dem Dolmetscher setzte er sich an einen Tisch und bekam eine Schale Kohlsuppe und einen Teller mit Brot und Butter vorgesetzt. Es war eng in der Kantine, heiß und voller Bergleute, die von der Tagesschicht kamen. Ein beißender Geruch nach Kohle und Kalkstaub folgte ihnen, obwohl sie in der Kaue gewesen waren und sich umgezogen hatten. Alle hatten vom Kohlenstaub schwarze Ringe unter den Augen – er ließ sich kaum abwaschen, auch unter der Dusche nicht.

An einem anderen Tisch saßen ein paar große kräftige Männer für sich. Sie tranken Kaffee, rauchten und unterhielten sich gedämpft. Dann schauten sie Knut an und grinsten.

»Wer ist das?«, fragte er und nickte in ihre Richtung. »Sie sehen nicht aus wie Bergleute.«

»Fischer«, antwortete der Dolmetscher leise. »Sie wohnen in dem Wohnheim ganz unten am Hang. Was haben Sie denn gedacht? Dass da zwei Geisterschiffe am Kai liegen?« Er gestattete sich ein kleines Lächeln. »Sie warten auf ein paar Maschinenteile … jedenfalls ist das die offizielle Erklärung. Wir alle werden froh sein, wenn sie wieder weg sind. Mit ihrer ständigen Feierei halten sie nachts die Leute wach.«

»Ginge es nicht schneller, wenn man die fehlenden Teile direkt mit einem Festlandsflug aus Tromsø heranschafft?«

»Oh, oh, Polizeibeamter Fjeld. Denken Sie an die Kosten, wenn man Longyearbyen anläuft: Hafengebühr, Wassergeld, Strom, vielleicht kostet es sogar etwas, an Land zu gehen, was weiß ich? Norwegen ist ein reiches Land, alles ist teuer bei euch. Wir in Barentsburg sind nicht so wohlhabend wie ihr in Longyearbyen, aber wir lassen uns auch nicht so viel bezahlen. Ist man arm, ist man gern behilflich.«

Die Suppe schmeckte. Sie war mit Kohl, Zwiebeln, Kerbel

und ein paar großen Fleischstücken zubereitet. Knut aß seit Tagen das erste Mal mit Appetit und trank einen großen Becher starken süßen Tee. Er gähnte, plötzlich war er so müde, dass er kaum die Augen aufhalten konnte. »Ich gehe jetzt ins Hotel und schlafe ein wenig. Bitte wecken Sie mich, wenn der Hubschraubertransport nach Longyearbyen bevorsteht.«

Er ging allein zurück ins Hotel, ließ sich auf sein Bett fallen und schlief mit dem beruhigenden Gurgeln der Heizung im Ohr ein.

KAPITEL 14

Der Koordinator

Knut schreckte auf und wusste einen Augenblick nicht, wo er war. Er blieb im Bett liegen und schaute verständnislos auf das schwache Licht der Straßenlaterne vor dem Fenster … der Kleiderschrank, das Waschbecken, der niedrige Tisch zwischen den Betten. Dann kam die Erinnerung zurück – und mit ihr das unangenehme Gefühl, dass er sich in Barentsburg wie ein Trottel benahm.

Es schien mitten in der Nacht zu sein. Im Hotel war es vollkommen ruhig. Auch vom Platz drang kein Laut herein. Dennoch war es nicht so spät, wie er gedacht hatte, die Uhr zeigte kurz nach zehn.

Das nasse Bündel mit seinen Kleidungsstücken hatte er aufs Bett geworfen, ohne die Sachen aus der Plastiktüte zu nehmen und aufzuhängen. In einem Anflug schierer Panik fiel ihm ein, dass Kamera, Handy, Notizblock und andere Kleinigkeiten in der Innentasche seiner Jacke steckten. Alles war noch da. Die Tasche war relativ weit oben im Flanellfutter angebracht, der Reißverschluss hatte verhindert, dass seine Ausrüstung herausfiel, als er in den Fjord stürzte.

Er legte alles auf den Tisch. Die Kamera war neu – eigentlich ein Prototyp. Allerdings war die Digitaltechnik für Fotoapparate noch nicht sehr weit entwickelt, die Bildqualität war bei Weitem nicht akzeptabel. Die Bilder ließen sich als eine Art fotografischer Merkzettel gebrauchen, doch sie waren nicht gut genug, um als Dokumentation in einer Ermittlung zu dienen.

Die Kamera war feucht, glücklicherweise tropfte jedoch

kein Wasser heraus. Knut hatte keine großen Hoffnungen, dass sie noch funktionierte, immerhin hatte sie mehrere Minuten in Salzwasser gelegen. Er nahm die Speicherkarte heraus, ging zum Waschbecken und spülte die Kamera und die Karte rasch unter kaltem Wasser ab. Sorgfältig trocknete er sämtliche Teile mit dem Zipfel eines Handtuchs und legte die Kamera auf den Tisch.

Das Handy steckte in einem engen Futteral aus Kunstleder mit einem Reißverschluss. Das Display war unter einem durchsichtigen Kunststofffenster zu erkennen. Das Telefon hatte es ziemlich gut überstanden, es war nicht einmal sonderlich feucht. Sollte er es im Waschbecken abspülen? Besser, er ließ es. Knut wischte es trocken und legte es ebenfalls auf den Tisch; er wartete noch mit dem Anschalten.

Bei seinem Notizbuch handelte es sich um einen ganz gewöhnlichen gelben Block mit einer Spiralbindung am oberen Ende. An einem Gummiband, das die Seiten zusammenhielt, steckte ein Bleistift. Er benutzte Bleistifte, weil sie immer funktionierten, egal wie feucht es irgendwo war. Der Notizblock war durchnässt, die Seiten klebten aneinander. Er musste sie trennen, solange sie feucht waren, allerdings waren einige Blätter so nass, dass sie sich zwischen seinen Fingern auflösten. Nicht so schlimm. Vor dem Flug nach Barentsburg hatte er im Büro ein zweites Notizbuch mitgenommen, außerdem waren lediglich die ersten Seiten beschrieben. Mit großer Geduld löste er die Blätter voneinander und breitete sie auf dem Tisch zum Trocknen aus.

Noch immer war es vollkommen ruhig im Hotel. Er griff zu seinem Handy, schaltete es ein und schaute nervös auf das Display. Wenn es nicht funktionierte, hatte er sich vielleicht um seine einzige Chance gebracht, ungestört mit dem Polizeichef reden zu können. Er wunderte sich über seine eigene

Ängstlichkeit und wie viel ihm dieses Gespräch bedeutete. Doch das Display leuchtete auf. Erleichtert ließ er sich aufs Bett fallen.

»Knut? Bist du nicht in Barentsburg?« Toms Frau nahm den Anruf entgegen, er hatte es zuerst unter der Privatnummer versucht. Der Polizeichef war ein treuer Familienvater mit vier Kindern, der in der Regel nachmittags seine Arbeit unterbrach, um ein paar Stunden mit seiner Familie zu verbringen. Später saß er dann häufig noch einmal im Büro. Knut dachte ängstlich an seine Batteriekapazität und beendete das Gespräch so rasch wie möglich. Es war nicht so einfach. Die Familie von Toms Frau lebte seit drei Generationen in Longyearbyen, und sie war gern über sämtliche Ereignisse auf Spitzbergen informiert.

In der Telefonzentrale ließ er es wieder und wieder klingeln. Knut sah die Empfangsdame vor sich, den Eisbären, die Flure zu den Büros, das Sitzungszimmer hinter der Glasscheibe. Wenn Tom heute Abend arbeitete, wieso ging er dann nicht ans Telefon? Wahrscheinlich hatte niemand daran gedacht, von der Zentrale auf den Wachhabenden umzuschalten – normalerweise eine unverzeihliche Nachlässigkeit. Irgendetwas Außergewöhnliches ging da gerade in Longyearbyen vor sich.

Knut legte sich aufs Bett, starrte apathisch an die Decke und wartete eine halbe Stunde. Dann rief er noch einmal das Büro an. Keine Antwort… er wollte gerade auflegen, als das Telefon endlich abgenommen wurde. Der Polizeichef ist beschäftigt, sagte der Mann am anderen Ende der Leitung, eine Stimme, die Knut nicht kannte. Niemand aus dem Büro der Regierungsbevollmächtigten. Knut explodierte, wurde laut. Er müsse augenblicklich mit Tom sprechen. Oder mit Anne Lise. Ihm sei es egal, womit sie beschäftigt wären, er müsse mit ihnen Kontakt aufnehmen. Sofort.

»Oder was sonst?« Toms Stimme hörte sich angenehm ruhig an. Fast ein wenig spöttisch.

»Warte, bis du gehört hast, was ich dir zu berichten habe, und unterbrich mich nicht, weil ich nur noch verdammt wenig Saft in meinem Handy habe. Übrigens ein Wunder, dass es überhaupt noch funktioniert.« Knut erzählte von der missglückten Inspektion der russischen Fischkutter.

»Mein Gott, Knut, du bist immer so unvorsichtig. Ich wollte lediglich die Namen und die Häfen, in denen sie registriert sind. Hättest du nicht jemand zum Kai mitnehmen können? Es muss doch eine Person in Barentsburg geben, zu der du Vertrauen hast?« Der Polizeichef war wieder ernst geworden.

»Ich dachte ... ich hatte nach unserem Gespräch den Eindruck, dass ich diskret vorgehen sollte.«

»Ja, ja, natürlich. Warte mal Knut, ich schalte den Lautsprecher an. Wir sitzen im Sitzungszimmer, weißt du, Anne Lise ist auch hier. Und ein paar Leute von der Küstenwache ...«

»... sieh zu, dass der Konsul informiert ist. Ihm kannst du ganz sicher trauen ...« Die Regierungsbevollmächtigte hatte sich eingeschaltet. Knut hörte, wie Tom im Hintergrund heftig protestierte, es wurde diskutiert.

Er versuchte, ruhig zu bleiben. »Kann mir mal jemand erklären, was eigentlich los ist?«

Es wurde still am Telefon. Im Hintergrund hörte er, wie der Polizeichef einige Leute aus dem Sitzungszimmer scheuchte, Gesprächsfetzen erreichten ihn. »... Ohrenzeugen ... muss vorsichtig sein ... habe keinen Überblick über die Situation in Barentsburg ... Knut ist trotz allem dort ... ich bin sicher, er ...«

Dann meldete sich Tom wieder. Knut hörte an seiner Stimme, dass er sich Sorgen machte. »Jetzt sind nur noch Anne Lise, Kommandeurkapitän Kristian Fredriksen und ich im Raum. Ich soll dir erklären, was momentan passiert, aber wir haben nicht viel Zeit zur Diskussion. Sieh zu, dass du mit deinen Handybatterien sparsam umgehst. Es ist überaus wichtig, dass du uns informierst – ohne abgehört zu werden –, sobald die Fischkutter Barentsburg verlassen.«

»Okay, erklär's mir.« Ein paar Worte durfte er wohl verschwenden, meinte Knut.

»An dem Tag, an dem du nach Barentsburg geflogen bist, erhielten wir den Notruf eines russischen Trawlers nördlich von Spitzbergen. Der Helikopter flog zur angegebenen Position, nachdem er dich abgesetzt hatte. Es stellte sich heraus, dass sich dort oben einige Schiffe aufhielten, drei russische Fischtrawler des Typs, der normalerweise in der Barentssee fischt. Aus irgendeinem Grund hatten sie die Hinlopenstraße genommen. Sie lagen tief im Wasser, voll beladen. Es ist nicht leicht, einen schwer verletzten Mann von einem Trawler ohne Hubschrauberlandeplatz aufzunehmen. Vor allem bei einem derartigen Wind und Seegang. Aber das Manöver ging zum Glück gut. Der Bursche ist mit einer Ambulanzmaschine auf dem Weg nach Tromsø. Hinterher haben sich die Russen über Spitzbergen Radio bedankt. Sie sagten, jetzt müssten sie die Fangsaison nicht abbrechen. So weit, so gut, nur, was haben sie da oben gemacht? Da sie mehr als voll beladen waren, wäre es doch sinnvoller gewesen, Kurs in Richtung Süden zu nehmen, um den Fisch bei der nächsten russischen Verarbeitungsstelle anzulanden.«

Knut antwortete nicht, er ging davon aus, dass der Polizeichef ihm sagen würde, was die Küstenwache davon hielt. »Erst vor wenigen Jahren wurden Trawler erwischt, die viel zu viel geladen oder illegal mit einer allzu kleinen Maschenweite bei ihren Netzen gefischt hatten. Es kam vor, dass die illegal gefangenen Fische über Bord gespült wurden, wenn die Küstenwache sie kontrollieren wollte. Heutzutage sind sie cleverer. Allerdings sind die Fangquoten sehr genau festgelegt. Deshalb müssen die Schiffe Buch führen. Jeder Fang wird darin registriert, und diese Fangbücher müssen in den Verladehäfen abgestempelt werden. Trotzdem werden die Bestände überfischt. Die Küstenwache hat seit Langem den Verdacht, dass von Norden Frachtschiffe kommen, die Spitzbergen offiziell ganz legal anlaufen. Vermutlich werden sie mit dem unregistrierten, bereits tiefgefrorenen und in neutralen Kisten verpackten Fisch beladen. Und zwar auf offener See. Sehr schwierig zu entlarven. Sie müssen auf frischer Tat ertappt werden.«

»Aber muss der Fisch nicht auch bei einem Frachtschiff registriert sein?« Knut nutzte die Gelegenheit, um seine Frage zu stellen. Er verstand nicht, worauf der Polizeichef hinauswollte.

»Nicht, wenn die Ladung zum Kontinent gebracht und auf dem Schwarzmarkt verkauft wird.« Der Polizeichef klang amüsiert. »Und jetzt hör zu … Das Küstenwachtschiff ›Senja‹ hat südlich der Bäreninsel ein großes Frachtschiff gestoppt. Der Heimathafen ist Archangelsk. Das Schiff war auf dem Weg nach Barentsburg, mit Nachschub für das Bergwerk. Alles in Ordnung mit der Ladung. Kein Grund, sie festzuhalten. Aber wir glauben, dass die Trawler ungeduldig werden. Denn mit jedem Tag, der vergeht, verkürzt sich nicht nur die Saison, sondern sie verbrauchen auch Treibstoff und Nahrungsmittel.«

»Und was hat das mit Barentsburg zu tun? Hier liegen lediglich zwei kleinere Schiffe.«

»Kommandeurkapitän Fredriksen glaubt, dass der Quotenschwindel von Barentsburg aus gesteuert wird. Nicht, solange alles nach Plan läuft, aber wenn etwas schiefgeht, dann wird Kontakt zu einem Mann in Barentsburg aufgenommen, der die Probleme lösen kann.«

»Und der tote Steiger soll am Fischschmuggel beteiligt gewesen sein? Glaubst du, so hängt das zusammen?«

»Wir wissen es nicht. Vielleicht ist er ja doch durch einen Unfall ums Leben gekommen ... Nein, warte. Unterbrich mich nicht. Es ist wichtig, dass niemand von der Aktion der Küstenwache erfährt. Offensichtlich verzögert sich die Überprüfung der Papiere des Frachtschiffs. Der Koordinator in Barentsburg muss unter ziemlichem Druck stehen. Die Trawlerskipper sind harte Jungs. Wenn wir noch ein wenig warten, begeht der Koordinator vielleicht eine Verzweiflungstat, um die Probleme zu lösen. Drei voll beladene Trawler nördlich von Spitzbergen, zwei Fischkutter am Kai von Barentsburg und ein Frachtschiff, das die Küstenwache an der Bäreninsel festhält. Irgendetwas muss bald geschehen, damit sie den Fisch loswerden.«

»Und was spiele ich dabei für eine Rolle?« Knut seufzte resigniert.

»Den Kopf einziehen. Dich mit Leuten umgeben, denen du vertrauen kannst. Der Konsul dürfte ein verlässlicher Mann sein, etwas anderes wäre gänzlich ...«

»Was ist mit dem Dolmetscher?«

»Ich weiß es nicht, Knut. Das entscheidest du am besten selbst. Er hat ein seltsames Talent, überall dort aufzutauchen, wo du bist.« Die Stimme des Polizeichefs wurde ernst. »Sei vorsichtig. Achte auf alles, was passiert, aber misch dich in nichts ein. Sollten die Kutter auslaufen, informierst du mich sofort.«

KAPITEL 15

Oksana

Knut legte sein Handy auf den Tisch. Zwei Striche auf der Batterieanzeige. Er sollte es abstellen, damit zufällige Anrufe keine Energie verbrauchten, aber er tat es nicht. Tom musste ihn erreichen können. Er legte sich aufs Bett und starrte an die Decke. Er hatte Barentsburg satt. Er fand keine Ruhe, außerdem war es zu spät, um in der Arbeiterkantine noch ein Abendessen zu bekommen.

Erst jetzt bemerkte er die leisen Geräusche, die ihn störten. Das Knallen eines Fensters, das aufgestoßen wurde, nicht weit entfernt. Regungslos blieb er liegen, hielt den Atem an und horchte. Von irgendwoher kamen Musik und Gesang – ein Saiteninstrument, eine Ziehharmonika, ein Chor klagender Stimmen. Pause, dann Gelächter. Klirren und Rufen. Die Musik setzte wieder ein. Wäre er in Ny-Ålesund, hätte er nachgesehen, wer da feierte – aber nicht hier. Nicht in Barentsburg.

Wie spät war es? Er setzte sich auf. Überlegte, ob er das Risiko eingehen konnte, das Handy als Wecker zu benutzen. Morgen früh würde er noch einmal die Fakten zusammenstellen, bevor er sich mit dem Konsul und dem Bergwerksdirektor traf. Vielleicht konnte er sie überzeugen, den verdächtigen Todesfall noch einmal zu untersuchen. Es konnte nicht im Interesse der Leitung sein, dass die Anlage bei den Arbeitern in den Ruf geriet, unsicher zu sein.

Wieder spürte er dieses intensive Heimweh nach Longyearbyen. Er schlug die Bettdecke zurück. Als er sich ausziehen wollte, hörte er wieder etwas. Er lauschte. Das Geräusch leiser Stimmen und Gelächter – dieses Mal allerdings sehr viel näher. Wieso? Der Dolmetscher hatte gesagt, er sei allein im Hotel. Knut schlich zum Fenster, er wollte von außen nicht gesehen werden. Die Geräusche mussten von der anderen Seite des Platzes kommen, vielleicht aus einem Zimmer in den hohen, hässlichen Arbeiterwohnblöcken aus grauem Backstein. Aber Augenblick, fiel da nicht eine Tür zu? Das war im Hotel. Allerdings weit entfernt, in einer anderen Etage, auf einem der dunklen, unbewohnten Korridore.

Systematisch überprüfte er Stockwerk um Stockwerk. Blieb vor jedem Zimmer stehen und horchte. Keinerlei weitere Geräusche, nur das leise Klirren, Singen und Lachen. Bisweilen kaum noch hörbar, an anderen Stellen wieder etwas deutlicher. Im Eingangsbereich wurde ihm klar, dass sich rechts von der Rezeption ein zweiter Flügel des Hotels befand. Er tastete sich in einen dunklen Flur, fand einen weiteren Treppenaufgang. Er wollte nicht aufgeben, er wusste, dass er ohnehin nicht schlafen konnte, solange die Geräusche so verführerisch nah waren. Die Stimmen und die Musik wurden lauter. Auf jeder Etage drückte er den Lichtschalter. Und bei jeder Treppe schaffte er es lediglich bis zur Hälfte, bevor das Licht wieder erlosch.

Knut war bis ins fünfte Stockwerk gestiegen, er war außer Atem und stützte sich mit einer Hand an der Wand ab. Wieder ging das Licht aus. Plötzlich kam ihm eine Gestalt auf der Treppe entgegen.

»Hey, wer wohnt hier oben?« Knut atmete schwer, streckte aber eine Hand aus.

»*Nevezenie!* Unglück, sich auf der Treppe zu treffen.« Eine Frauenstimme. Sie drückte sich an ihm vorbei und lief in die unteren Stockwerke.

An einem der Flure in der fünften Etage fand er das Zimmer, die Feier schien in vollem Gang zu sein. Er öffnete die Tür, blieb stehen und blinzelte in das fahle Licht der Deckenbeleuchtung. Dichter Zigarettenrauch schlug ihm entgegen. Der kleine Raum war voller Menschen – einige saßen auf den Betten, andere auf Stühlen oder umgedrehten Papierkörben, auf dem Fensterbrett und sogar auf dem Waschbecken. Sie sangen und grölten, jemand spielte Balalaika, ein anderer auf einer kleinen runden Harmonika. Viele rauchten, alle tranken. Auf dem niedrigen Tisch standen eine Schüssel mit Eiern, ein Korb mit Brot, eine Schale mit kleinen Zwiebeln und mehrere Gläser kleiner eingelegter Gurken.

Jemand rief Knut »*Voyti, voyti!*« zu. Zunächst sah er nicht, wer ihn so gastfreundlich ins Zimmer bat. Er trat ein und schloss die Tür hinter sich. In dem Gedränge verlor er das Gleichgewicht, stolperte über irgendwelche Füße und fiel auf ein Hotelbett – zu seiner Überraschung neben Olga, der Sekretärin des Konsuls.

Knut blieb auf dem Bett sitzen, sah sich um und versuchte, irgendjemanden der anderen Teilnehmer des Fests zu erkennen. Der Anführer der streikenden Grubenarbeiter, dem er letzte Nacht begegnet war, hatte ihn willkommen geheißen. Er saß auf der Fensterbank und rauchte eine braune, selbst gedrehte Zigarette. Lächelte und streckte einen Arm nach Knut aus. Er redete Russisch mit einem Akzent, bei dem Knut nicht wusste, wie er ihn einordnen sollte.

»Igor Grigorowitsch stammt aus der nördlichen Ukraine, aus den Bergen«, sagte Olga und drückte sich auf dem Bett an Knut. »Ein sehr tüchtiger Bergmann. Verdient eine Menge Geld für uns.«

Knut sah sie an. Das Haar fiel ihr in Locken über den Nacken und die Wangen. Sie trug eine enge kurzärmlige Bluse mit einem Ausschnitt an der Grenze dessen, was der unterste Knopf an Belastung aushielt. Ihr Rock war so kurz, dass er errötete, ihre Lippen feucht von Lipgloss und Wodka. Zwischen den Vorderzähnen zeigte sich eine charmante Lücke.

Na ja, dachte Knut. *Kann nicht schaden, ihr etwas näher zu kommen, in aller Unschuld.*

»Mein Verlobter.« Olga zeigte lachend auf den Gewerkschaftsführer auf dem Fensterbrett. Knut seufzte.

Igor Grigorowitsch bahnte sich den Weg durch das Gedränge im Raum. Er schnipste mit den Fingern, und Olga machte ihm widerwillig auf dem Bett Platz und legte sich in seine Arme.

»Er dankt dir«, übersetzte sie. »Auf der Zeche sind alle sehr froh, dass du mit den Ermittlungen bei dem Mord an Ivan Sergejewitsch nicht aufgehört hast. Es war mutig von dir, hierzubleiben und nicht sofort nach Longyearbyen zurückzukehren. Aber wieso bist du allein? Normalerweise kommen doch immer mehrere Beamte zu solchen Untersuchungen, mindestens zwei?«

Knut nickte, er wusste nicht, was er antworten sollte. Es wäre peinlich, wenn er zugeben müsste, dass er im Laufe des Tages im Todesfall des Steigers überhaupt nichts getan hatte. Aber er musste auch nichts sagen. Der Gewerkschaftsführer redete weiter, und Olga übersetzte nach bestem Wissen.

»Im Augenblick stehen wir in der Zeche vor einer schwierigen Situation. Uns fehlt ein Großteil der Versorgungslieferungen. Das letzte Frachtschiff vor dem Winter ist verspätet, wir wissen nicht warum. Wir haben kaum noch zu essen … Vor einigen Tagen beschloss Ivan Sergejewitsch, etwas zu tun. Er hatte großen Einfluss beim Trust Arktikugol und wollte mit allen Mitteln durchsetzen, dass die Lebensmittel- und Ausrüstungslieferungen im Winter sichergestellt sind.«

»Weißt du, womit er gedroht hat? Wollte er einen Streik organisieren?«

Igor wandte den Blick ab und zuckte die Achseln. Knut hatte das Gefühl, als wisse er mehr, als er zu erzählen bereit war.

Knut versuchte es noch einmal. »Bergwerksdirektor de Rustin glaubt, Vanja hätte sich das Leben genommen … ist das eine Möglichkeit?«

Die Musik setzte einen Moment aus. Mehrere Minenarbeiter standen so dicht um sie herum, dass Knut schwindlig wurde. Er spürte Schweißtropfen an der Stirn und suchte nach einer Öffnung in dem Gedränge um Igor Grigorowitsch. Die Leute redeten gedämpft, sie hatten aufgehört zu singen. Die Musiker legten ihre Instrumente beiseite. Im Zimmer herrschte eine gewisse Unruhe, es Furcht zu nennen wäre allerdings übertrieben gewesen.

An der Eingangstür stand eine Gestalt, die gerade zu ihnen gestoßen sein musste, ein Russe in Bergarbeiterkluft. Er warf Knut einen Blick zu, nickte wiedererkennend. Knut war sicher, dass er ihn noch nie gesehen hatte, jedenfalls erinnerte er sich nicht. Und an diesen Mann hätte er sich bestimmt erinnert: groß wie ein Haus, das Haar so kurz geschnitten, dass er kahl wirkte; kleine Ohren, die dicht an einem Kopf mit breiten Kiefern und flacher Stirn lagen. Der Riese lächelte breit, und Knut sah, dass er so gut wie keine Zähne mehr besaß, nur drei, vier Stümpfe im Unterkiefer. In den Augen spiegelte sich das breite Lächeln nicht wider, sie glänzten leer und ausdruckslos. Konnte es sich um einen geistig Zurückgebliebenen handeln? Knut schämte sich für den Gedanken, vielleicht war der Mann bloß unsicher und kannte niemanden auf dem Fest. Aber es sah aus, als hätte er ihn tatsächlich wiedererkannt, und Knut erwartete, dass er sich bis zu dem Bett, auf dem er saß, durchzwängte. Stattdessen verschwand der Mann unter den übrigen Festteilnehmern.

»Wer war das?«, erkundigte er sich. »Der in den Bergarbeitersachen, irgendetwas war eigenartig mit ihm. Er sah aus, als würde er mich kennen, aber …«

Grigorowitsch, der das Geschehen verfolgt hatte, sagte etwas zu Olga. »Igor meint, du musst doch wissen, wer Anton ist? Er ist mit Vanja verwandt und kam letzten Sommer nach Barentsburg. Igor will wissen, warum du Anton nicht verhört hast. Wenn jemand etwas über den Todesfall weiß, dann er.«

Wieder schlug die Tür zu, erneut war jemand gekommen. Es wurde still im Raum. Füße scharrten über den Boden, die Leute wandten sich ab. Zwischen den Arbeitern vor dem Bett öffnete sich ein schmaler Spalt. Knut beugte sich vor, um besser sehen zu können. Und da stand sie. Eine schmächtige Gestalt in einer viel zu großen Bergarbeiterjacke. Kurzes blondes Haar. Graue Augen. Sie sah viel zu jung aus, um an einem Fest wie diesem teilzunehmen. Intuitiv wusste Knut, wer sie war. *Was macht sie hier?*, dachte er.

»Oksana, du bist zurück?« Olga rief sie mit einer aufgesetzten Munterkeit, sprang vom Bett und lief auf das Mädchen zu. Zog sie mit sich. Und plötzlich redeten alle wieder miteinander, die Musiker fingen an zu spielen. Das Zimmer war voller Menschen, die tranken, sangen und übereinander stolperten. Dichter Zigarettenrauch sammelte sich unter der Decke.

»Es tut mir leid um Ihren Ehemann.«

Knut hoffte, dass sie ein wenig Norwegisch verstand, und schaute sie verwundert an. Das konnte doch nicht dieselbe Frau sein, die er gestern Abend in der Kapelle gesehen hatte? Die sich am Sarg ihres Mannes den Tränen hingegeben hatte? Sie sah eher aus wie ein Junge, ein junger Lehrling im Bergwerk. Die Hände waren kräftig und von der Arbeit gezeichnet, unter den Nägeln zeigten sich schwarze Ränder. Sie zog die große Leinenjacke aus und trug darunter nur ein grauweißes, löchriges Unterhemd. Ihre Arme wirkten stark, sehnig. Jeder sah, dass sie keinerlei Versuch unternommen hatte, sich für das Fest hübsch zu machen. Keine Schminke im Gesicht, das Haar ungekämmt. Trotzdem war sie gekommen, um an diesem Fest teilzunehmen.

Als hätte ihr jemand seine Gedanken verraten, sagte sie: »Wir haben noch viele Tage und Wochen Zeit, um meinen Vanja zu beweinen. Die Trauer verschwindet nicht. Es hilft, hier zu sein, unter all den Menschen. Die innere Stille legt sich ein wenig, wenn Trubel um mich herum ist.« Ihr Gesicht veränderte sich, glitt fort.

Knut verstand sehr gut, was sie meinte. Er wollte es ihr sagen, aber der Lärm war zu groß. Er wusste auch nicht, was er sonst hätte sagen sollen, und schon bald verschwand sie im Gedränge. Hin und wieder sah er sie, sie redete mit den Leuten. Rauchte. Knut bemerkte, dass der riesige Russe sie die ganze Zeit mit den Augen verfolgte.

Irgendetwas ließ sich nicht recht greifen, eine unterschwellige Stimmung unter den Teilnehmern des Festes, von der er ausgeschlossen blieb. Zielbewusst ging er auf das Mädchen zu.

»Kann ich morgen Vormittag mit Ihnen sprechen? Über den Tod Ihres Mannes?«

»Natürlich. Ich hatte erwartet, dass …«

»Ich habe es mehrfach versucht, aber es hieß, Sie wären noch nicht in der Verfassung. Vollkommen verständlich. Ich glaube, der Direktor möchte Sie schützen …«

»Ahhh.« Diesmal gab es keinen Zweifel an ihrer Reaktion. Es war Verachtung.

Das Fest ging unvermindert weiter. Sie hieß Oksana und erzählte, der Name würde »Gastfreundschaft« bedeuten. Hin und wieder kam sie zu ihm, setzte sich neben ihn, stand hinter ihm oder zeigte sich ihm zwischen Gästen auf der anderen Seite des Zimmers. Dann verschwand sie wieder. Knut dachte, sie hätte den Raum verlassen. Das Fest kam ihm ohne sie grauer und uninteressanter vor. Er hatte so viele Fragen an sie. Wichtige Fragen für die Ermittlungen, redete er sich ein.

»Oksana!« Mit feuchtglänzenden Augen und roten Wangen rief Olga so laut nach ihr, dass es alle im Raum mitbekamen – und Olga stand so dicht neben Knut, dass es ihm peinlich war. Die Unterhaltungen verstummten für einige Sekunden. Die Leute hörten zu.

»Oksana, es sind dreizehn Leute im Zimmer. Du bist die Letzte gewesen, die hereingekommen ist. Das bedeutet Unglück.«

Oksana stand am Fenster und redete mit dem Riesen Anton. Von allen Russen, von denen Knut seit seiner Ankunft in Barentsburg gehört hatte, war er der einzige, bei dem kein Familienname genannt worden war. Anton, der Verwandte von Vanja.

Oksana rief zurück: »Olga, du irrst dich. Ich war vor dir hier, musste nur mal einen Augenblick raus, um Zigaretten zu holen. Der Polizist ist als Letzter gekommen. Außerdem bedeuten dreizehn Personen in einem Raum nicht Unglück. Es bedeutet Tod – für einen der Anwesenden.« Sie zuckte die Achseln, drehte sich um und tauchte wieder unter den Gästen unter. Igor Grigorowitsch redete lange mit Olga. Man musste kein Russisch verstehen, um zu hören, dass er wütend war.

Einer der Bergarbeiter hatte eine Art Gitarre mit einem langen Hals und nur drei Saiten geholt. So gut es sich machen ließ, wurde mitten im Zimmer Platz für ihn geschaffen. Er fing an zu spielen, klimperte und strich mit einem kurzen Bogen über die Saiten. Sang dazu klagend und melancholisch.

Die Unterhaltungen erstarben. Die Leute setzten sich, wo immer es Platz gab, auf den Boden und wiegten sich mit halb geschlossenen Augen zur Musik. Einige sangen mit, allerdings leise.

»Vlada spielt auf einer Domra.« Oksana tauchte plötzlich und unerwartet wieder neben ihm auf. »Wir haben eine im Museum, aber diese hat er selbst gebaut. Es ist ein altes Instrument aus der Pomorenzeit im 19. Jahrhundert. Das Lied, das er singt, heißt *Nichjaka misjachna,* das heißt in etwa ›Für einen Mond, der nachts am Himmel steht‹.«

»Und worum geht es in dem Lied?« Knut flüsterte, um die wehmütige Stimmung nicht zu stören.

»Um Liebeskummer.«

Die Uhr zeigte zwei, und das Zimmer war nicht wesentlich leerer geworden. Knut spürte, dass er allmählich betrunken wurde. Er musste gehen, es war unverantwortlich zu bleiben. Im Übrigen hatte er Oksana seit einiger Zeit nicht mehr gesehen; es hatte keinen Sinn zu warten. Igor und Olga waren längst verschwunden, von den anderen im Raum kannte er niemand.

Er saß auf dem Bett, lehnte den Kopf gegen die Wand und sammelte Kraft, um aufzustehen und in sein eigenes Zimmer zu gehen. Plötzlich saß sie wieder neben ihm. Vielleicht war er einen Moment eingeschlafen. Allmählich verließen die Gäste das Fest, eine ganze Gruppe stand an der Tür. Anton sah er nicht.

Oksana blickte ihn an. »Ich habe Angst«, sagte sie leise. »Könntest du mich ein Stück nach Hause begleiten?«

KAPITEL 16

Die Krasin

Der Kapitän kletterte das letzte kurze Stück der Leiter hinauf zur Brücke. Der Steuermann hörte die Schritte, drückte den Rücken durch und gab dem Rudergast einen vollkommen unnötigen Befehl. »Fahrt halten, drei Knoten. Wir haben's nicht eilig. Die halten noch viele Stunden auf dem Eis aus.«

»Alles in Ordnung?« Der Kapitän schlürfte heißen Kaffee aus einem Becher und stellte sich neben den Steuermann. Für eine Wachablösung war es noch zu früh, allerdings ging der Kapitän ohnehin keine regulären Wachen. Trotzdem kam er jeden Nachmittag – eine Stunde, nachdem man in der Offiziersmesse das Essen serviert hatte – auf die Brücke und blieb dort bis zum Abend. Er wollte auf dem Laufenden sein, obwohl seit vielen Tagen nichts Unvorhergesehenes passiert war. Die Fahrten mit Wissenschaftlern im Polarmeer waren einschläfernd langweilig. Es konnten Wochen vergehen, ohne dass das Schiff sich eine einzige Seemeile bewegte.

»Irgendwelche Anordnungen?« Der Steuermann warf einen raschen Seitenblick auf den Kapitän.

»Nein. Es wird wohl nichts. Ist noch immer nicht zu spät, aber …«

Sie dachten beide dasselbe. Im Grunde alle drei – denn obwohl der Rudergast sich nicht an dem Gespräch beteiligte, hörte er doch genau zu, trotz des Knirschens der Eisschollen an der Schiffswand.

Sie befanden sich siebenundachtzig Grad nördlich, und es war bereits Ende Oktober. Trotz des frühen Nachmittags erreichte das Tageslicht nicht mehr den Horizont. Der Himmel war blau und klar, mit Sternen übersät. Kein Mond, lediglich das bleiche Gespenst einer Kugel, die in einer ganz dünnen Silberschale ruhte und nur von einem empfindsamen Auge erkannt werden konnte. Um sie herum überall Eis in langen schmalen Packeishaufen – groß wie Berge und mit Schmelzwasserrinnen wie schwarze Flüsse. Eine vor Stille leuchtende Landschaft, dennoch nie ohne das ferne Brüllen der Eisschollen, die sich gegeneinanderschoben. Bruchstücke eines Landes, das mit dem Strom und dem Wind trieb, immer in Bewegung war und sich in einem unveränderlichen Tanz um den geographischen Nordpol drehte.

Die Anwesenheit des russischen Eisbrechers im Polarmeer war Teil eines internationalen Forschungsprogramms. In-ICEPROG, eine Zusammenarbeit zwischen Amerikanern, Deutschen und Russen. Zu Beginn der Reise war die Rede von einem Zusammentreffen des amerikanischen Eisbrechers »Arctic Sea« und der russischen »Krasin« am Nordpol gewesen. Alle an Bord, die Seeleute wie die Wissenschaftler, hatten es sehnlichst erhofft. Mit einem derartigen Zusammentreffen zweier Schiffe auf einem der einsamsten Weltmeere hätte man sich brüsten können. Kein Polarforscher war frei vom Nansen-Bazillus. Außerdem hatten die russischen Seeleute sich auf einen kleinen Tauschhandel und den Austausch von Geschenken mit den Amerikanern gefreut.

Leider hatten sie seit mehreren Tagen nichts von den Amerikanern oder der Expeditionsleitung in Sankt Petersburg gehört, das Schiff hatte die Fahrt durch das Eis wieder aufgenommen. An Steuerbord, einige Seemeilen entfernt, hatte der Hubschrauber am frühen Morgen ein Forscherteam auf dem Eis ausgesetzt. Für den Fall, dass der Rückflug sich verzögerte, hatten sie ein vorläufiges Camp mit ein paar Zelten und einigen Vorräten errichtet. Und beim letzten Funkkontakt mitgeteilt, dass sie erst in ein paar Stunden wieder aufs Schiff zurückgeholt werden wollten.

Dem Kapitän war es egal, wenn die Forscher es so wollten, konnten sie es haben. Im Übrigen waren sie fleißig und arbeiteten hart in der Kälte – sie bohrten Kerne aus dem Eis, zerteilten sie und packten sie mit äußerster Vorsicht in große schwere Kisten; sie beugten sich über ihre Instrumente, die sie im Wasser versenkt hatten, und justierten andere Ausrüstungsgegenstände. Es übertraf den Kenntnisstand des Skippers bei Weitem, er hatte keine Meinung über den Nutzen dieser Aktivitäten. Irgendwo in dem großen System, das die internationale Polarforschung finanzierte und organisierte, gab es sicher jemanden, der wusste, ob diese ganze Plackerei der Menschheit zugutekam. Er selbst hatte jedenfalls nichts gegen die Einsätze des Eisbrechers. Diese Reisen ins Innere des Polarmeers waren prestigeträchtig.

Hinter der lang gestreckten Brücke mit all ihren Navigationsinstrumenten, Echolot, Radaranlage und dem großen Ruder führte eine Tür in den Funkraum. Die Kommunikation mit den Forschern auf dem Eis, die Gespräche mit anderen Schiffen, die Satellitenverbindungen mit der Möglichkeit für Privatgespräche – alles wurde von hier aus organisiert. Die »Krasin« verfügte jedoch über weitere Kontaktmöglichkeiten mit ihrer Umwelt. Tief unter dem Hauptdeck, am Ende der schwach beleuchteten, engen Korridore verbargen sich noch andere Laboratorien und Räume. Sie befanden sich in einem geschlossenen Bereich des Eisbrechers. Wissenschaftler und andere Passagiere hatten keinen Zugang. Hier hielt sich den größten Teil seiner Wache der Kommunikationsoffizier mit einer Anzahl Offiziere auf, die allenfalls über eine vage Beschreibung ihres Aufgabenbereichs verfügten. Russland hatte den Kampf um Teile des gewaltigen Polarmeers keineswegs aufgegeben – eine Territorialforderung, die die frühere Sowjetunion während des gesamten Kalten Krieges standhaft erhoben hatte. Die Kartographie des Meeresbodens war nur eines von vielen Projekten, die von diesen anonymen, versteckten Räumen im Inneren des Schiffes aus vorgenommen wurden.

Auf der Brücke standen der Kapitän und der Steuermann nebeneinander und schauten über die eisbedeckte Welt vor dem Schiff. Beide fuhren seit vielen Jahren auf der »Krasin« und kannten sich gut. Und sie kannten auch sämtliche Vor- und Nachteile von Reisen mit Wissenschaftlern in den Norden – die langen, ruhigen, aber leider auch langweiligen Tage, an denen nichts passierte. Die Seeleute hatten gelernt, nicht zu fragen, wonach die Forscher in der arktischen Dunkelheit suchten. Die Strafe war gnadenlos – lange Vorträge über die Bedeutung des Unterschieds von einem Zehntelgrad Temperaturabweichung zum Vorjahr an der Oberfläche des endlosen Meeres, ein paar Zentimeter dünneres Eis, ein paar Eisbären mehr oder weniger … enthusiastische Expeditionsleiter organisierten abendliche Vorträge für die Mannschaft, und der Kapitän verlangte, dass die Seeleute, die Freiwache hatten, daran teilnahmen.

Es gab schlimmere Fahrten – im offenen Meer zum Beispiel. Endlose ozeanographische Untersuchungen bei leichter Fahrt in berghohen Wellen. Solche Reisen konnten selbst den erfahrensten und geduldigsten Seemann verzweifeln lassen.

»Nein, sehen Sie …« Der Steuermann zeigte ungefähr fünfzehn Grad steuerbord vom Bug und freute sich, dass er als Erster die Bewegungen ein paar hundert Meter vor dem Schiff bemerkt hatte.

»Meine Herren, ein Riesenvieh.« Der Kapitän richtete sein Fernglas auf den Schatten vor ihnen.

»Scheiße noch mal!« Der Rudergast, der ebenfalls mit einem Fernglas neben ihm stand, japste vor Begeisterung. Es war sein erster Eisbär. »Und wer steht im Augenblick am Ruder?«, brummte der Kapitän gutmütig.

Sie beobachteten, wie der Eisbär am Forschungsschiff vorbeiwanderte. Er hatte sie höchstwahrscheinlich gesehen, lief aber weiter über das Eis und die kleinen Eisberge. Im Halbdunkel schimmerte er weiß. Eine Sagengestalt, ein enormer Riese, ein Männchen.

»Ich glaube, das ist der Größte, den ich je gesehen habe«, flüsterte der Steuermann. »Gut, dass man jetzt nicht auf dem Eis ist. Was meinen Sie, wie viel bringt der auf die Waage?«

Der Kapitän nahm das Fernglas nicht von den Augen. »Keine Ahnung, aber schwer ist er. Acht-, neunhundert Kilo? Das Fell dieses Burschen würde sich sicher zuhause vorm Ofen gut machen. Vielleicht sollten wir …?«

»Oh, hey, hey… was macht er denn jetzt?« Der Matrose stand wieder neben ihnen. Er zitterte vor Anspannung und hob eine altertümliche schwere Spiegelreflexkamera vor das Glas des Bullauges.

Der Eisbär hatte sich auf seinen kräftigen Hinterbeinen erhoben, reckte seine Schnauze in Richtung des Schiffs und schnüffelte.

»Er riecht das Essen aus der Messe«, sagte der Steuermann und drehte sich zu dem Matrosen um. »Setz das Nebelhorn ein. Wir müssen ihn verjagen, sonst bekommen wir Probleme, wenn wir die Wissenschaftler vom Eis holen müssen.«

Professor Heinz Iwanowitsch Gorodin, pensionierter Wissenschaftler der Universität Moskau und Ehrendoktor einer

Reihe westlicher Forschungsinstitutionen, stieg die Leiter zur Brücke hoch. Langsam und mit Schmerzen in den morschen Kniegelenken. Um die Wahrheit zu sagen, hatte er auf dieser Reise wenig zu tun. Aufgrund seines hohen Alters und seiner anfälligen Gesundheit wurde nicht von ihm erwartet, dass er die Kollegen zur Eisstation begleitete. An Bord hielt er sich von den Laboratorien fern, in denen die wissenschaftlichen Assistenten ihre sorgfältigen Analysen vornahmen. Selbstverständlich wusste er von den geheimen Räumen im Inneren des Schiffes, doch als verantwortungsvoller Gast hatte er nicht vor, irgendjemandem davon zu erzählen. Daher hielt er sich viel auf der Brücke auf, diesem umtriebigen Ort im Halbdunkel, in dem die Navigationsinstrumente summten und blinkten. Hier konnte er verfolgen, wie weit die »Krasin« auf ihrer vorgesehenen Route gekommen war. Sein größter Wunsch war es, den Nordpol zu erreichen, eine letzte Krönung seiner langen Karriere. Er hatte das Versprechen der wissenschaftlichen Leitung in Sankt Petersburg, dass er der Welt von dem historischen Treffen der beiden Eisbrecher am Nordpol berichten durfte. Er sollte alle Interviews geben und bei den Videoaufnahmen ganz vorn auf Deck stehen. Gorodin ging davon aus, dass die »Krasin« den Pol zuerst erreichte.

Als der Professor seinen letzten Schritt auf die oberste Stufe der Leiter setzte, stieß das Nebelhorn ein gellendes Geheul aus. Erschrocken griff er nach etwas, an dem er sich festhalten konnte, und rief irritiert: »Was ist denn hier los?«

»Oh, Sie sind es, Professor. Kommen Sie ans Fenster und schauen Sie in diese Richtung. Sehen Sie ihn?« Der Kapitän wies über das Eis, wo der Bär sich mit großen Sätzen vom Schiff entfernte. »Wir mussten ihn verjagen. Die Wissenschaftler werden bald zurückgeflogen, es wäre gefährlich, wenn sich dabei so ein Bursche am Schiff herumtriebe.«

Während der Eisbär verjagt wurde, starrte drei Deck tiefer der Kommunikationsoffizier ungläubig auf den flimmernden grünen Bildschirm vor sich. Er stieß einen leisen Fluch aus, drückte ein paar Tasten, bis eine Kopie der ärgerlichen Meldung ausgedruckt wurde, riss das Papier aus dem Drucker und verließ den Raum mit einem kurzen, knurrenden »muss mit dem Käpt'n reden«. Der Bildschirm hinter ihm verdunkelte sich exakt dreißig Sekunden, nachdem die Meldung bestätigt worden war.

Es vergingen einige Minuten, bevor der Kapitän die Meldung auf der Brücke erhielt. Er drehte Professor Gorodin den Rücken zu und las die Nachricht zwei Mal sorgfältig, bevor er sich entschied, was er sagen wollte. Die Wissenschaftler sind zurück an Bord zu holen, so lautete die vorläufige Anweisung, die er der Besatzung des Schiffs geben wollte. Der Befehl auf dem Papier hingegen, den er gerade erhalten hatte, ging niemanden etwas an.

»Leider sieht es so aus, als müssten wir die Forschungsstation sofort räumen, Professor. Wie Sie sehen, ist der Eisbär in östlicher Richtung verschwunden. Vermutlich wird er die Fährte der Wissenschaftler auf dem Eis aufnehmen und sich auf sie zubewegen.«

Der Kapitän wandte sich seinem Kommunikationsoffizier zu und nickte in Richtung Funkraum. »Setzen Sie sich mit der Gruppe in Verbindung? Geben Sie durch, dass der Helikopter so bald wie möglich aufbricht. Sie haben eine halbe Stunde, um die Ausrüstung zusammenzupacken. Sagen Sie ihnen, dass auch die Zelte und alle anderen Ausrüstungsgegenstände eingepackt werden müssen. Das gesammelte wissenschaftliche Material soll auf das Eis neben die ›Krasin‹ gesetzt werden, wie immer wird es über die Luken an der Wasserlinie verladen. Direkt auf Deck 3.«

»Aber… was ist mit der Nachricht?« Der Kommunikationsoffizier sah verwirrt aus. »Hier steht doch ›so schnell wie möglich‹ …«

»Wir kommen darauf zurück.« Der Kapitän sah ihm fest ins Gesicht und drehte sich um. »Nicht wahr, Professor Gorodin? Wir können doch nicht die Sicherheit der Wissenschaftler aufs Spiel setzen. Es war ein riesiger Eisbär. Leider müssen wir unsere Pläne ändern.«

Der Professor nickte munter. Er war überzeugt, dass der Eisbrecher damit viele Stunden Fahrt auf dem Weg zum Nordpol gutmachen würde.

Auch der Kapitän war amüsiert. Er hatte nicht direkt gelogen. Eher im Gegenteil – alles war durchaus wahr. Im Laufe der Nacht, wenn alle Forscher wieder an Bord waren und hoffentlich in ihren Kojen lagen und schliefen, konnte er langsam den Kurs ändern und das Eis verlassen. Erst am nächsten Morgen müsste er der Mannschaft und den Wissenschaftlern diese, wie er wusste, sehr unpopuläre Entscheidung erklären.

KAPITEL 17

Beschämt

Knut erwachte im Halbdunkel. Er wusste, dass es sich um das Schlimmste handelte, was er seit Langem getan hatte. Vollkommen unverzeihlich. Brechreiz schlich sich hinter einer Welle von Schuldgefühlen an. Wie viel lag am Alkohol – und wie viel an … Er fand kein Wort dafür. Schwäche wollte er es nicht nennen. Er hatte ihr einfach geglaubt, als sie sagte, sie hätte Angst. Wieso hätte er daran zweifeln sollen, dass sie sich bedroht fühlte? Schließlich glaubte er, jemand habe ihren Mann ermordet.

Die Matratze war hart wie ein Brett und verfilzt. Er sah sich um. Der Raum war nackt und unpersönlich, es hätte ebenso gut eines der Hotelzimmer sein können. Allerdings sah es noch heruntergekommener aus. Am Fensterrahmen platzte Lack ab, und eine der Fensterscheiben hatte einen Sprung, durch den kalte Luft eindrang. Eine dicke Frostschicht hatte sich gebildet. Das Bild über dem Bett zeigte ein Arbeiteridyll aus der Sowjetzeit, es sah aus, als hinge es in vielen Wohnungen von Barentsburg. Grelle Farben, ungehobelte Figuren – Bergleute, die mit einem Lächeln um den Mund aus einem Tor marschierten. Wenn man an die Sterblichkeitsrate in der Donbas-Region dachte, war der Optimismus des Motivs nicht sonderlich wahrscheinlich.

An der anderen Wand hatte sie den vermutlich einzigen Gegenstand aufgehängt, der ihr persönlich gehörte – eine Art Wappenschild, ein schwarzes Pferd vor blauem Hintergrund. Unter dem Motiv konnte er das Wort *Pischane* entziffern. Sie war aus der gemeinsamen Wohnung der Eheleute in ein spartanisches und heruntergekommenes Zimmer in einem Wohnheim für Grubenarbeiter gezogen, das hatte sie gestern Nacht Knut erzählt, als sie ziemlich spät zusammen das Fest verließen. Sie hatte vermutlich eine positive Reaktion von ihm erwartet, als hätte sie etwas Korrektes getan, etwas Folgerichtiges inmitten des Trubels um den Tod ihres Mannes.

Das schwache Licht im Zimmer kam von der Straßenlaterne. Er sah auf die Uhr, Viertel nach sieben. War sie wach, oder würde er sich davonstehlen können? Er hatte keine Ahnung, in welchem der hässlichen Wohnheime er sich befand, aber so viele gab es in Barentsburg ja nicht. Den Weg zum Hotel würde er schon finden, vielleicht schaffte er es ja sogar, sich unbemerkt in sein Zimmer zu schleichen. Aber was dann? Was hatte er getan … Er zweifelte, ob sich das verheimlichen ließ.

»Chnuet?« Sie war wach und rüttelte ihn an der Schulter. Er drehte sich um und blickte in ihr Lächeln. Als würde ihm etwas vergeben. Für einen Moment vergaß er, dass dieses Mädchen mit den klaren, grauen Augen und den schwarzen Augenbrauen die Witwe des toten Steigers war, dessen Sarg knapp hundert Meter entfernt in der Kapelle stand.

Es wurde acht, bevor er die zerknitterten russischen Kleidungsstücke aufsammelte, die über den Boden verstreut lagen. Er schaute in den Korridor und lief auf nackten Füßen ins Badezimmer. Um diese Zeit des Tages war es wenig wahrscheinlich, dass er jemandem begegnete. Der Schichtwechsel in der Zeche fand um sechs statt.

Als Knut die Tür zum Badezimmer öffnete, stand er trotzdem dort. Der gewaltige Bergmann aus der letzten Nacht. Anton. Der Oksana nicht aus den Augen gelassen hatte. Breit wie eine Wand, nur mit einer großen Unterhose bekleidet, Tätowierungen auf dem Rücken und den enormen Oberarmen. Der Russe kratzte sich im Schritt, grinste und sagte irgendetwas Unverständliches. Knut hatte nicht den Eindruck, dass es freundlich gemeint war. Eher schien es sich um eine höhnische Provokation zu handeln. Knut murmelte einen Gruß, drückte sich rasch auf den einzigen Abtritt und schloss die Tür. Er blieb so lange auf der Toilette, bis es peinlich zu werden begann. Nach einer Weile hörte das Rauschen des Wassers auf, vor der Lokustür wurde es still. Zu seiner Erleichterung war der Russe ohne weitere Versuche der Kontaktaufnahme verschwunden.

Knut trat vor den Spiegel über der Ablage, beugte sich vor und studierte sein Gesicht. Er sah nicht gut aus. Im Laufe der letzten zwei Tage hatte er braunrote Bartstoppeln und dunkle Tränensäcke unter den Augen bekommen. Er wusch sich, zog sich an und versuchte die Sachen so zu tragen, dass sie einigermaßen ordentlich aussahen. Das Hemd knöpfte er bis zum obersten Knopf zu. Als er die dicke russische Leinenjacke überzog, bemerkte er, dass die Taschen leer waren. Wo waren sein Notizblock und die Kamera? Ganz zu schweigen von seinem Handy.

Er spürte einen Stich in der Brust. Angst. Dann beruhigte er sich. Natürlich, es lag alles noch im Hotel. Er hatte die Sachen nicht mitgenommen, als er letzte Nacht sehen wollte, woher der Lärm kam. Er hatte sich nur die Jacke übergeworfen. Jetzt gab es einen Grund mehr, rasch ins Hotel zurückzukehren.

Notizblock, Kamera und Handy lagen nicht im Hotelzimmer. Knut atmete tief durch, setzte sich auf das ungemachte Bett. Seine zerknitterte Kleidung hing mit getrockneten Salzwasserrändern über dem anderen Bett. Die Plastiktüte lag in einer

Ecke, leer. Er war sicher, dass der Notizblock und die Kamera auf dem Tisch gelegen hatten. Bei dem Handy konnte er sich nicht mehr erinnern, was er nach dem Gespräch mit dem Polizeichef damit getan hatte. Knut stöhnte und stützte den Kopf in die Hände.

Seine Situation in Barentsburg war mit einem Mal problematisch geworden. Knut hätte den Kopf an die Wand schlagen können. Alle hatten gesehen, wie Oksana und er das Fest verließen. Bestimmt hatte jemand mitbekommen, wie sie zum Wohnheim am Rand der Siedlung gingen. Vielleicht wurde schon während des Frühstücks in der Arbeiterkantine darüber geklatscht? Hatte der Dolmetscher etwas gehört? Der scharfe Ton, den er anschlug, als er Knut abholte, war unangenehm.

»Sie haben sich sofort beim Konsul einzufinden. Es gibt einiges, worüber er mit Ihnen sprechen will. Er wartet auf Sie.«

»Meine persönlichen Dinge sind aus dem Hotelzimmer verschwunden. Wissen Sie, wo sie sind?«

»In Barentsburg stiehlt niemand, wenn Sie das andeuten wollen.«

»Nein, aber …«

»Der Konsul wird Ihnen erklären, was jetzt geschehen wird.«

Olga saß im Vorzimmer und starrte auf ihren Schreibtisch. Er meinte ein Kichern zu hören, als er vorbeiging, aber sie blickte nicht auf. Bot auch keinen Kaffee oder die widerlich süßen kleinen Kekse an. Er setzte sich in dem leeren Büro aufs Sofa. Wartete, wusste nicht, was er tun sollte. Die Zeit verging.

Sie ließen ihn im Büro des Konsuls so lange allein sitzen, bis er ärgerlich wurde. Es gab Grenzen. Knut wollte aufstehen, ins Vorzimmer gehen und erklären, dass er nicht länger warten würde … doch der Gedanke an die unmögliche Situation, in die er sich selbst gebracht hatte, hielt ihn zurück.

Schließlich erschien der Konsul. Er war allein und schloss die Tür hinter sich.

»Polizeibeamter Fjeld. Dies ist wirklich eine peinliche Situation. Wir sind keine Moralisten hier in Barentsburg, aber … bis tief in die Nacht feiern, die Leute mit Lärm und Gesang wachhalten …« Er schlug den besorgt väterlichen Ton an. Setzte sich umständlich in den Ledersessel hinter dem Schreibtisch. Seufzte und blätterte uninteressiert in ein paar Unterlagen, die vor ihm lagen. Sein aufgedunsenes Gesicht verzog sich zu einer vorwurfsvollen Grimasse. »Unsere liebe Senia ist noch sehr jung und in einer verletzlichen Situation. Es heißt, Sie haben sie nach Hause ins Wohnheim begleitet?«

Vor Wut und Scham hätte Knut beinahe die Fassung verloren. »Sie hat gesagt, sie hätte Angst. Ich dachte, es wäre am besten …« Seine Wangen glühten, es war viel zu heiß im Büro des Konsuls.

Der Konsul richtete sich auf. »Angst? Sie müssen sich geirrt haben. Was denken Sie denn von uns hier in Barentsburg … dass wir nicht aufeinander aufpassen können? Im Übrigen hat der Bergwerksdirektor angedeutet, dass Sie nach Longyearbyen zurückkehren können …«

»Dann sind wir ja einer Meinung«, erwiderte Knut. »Es gab nur dieses Transportproblem.«

Der Konsul fuhr fort, als hätte er den Einwurf nicht gehört. »Außerdem hat Kostja im Hauptbüro von Trust Arktikugol in Murmansk um Hilfe angesucht. Ivan Sergejewitschs sterbliche Hülle soll unter Ehrenbezeugungen aufs Festland gebracht werden.«

»Das geht nicht.« Knut versuchte, die Kontrolle über das Gespräch zu bekommen.

»Nicht … wieso?« Ein ironisches Lächeln hob die Augenbrauen des Konsuls.

»Ich habe auch mit jemandem gesprochen … dem Polizeichef in Longyearbyen. Er hat mich gebeten, in dem Todesfall zu ermitteln. Der Tote muss obduziert werden, sobald er nach Longyearbyen kommt.«

»Das ist … eigenartig. Wann haben Sie mit Longyearbyen gesprochen?«

»Am späten gestrigen Abend. Von meinem Mobiltelefon aus, im Hotel.«

»Ah ja?« Der Konsul drehte sich mit seinem Sessel und blieb mit dem Gesicht zum Fenster sitzen. »Ich dachte, Ihr Handy sei nicht aufgeladen? Haben Sie das nicht unserem Dolmetscher erzählt? Haben Sie es dabei?«

Knut spürte, wie es ihm kalt den Rücken hinunterlief. »Nein, es ist weg. Irgendjemand hat es aus meinem Hotelzimmer gestohlen.«

»Ich an Ihrer Stelle wäre sehr vorsichtig.« Der Konsul drehte sich wieder um und sah Knut direkt ins Gesicht. »Sie sind unter fremden Menschen mit einer anderen Kultur. Es gibt vieles, das Sie nicht verstehen …« Einen Moment schien er aufrichtig besorgt zu sein.

Mit ein paar informellen Gesprächen mit einigen wenigen Personen in Barentsburg war der Konsul einverstanden, allerdings nicht mit Verhören. Knut hatte den Verdacht, dass er die Zustimmung nur erteilte, damit Knut das Büro verließ. Der Dolmetscher wurde gerufen. Er selbst könne an den Gesprächen nicht teilnehmen, betonte der Konsul. Er hätte andere Dinge zu erledigen. Als Repräsentant des Trust Arktikugol sollte jedoch der Gewerkschaftsvertreter teilnehmen. Und die Sekretärin des Bergwerksdirektors hatte jedes Wort, das gesprochen wurde, zu protokollieren.

Sie gingen die Treppe hinunter und durch eine Doppeltür

in ein großes dunkles und kaltes Sitzungszimmer. Die Sekretärin hatte bereits ganz unten an dem schäbigen Tisch Platz genommen, vor sich einen Stapel Schreibpapier. Ein paar Stühle standen an der Wand, ansonsten befanden sich so gut wie keine weiteren Möbel im Raum. Knut wunderte sich, für wen war dieses Gebäude gebaut worden? Ein Dutzend Büros, ein Sitzungszimmer, in dem bequem dreißig Personen Platz fanden, außerdem Garagen und die Büros und Wohnräume des Konsuls – und was verbarg sich wohl im zweiten Stock?

Der Dolmetscher begrüßte den Bergwerksdirektor verhalten und nahm am Kopfende des Tischs Platz. Knut zuckte die Achseln und setzte sich in die Mitte. Einige Minuten später saß der Gewerkschaftsvertreter von Trust Arktikugol auf der anderen Seite und sah Knut an, als hätte er ihn noch nie gesehen.

»Nun gut, Polizeibeamter Fjeld. Die Nachforschungen im Zusammenhang mit dem Arbeitsunfall werden mit einigen informellen Gesprächen fortgesetzt. Mit wem möchten Sie sprechen?« Der Dolmetscher war formell, kein »nenn mich Gosja« heute.

Knut lehnte sich zurück und schloss die Augen. Mit wem würde er gern reden? Er fing an, etwas zu erklären, eigentlich nur, um Zeit zum Nachdenken zu haben. »Die Verletzungen, die der Verstorbene an seinen Händen hatte, passen nicht zur Beschreibung des Unglücks. Seine Finger waren zerquetscht. Ich verstehe nicht, wie das in dem Betonmischer passieren konnte.«

Der Gewerkschafter beugte sich vor und redete mit dem Dolmetscher.

»Kann Igor Grigorowitsch Amirov zwischendurch Fragen stellen?«, übersetzte der Dolmetscher und sah auf die Uhr.

»Möglicherweise dauern die Befragungen den ganzen Tag«,

erwiderte Knut. »Ja, selbstverständlich kann er Fragen stellen. Vielleicht ist es auch für mich interessant.«

»Wen sollen wir also als Ersten holen?«

Oksana Aleksandrovna Makanin wollte Knut sagen. Er überlegte, was sie wohl im Augenblick tat.

»Die Arbeiter, die den Toten fanden. Es waren drei, nicht wahr? Ich möchte mit ihnen reden, nacheinander.«

Der Dolmetscher nickte der Sekretärin zustimmend zu, sie erhob sich und ging hinaus.

Die Gespräche waren anstrengend, weit schlimmer, als Knut es erwartet hatte. Es musste nicht nur jede Frage und jede Antwort übersetzt werden, die Sekretärin des Direktors wollte auch wörtlich festhalten, was jeder einzelne Zeuge sagte – und fragte mehrfach nach, ob ihre Aufzeichnungen korrekt seien. Einfacher wurde es auch nicht, als der Gewerkschaftsvertreter den Grubenarbeitern den Hintergrund vieler Fragen erklären wollte. In einem unbedachten Moment verlangte Knut, dass die Sekretärin auch jede Frage von Igor Grigorowitsch aufschrieb. Sie schickte ihm einen entgeisterten Blick, protestierte aber nicht.

Es kam enttäuschend wenig Neues bei den Befragungen heraus. Keiner der drei Arbeiter hatte irgendetwas Wesentliches gesehen – kein Mensch war auf dem Gelände rund um den Betonmischer und das Gerüst gewesen. Keiner von ihnen hatte auf der Erde Spuren von Kindern gesehen. Sie waren viel zu beschäftigt, Ivan Sergejewitsch zu retten, erklärten sie. Aber einer hatte den Spaten und den Vorschlaghammer an der Leiter bemerkt.

»Wozu braucht man einen Spaten und einen Hammer beim Zementmischen?«

Der Grubenarbeiter zuckte die Achseln. »Vielleicht löst

man mit dem Vorschlaghammer den gehärteten Beton am Rand der Mischtrommel?« Er schüttelte den Kopf, er hatte keine Ahnung von der Betonproduktion.

Mittags machten sie eine Pause. Die Sekretärin sorgte dafür, dass sie aus der Kantine mit belegten Broten und Kaffee versorgt wurden. Es war bestimmt gut gemeint, aber der Aufschnitt schwamm in Mayonnaise und eingelegten Gurken. Knut brachte lediglich ein paar Bissen hinunter.

»Glauben Sie wirklich, jemand ist auf den Mischer gestiegen und hat Ivan Sergejewitschs Hände von der Kante geschlagen, als er herausklettern wollte? So dass er sich mit gebrochenen Fingern nicht mehr festhalten konnte?« Die Sekretärin sah Knut mit ihren dunklen Augen in dem mageren Gesicht an und stellte die Frage, als würde sie still und leise eine Bombe zwischen ihnen auf dem Tisch platzieren.

Der Gewerkschaftsvertreter und der Dolmetscher sahen Knut abwartend an.

»Sollten Sie nicht eher nach einem Motiv suchen?«, fuhr die Sekretärin fort und biss ein kleines Stück von ihrem Brot ab. »Könnten Sie dann den Mörder nicht schneller ermitteln?«

»Hast du vielleicht einen Vorschlag, Jekaterina Tarasivna?«, fragte der Dolmetscher leise.

Sie mögen sich nicht, dachte Knut. *Die Kommentare sind für mich gedacht. Vielleicht bin ich ja der Einzige in Barentsburg, der nicht weiß, wer Ivan Sergejewitsch ermordet hat?*

Die Gespräche wurden fortgeführt, und neue, enttäuschende Informationen tauchten auf. Wie sich herausstellte, hatte man den Betonmischer bereits wieder in Betrieb genommen. Niemand hatte eine Absperrung des Geländes verfügt, die Arbeiter hatten angenommen, dass die Untersuchungen des Unglücksorts abgeschlossen waren. Der Boden war zertrampelt, der gestrige Wind hatte die Erde mit Schnee überzogen und der Verkehr sämtliche alten Spuren verwischt. Den Vorschlaghammer und den Spaten hatte jemand entfernt. Niemand wusste, wer.

»Was die Spuren betrifft …«, sagte der Dolmetscher. »Der Konsul wird ein Verhör der Kinder bestimmt ablehnen. Der Polizeibeamte Fjeld kann eventuell mit ihnen als Gruppe sprechen. Im Beisein ihrer Lehrerin.«

Vermutlich hielten sie ihn für unangemessen, aber Knut bestand darauf. Er wollte die Kinder sprechen. Die weibliche Lehrkraft sagte nicht ein Wort, nachdem sie sich vorgestellt hatte, sie sah ihn nur vorwurfsvoll an. Er hätte sich die Mühe sparen können. Die Kinder, dünn, blass und mit dunklen Ringen unter den Augen, waren viel zu klein, als dass sie die Spuren um den Betonmischer hätten hinterlassen können. Keiner war älter als sieben, vielleicht acht Jahre. Die Spuren gehörten einem sehr viel älteren Kind. Mindestens Schuhgröße 35 oder 36. Er hatte es dokumentiert … mit der Kamera, die aus seinem Hotelzimmer abhandengekommen war. Eines der Fotos, unterbelichtet und schlecht fokussiert, zeigte eine Spur neben dem Spaten und dem Vorschlaghammer.

Ein Gespräch mit dem Arzt des Krankenhauses blieb ebenfalls ohne Resultat. Der Arzt war ein kleiner, hagerer Mann mit einem bekümmerten Gesichtsausdruck. Er machte den Eindruck, als sei er gezwungen worden, aufs Konsulat zu kommen, und beantwortete die Fragen kurz und unwillig. Ivan Sergejewitsch ist ertrunken, hatte Knut seinen Obduktionsbericht nicht gelesen? Nein, er hatte sich nicht über die übel zugerichteten Hände gewundert, er sei schließlich kein Experte für Verletzungen durch Betonmischer. Außerdem seien es die Lebenden, die seine Zeit in Anspruch nahmen. Für die Toten konnte er ohnehin nichts mehr tun. In Barentsburg ging eine Magen-

Darminfektion um. Die Leute hatten Durchfall und mussten sich übergeben. Schwere Fälle. Könnte eine Lebensmittelvergiftung sein. Er hatte mehrere Patienten im Krankenhaus und musste darauf achten, dass sie nicht dehydrierten. Wenn der Polizeibeamte also keine weiteren Fragen mehr hatte …?

Der Arzt hastete aus dem Sitzungszimmer, ohne sich umzusehen.

Zum Schluss gab es nur noch zwei Personen, mit denen Knut sprechen wollte. Es war später Nachmittag, und er fühlte sich unsicher. Wie weit konnte er den drei Menschen trauen, mit denen er den ganzen Tag im Sitzungszimmer verbracht hatte?

»Wenn wir fertig sind, kann ich vielleicht ins Büro gehen und die Notizen ins Reine schreiben?« Die Sekretärin sah ihn an. Lag eine Warnung in ihrem Blick?

»Ich muss noch mit der Ehefrau des Verstorbenen sprechen. Oksana Aleksandrovna Makanin.«

Endlich hatte er es gesagt. Die Worte blieben in der Luft hängen. Niemand protestierte. Nach einigen endlos langen Minuten betrat sie den Raum. Er lächelte ihr beruhigend zu, erhob sich.

Sie hielt das Förmliche sehr viel besser durch als er, setzte sich neben den Gewerkschaftsvertreter und blickte starr auf den Tisch.

»Frau Makanin, ich werde es so kurz wie möglich machen. An dem Abend, an dem Ihr Mann starb, haben Sie in der Kantine der Arbeiter gegessen?«

»Ja.« Sie antwortete kaum hörbar.

»Und als Sie mit Ihrer Mahlzeit fertig waren, wollte Ihr Mann noch einmal an seinen Arbeitsplatz, um an dem Betonmischer etwas zu justieren?« Knut wusste, dass er ihr die Antworten mehr oder weniger vorgab.

»Ja.«

»Und Sie sind nach Hause gegangen?«

Sie hob den Blick und sah ihn an. An ihren grauen Augen ließ sich nur schwer etwas ablesen.

»Ja.«

»Könnte jemand gehört haben, worüber Sie gesprochen haben? Ich meine, in der Kantine? Jemand in der Nähe des Tisches, an dem Sie saßen?«

Sie zuckte die Achseln und blickte wieder auf den Tisch.

»Sie haben niemanden gesehen, der Ihrem Mann gefolgt ist?« Er kämpfte um irgendeine andere Formulierung, hörte selbst, wie hilflos seine unpräzisen Fragen waren.

»Nein.« Ihrem Blick zu begegnen war unangenehm.

»Aber Sie sind nach Hause gegangen, nicht wahr? Was haben Sie getan, während Sie auf Ihren Mann warteten?«

»Gelesen.«

Er musste sich daran erinnern, dass sie noch vor wenigen Tagen in einer anderen Wohnung gelebt hatte, nicht in dem Zimmer, das er kannte. Wo hatte das Ehepaar gewohnt?

»Gegenüber vom Krankenhaus.«

»Also hatte er es nicht weit bis nach Hause?«

»Nein. Vielleicht zehn Minuten von der Zeche. Aber er kam nicht nach Hause.«

»Wer hat Ihnen die Nachricht seines Todes überbracht?«

»Der Bergwerksdirektor holte mich. Da hatte man Vanja bereits ins Krankenhaus gebracht.«

Irgendetwas passte nicht. Knut wusste nicht genau, was es war. »Man hat ihn also an dem Haus vorbeigetragen, in dem Sie wohnten? Ist es nicht seltsam, dass … reagierten Sie nicht darauf …«

Der Dolmetscher war aufgestanden. »Polizeibeamter Fjeld, genug jetzt! Wonach wollen Sie fragen? Warum man ihn nicht nach Hause gebracht hat? Er war tot. Übel zugerichtet, ein furchtbarer Anblick … Was denken Sie sich denn?«

Auch Oksana hatte sich erhoben, sie war weiß im Gesicht, die Augen unter den Brauen dunkel. Sie presste eine Hand vor den Mund, ging hastig um den Tisch und lief hinaus. Für sie war die Anhörung vorbei.

Knut blickte ihr verzweifelt nach. Eher durch Zufall fiel sein Blick auf ihre Stiefel. Offenbar russische, gemacht, um gegen die Kälte zu schützen. Abgenutztes dickes Leder mit einem dekorativ verzierten Rand. Sie wirkten winzig klein und schmal an ihren Füßen. Graue Filzwollsocken, sogenannte Valenki, ragten über den Stiefelrand hinaus, auch sie mit farbiger Wolle bestickt.

Nein, dachte er. *Das kann unmöglich sein.*

Gleichzeitig, er konnte es nicht verhindern … seine Fantasie ging mit ihm durch. An dem Abend, an dem Ivan Sergejewitsch ermordet wurde, war sie gewiss nach Hause gegangen, so wie sie es gesagt hatte. Aber vielleicht … es dauerte, und sie wartete auf ihren Ehemann, der nicht zurückkam. War sie zu dem Neubau an der Zeche gegangen, um nach ihm zu suchen? Möglicherweise hatte sie alles gesehen? Sie wusste, wer ihren Ehemann ermordet hatte. Kein Wunder, dass sie Angst hatte.

KAPITEL 18

Südlich der Bäreninsel

Die beiden Schiffe lagen irgendwo südöstlich der Bäreninsel dicht nebeneinander. Es sah idyllisch aus, doch der Schein trog. Bei einem der Schiffe handelte es sich um ein norwegisches Küstenwachtschiff, bei dem anderen um ein russisches Frachtschiff, das unter Arrest festgehalten wurde. Kurz vor vier Uhr morgens setzte sich das Frachtschiff in Bewegung. Dem norwegischen Matrosen, der Ankerwache hatte, war nichts aufgefallen – allerdings kam nach und nach die Wahrheit ans Licht: Er war auf dem Kapitänssessel eingeschlafen. Draußen vor den Bullaugen war es dunkel. Konturen von Land waren kaum zu erkennen. Der Wachwechsel kam nicht vor sechs Uhr morgens.

Das russische Frachtschiff hatte längs des Küstenwachtschiffs »Senja« vertäut gelegen. Der Matrose hatte die Aufgabe, dafür zu sorgen, dass niemand sich an den Trossen zu schaffen machte, die beide Schiffe zusammenhielten. Er musste auf den Brückenflügel gehen, um auf das Deck des anderen Schiffs sehen zu können. Die Nacht schleppte sich dahin, und die Intervalle zwischen den Inspektionsgängen wurden länger. Die Geräusche im Steuerhaus waren vertraut und einschläfernd. Nur das leise Jammern der Gummifender zwischen den beiden Schiffen war ungewohnt und störend. Aber solange die Fender knirschten, wusste er zumindest, dass das Frachtschiff an seinem Platz lag. Trotzdem musste er einige Augenblicke unaufmerksam gewesen sein. Auf keinen Fall mehr, meinte er.

Die russischen Seeleute hatten klar zum Ausdruck gebracht, dass sie keinerlei Widerstand leisteten. Sie verstanden nicht, warum sie unter Arrest standen, und warteten mit höhnischer Passivität darauf, freigelassen zu werden. Sie standen an der Reling oder hielten sich unter Deck auf. Aßen, spielten Karten, schliefen. Ihre Untätigkeit erwies sich als Absicht. In der letzten Oktobernacht kappten sie die Taue und verschwanden.

Der Matrose hatte nicht bemerkt, dass die Trossen in aller Stille gelöst wurden. Und da das russische Schiff auch den Anker nicht hatte fallen lassen, gab es auch kein Rasseln der Kette, das ihn hätte wecken können. Wäre der Hauptmotor angeworfen worden, hätte er es selbstverständlich gehört. Aber das hatten die Russen nicht getan. Sie hatten sich lediglich vom Wind und der Strömung treiben lassen und darauf geachtet, dass die letzten Taue gekappt wurden, als sie auf die Südseite des Küstenwachtschiffes schwojten. Erst als sie einige Seemeilen entfernt waren, wurden die Motoren angelassen – ein fernes rumpelndes Geräusch, das sich schließlich durch die schläfrige Nachtruhe des Matrosen drängte.

Er sprang aus dem Sessel, lief auf die Brücke und wusste nicht, was er tun sollte – wo war der Steuermann? Musste der Schiffsführer geweckt werden? Nein, natürlich war erst dem Steuermann Meldung zu erstatten. Der Matrose fand ihn im Funkraum, brüllte zusammenhanglos, das Frachtschiff sei abgehauen, und gestikulierte dabei in Richtung Süden. Doch das flüchtende Schiff hatte die nächtliche Dunkelheit verschluckt, auch auf dem Radar war es nicht auszumachen. Die Russen waren geschickt genug, die Landzunge zu umrunden und auf die andere Seite der Bäreninsel zu fahren.

»Verflucht, wieso hast du nicht gehört, wie die Trossen gelöst wurden?«, brüllte der Steuermann den unglückseligen Matrosen an.

Innerhalb weniger Minuten waren das Deck und die Brücke voller Menschen. Das Küstenwachtschiff »Senja« erwachte zum Leben, holte den Anker ein, der beide Schiffe vor der Bucht von Sørhamna gehalten hatte, und bereitete sich auf die Verfolgung vor. Der Fluchtversuch des russischen Kapitäns war reiner Unfug. Sobald sie die Landspitze umrundet hatten, würde der Russe wieder auf dem Radar auftauchen.

Sie irrten sich. Das Frachtschiff tauchte nicht wieder auf, nicht einmal, als das Radar auf die größtmögliche Reichweite eingestellt wurde. Die Sicht betrug dreißig Seemeilen über das offene, eisfreie Meer, und die Bäreninsel war das einzige Hindernis. Es konnte nicht stimmen, es war nicht zu glauben. Ein großes Frachtschiff verschwindet nicht ohne weiteres. Das Küstenwachtschiff »Senja« hatte nur knapp eine Stunde gebraucht, um auf die andere Seite der Insel zu kommen.

Der Kapitän wurde geweckt. Der Kommunikationsoffizier saß bereits im Funkraum und rief das Hauptquartier an.

Das Küstenwachtschiff »Andenes« dümpelte gegen vereinzelte Eisschollen und überwachte theoretisch die russischen Trawler nördlich von Verlegenhuken. Die Mannschaft auf der Brücke hörte die Meldung des Küstenwachtschiffs »Senja«. Vorläufig wurde sie ignoriert, sie hatten ihre eigenen Probleme zu lösen: Im Schutz der Dunkelheit war erst einer, dann der zweite russische Trawler verschwunden. Der dritte Trawler, dem offensichtlich die Rolle des Opfers zugedacht war, hatte sich so dicht vor das Küstenwachtschiff gelegt, dass er einen Radarschatten für die beiden anderen Kutter lieferte. In diesem schmalen Sektor hatten sie sich davonstehlen können. Erst beim Wachwechsel um sechs Uhr entdeckte ein aufmerksamer Steuermann, dass nur noch einer der Fabriktrawler auf dem Radar zu erkennen war.

»Was jetzt?«, wollte er von dem gerade geweckten, verärgerten Kapitän wissen, der sich mit beiden Händen durchs Gesicht fuhr. »Sollen wir Anker lichten und die beiden, die abgehauen sind, verfolgen, oder sollen wir den Trawler bewachen, der noch hier ist?«

»Weckt den Flugleiter«, antwortete der Schiffsführer, nachdem er einige Minuten nachgedacht hatte. »Wir schicken die Hubschrauber raus. Die Trawler stehen ja nicht unter Arrest, wir sollen sie lediglich im Auge behalten. Und Himmelherrgott noch mal, gibt mir vielleicht irgendjemand mal einen Becher Kaffee? Stark und glühend heiß, nicht diese lauwarme Pisse, die die ganze Nacht in der Thermoskanne gestanden hat.« Er starrte durch die Bullaugen, die Polarnacht hatte sich undurchdringlich um das Schiff gelegt. Nur ein schwacher Silberstreifen am Horizont gab Hoffnung auf einen Tag mit klarem Wetter und einigen Stunden hinreichendem Tageslicht, um die beiden verschwundenen Trawler zu finden.

Das Sitzungszimmer im Büro der Regierungsbevollmächtigten in Longyearbyen war zu einer Operationszentrale umgerüstet worden. Landkarten hingen an den Wänden und lagen über den Tisch verstreut. Auf dem Flugplatz wurde die Funküberwachung von Spitzbergen Radio übernommen. Am frühen Morgen hatte der wachhabende Operator die Meldungen der beiden Küstenwachtschiffe empfangen. Nach und nach war ihm klar geworden, dass etwas Ungewöhnliches vor sich ging. Er hatte den Polizeichef zu Hause angerufen und geweckt. Kurz darauf wimmelte es im Sitzungszimmer von Menschen, deren Wege sich erst vor wenigen Stunden getrennt hatten.

»Ich glaube, jetzt passiert's«, erklärte der Kommandeurkapitän Fredriksen vergnügt und trommelte mit einem Bleistift auf den Tisch.

Tom Andreassen glaubte vorerst gar nichts. Er wartete darauf, dass der Kaffeekolben im Archiv zu Ende gurgelte. Der guten Ordnung halber hatte er die Regierungsbevollmächtigte geweckt. Am Telefon äußerte sie sich ziemlich verhalten zu den Neuigkeiten. »Es handelt sich um eine Operation der Küstenwache. Wir sollten uns da nicht einmischen. Sonst wird es schwierig, die Grenzen abzustecken, wenn es um Verantwortungsbereiche und unsere eigenen Aufgaben auf Spitzbergen geht.«

Der Polizeichef war ganz ihrer Meinung. Außerdem hätte das Büro ohnehin nicht sonderlich viel beizutragen, das Motorschiff »Polarsyssel« der Regierungsbevollmächtigten versorgte gerade abgelegene Fängerhütten an der Westküste. »Es geht doch nur darum, dass die Trawler mit dem Löschen beginnen und wir sie auf frischer Tat erwischen. Oder besser gesagt, dass die Küstenwache sie erwischt.«

Die Zurückhaltung der Polizeibeamten dämpfte Kommandeurkapitän Fredriksens Enthusiasmus nicht. »Darauf haben wir gewartet. Jetzt fährt der Frachter in Richtung Norden, und die Trawler setzen sich nach Süden in Bewegung – irgendwo in der Mitte werden sie sich treffen.« Er beugte sich über eine Seekarte, die auf dem Sitzungstisch lag, maß die Abstände mit einem Lineal. »Könnten sie auf dem Weg nach Barentsburg sein? Zumal dort noch zwei kleinere Fischkutter liegen? Ich halte es für durchaus denkbar, dass das Umladen dort stattfindet.«

»Dann würde es vor den Augen eines Beamten der Regierungsbevollmächtigten geschehen. So frech werden sie doch wohl kaum sein.« Tom Andreassen sah auf die Uhr. Sollte er versuchen, Knut anzurufen? Bestimmt war er in seinem Hotelzimmer. Es könnte sinnvoll sein, ihn zu warnen.

Der Polizeichef tastete die Nummer in sein Handy. Es klingelte, er wartete. Nach dem siebten Klingelsignal wurde es ruhig. Keine weiteren Klingeltöne.

»Knut? Hörst du mich? Es tut mir leid, dass ich dich so früh wecke, aber …«

Er verstummte. Irgendetwas stimmte nicht.

»Knut?«

Ein schwaches Atemgeräusch am anderen Ende der Leitung, ein leises Schaben. Dann war es plötzlich ganz still. Knut hatte die Verbindung unterbrochen.

»Ich glaube, er hat aufgelegt«, sagte der Polizeichef verblüfft. »Vielleicht war er noch nicht richtig wach. Ich versuch's später noch einmal.«

Die Regierungsbevollmächtigte Isaksen hatte das Sitzungszimmer betreten und sich ans Kopfende des Tisches gesetzt. Sie folgte der Diskussion, ohne viel zu sagen. Jetzt ergriff sie das Wort. »Möglicherweise bin ich ein wenig naiv, aber ich glaube nicht, dass die Leute in Barentsburg etwas mit der Sache zu tun haben. Ich weiß, dass es dort offenbar eine Kontaktperson gibt … schließlich könnte ein Russe in Longyearbyen so etwas nicht tun. Wir hätten ihn längst enttarnt. Und die Küstenwache geht vermutlich nicht davon aus, dass Norweger in die Sache verwickelt sind, oder?«

Der Kommandeurkapitän sah sie an und zuckte die Achseln.

Die Regierungsbevollmächtigte verzog irritiert das Gesicht. »Konsul Brodskij würde niemals eine offene illegale Aktion am Kai von Barentsburg zulassen. Es muss andere denkbare Treffpunkte für das Umladen geben, wir sollten diese Möglichkeit vergessen.«

Sie beugten sich wieder über die Karten auf dem Tisch.

Das Küstenwachtschiff »Senja« war seit mehreren Stunden in den Fahrwassern um die Bäreninsel unterwegs, als der Steuermann eine mögliche Lösung vorschlug. »Wir haben in nördlicher und westlicher Richtung gesucht und hätten sie längst haben müssen. Sie müssen in Richtung Süden gefahren sein.«

»Wieso sollten sie das tun?« Der Kapitän war deprimiert. Er hörte beinahe schon das Gelächter seiner Kollegen. Wie war es möglich, einen großen russischen Frachter zu verlieren, der darüber hinaus längsseits vertäut am eigenen Schiff gelegen hatte? Leider war der Vorschlag des Steuermanns vernünftig. Es war nur so unlogisch. Sie waren davon ausgegangen, dass der Frachter sich ganz sicher mit den Trawlern treffen würde, um mehrere Tonnen gefrorenen Fisch zu löschen. Ihm war kalt. Konnten sie sich geirrt haben? Hatten sie tagelang ein russisches Schiff mit friedlichen Absichten schikaniert? War der Frachter doch auf dem Weg nach Barentsburg, wie die Mannschaft die ganze Zeit behauptet hatte?

Einige Stunden später hatten sie das Frachtschiff gefunden, aber nur, weil ein Matrose einen kleinen Fleck am äußeren Rand des Radars bemerkt hatte.

»Eisberg.« Der Steuermann schüttelte skeptisch den Kopf, der Kapitän wollte sichergehen. Nach einigen Meilen mit maximaler Geschwindigkeit war er sicher. Sie hatten den Russen auf dem Radar. Offensichtlich mit Kurs auf Murmansk.

Niemand fand eine vernünftige Erklärung. Wenn der Frachter Spitzbergen legal anlaufen wollte, gab es doch keinen Grund, jetzt umzudrehen und nach Hause zu fahren. Und wenn sie die Trawler treffen wollten, warum gaben sie auf? Im Hauptquartier der Küstenwache in Sortland wurde spekuliert, dass der südliche Kurs nur ein Ablenkungsmanöver sei, damit das Küstenwachtschiff glauben sollte, sie hätten aufgegeben. Die »Senja« bekam den Befehl, dem Frachter in einem gewissen Abstand zu folgen – wenn nötig, bis zum Festland.

Kommandeurkapitän Fredriksen trommelte mit den Fingern auf den Tisch. Je länger sich die Situation an der Bäreninsel hinzog, desto angespannter wurde er.

»Idiotie, die ›Senja‹ den Frachter verfolgen zu lassen. Genau das wollen sie doch«, sagte er zur Regierungsbevollmächtigten Isaksen. »Jetzt haben wir nur noch die ›Andenes‹ auf Spitzbergen.«

Der Polizeichef konnte dem Gedankengang nicht folgen. »Hat sich die ganze Sache für die russischen Trawler damit nicht erledigt? Sie haben jetzt doch kein Schiff mehr, auf das sie den Fisch umladen könnten?«

»Ganz deiner Meinung. Diese Operation wird sicher nicht stattfinden«, erklärte die Regierungsbevollmächtigte Isaksen. Sie stand auf, um das Sitzungszimmer zu verlassen. »Können wir dich zum Mittagessen einladen?«

Sie war jetzt seit drei Jahren Regierungsbevollmächtigte, davor hatte sie zwei Jahre den Posten des stellvertretenden Regierungsbevollmächtigten inne. Eine Position mit erheblicher Verantwortung. Vieles hatte sie allein zu entscheiden – so war es auch beabsichtigt. Das Amt des Regierungsbevollmächtigten auf Spitzbergen war mit keinem anderen Aufgabenbereich in der staatlichen Verwaltung zu vergleichen. Anne Lise Isaksen hatte jetzt drei Jahre durchgehalten. Der Polizeichef hatte miterlebt, wie sie sich von einer netten, humorvollen Frau zu einer strengen Administratorin mit wenig Privatleben und so gut wie keinen engen Freunden entwickelt hatte. Es war an der Zeit, dass sie in ein Leben auf dem Festland zurückkehrte. Er fragte sich, wann sie wohl aufhören würde.

Aber Kommandeurkapitän Fredriksen wollte nicht aufgeben. »Seht mal her, was ist mit dem Krossfjord?« Er lehnte sich über den Sitzungstisch und zeigte auf der Seekarte auf eine Stelle in der Nähe von Ny-Ålesund. »Um diese Zeit des Jahres liegen dort keine Schiffe mehr, außerdem hat der Fjord die richtige Entfernung. Abgeschirmt von den Wellen des Nordatlantik. Hohe Berge auf beiden Seiten, einsam und dunkel. Niemand würde das Motorengeräusch der Schiffe hören. Könnte der Krossfjord eine Möglichkeit sein?«

»Ja, sicher. Gute Idee, aber mit wem sollten die Trawler sich dort treffen? Wer soll ihnen den Fisch abnehmen?«, fragte Tom Andreassen nachsichtig.

Vor Verlegenhuken suchten die Helikopter des Küstenwachtschiffs »Andenes« die vermissten Trawler in einem immer größeren Umkreis, erst in Richtung Osten, dann im Westen. Die Hubschrauber kehrten in regelmäßigen Abständen zurück, um zu tanken, dann setzten sie die Suche fort. In nicht allzu langer Zeit würden sie ihren zulässigen Operationsradius erreicht haben.

Die ersten Flüge blieben ergebnislos, keinerlei Anzeichen der verschwundenen Trawler. Der Flugleiter entschied sich für eine andere Taktik. »Ich gehe davon aus, dass sie versuchen werden, die Däneninsel zu umrunden, um Kurs Richtung Süden zu nehmen. Ich schlage vor, dass die Helikopter nach Westen fliegen und unter Land suchen.«

Dieses Vorgehen führte schließlich zu Resultaten, allerdings erst, als die Hubschrauber ihren Aktionsradius voll ausschöpften. Sie wollten gerade umdrehen, als einer der Piloten die Schiffe entdeckte. »Na bitte, da sind sie ja«, meldete er vergnügt über Funk dem Küstenwachtschiff »Andenes«.

Auf dem Rückflug entdeckten die Piloten ein drittes Schiff im Norden der kleinen Insel Moffen.

»Sieh dir das an. Hast du dieses Riesending gesehen?«

»Wo? Bei Moffen?«

»Nein, nördlich davon. Am Horizont.«

Die Hubschrauber flogen weiter nordöstlich, beide Piloten hatten die Geschwindigkeit gedrosselt. Am Horizont, wo sich das schwarze Meer und der dunkle Himmel in einem Streifen von schimmerndem Eis trafen, zeichnete sich die Silhouette eines Schiffs ab, eines riesigen Frachters.

»Um Himmels willen … Was ist das denn?«

»Sieht aus wie ein Kreuzfahrtschiff … aber enorm …«

»Um diese Jahreszeit? Unmöglich.«

»Sollen wir's umrunden und kontrollieren?«

Sie flogen Formation, mit einer halben Seemeile Abstand. Schweigend. Im Funkgerät knisterten elektrische Störungen. Um sie herum gab es nur das leere Meer. Im Süden, auf Nordostland, türmten sich große Gletscher über dem gefrorenen Land. Vor sich konnten sie die schwarzen Konturen der Sjuøyene erkennen.

Der Pilot des vorderen Hubschraubers seufzte. »Wir haben nicht genügend Treibstoff und können nicht riskieren, trockenzufallen. Wir müssen zurück.«

Der Pilot im hinteren Helikopter war im Grunde genommen erleichtert. Nicht, dass er abergläubisch war, aber dieses riesige dunkle Schiff, das dort aus dem Polarmeer kam, hatte etwas Unnatürliches, beinahe Bedrohliches an sich.

KAPITEL 19

Das Pomor-Museum

Knut war verwirrt. Er konnte sich nicht konzentrieren, suchte nach Vermutungen und bemühte sich, eine brauchbare Arbeitshypothese aufzustellen.

»Gibt es weitere Personen, die der Vertreter der Regierungsbevollmächtigten vernehmen möchte?« Der Dolmetscher fragte höflich, allerdings fing die Sekretärin bereits an, ihre Papiere und Notizen zusammenzulegen. Sie machte darauf aufmerksam, dass sie einige Stunden benötigen würde, um einen ordentlichen Bericht zu schreiben. Es sei an der Zeit, die Gespräche zu beenden. Die drei Russen sahen ihn abwartend an.

Knut versuchte, die Fäden zusammenzuführen. Oksana hatte etwas gesehen, das sie nicht erzählen wollte. Was? »Der Bergwerksdirektor deutete an, dass Eifersucht ein Motiv für eine eventuelle Schlägerei zwischen dem Toten und einer unbekannten Person gewesen sein könnte. Wissen Sie etwas über einen derartigen Konflikt?«

Der Dolmetscher schüttelte verständnislos den Kopf. Er hatte von keinerlei Ärger gehört, weder vor dem tödlichen Unfall noch hinterher. Der Polizeibeamte musste den Direktor missverstanden haben. Der Dolmetscher konnte sich nicht erinnern, überhaupt etwas von Eifersucht gehört zu haben. Vielleicht meinte der Polizeibeamte Neid?

Knut seufzte, der Dolmetscher hatte sicher Recht. Er meinte Neid. »Hatte Ivan Sergejewitsch eine besondere Position innerhalb der Grubenbelegschaft? Bekam er einen höheren Lohn? Leichtere Arbeit, verantwortungsvolle Aufgaben?

Wohnte er besser als andere in seiner Position, und war das der Grund, warum Oksana in Barentsburg sein konnte?«

»Nein.« Igor Grigorowitsch schaltete sich ein, kurz und bestimmt. »Oksana Aleksandrovna hat ihren eigenen Arbeitsplatz im Pomor-Museum. Außerdem hätte Vanja niemals Privilegien auf Kosten anderer Bergarbeiter angenommen.«

Die Russen gingen zum Mittagessen in die Arbeiterkantine. Knut lehnte dankend ab, als sie ihn fragten, ob er sie begleiten wolle. Er behauptete, keinen Hunger zu haben, er würde später etwas essen. Der Dolmetscher zog eine unzufriedene Grimasse. Als er an Knut vorbeiging, beugte er sich zu ihm hinunter und murmelte, Oksana Aleksandrovna sei in dem Wohnheim zu finden, in dem sie derzeit wohnte. Oder im Pomor-Museum.

Knut zwang sich, sitzen zu bleiben, nachdem die anderen den Raum verlassen hatten. Er blätterte in seinen eigenen Notizen der Befragungen. Der größte Teil war uninteressant. Die Sekretärin – wie hieß sie doch gleich? Der Name entfiel ihm ständig, er ähnelte keinem norwegischen Namen. Jekaterina. Bestimmt hatte sie ausführlichere Informationen in dem Bericht, den sie bis morgen versprochen hatte.

Wenn man diese Angelegenheit eine Ermittlung nennen konnte – und davon war er längst noch nicht überzeugt –, gab es objektive Fehler. Zum Beispiel hatte er noch niemanden der führenden Personen in Barentsburg vernommen, weder den Konsul noch den Bergwerksdirektor oder den Dolmetscher.

Andere Personen waren aufgetaucht. Sie schienen eine wichtige Rolle zu spielen, verschwanden aber sofort wieder aus dem Blickfeld. Wie diese Ljudmila. Offenbar bewegte sie sich in den meisten Kreisen frei, möglicherweise in ihrer Eigenschaft als Leiterin der Kulturauswahl der Stadt. Außerdem leitete sie das Hotel. Wieder spürte er dieses Unbehagen bei dem Gedanken an das Verschwinden seiner Kamera und des Handys. Da die Geräte nicht im Hotel lagen, hatte er sie höchstwahrscheinlich in Oksanas Zimmer vergessen. Es sei denn, Ljudmila ... Bestimmt hatte sie einen Universalschlüssel für alle Räume.

Goro... wie hieß noch dieser merkwürdige Stallknecht, grobschlächtig und bleich wie ein Albino, frech und mit einer unerwarteten Autorität, die einen anderen Grund haben musste als seine Position unter den Arbeitern der Zeche. Er hatte einen gewissen Einfluss auf den Dolmetscher. Knut schüttelte resigniert den Kopf: Immer wenn es darauf ankam, konnte er nur raten. Die meisten seiner Rückschlüsse beruhten auf den kulturellen Unterschieden zwischen Russen und Norwegern. Unterschiedliche Körpersprache, um genau zu sein.

Was war mit diesem zahnlosen russischen Riesen, den er am Morgen im Badezimmer des Wohnheims getroffen hatte? Anton, der gestern Nacht so lange mit Oksana geredet hatte. Wenn es eine Person in Barentsburg gab, die genau wusste, dass Knut bei Oksana übernachtet hatte, dann er.

Knut dachte an die Seeleute der Fischkutter, die am Kai vertäut lagen. Schatten im Hintergrund, die ebenfalls kamen und gingen. Wenn er genau überlegte, hatte er sie lediglich einmal in der Arbeiterkantine gesehen. Er wusste nicht, wo sie wohnten, es schien, als hätten sie mit niemandem in der Siedlung Kontakt. Könnte Ivan Sergejewitsch der Koordinator des Fischschmuggels gewesen sein, von dem Tom gesprochen hatte? Dann wären jedenfalls erhebliche Geldsummen im Spiel. Tatsächlich gab es doch immer nur wenige Motive, warum Menschen sich umbrachten. Hass, Geld, Angst. Jedenfalls stand es so in den Lehrbüchern. Vielleicht war es falsch.

Er kam nicht weiter, egal, wie er den Todesfall auch drehte

und wendete. Im Grunde war es ganz einfach. Sollte er Recht haben, hatte irgendjemand Ivan Sergejewitsch getötet. Niemand schien ihn gehasst zu haben, offenbar hatte ihn auch niemand gefürchtet. Dann musste Geld das Motiv sein. Der Vormittag hatte keine neuen Informationen geliefert, außer der Möglichkeit, dass Oksana jemanden am Betonmischer gesehen hatte.

Plötzlich ging ihm durch den Kopf, dass sie in Gefahr sein könnte – aufgrund seiner eigenen Unvorsichtigkeit. Er war in Barentsburg herumgelaufen und hatte offen über die kleinen Fußabdrücke im Schnee rund um den Betonmischer gesprochen.

Das Pomor-Museum lag von der Straße zurückgezogen in seinem eigenen Schatten. Ein altes zweigeschossiges Holzhaus mit düsteren grauen Wänden. Dunkle Fenster, jedenfalls auf der Seite zur Hauptstraße. Das Gebäude hatte etwas Unheimliches, etwas Abweisendes. Knut glaubte eigentlich nicht, dass Oksana nach der Befragung zum Museum gegangen war, obwohl es unweit des Konsulats lag. Er fasste an die Eingangstür. Sie stand offen.

Er blieb an der Tür stehen und lauschte. In der Stille hörte er ein schwaches Motorengeräusch, aber es kam von draußen. Möglicherweise vom Kraftwerk. Aus dem Museum drang kein Laut. Trotzdem hatte er das Gefühl, wachsam sein zu müssen. Am besten, er versuchte, sie nicht zu erschrecken.

»Oksana, ich bin's. Bist du hier?«

Nichts. Ein leises Knarren im Holz, als hätte jemand das Gewicht von einem Bein auf das andere verlagert. Seine Augen gewöhnten sich mehr und mehr an die Dunkelheit. Er erkannte die Umrisse eines großen Eingangsbereichs mit geschlossenen Türen an der rechten und linken Seite. Er tastete nach einem Lichtschalter, fand aber nichts. Knut blieb im Flur stehen. Das war doch Unfug. Er hatte keine Angst vor der Dunkelheit. Außerdem war Oksana offensichtlich nicht da. Trotzdem ging er weiter, jetzt konnte er auch nachsehen, ob sich wirklich niemand im Museum befand.

Die erste Tür führte zu einem Treppenaufgang in die erste Etage. Er versuchte die nächste und betrat einen der Ausstellungsräume. Die Konturen von Glasvitrinen und Tableaus wurden im Licht einer Straßenlaterne vor den Fenstern sichtbar. Die Gegenstände und Bilder stammten von den ersten russischen Siedlungen und Friedhöfen, die man auf Spitzbergen gefunden hatte – die frühesten aus dem 16. Jahrhundert. Der Pomorenhandel in der Arktis hatte seine Wurzeln in der Großmachtpolitik unter dem russischen Zaren Peter dem Großen. Natürlich waren die Russen auf Spitzbergen stolz auf ihre lange Tradition im Eismeer.

Abgesehen von den Vitrinen und ausgestellten Gegenständen schien der Saal leer zu sein. Doch als Knut sich umdrehen und gehen wollte, hörte er laute, klirrende Geräusche. Er meinte, eine Bewegung gesehen zu haben, eine Silhouette am Fenster.

»Oksana?«, fragte er zögernd. »Bist du das?«

Keine Antwort. Er ging zurück zur Tür und suchte vergeblich nach einem Lichtschalter. Irgendwo musste es das Ding doch geben. Seine Hände glitten über den Türrahmen. Irgendetwas klebte an der Wand, sonst nichts.

In diesem Moment hörte er erneut ein Geräusch. Ein Knarren und ein leises Klicken, als würde ein Schloss vorsichtig aufschnappen. Er drehte sich um und brüllte gereizt: »Das ist nicht komisch! Wenn hier jemand ist, soll er sich zu erkennen geben!« Noch immer keine Antwort. Knut hatte keine andere Möglichkeit, als sich in die Richtung zu tasten, aus der die Geräusche gekommen waren – zu den großen Glasvitrinen ganz hinten im Saal.

Am entgegengesetzten Ende des Raums entdeckte er eine weitere Tür. Sie stand halb offen. Er erstarrte, bereitete sich auf das Unbekannte im nächsten Raum vor. Hier war es so dunkel, dass er zunächst nichts anderes sah als die schwarzen Umrisse von Vitrinen und einen schwachen Widerschein in den Glaswänden. Er stolperte mehrfach über irgendwelche Gegenstände auf dem Boden.

Dieser Raum war kleiner. Schon nach wenigen Schritten stieß er auf der anderen Seite an eine Wand. Diesmal gab es keine Tür. Er riss ein Bild herunter, das mit einem Knall auf den Boden fiel. Es knirschte unter seinen Füßen. Eine der Vitrinen im hinteren Teil des Raums ging ihm bis zur Hüfte, er tastete sich an den Rändern entlang. An einer der Ecken war das Schloss aufgebrochen.

Knut orientierte sich an der Wand und fand zurück zur Tür in den großen Saal, aus dem er gekommen war. Erst jetzt sah er, dass ihm etwas Dunkles über die Finger der rechten Hand lief. Er hatte sich irgendwo geschnitten und sah sich nun nach Papier oder einem Lappen um, mit dem er das Blut stoppen wollte. Doch abgesehen von einigen Kleidungsstücken aus Leder, die eine Jagdszene in einer der Pomoren-Vitrinen illustrierten, fand er nichts. Er konnte sich nicht vorstellen, dass das Leder hygienisch genug war, um es auf eine offene Wunde zu pressen. Hastig verließ er das Museum.

Es war eine Erleichterung, an die frische, kalte Luft zu kommen. Knut war schwindlig, er schaute auf seine Hand. Blut tropfte von seinen Fingern. Er ging ein paar Schritte durch den Schnee zur Straße und blieb unter einer der Laternen stehen. Der Schnitt verlief quer über das Handgelenk, war aber nicht tief. Er schüttelte den Kopf, konnte sich nicht vorstellen, wo er sich geschnitten haben könnte – er hatte nichts gemerkt. Nun tat es weh, ein brennender Schmerz. Er musste das Blut abwaschen und irgendetwas finden, womit er sich verbinden konnte. Das Hotel war nicht weit entfernt, er sah das Licht über der Treppe.

Eine Gestalt tauchte vor ihm auf der Straße auf. Zunächst sah er nicht, um wen es sich handelte. Er blieb mit angespannten Muskeln stehen, erschrocken und bereit zur Konfrontation. Als die Gestalt näher kam, erkannte er Jekaterina, die Sekretärin des Direktors. Erleichtert atmete er aus.

»Polizeibeamter Fjeld, was ist denn passiert? Sie sind ja ganz weiß im Gesicht.«

Als Antwort hob er die rechte Hand.

»Eijeijei, Sie haben aber wirklich viele Unfälle. Am besten kommen Sie mit mir, dann sehen wir uns die Wunde an. Möglicherweise müssen wir den Arzt holen.« Sie sprach ruhig, allerdings konnte Knut ihr Gesicht nicht sehen. Er blickte die Straße hinunter – bis zum Hotel waren es nur wenige Meter.

»Lassen Sie uns zum Frauenhaus gehen, es ist nicht weit«, schlug sie vor und griff nach seinem Arm.

KAPITEL 20

Das Frauenhaus

Eilig lief Jekaterina in Richtung Siedlung. Knut folgte ihr und stützte die schmerzende Hand mit dem anderen Arm. Es tat wirklich weh. Er wollte nicht mit der Sekretärin ins Frauenhaus. Das Krankenhaus lag in der entgegengesetzten Richtung, es wäre vernünftiger, dorthin zu gehen. Sein Ärmel war feucht vor Blut. Die Wunde musste sicher desinfiziert und genäht werden. Er rief ihr hinterher, doch sie ließ sich nicht beirren. Unsicher blieb er stehen. Dann folgte er ihr doch, bevor sie zwischen den Häusern verschwand.

Das Frauenhaus erwies sich als ein altes Holzgebäude unweit der Hauptstraße, gestrichen in einem klaren Blau mit weißen Fensterrahmen. Er war häufig an dem Haus vorbeigegangen und hatte Musik und Gesang gehört. Der Dolmetscher hatte erzählt, dass dort die Theatergruppe für eine Tournee im nächsten Sommer nach Longyearbyen und Ny-Ålesund probte. Die Kulturarbeit der kleinen Bergbaugemeinden war eine Tradition, die ihre Ursprünge bis auf die Anfänge der Zechen zurückführte – sie war in der Bergwerksverordnung für Spitzbergen gesetzlich verankert. Und niemand nahm die Verordnung so ernst wie die Russen. Jedes Jahr wurde die Theatergruppe aus Barentsburg mit dem Schiff zu den norwegischen Siedlungen gebracht, um ihre Revuenummern vorzuführen.

In dem Gebäude spielten sich alle möglichen Aktivitäten ab, hatte der Dolmetscher erklärt. Und nicht nur Frauen nahmen daran teil. Die Männer spielten Harmonika oder Domra, das alte dreisaitige Musikinstrument aus der Pomorenzeit, das aussah wie ein Mittelding aus Gitarre und Bratsche. Sie sangen auch – Volkslieder, Liebeslieder, Lieder über das Vaterland und weniger anständige Weisen. Die Männer führten athletische Kosakentänze aus der Donbas-Region vor, die Frauen tanzten in selbst genähten Kostümen.

Wenn es nicht um die Vorbereitungen für die Revue ging, fanden Aktivitäten für Frauen in dem Haus statt, hatte der Dolmetscher gesagt. Daher die Bezeichnung Frauenhaus.

Jekaterina stieg die Treppe hinauf, öffnete die Eingangstür und rief irgendetwas auf Russisch. Gesang und Musik hörten abrupt auf. Sie kamen in einen langen, schmalen Raum. In der Mitte saßen ungefähr zehn Frauen, die meisten an einem großen Tisch. Einige arbeiteten an Kostümen, andere befestigten Pailletten an bereits fertigen Röcken, doch die meisten sahen aus, als würden sie sich nur unterhalten.

Die Frauen starrten ihn schweigend an, allerdings hörte Knut hier und da leises Kichern. Er fühlte sich wie ein Eindringling. Außer ihm war kein einziger Mann im Raum.

Wieder sagte Jekaterina etwas auf Russisch. Eine der Frauen erhob sich und ging hinaus. Kurz darauf kam sie mit Ljudmila zurück, die sie in einen anderen Raum winkte.

»Es kommt vor, dass jemand sich mit den großen Scheren verletzt, mit denen wir den Stoff schneiden. Daher haben wir hier Verbandszeug«, erklärte Jekaterina. Sie hatte eine Kiste mit Pflaster, Salbe und anderen Dingen zur Ersten Hilfe geholt. Das Blut wurde vorsichtig abgewaschen und die Wunde gereinigt. Erleichtert stellte Knut fest, dass der Schnitt nicht so schlimm war, wie er zunächst ausgesehen hatte.

Ljudmila schmierte eine Salbe darauf und legte ihm einen strammen Verband an. »Halb so wild«, erklärte sie und sah Knut an. »Das ist bald verheilt. Aber wo sind Sie gewesen?«

Jekaterina unterbrach sie mit einer längeren Erklärung auf Russisch, die nur für Ljudmila gedacht war.

»Wie ist das passiert?« Ljudmila zeigte auf die bandagierte Hand. Knut musste zugeben, dass er nicht wusste, wie er sich verletzt hatte. Er beschrieb das Stolpern und Tasten in der Dunkelheit durch die Ausstellungsräume, die Gestalt, die er meinte gesehen zu haben. Etwas war zerbrochen, vielleicht hatte er in eines der ausgestellten Messer gegriffen?

Die beiden Frauen tauschten einen Blick aus.

»Werde nachsehen«, sagte Ljudmila kurz. Sie stand auf. »Es wird Zeit, dass Sie Vanjas Geschichte hören. Ich gehe Tee und etwas zu essen holen.«

Ljudmila blieb viel zu lange fort. Knut fühlte sich nicht wohl, er sah sich in dem Zimmer um, in dem er und Jekaterina allein geblieben waren. Ein einziges Fenster führte zur Hauptstraße. Dünne Gardinen hingen davor. Die Möbel waren alt und abgenutzt, aber bequem. Kleine Sessel standen um einen niedrigen Couchtisch mit einer kleinen, gestickten Decke. An den Wänden hingen alte Drucke. Als hätten die Frauen versucht, mit den wenigen Dingen, die sie in der Stadt gefunden hatten, die gute Stube eines bürgerlichen Heims wieder erstehen zu lassen. Knut hatte das Gefühl, dass niemand dieses Zimmer ohne Ljudmilas Einwilligung benutzen durfte.

Jekaterina räusperte sich. Sie wartete, dass er etwas sagte.

»Ich habe mich gefragt … kennen Sie und Ljudmila sich schon lange?«

»Seit ich vor drei Jahren hierherkam. Es ist schwierig, Ljudmila nicht kennenzulernen. Sie hat mit den meisten Dingen, die hier passieren, zu tun.«

Bisher hatte er sich nicht sonderlich viele Gedanken darüber gemacht, wie es den Frauen in dieser russischen Grubensiedlung erging; er hatte sich vorgestellt, dass sie ungefähr so lebten wie die Frauen in Longyearbyen. Offensichtlich hatte er sich gründlich geirrt.

»Also ist sie eine wichtige Person in Barentsburg?«

»Russische Frauen haben auf eine andere Weise Einfluss als norwegische Frauen«, erwiderte Jekaterina ernst. »Alle, die ins Frauenhaus kommen, bringen Informationen mit. Wir verwenden diese Informationen, um die Umstände … zu beeinflussen. Alle haben einen Ehemann, einen Geliebten oder arbeiten an einem Ort, an dem man sich leicht Informationen beschaffen kann.«

Knut sah sie nachdenklich an. »Ist es nicht gefährlich, so viel zu wissen?«

Im Grunde sprach sie von Erpressung. Offensichtlich verfügte Jekaterina auch über ein gewisses Kapital an heimlichen Kenntnissen, an kleineren oder größeren Geheimnissen, zu denen sie tagtäglich im Büro des Bergwerksdirektors Zugang hatte.

»Wir teilen unser Wissen. Eine Art Versicherung. Niemand kann … alle Frauen erwischen.«

»Was bekommt ihr? Geld?« Es könnte die Ermittlungen weiterbringen, endlich kam er der Sache ein wenig näher. Er hoffte, dass Ljudmila sich noch einige Minuten Zeit ließ.

»Nein, kein Geld.« Jekaterina richtete sich auf und presste die Lippen zusammen. »Einfluss, habe ich das nicht gesagt? Der Verwandte eines Grubenarbeiters benötigt vielleicht einen Job auf dem Festland, ein anderer möchte seinen Vertrag mit der Betreibergesellschaft lösen. Familien mit Kindern brauchen hier in Barentsburg mehr Lebensmittel, mehr Platz. Kleine Dinge, die für die Menschen aber wichtig sind.«

»Und Ljudmila …?«

»Sie und Vanja kamen ungefähr zur gleichen Zeit hierher,

vor elf Jahren. Sie hat sich gute Kontakte nach Longyearbyen verschafft, ihr werden Dinge verkauft, die Frauen gefallen – schöne Unterwäsche, Cremes, Schminke. Wer sich Ljudmila widersetzt, wird schnell merken, wie schwer solche Dinge zu beschaffen sind.«

»Und die Männer, wie verschaffen die sich Einfluss?«

Einen Moment zog sie ein betrübtes Gesicht. »Sie haben keinen, jedenfalls die meisten von ihnen. Nur Vanja …«

»Es heißt, jemand würde von Barentsburg aus Schmuggel organisieren. War es Vanja …«

»Nein, nein, Sie missverstehen mich. Vanja hatte nichts zu tun mit dem … Tauschhandel. Er war ein prinzipienfester Mann, versorgte sich nicht einmal mit den Kleidungsstücken der Zeche, wie alle anderen. Alles, worum es ihm ging, war das Wohlergehen der Arbeiter … und von Ljudmila.«

Knut war so sicher gewesen, dass sie Oksana sagen würde. Es verschlug ihm die Sprache. Krampfhaft suchte er nach den richtigen Fragen. Schließlich sah er keine andere Möglichkeit, als direkt nachzufragen: »Sie meinen Oksana Aleksandrovna, seine Frau?«

Ihr Mund verzog sich zu einer herablassenden Grimasse. »Nein, ich meine Ljudmila. Sie waren seit ihrer Kindheit befreundet. Sind zusammen zur Schule gegangen. Laut Ljuda dachten beide Familien, dass sie später heiraten würden. Aber dann arbeitete Vanja in den Zasyadko-Minen, und sie verloren sich aus den Augen … und später passierte etwas direkt neben der Stadt, in der sie lebten … etwas Fürchterliches. Vanja wurde da irgendwie mit hineingezogen. Sie hatten sich viele Jahre nicht gesehen, vielleicht hatten sie sich verändert, was weiß ich. Aus einer Heirat zwischen den beiden wurde jedenfalls nichts.« Sie wendete den Blick ab.

Dies könnte das Eifersuchtsmotiv sein, dachte Knut.

»Und was ist mit seiner Frau?«

Jekaterinas Gesichtsausdruck wurde abweisend. »Ljudmila kannte Oksana Aleksandrovna, bevor sie nach Spitzbergen kam, sie kannte sie schon als Kind…«

»Ich sah sie gestern Abend in der Kapelle an Vanjas Sarg sitzen.«

»Ljudmila und Oksana?« Jekaterina sah Knut an, zweifelnd.

»Sie weinten gemeinsam. Sah aus, als wären sie schon eine Weile dort gewesen.«

»Ja, vielleicht.«

Er müsste Jekaterina nach Oksanas früherem Namen fragen. Nach der komplizierten russischen Namenstradition könnte der Vorname ihres biologischen Vaters Aleksander gewesen sein, da sie Aleksandrovna als Mittelnamen führte. Leider war der Mittelname keine Hilfe, wenn er etwas über den Brand und den Tod von Oksanas Familie herausfinden wollte. Er musste den Nachnamen wissen.

Jekaterina hatte sich vorgebeugt. Noch bevor er etwas sagen konnte, hatte sie seine gesunde Hand ergriffen. Ihr Gesicht legte sich in tiefbesorgte Falten. »Sie sollten nicht hier in Barentsburg bleiben, wieso sind Sie nicht nach Longyearbyen zurückgefahren? Vanja ist tot, niemand kann ihn ins Leben zurückholen. Hoffen wir, dass es damit endet, aber ich weiß es nicht. Lassen Sie Oksana in Ruhe…« Sie brach ab. Ljudmila stand in der Tür.

Sie bestanden darauf, dass Knut etwas von dem Essen zu sich nahm, das Ljudmila mitgebracht hatte, bevor er irgendwo hinging. Aus einer großen Tasche holte sie drei Becher, eine alte Thermoskanne aus Aluminium, Schüsseln und Gläser mit eingelegten Eiern, Gurken und kleinen Zwiebeln. Ljudmila packte ein Brot und ein Stück Schinken aus. Knut spürte einen quälenden, hemmungslosen Hunger und wandte den Blick nicht von den Lebensmitteln ab, die Ljudmila auf dem Tisch verteilte.

»Ich war im Pomor-Museum. Wie ich's mir dachte, es gab Licht. Aber jemand hat den Schalter an der Wand überklebt.« Ihr Gesicht war blass, die Augen rot und geschwollen. »Sie haben im Museum niemanden gesehen, Polizeibeamter Fjeld?«

Nein, Knut hatte niemanden gesehen. Er schüttelte den Kopf. Er musste ihnen nicht erzählen, dass er das Gefühl gehabt hatte, nicht allein gewesen zu sein.

»Ich habe auch gefunden, woran Sie sich geschnitten haben«, fuhr sie fort. »Im inneren Saal, wo die Sachen aus dem Zweiten Weltkrieg ausgestellt sind. Ein niedriger Glaskasten, vielleicht so hoch?« Sie zeigte mit der Hand auf ihre Hüfte. »Das Schloss ist aufgebrochen, und eine scharfe Kante ragt heraus.« Sie drehte sich um und sah Jekaterina an. »Ich glaube, es fehlt was in dem Kasten …«

»Ist es …?« Jekaterina zog ihren Stuhl näher an den Tisch.

»Ja, die Waffe ist weg. Eine kleine Schachtel Patronen auch.« Ljudmila wandte sich wieder Knut zu. »Nichts, worüber man sich den Kopf zerbrechen muss. Ein englischer Revolver aus dem Zweiten Weltkrieg … wahrscheinlich verrostet.«

Knut hatte das Gefühl, dass man sich unbedingt den Kopf zerbrechen sollte, sonst hätten die beiden Frauen nicht so nervös reagiert.

Sie aßen, nur unterbrochen von belanglosem Geplauder. Kennen Sie …? Wissen Sie, dass …? Die Russen liebten ihre Anekdoten und Geschichten. Knut überlegte, ob sie wohl abergläubisch waren – zumindest deuteten alle Sprichwörter und Geschichten darauf hin. Vielleicht nicht. Die Norweger erzählten von Trollen und unter der Erde lebenden Riesinnen, überall gab es diese Figuren als Souvenirs, Maskottchen und Symbole – auf Postkarten und Schokolade bis hin zu den großen Sportveranstaltungen. Der russische Aberglaube schien allerdings im Alltag lebendiger zu sein.

Am gestrigen Abend hatte Oksana sich vor fast allem, was sie sah, gefürchtet. Knut durfte sein Glas nicht vollständig austrinken und auch die leere Wodkaflasche nicht wieder auf den Tisch stellen. Leider waren sie sich auf der Treppe des Hotels begegnet, das bedeutete Unglück und Trennung. Sie waren auf einem Fest mit dreizehn Personen in einem Raum gewesen. Einer der Anwesenden würde bald sterben müssen. Knut hatte gelacht und gesagt, er wüsste nicht einmal, wer gestern Abend dabei gewesen war. Sie war verängstigt, und er hatte sie aufgezogen.

Er aß die Mahlzeit beinahe allein auf. Ljudmila und Jekaterina nahmen sich Tee, den sie mit Konfitüre süßten.

»Oksana erzählte gestern Abend die gleichen Geschichten«, sagte Knut und nahm die letzte Scheibe Brot. »Ich sehe, dass Sie sich über die Zustände in Barentsburg Sorgen machen, aber ich glaube nicht, dass es etwas mit Messern zu tun hat, die auf den Boden fallen, oder mit Salz, das auf dem Tisch verstreut wird. Sie wissen etwas weit Konkreteres und Gefährlicheres.«

»Darum wollen wir ja mit Ihnen reden.« Ljudmila war in ihrem Stuhl ein wenig zusammengesunken, sie wirkte erschöpft. Um ihre Schultern hatte sie sich einen russischen Schal gelegt, schwarz mit gelben und braunen Rosenmustern.

»Jekaterina, kannst du zu den Mädchen gehen und ihnen sagen, dass für heute Abend Schluss ist? Wir wollen nicht gestört werden und schließen das Haus ab, wenn wir gehen. Sie brauchen das Nähzeug nicht wegzuräumen. Morgen Nachmittag geht es weiter.«

Ljudmila sagte kein Wort, bevor Jekaterina zurückkam und sich an den Tisch setzte. Dann begann sie zu erzählen, ein paar Mal war ihr die andere Frau bei Übersetzungen behilflich.

KAPITEL 21

Die Morde im Wald

»Ich wurde in Krasnodon geboren«, sagte Ljudmila und setzte sich in dem abgewetzten Sessel zurecht. »Meine Familie zog nach Lugansk, als ich fünf war. Ich erinnere mich an meine Kindheit – die großen Wälder in Donbas, schöne, grüne Höhenzüge und Ebenen, aber auch ein Land, das die Kohleindustrie verschandelt hat. Wir sind stolz auf unsere Bergbautradition in der Ukraine, die bis ins 16. Jahrhundert zurückgeht. Ich selbst habe die Zerstörung des Landes gehasst, diesen sauren Geruch und den Kohlenstaub, der in die Häuser dringt und sich wie eine dreckige Schicht über alles legt.

Ivan Sergejewitsch habe ich kennengelernt, als ich elf Jahre alt war. Wir gingen auf dieselbe Schule und wurden ein Paar. Er und ich, wir hatten absolut die gleichen Gedanken. Wir liebten uns mit dem Kopf und mit dem Herzen. Nichts konnte uns trennen, kein Spott und auch kein boshafter Scherz meiner Freundinnen oder seiner Kameraden. Wir gehörten zusammen.«

Ljudmila hielt einen Augenblick inne. Knut reichte ihr den Teebecher, aber sie schüttelte den Kopf. »Nein, warten Sie … zu heiß.«

»Wegen der Zähne«, erklärte Jekaterina. »Ljudmila hat Stahlzähne. Wenn sie kalt oder heiß werden, bekommt sie Zahnschmerzen. Ich selbst habe keine mehr.«

Wieder wurde Knut durch die Sprache ausgesperrt. Ljudmila sagte etwas auf Russisch zu Jekaterina, die gehorsam auf den Tisch blickte und schwieg.

Ljudmila fuhr fort. »Als Vanja achtzehn wurde, fuhr er zu den fürchterlichen Zasyadka-Minen. Sie waren berüchtigt für ihre ständigen Gasexplosionen, für schlechte Sicherheitsstandards und viele Todesfälle unter den Arbeitern. Ich war furchtbar wütend und wollte ihm nicht verzeihen. Dachte, dass ich ihn nie wiedersehen würde. Später … als er dann nach Hause ins Dorf zu Besuch kam, hatte er sich verändert. Er war hart und stolz geworden, hatte keine Zeit mehr für mich. Er hatte politische Ambitionen. Aber er war eine so ehrliche Haut, dass es nicht gut gehen konnte. Ständig stand ihm sein eigener Sinn für Gerechtigkeit im Weg. Er kam mit den falschen Phrasen der Lokalpolitik nicht zurecht, mit der ganzen wachsenden Korruption und der Kriminalität, als der Sowjetstaat immer schwächer wurde. Dennoch versuchte er, etwas zu tun. Vanja hat nie den Glauben an die kommunistischen Ideale verloren.

In dieser Zeit war er oft in Krasnodon, bei Treffen der Partei. Dort lernte er auch Dimitri Petrowitsch kennen, der damals Leiter einer Jugendgruppe der Kommunistischen Partei war. Dima machte Karriere, er wurde später Bürgermeister in Krasnodon. Man ging davon aus, dass er es im Parteiapparat weit bringen würde. Aber etwas passierte … und nun … tja, nun ist er Konsul in Barentsburg.«

Knut musste sie unterbrechen, obwohl es Ljudmila irritierte. »Sie kennen den Konsul seit Ihrer Kindheit?«

»Nein. Ich bin Dimitri Petrowitsch als Jugendliche nie begegnet. Ich weiß, dass Vanja ihn ein paar Mal mit ins Dorf gebracht hat, doch in dieser Geschichte geht es um jemand anderen. Der Bergwerksdirektor Konstantin Nikolajewitsch de Rustin hat auch Verbindungen nach Lugansk Oblast, nach Krasnodon und in das Dorf Pischane …

In den Siebzigern war die Kohleförderung in der Donbas-Region gut, die Arbeiter erhielten hohe Löhne und waren gut angesehen. Leider herrschte auch Korruption – in den Minen, unter den Politikern, sogar bei der Polizei. Es war so normal, dass die Leute es nicht als etwas Unnormales oder Ungesetzliches ansahen. Dass man Geld mit dunklen Geschäften verdiente und Beamte bestach, galt als völlig in Ordnung.

In einer der ältesten, aufgelassenen Gruben außerhalb von Pischane hatten ein paar Arbeiter eine Wodkaproduktion aufgezogen. Anfangs verkauften sie nur an Freunde und Bekannte, doch der Schnaps war von guter Qualität, und der Verdienst war ebenfalls gut. Die Gier wuchs. Sie fingen an, größere Mengen zu exportieren, verkauften bis nach Krasnodon. Kleinigkeiten sagten die Leute und sahen weg. Dann passierte etwas… Die organisierten Kriminellen in Krasnodon erfuhren von den Aktivitäten in der bäuerlichen Region, sie merkten, dass ihren eigenen Geschäften Konkurrenz gemacht wurde.

Sie schickten einen jungen Mann nach Pischane, dem sie vertrauten – Konstantin Nikolajewitsch de Rustin. Er stammte ursprünglich aus einer adligen Familie in der Nähe von Moskau, aber die Familie hatte natürlich während der Revolution alles verloren. Sie waren arm, als Konstantin Nikolajewitsch geboren wurde, er wuchs in Not und Entbehrung auf. Durch die schwierige Situation, die Ablehnung seiner linientreueren Kameraden und seine eigene arrogante Haltung war es nicht schwer, ihn für kriminelle Unternehmungen zu rekrutieren.«

Knut starrte die beiden älteren Damen ungläubig an, die ruhig dasaßen und über den Direktor der Zeche herzogen. »Und das wissen alle in Barentsburg?«, fragte er. »Wollen Sie damit sagen, dass de Rustin noch immer korrupt und kriminell ist?«

»Nein, nein, natürlich nicht. Niemand weiß von der Geschichte, die ich Ihnen erzähle. Vanja und mich verband noch etwas anderes… wie hätte sich vermeiden lassen, dass wir all das erfuhren, was später passierte? Wir haben es ja mit eigenen Augen gesehen. Und Jekaterina hat auch das eine oder andere im Büro aufgeschnappt … aber darüber wollen wir jetzt nicht sprechen. Haben Sie Geduld, Polizeibeamter Fjeld, dann werden Sie verstehen.

Konstantin Nikolajewitsch bekam eine Stellung als Ingenieur in einer der Minen in der Nähe von Pischane und sollte herausfinden, wer für die Wodkaproduktion verantwortlich war. Es dauerte nicht lange. Die Leute waren ja völlig unbesorgt, sie waren eigentlich sogar ein wenig stolz darauf, dass sie etwas zur Gemeinschaft beitrugen. Und da Konstantin auch im Bergwerk arbeitete, kamen sie gar nicht auf den Gedanken, dass er illoyal sein könnte.

Aber er kam nicht allein nach Pischane. Nach und nach wurden junge Männer aus dem kriminellen Milieu von Krasnodon in der Grube eingestellt, Pöbel. Sie prügelten sich und tranken, erpressten Geld von den Bauern der Gegend. Wenn die Bauern nicht bezahlten, entweder bar oder mit Naturalien, die sich weiterverkaufen ließen, wurden die Kühe vergiftet oder die Scheunen niedergebrannt … und vielleicht noch schlimmere Dinge getan.

Die Mafia in Krasnodon hatte ursprünglich gar nicht vor, die Wodkaproduktion zu stoppen, im Gegenteil. Sie wollten sie übernehmen. Aber die lokalen Brenner wollten eine so gute Einnahmequelle nicht verlieren. Sie hatten einen Anführer, einen Steiger aus den Bergwerken. Er lebte mit seiner Frau und drei Kindern auf einem kleinen Hof bei Pischane. Die Großmutter und ein unverheirateter Bruder wohnten ebenfalls bei ihm und beteiligten sich an der Schnapsbrennerei. Auf dem Hof wurde der Branntwein in Flaschen gefüllt und versiegelt. Hübsche Etiketten klebte man auf die Flaschen, mit dem Bild eines schwarzen Pferdes, dem Wappen von Pischane. Ja, sie waren stolz auf ihre Produkte.«

So ein Wappen habe ich doch schon gesehen, dachte Knut. *Im Zimmer von Oksana.*

Ljudmila beugte sich vor und trank aus dem Becher mit dem lauwarmen Tee. »Im Sommer 1974 hatten Vanja und ich wieder zusammengefunden, aber in der Zwischenzeit hatte er eine Frau aus Zasyadka geheiratet. Sie erwarteten ein Kind. Obwohl wir beide wussten, dass wir zusammengehörten und nichts uns daran hindern könnte, bestand Vanja auf einer ordentlichen Scheidung von seiner Frau. Wir hielten unser Verhältnis geheim und trafen uns regelmäßig heimlich in einer Waldhütte bei Pischane.

An einem schönen, klaren Herbstabend Ende Oktober war ich auf dem Weg dorthin. Ich hatte mich verspätet und ging den direkten Weg, vorbei an einem Kloster, das dem heiligen Michael geweiht war. Ein sehr schönes Gebäude, vier kleine Türme mit türkisfarbenen Kuppeln ragten hoch über die Baumwipfel. Weißer Backstein. Die größte zwiebelförmige Kuppel war mitternachtsblau, an ihren Wänden hingen kleine runde Silberkugeln. Sie sollte den Nachthimmel mit all seinen Sternen darstellen. Ich hatte nichts dagegen, am Kloster vorbeizugehen. Die Mönche sahen mich nicht, ich ging am Waldrand entlang.«

Ljudmila fiel das Sprechen schwer. Sie schluckte und räusperte sich, machte eine lange Pause, trank von ihrem Tee und schaute in die konturlose Dunkelheit vor dem Fenster.

»Das Kloster lag auf einer kleinen Anhöhe, dort bog der Weg ab und führte in ein enges Tal. Ich war stehen geblieben, um Atem zu schöpfen. Plötzlich sah ich ein Stück entfernt Rauch aus dem Wald aufsteigen. Sofort überkam mich eine furchtbare Angst. Ich dachte, die kleine Waldhütte, in der wir uns trafen, würde brennen. Vielleicht war Vanja in Gefahr, doch nach ein paar Sekunden besann ich mich. Der Weg schlängelte sich quer durch den Wald, und die Hütte lag auf der anderen Seite. Trotzdem rannte ich in die Richtung, aus der der Rauch kam. Ich stolperte und lief den Weg entlang, bis ich Blut im Mund schmeckte. Kurz darauf kam ich an eine große offene Lichtung. Hier lag der Hof, der an der Herstellung des Wodkas beteiligt war. Mir bot sich ein fürchterlicher Anblick.«

Jekaterina hatte ihren Stuhl näher an Ljudmila gezogen. Sie hatte die Geschichte schon einmal gehört. Ihr Gesicht sah ernst aus, sie griff nach Ljudmilas Hand.

»Die verfallene alte Scheune war fast abgebrannt, der Stall brannte, das Wohnhaus ebenfalls. Zunächst sah ich keinen Menschen. Ich wollte ins Haus laufen, als ich Vanja auf der anderen Seite des kleinen Feldes am Waldrand entdeckte. Er schüttelte heftig den Kopf, fuchtelte mit den Armen und gab mir Zeichen zurückzugehen. In diesem Moment sah ich zwei Männer aus der brennenden Scheune kommen. Sie gingen langsam und unterhielten sich, als wäre nichts geschehen.

Glücklicherweise sahen sie weder mich noch Vanja. Einer von ihnen nagelte ein großes Brett vor die Eingangstür des Wohnhauses und verriegelte die Tür mit einem Vorhängeschloss. Er steckte den Schlüssel in die Hosentasche. Sie schlenderten in die entgegengesetzte Richtung davon. Kurz darauf hörte ich das leise Geräusch eines Motors, der angelassen wird. Sie waren mit dem Auto gekommen, und nun fuhren sie ihres Weges.«

Ljudmila sank vornüber und verbarg das Gesicht in beiden Händen.

»Das ist ja eine grässliche Geschichte«, sagte Knut. »Ich vermute, dass die Bewohner des Hofes sich im Haus befanden?«

»Nein, die Geschichte ist noch nicht fertig.« Ljudmila nahm die Hände vom Gesicht und sah Knut an. »Es geht noch weiter… Sobald Vanja den Wagen wegfahren hörte, kam er angerannt. Ich auch. Wir mühten uns ab, um das Schloss von der Tür zu bekommen. Vanja gelang es schließlich… er fand einen alten Spaten und steckte den Stiel zwischen die Wand und das Schloss… Er war ein sehr starker Mann.

Das Haus brannte lichterloh, überall Rauch und Flammen, aber wir gingen dennoch hinein. Ich wünschte, wir hätten es nicht getan, denn der Anblick… In der Küche fanden wir den Mann, dem der Hof gehörte. Man hatte ihm die Kehle durchgeschnitten. Seine Frau lag in der Tür zum Wohnzimmer, auch sie mit einem Messer ermordet. Überall war Blut, an den Wänden, es floss auf dem Boden. Wir rutschten darin aus, verschmierten uns die Hände und die Kleider…

Auch das Kind hatten sie nicht verschont. Der Kleine war mit seinem eigenen Kissen erstickt worden… Er lag da und sah aus, als würde er schlafen, nicht ein Messerstich… zu bestimmten Dingen sind selbst sadistische Mörder nicht fähig. Der Onkel lag auf der Treppe. Er hatte zu verhindern versucht, dass jemand in den ersten Stock kam. Sein Hals wies so viele Schnitte auf, dass der Kopf beinahe ab war. Im ersten Stock lag die Großmutter mit Genickbruch im Schlafzimmer. Das hat mir Vanja hinterher erzählt, er ist allein hinaufgegangen. Ich konnte nicht mehr, ich bekam keine Luft mehr. Ich rannte aus dem Haus und übergab mich.

Wir blieben am Waldrand sitzen, bis von den Häusern nur noch glühende Aschehaufen übrig waren. Wir hielten uns umschlungen, konnten nicht glauben, dass jemand so grausam und gleichzeitig so gleichgültig sein konnte. Aber wir waren erleichtert, dass sie uns nicht gesehen hatten. Es gab keinen Zweifel, wer es getan hatte, noch, warum dieses Verbrechen verübt worden war. Unter den Wodkalieferanten in Krasnodon gab es jetzt keine Konkurrenz mehr.

Wir brachten es nicht fertig zu gehen. Es war spät, und es begann kalt zu werden. Die Sterne am Himmel waren erschienen. Endlich standen wir auf, voller Scham und Trauer darüber, dass wir keinen Versuch unternommen hatten, die Toten aus dem brennenden Haus zu tragen. Aber wir hätten damit unser eigenes Todesurteil unterschrieben. Wir hätten es der Polizei melden müssen … doch dann hätte bald ganz Pischane gewusst, dass wir unmittelbar nach den Morden am Tatort gewesen waren. Wir konnten nichts mehr tun, außer zu verschwinden. Und als wir gehen wollten, hörten wir diese Geräusche … ein langgezogenes Stöhnen am Waldrand hinter der niedergebrannten Scheune.

Sie lag dort mit offenen Augen, die in der Dunkelheit wie Silber leuchteten … ein kleines Mädchen von fünf, sechs Jahren. Ihre Kleider trieften vor Blut. Sie musste im Haus gewesen sein, die Morde gesehen haben. Sie zitterte und japste nach Luft, die Augen waren trocken, keine Tränen … was sollten wir machen? Wenn bekannt wurde, dass sie überlebt hatte und möglicherweise wusste, wer hinter diesen Handlungen stand, wäre ihr eigenes Leben nicht mehr viel wert gewesen. Vanja trug sie den ganzen Weg aus dem Wald.

Wir wendeten den Blick ab, als wir am Kloster vorbeigingen. Als würden die Frömmigkeit innerhalb der Mauern, die hübschen Türme und die Schönheit uns mit kalter Gleichgültigkeit verhöhnen.

Noch in jener Nacht nahm Vanja das Mädchen mit zu seiner Frau, in sein Haus bei den Gruben von Zasyadka. Es vergingen viele Jahre, bis wir uns wiedersahen …«

Ljudmila schwieg eine Weile.

»Und bei dem Mädchen handelte es sich um Oksana?« Knut wusste die Antwort bereits. Trotzdem musste er fragen.

»Ja. Es war Oksana. Vanja nahm sie zu sich wie eine eigene

Tochter. Ich habe den Eindruck, dass sie eine glückliche Kindheit in seiner Familie hatte. Schon bald zogen sie an einen anderen Ort in der Ukraine. Er tat alles, um die Spuren zu verwischen, damit niemand sie finden konnte.«

»Erinnert sie sich an irgendetwas von dem Abend, an dem ihre Familie ermordet wurde?«

»Nein, Gott sei Dank nicht. Wir haben mit ihr nie über die Zeit geredet, bevor sie nach Zasyadka kam. Wir haben sie in dem Glauben gelassen, dass sie in einem Kinderheim gewesen ist.«

Etwas verstand Knut nicht. Es war ihm peinlich zu fragen, aber er musste es tun. »Warum musste Vanja sie heiraten? War es nicht Schutz genug, dass sie seine Tochter war?«

Die russischen Frauen wechselten rasch einen Blick. Ljudmila nickte langsam. »Ah ja, Polizeibeamter Fjeld. So ganz neu ist Ihnen diese Geschichte also nicht? Haben Sie mit Direktor de Rustin geredet? Oder vielleicht mit Dima? Es könnte allerdings sein, dass sie nicht die ganze Wahrheit erzählt haben ...«

Ljudmila wirkte erschöpft, trotzdem fuhr sie fort. »Als der Sowjetstaat Anfang der neunziger Jahre endlich zusammenbrach, wurden viele alte Geschichten wieder untersucht. Die Menschen wünschten sich Gerechtigkeit. Sie wollten in einem anderen politischen System neu beginnen. Die Einwohner von Pischane verlangten, dass die Untersuchungen des Massakers auf dem Bauernhof im Wald wiederaufgenommen würden. Man fing an zu graben – im buchstäblichen Sinn. Merkwürdigerweise war die Brandstätte in all den Jahren unberührt geblieben. Die Leute in der Gegend glaubten, auf dem Ort läge ein Fluch, aber nun wurden die Ruinen gründlich und mit modernen Polizeimethoden untersucht. Man fand heraus, dass ein Kind fehlte, die Tochter, die 1974 sechs Jahre alt gewesen war.

Gerüchte gingen um. Leider saßen die Verbrecher noch immer in Machtpositionen, sogar innerhalb der Polizei. So gesehen hatte sich mit dem neuen System wenig geändert. Ich hörte von der Suche nach der Tochter. Es muss für die Schuldigen wie ein Schock gewesen sein, dass es möglicherweise einen Zeugen für ihre Gräueltaten gab.

Im Herbst 1984 habe ich Zasyadka ein einziges Mal besucht. Vanjas Frau war nach einer langen Krankheit gestorben. Ich brachte schlechte Neuigkeiten über Oksana, aber wir waren glücklich, dass wir uns wiederhatten… zum zweiten Mal. Endlich sah es so aus, als stünden uns keine Hindernisse mehr im Weg. Aber wir mussten ständig an Oksanas Sicherheit denken. Sie war nicht wie andere Mädchen. Sie war kindlich und vertrauensvoll, vollkommen unreif für ihr Alter. Wie sollte es mit ihr weitergehen, wenn sie gefunden würde?

Mit Entsetzen stellten wir fest, dass sie keinerlei Rechte hatte, keine Papiere. Vanja hatte nie gewagt, sie offiziell zu adoptieren, aus Furcht, sie könnte entdeckt werden. Jetzt war sie sechzehn Jahre alt, und vermutlich war es zu spät dafür. Es wäre eine einfache Sache für die mächtigen Leute, die nach ihr suchten, sie in eine staatliche Institution zu stecken – unter dem Vorwand, dass sie etwas lernen müsse, um ihr Leben zu fristen.

Ich habe Vanja vorgeschlagen, sie zu heiraten. Ich war naiv genug zu glauben, es wäre leichter als eine Adoption. Schwieriger zurückzuverfolgen. Scheinbar funktionierte mein aufopferungsvoller Plan. Wir zogen zurück nach Krasnodon, wo Dimitri Petrowitsch eine hohe Position im Büro des Bürgermeisters innehatte. Er konnte uns helfen. Die Formalitäten wurden rasch erledigt. Wir waren sehr erleichtert.

Vanjas drei ältere Kinder kamen allein zurecht. Sie hatten ihre Arbeit und ihre eigenen Familien. Auf Vorschlag von

Dimitri Petrowitsch, der jetzt zu Konsul Brodskij geworden war, zogen Vanja und Oksana nach Spitzbergen. Kurz darauf kam ich auch nach Barentsburg. Eine Zeitlang ging es uns dreien gut. Wir genossen die schöne Natur und die Freiheit auf Spitzbergen, wir verdienten gutes Geld und fühlten uns sicher. Wir kamen nicht auf den Gedanken, so viel Pech zu haben, dass ausgerechnet Konstantin Nikolajewitsch de Rustin als neuer Bergwerksdirektor eingesetzt würde …«

Es hörte sich möglicherweise vollkommen verrückt an, aber Knut musste die Frage stellen. »Glauben Sie, der Direktor hat Vanja ermordet?«

»Nein. So etwas macht er nie selbst.« Ljudmila schnaubte verächtlich. »Er veranlasst, dass die Dinge geschehen. Die Handelnden sind immer andere. Dort, wo er ist, gibt es in der Regel immer auch mehrere alte … Freunde. Sie sind einander in Schuld und Bosheit verbunden, seit der ersten ungesetzlichen Handlung, die sie zusammenbrachte.«

Knut traute seinen Ohren kaum. Sie saß ganz ruhig da und goss sich Tee aus der Aluminiumthermoskanne nach. Rührte Konfitüre in den Becher. Testete vorsichtig die Temperatur mit den Lippen. »Sind Sie sich darüber im Klaren, dass Sie sich in Lebensgefahr befinden? Und Oksana auch, wenn er meint, dass sie ihn mit den alten Morden in Verbindung bringen kann.«

»Ach, Polizeibeamter Fjeld, denken Sie nach. Konstantin Nikolajewitsch weiß seit Langem davon. Er hat sich vorbereitet, hat sich Hilfe vom Festland geholt, aus Lugansk Oblast. Ein alter Freund ist nach Barentsburg gekommen. Er übernimmt für den Direktor die Drecksarbeit. So ist das mit diesen grausamen Geschichten … Solange sie verborgen sind, gibt es keinen Frieden, weder für die Opfer noch für die Täter. Sie alle werden gepeinigt von einer kaum auszuhaltenden Angst.«

Knut hatte die Übersicht verloren, er fühlte sich unwohl bei all den Informationen, mit denen Ljudmila ihn vollgestopft hatte. »Sie glauben, die Männer, die vor so vielen Jahren die Familie auf dem Hof bei Pischane ermordet haben, sind hier in Barentsburg?«

Ljudmila wandte den Blick ab. »Jedenfalls einer von ihnen. Er muss Vanja getötet haben.«

KAPITEL 22

Später Besuch

Vom Frauenhaus ging Knut direkt zu Oksanas Wohnheim, obwohl es schon tiefe Nacht war. Er schlich die Treppen hinauf wie ein Verbrecher, zuckte jedesmal zusammen, wenn eine Stufe knarrte. Er begegnete niemandem, und es war ihm peinlich, wie erleichtert er darüber war. Im Korridor musste er das Licht einschalten. Rasch ging er auf ihre Tür zu und zweifelte einen Moment. War es die richtige Tür? Er verwarf den Gedanken, er hatte sich die Zimmernummer gemerkt, weil es sein Alter war, siebenunddreißig.

Er klopfte. Erst vorsichtig, dann immer lauter. Niemand öffnete. Schließlich drückte er auf die Klinke. Die Tür war nicht abgeschlossen. Das Zimmer war leer, das Bett gemacht, abgedeckt mit einer dicken Decke und Kissen in verschiedenen Größen. Seit seinem letzten Besuch war sie offenbar in der ehemaligen Wohnung gewesen und hatte ein paar Dinge geholt. Auf dem Nachttisch lag ihre Haarbürste, einige helle Haare steckten darin. Er schob die Bürste beiseite, vollkommen überflüssig, da nichts anderes auf dem kleinen Tischchen lag.

Knut schloss die Augen, versuchte sich den Ablauf der Ereignisse nach dem Fest in Erinnerung zu rufen. Er hatte die Bergarbeiterstiefel an der Tür ausgezogen und die Jacke auf einen Stuhl geworfen … Er sah sich um, dort stand er, er war leer. Sie hatten sich aufs Bett gesetzt, das tagsüber als Sofa diente. Knut wurde rot und wünschte, er könnte es ungeschehen machen – alles.

Das Mobiltelefon war am wichtigsten. Dumm, dass die Kamera verschwunden war, allerdings war die Qualität der Fotos ohnehin nicht sonderlich gut gewesen. Den Notizblock, der nur noch aus einer Sammlung loser, zum Teil von Salzwasser zerfressener Blätter bestand, brauchte er nicht unbedingt. Die Brieftasche? Nicht so wichtig. Es steckten nur wenige hundert Kronen darin. Die Kreditkarten konnte er sperren lassen, sobald er nach Longyearbyen kam. Am ärgerlichsten war, dass er sich einen neuen Dienstausweis und einen Waffenschein besorgen musste – zum Glück konnte niemand auf Spitzbergen damit etwas anfangen. Jeder wusste ja, wer er war. Das Handy hingegen brauchte er wirklich. Selbst mit der geringen Batteriekapazität, die es noch gehabt hatte. Er musste morgen früh so bald wie möglich die neuen Informationen durchgeben, die er von Ljudmila bekommen hatte. Er sah auf die Uhr. Eigentlich heute.

Knut hob alle Kissen auf dem Sofa. In einer Ecke fand er einen selbst gestrickten Teddy aus grauer verfilzter Wolle. Er sah alt und abgelebt aus. *Arme Oksana*, dachte er, *was hattest du für eine merkwürdige, tragische Kindheit.* Trotzdem bewahrte sie offenbar auch Erinnerungen an eine normale Jugendzeit – das Bild des schwarzen Pferdes an der Wand, dieser abgegriffene Teddy.

Seine Sachen lagen weder auf dem Sofa noch auf dem Tisch. Auch nicht auf der flachen Kommode am Fenster. Dort stand lediglich eine Schachtel. Er hob den Deckel. Sie war voller Spitzenunterwäsche. Rasch schloss er die Schachtel wieder, fühlte sich wie ein Spanner. Offenbar wurde es normal für ihn, sich in Barentsburg so zu benehmen.

Wieder versuchte er, sich an Details der letzten Nacht zu erinnern. Wann hatte er sich ausgezogen? Wo könnte er seine Sachen hingelegt haben? Vielleicht unters Sofa? Ja, undenkbar war es nicht. Er ging auf die Knie, beugte sich bis auf den

Fußboden. Das Sofa war flach, darunter war es dunkel. Unmöglich, etwas zu sehen. Er streckte seinen Arm so lang aus, wie er konnte.

»Chnuet?« Ihre Stimme war kalt und fremd. »Was machst du in meinem Zimmer und unter meinem Bett?«

Er kam auf die Beine und bürstete sich den Staub ab, der unter dem Bett reichlich lag. »Tut mir sehr leid … die Tür stand offen … ich dachte vielleicht, dass …«

Er wusste nicht, was er sagen sollte. Sie war nicht allein. Hinter ihr stand Anton in der Tür, der große Russe, mit dem sie am gestrigen Abend so lange geredet hatte. Er überragte sie und grinste breit und zahnlos. Knut war ziemlich sicher, dass der Riese nur Russisch verstand, wollte aber nichts riskieren … und ganz bestimmt wollte er Oksana nicht in Verlegenheit bringen.

»Hast du danach gesucht?« Sie ging zur Kommode und öffnete die Schachtel mit der Unterwäsche. Holte zuerst die Brieftasche, dann die anderen Dinge heraus. »Das hast du gestern vergessen. Du hättest nur zu fragen brauchen …«

Knut schaute auf den Russen, der noch immer in der Tür stand. Er machte keinerlei Anstalten hereinzukommen, grinste nur sein leeres Grinsen und nickte.

Sie reichte ihm die Brieftasche. »Bitte sehr, zähl nach. Alles zusammen sind es …«

»Oksana … Du musst doch nicht … Ich habe doch nicht angenommen, dass du etwas gestohlen hast … wollte nur … Ich konnte mich nicht erinnern, wo ich mein Handy und die anderen Sachen gelassen habe …« Er stammelte vor Verlegenheit und konnte sich nicht erklären, warum sie sich plötzlich so feindselig verhielt.

Sie reichte ihm die Gegenstände und drückte den Rücken durch. »Los, überprüf, ob alles da ist!«

Fast wie ein Reflex, aus reiner Nervosität, drückte er auf die Menütaste des Handys. Glücklicherweise, die Batterieanzeige stand unverändert bei zwei Strichen, obwohl das Handy jetzt über vierundzwanzig Stunden in Betrieb war. Er sah auch, dass es einen Anruf gegeben hatte. Am frühen Morgen, als er sie verlassen hatte. Wieso hatte er es nicht gehört? War er gerade im Bad gewesen? Er tippte sich bis zur Anrufliste durch und sah, dass der Anruf aus dem Büro der Regierungsbevollmächtigten gekommen war. Irgendjemand hatte ihn angenommen.

Sie verfolgte jede seiner Bewegungen. »Ja, sicher«, sagte sie. »Jemand hat dich angerufen. Aber ich habe natürlich nicht mit ihm geredet. Ich wollte nur, dass es aufhört zu klingeln.« Sie ließ sich aufs Sofa sinken. »Ich bin erschöpft, Chnuet. Ich habe das alles satt. Kannst du jetzt bitte gehen?«

Er hatte sie enttäuscht, so viel begriff er. Aber die Gedanken ließen sich nicht aufhalten, er suchte nach Erklärungen. Wo war sie den ganzen Abend gewesen? Es war bereits weit nach Mitternacht. Wer war dieser Anton, der ihr wie ein treuer Hund folgte? Einer der Bergarbeiter? Was tat er hier, vor ihrem Zimmer, mitten in der Nacht?

Am schlimmsten, gerade jetzt … Er musste an den letzten Telefonanruf denken. An das Klingeln, das sie angeblich gestoppt hatte. Das Gespräch hatte über eine Minute gedauert. Siebenundneunzig Sekunden, um genau zu sein.

KAPITEL 23

Schiffsanlauf

Lärm weckte ihn, ein dumpfes Poltern von weit her, eher eine Bewegung als ein Geräusch. Er hatte das Gefühl, als bebe das Hotel, aber das mochte Einbildung sein. Er sprang aus dem Bett und lief ans Fenster. Der Fußboden fühlte sich eiskalt an.

»Herrgott, hoffentlich hat es keine Explosion im Schacht gegeben.« Knut murmelte vor sich hin, als er fröstelnd und nur mit der Unterhose bekleidet am Fenster stand. Die alten Stollen lagen direkt unter der Siedlung. Er dachte an die gähnenden schwarzen, mehrere Meter hohen Hohlräume, die von direkt aus der Kohle gehackten Pfeilern gehalten wurden. Methangas gab es in einer Kohlenmine immer, es trat einfach aus den Felsen aus. Geruchlos, farblos, leichter als Luft. Wenn die Arbeiter nicht aufpassten und ständig den Prozentsatz an Gas in der Luft prüften, bestand Explosions- und Lebensgefahr. Die ganze Zeche konnte in die Luft fliegen.

Knut gab offen zu, dass er Angst vor den geheimnisvollen Gängen hatte, die sich tief unter der gefrorenen Erde von Spitzbergen in die Felsen schlängelten. Er hatte genug vom Kriechen durch klaustrophobisch enge Schächte mit dem unfassbaren Gewicht der Felsen über sich. Er hatte die Konsequenzen von Steinschlag aus überhängenden Felswänden gesehen. Verstümmelungen, zerschmetterte Körper. Tod.

Aus dem Hotelzimmer im zweiten Stock konnte er die Straßen von Barentsburg und einen Teil des Platzes überblicken. Noch war es früher, dunkler Morgen. Und durch die Dunkelheit kam dieser bebende, dröhnende Basslaut, der die Fensterscheibe an seinen Fingerspitzen sanft erzittern ließ.

Sein Blick schweifte über die Hauptstraße. Kein Bus war zu sehen, keiner dieser gewaltigen Lastwagen oder eine der für den Bergbau notwendigen Maschinen, die die Ursache dieses Maschinenlärms hätten sein können. Schließlich hob er den Blick und schaute über den Fjord. Am Kai passierte etwas. Die beiden russischen Fischkutter waren strahlend hell erleuchtet. Er sah mehrere Schatten über die Leitern hasten, einer löste gerade die Vertäuung. Die Fischkutter waren dabei, Barentsburg zu verlassen.

Knut griff zu seinem Handy, ehrlich erleichtert, es zurückzuhaben. Dieses Gespräch war wichtig, es war einer der Gründe, warum er in der russischen Bergarbeitersiedlung geblieben war. Er rief die Privatnummer des Polizeichefs auf, machte sich nicht einmal die Mühe, sich zu melden. »Die Fischkutter, sie laufen aus, ich habe es vom Hotelfenster aus gesehen.«

»Knut? Du rufst früh an … gestern Nacht war es spät. Ah ja, sie laufen aus? Das kommt nicht ganz unerwartet. Die Küstenwache glaubt, sie haben einen neuen Treffpunkt vereinbart.«

»Ein anderes Schiff kommt den Fjord herauf. Wahnsinnig groß, ich glaube, das ist das größte Schiff, das ich je auf Spitzbergen gesehen habe.«

Tom räusperte sich, seine Stimme klang heiser. Knuts Anruf hatte ihn geweckt. »Ist es ein Fischereischiff? Zwei der Fabriktrawler, die die Küstenwache nördlich von Spitzbergen unter Kontrolle hatte, sind heute abgehauen. Angeblich sind sie auf dem Weg Richtung Süden. Könnte es einer von ihnen sein?«

»Man kann von einem Hotelfenster nicht alles sehen. Du hast mich gebeten, dich sofort anzurufen, wenn die kleinen Fischerboote auslaufen, die hier vertäut lagen, und das habe ich getan.« Knut konnte sich den etwas angespannten Ton nicht verkneifen. Dann riss er sich zusammen und berichtete so kurz wie möglich, was Ljudmila ihm erzählt hatte.

Am anderen Ende der Leitung blieb es einen Moment still. »Das hört sich nicht gut an, Knut. Wir hier in Longyearbyen glauben, wir hätten einen gewissen Überblick über die Vorgänge auf Spitzbergen, tja, und dann stellt sich heraus, dass wir nicht mal wissen, was sich in Barentsburg abspielt, nur ein paar Meilen entfernt.« Der Polizeichef hörte sich nachdenklich an. »Wird Zeit, dass wir dich abholen. In ein paar Stunden kommen wir mit dem Super-Puma rüber. Du kannst dich darauf einstellen, dass du heute Vormittag mit uns zurückfliegst. Wenn du zurück im Büro bist, gehen wir deine Informationen im Zusammenhang mit dem Todesfall durch. Es muss schon einiges zusammenkommen, bevor wir die Sondereinheit der Kripos holen, um in Barentsburg zu ermitteln, aber in diesem Fall sieht es so aus, als hätten wir keine andere Wahl.«

Das Gespräch war vorbei. Die Batterieanzeige war auf einen Strich gefallen. *Wer war ›wir‹, wer würde mit dem Helikopter kommen?*, überlegte Knut. *Und wieso?* Tom flog nie nach Barentsburg, ohne dazu gezwungen zu sein.

Knut trat wieder ans Fenster. Das unbekannte Schiff legte gerade an. Menschen aus der Siedlung versammelten sich am Kai – schwarze, diffuse Schatten in dem fahlen Licht der Straßenlaternen. Das Schiff war wahnsinnig groß, oberhalb der Wasserlinie mindestens sechs Decks bis zu einer enormen Brücke. Er versuchte die Länge zu schätzen, es mussten mehr als vierhundert Meter sein. Die Höhe konnte er unmöglich bestimmen, vielleicht vierzig Meter? Das Schiff ragte hoch über dem Kai auf. Erstaunlicherweise sah aber nicht das Schiff so unwirklich aus. Sondern Barentsburg wirkte neben diesem schwimmenden Monstrum eher wie eine Theaterkulisse.

Die beiden Fischkutter waren nicht zu sehen. Vermutlich waren sie auf dem Weg in den Grønfjord. Knut war nervös, er wollte hinunter zu diesem Schiff, obwohl er wahrscheinlich von seinem Hotelfenster die bessere Aussicht hatte. Wenn er nichts anderes herausfand, konnte er sich zumindest den Namen und den Heimathafen notieren, in dem dieses Monsterschiff registriert war. Merkwürdig, dass niemand ihm vom Eintreffen dieses Schiffs erzählt hatte, spektakulär genug war es doch. Es musste unangekündigt passiert sein, selbst für die Führung in Barentsburg.

Knut zog sich rasch an und folgte den anonymen Schatten, die sich die Treppen hinunter zum Kai bewegten. Es herrschte ruhiges, klares Wetter. Frostschwaden stiegen vom Meer wie wogende Nebelsäulen auf. Ein schwacher Wind trieb den Frost über das Land, verwischte einen Augenblick die Silhouetten des kolossalen Schiffs und der Menschen, die sich um die Poller und Festmacher versammelt hatten. Noch hatte man keine Gangway ausgelegt. Nur ein einziger Matrose zeigte sich hin und wieder an Deck. Oben auf der Brücke gingen Schatten in dem schwachen Licht hinter den Bullaugen auf und ab. Ein Mann stand mit einem Fernglas vor den Augen auf dem Brückenflügel.

Der Lärm der Dieselmotoren war ohrenbetäubend. Obwohl Knut einige Russen wiedererkannte, die um ihn herumstanden, waren ihre Kommentare unmöglich zu verstehen. Fragen nach dem Schiff und seinen Absichten in Barentsburg mussten warten, bis es endgültig festgemacht hatte.

Das Wasser um die Kaipfosten wurde von den kräftigen Propellern und Heck-Thrustern zu weißem Schaum aufgepeitscht. Der Kapitän tastete sich mit größter Vorsicht immer näher an die Anlegestelle heran. Endlich hatte er das Schiff in die richtige Position gebracht. Die Motorengeräusche wurden leiser. An der Seite öffnete sich eine Luke etwas unterhalb des Hauptdecks. Ein Seemann sprang auf den Kai und fing die großen Trossen, die ihm ein Matrose vom Deck zuwarf. Er war erst zufrieden, als das Schiff fest an vier Pollern vertäut lag.

Vorsichtig wurde die Gangway vom Deck herabgelassen. Der Seemann befestigte sie mit einem dünnen Tau an einem der Eisenringe des Kais. Er sprang zurück in die Luke und schloss sie mit einem gellend metallischen Geräusch. Der Motorenlärm schwächte sich zu einem leisen Brummen ab. Der Riese dümpelte langsam in seinen selbst erzeugten Wellen. Der Rumpf rieb sich an den großen Gummifendern.

Dann passierte so gut wie nichts mehr, abgesehen davon, dass der Matrose vom Deck verschwand. Enttäuschend und unerwartet wenig, meinten offensichtlich die Zuschauer am Kai, wenn Knut das leise Murmeln richtig deutete.

Er zog die schwere Leinenjacke fester um sich, längst hatte er sich die Kapuze über den Kopf gezogen. Der Wind hatte aufgefrischt, es war beißend kalt. Mit dem feuchten Nebel von See kam auch die Kälte. Weißer Frost legte sich wie ein Belag auf die Kleider, das Gesicht und die Hände. Die Schaulustigen bewegten sich wie Geister umeinander, aber niemand schien den Anleger verlassen zu wollen.

Knut ging das Schiff entlang. Er schloss sich einer kleinen Gruppe von Männern an, die sich den Achtersteven ansahen. Dicke Pelzkappen und Mützen verbargen die Gesichter. Er kannte niemanden. Von dem leisen Russisch verstand er nichts, aber offenbar lasen sie den Namen und den Heimathafen des Schiffes mit größerer Leichtigkeit als er.

Langsam buchstabierte er sich durch die russischen Namen. Красин, das stand für »Krasin«. Für den nächsten Namen brauchte er länger, aber schließlich hatte er ihn entziffert.

Владивосто́к. Der Heimathafen war also Wladiwostok. Das hatte er nicht erwartet, Knut war regelrecht verblüfft. Was um alles in der Welt hatte ein Schiff von der anderen Seite des Globus hier auf Spitzbergen zu suchen?

Und noch eine Überraschung. Als er über das ölschwarze, wogende Seewasser des Grønfjords blickte, konnte er die russischen Fischkutter nirgendwo entdecken. Der Fjord lag dunkel und leer vor ihm. Sie waren doch ausgelaufen. Wo hatten sie sich versteckt?

Knut legte den Kopf in den Nacken und blickte hoch zu dem Schiffsdeck über sich. Ganz hinten befanden sich große Schiffskräne und ein kolossaler Portalkran. Darüber gab es ein solides Hubschrauberdeck, er konnte das Dach eines Hangars erkennen und einen Helikopter, der an Deck befestigt war. Knut ließ den Blick über den Rumpf gleiten. In kurzen Abständen zur Wasserlinie verliefen Luken, geeignet zum direkten Be- und Entladen der Laderäume.

Er vermutete, dass es sich bei der »Krasin« um ein Forschungsschiff handelte. Wahrscheinlich mit der höchsten Eisklasse und gebaut, um tief ins Polarmeer vorzudringen. Nicht verwunderlich also, wenn der Kapitän so vorsichtig anlegte – der Abstand zwischen Kiel und Meeresboden betrug sicherlich nicht allzu viele Meter.

Die Zuschauer am Kai verliefen sich. Selbst die Standhaftesten sahen ein, dass es keine Möglichkeit gab, an Bord zu kommen, bevor der Konsul das Schiff nicht in Barentsburg willkommen geheißen hatte. Knut ging den Menschen hinterher, stieg vorsichtig die Treppen zur Siedlung hinauf und zählte dabei unbewusst die Stufen. Es war ein zäher und kalter Aufstieg bis zum Platz.

Er wollte in die Arbeiterkantine, um zu frühstücken. Starker schwarzer Tee, dunkles Roggenbrot und gesalzene Butter, ein paar eingelegte Gurken und gekochtes, gewürztes Fleisch. Aber keine eingelegten Eier, die verabscheute er. Wieso konnten sie die Eier nicht frisch servieren, wie in Longyearbyen? Auf diese Frage hatte der Dolmetscher gemurmelt, dass Grigótovit es so wünsche. Außerdem gäbe es viele, die den säuerlichen Geschmack der Kräuter-Essigmischung mochten, in die die Eier eingelegt waren.

Knut hatte die Siedlung beinahe erreicht, als er plötzlich das wohlbekannte Klappern eines Rotorblatts hörte. Zunächst schwach, dann immer lauter. Kein Zweifel, es handelte sich um einen Super-Puma. Das trockene Stakkato-Geräusch unterschied sich vollkommen von dem tiefen, fetten Brummen des weit längeren Rotorblatts eines MI-8. Erst jetzt, als er ein Gefühl der Erleichterung verspürte, verstand er, wie sehr er sich nach seinem eigenen Leben in Longyearbyen zurückgesehnt hatte. Die letzten Treppenstufen nahm er mit freudigen Sprüngen.

Der Bus mit den Passagieren des Flugplatzes fuhr allerdings nicht zum Hotel. Der Bus bog ab, bevor er das Hotel erreicht hatte, und hielt direkt auf das Konsulat zu. *Hätte ich mir auch denken können*, ging Knut durch den Kopf, trotzdem war er enttäuscht. So schnell er konnte, lief er die Anhöhe hinauf; seine Kleidungsstücke trug er in einer Plastiktüte bei sich, die er an der Rezeption gefunden hatte. Warum hatte man ihn nicht informiert? Es musste doch jedem klar sein, dass der Hubschrauber gekommen war, um ihn abzuholen.

KAPITEL 24

Unterströmungen

Knut Fjeld war nirgendwo zu sehen. Gut, er hatte sie nicht am Flugplatz empfangen, aber es war ja auch noch früh am Morgen. Anne Lise Isaksen hatte allerdings erwartet, ihn spätestens im Büro des Konsuls anzutreffen. Nur der Dolmetscher und der Konsul hatten sie empfangen, als der Hubschrauber landete. Sie waren ernst und dankbar, dass die Regierungsbevollmächtigte und ihr Stab so kurzfristig aus Longyearbyen hatte kommen können. Der Konsul entschuldigte sich vielmals. Das Eintreffen der »Krasin« käme unerwartet und wäre von ganz oben befohlen worden, erklärte er. Er kam ihr vertraulich näher. Von *allerhöchster* Stelle. Der tote Steiger war einer der wenigen noch lebenden Russen, die den Titel »Held der Russischen Föderation« trugen. Die Teilnahme der Regierungsbevollmächtigten würde beachtet werden, eine noble Geste zwischen guten Nachbarn in der Arktis.

Im Büro des Konsuls war Anne Lise Isaksen in den angebotenen Sessel versunken und hatte dankbar die Tasse Kaffee angenommen, die die füllige und stark geschminkte Sekretärin ihr reichte. Aber wo war der Polizeibeamte Fjeld? Sie wollte gerade nachfragen, als sie einen abgerissen aussehenden Russen bemerkte, der sie von der Tür her anstarrte – bärtig, dreckig und mit einer Plastiktüte in der Hand.

»Man hat mir nicht gesagt, dass du kommen würdest«, sagte Knut, ebenso überrascht wie sie. »Was machst du hier?«

»Knut!« Der Polizeichef sprang auf und kam auf ihn zu. »Um alles in der Welt… Hast du heute Nacht draußen geschlafen?« Er versuchte es mit einem Lächeln, aber der Polizeibeamte war nicht zum Scherzen aufgelegt.

»Heute Nacht hast du nichts davon gesagt, dass Anne Lise mitkommen wird. Du hast nur erklärt, dass ich abgeholt würde. Warum ist sie hier?«

Der Polizeichef senkte den Blick. »Nun ja …« Er wandte sich an den Dolmetscher. »Gibt es ein Büro, in das wir uns zurückziehen können?«

Knut spürte, wie sich seine Brust zusammenschnürte. Irgendetwas war nicht in Ordnung. Warum mussten sie sich unter vier Augen unterhalten? Er lief Tom und dem Dolmetscher über die Treppe in das Sitzungszimmer im Obergeschoss nach. Erst als der Dolmetscher die Tür geschlossen hatte und sie allein waren, versuchte Knut dem Polizeichef mit einer möglichen Erklärung zuvorzukommen.

Tom unterbrach ihn. »Erst müssen wir über die illegale Fischerei reden, dann kannst du mich auf den Stand der Ermittlungen in dem Todesfall bringen. Wir haben nicht viel Zeit, der Rückflug ist direkt nach dem Mittagessen angesetzt. Ich bleibe hier nicht länger als notwendig. Es gehört einiges dazu, dass ich freiwillig und ohne unseren eigenen Dolmetscher nach Barentsburg fliege, aber ich hatte keine Wahl.«

Tom erklärte ihm kurz die Aktionen der Küstenwache rund um Spitzbergen, aber Knut hörte nicht zu. Ihm ging durch den Kopf, dass Tom gestern Morgen sein Handy angerufen und Oksana den Anruf entgegengenommen hatte. Das Gespräch hatte anderthalb Minuten gedauert. Worüber hatten sie geredet? Er musste ihn fragen und unterbrach das Briefing des Polizeichefs.

»Was?« Der Polizeichef sah ihn verdutzt an. »Wer ist Oksana? Nein, wer immer sie auch sein mag. Ich habe nicht mit ihr geredet.«

Knut glaubte ihm nicht. Tom verbarg etwas vor ihm. Was hatte Oksana in der kurzen Zeit sagen können? »Du hast gestern Morgen meine Mobilnummer angerufen? Daran wirst du dich doch wohl erinnern?«

»Ach so …« Tom machte ein verlegenes Gesicht. »Tut mir leid, dass ich so früh angerufen habe, aber … du hast ja nicht geantwortet.« Er setzte sich auf und sah Knut scharf an. »Wer ist Oksana? War sie in deinem Hotelzimmer? Sag nicht, dass du in der kurzen Zeit, in der du hier bist, ein Verhältnis mit einer Russin angefangen hast?«

»Nein, nein. Natürlich nicht.« Knut hörte, wie er Tom anlog. »Oksana Aleksandrovna ist die Witwe des toten Steigers. Ich nenne sie nur Oksana. Es ist so schwierig mit diesen russischen Namen … die klingen für mich alle gleich. Ich habe sie gestern vernommen.«

Knut erzählte Tom von seinem Verdacht. Möglicherweise war Oksana Zeugin des Mordes an ihrem Mann. Daher könnte sie in gewisser Gefahr sein, jedenfalls bis man herausgefunden hatte, wer ihren Mann umgebracht hatte. Leider hatte er noch keine weitere Gelegenheit gefunden, mit ihr zu reden … Er verschwieg immer mehr. Aber es passte zusammen, er hörte, dass es plausibel klang.

Der Polizeichef sah vor sich hin und nickte hin und wieder. »Ein ziemliches Durcheinander. Bist du wirklich sicher, dass der Steiger ermordet wurde? Wenn wir die Kripos hinzuziehen, gibt es hier Ärger.«

Knut wollte antworten, aber der Polizeichef hob die Hand, um ihn zu unterbrechen. »Lass uns eins nach dem anderen tun. Anne Lise und ich sind von Longyearbyen gekommen, weil wir feierlich eingeladen wurden, nicht weil wir mit dir reden wollten. Im Zusammenhang mit dem Eintreffen des russischen Forschungsschiffs ›Krasin‹ findet eine Zeremonie statt.

Das Schiff soll den Sarg zum Festland bringen – der Tote war offensichtlich nicht irgendwer. Hochdekoriert, außerdem, so heißt es, hatte er Freunde in der Duma. Der Rücktransport mit der ›Krasin‹ entspricht einem Staatsbegräbnis, wie wir es in Norwegen kennen. Und da der Hubschrauber dich ohnehin holen sollte, hat Anne Lise die Einladung angenommen.«

Knut versuchte so ruhig wie möglich zu antworten, aber es gelang ihm nicht. »Also verschwindet die Leiche aus Spitzbergen, ohne dass wir eine Obduktion durchführen können …«

Der Polizeichef blickte verlegen auf die Tischplatte. »Die Russen haben deswegen angerufen. Ja, es war wohl eigentlich der Dolmetscher, der mit Anne Lise geredet hat. Es gefällt ihnen gar nicht, dass ihr eigener medizinischer Befund auf einer so dürftigen Grundlage, wie du sie präsentiert hast, in Zweifel gezogen wird. Anne Lise hat Kontakt zum Ministerium aufgenommen. Es braucht mehr, um die Vorbereitungen zu stoppen, den Toten auf eine würdige Weise zurück nach Russland zu bringen.«

Knut versuchte, konstruktiv zu denken und Argumente zu finden, die für Tom ausschlaggebend wären. »Wirf zumindest einen Blick auf die Fotos, die ich am Tatort gemacht habe, der Vorschlaghammer, der an dem Betonmischer stand, die Fußspuren … und ich muss dir auch die Hände des Toten zeigen. Du wirst verstehen, was ich meine, wenn du die Hände anfasst und den Handrücken fühlst …«

»Knut, der Mann ist jetzt fast eine Woche tot. Ich habe keine besondere Lust, mir eine sechs Tage alte Leiche anzusehen. Eine solche Anfrage wäre peinlich. Mein Gott, Knut.«

»Du meinst, wir sollen einen Mörder in Barentsburg frei herumlaufen lassen? Haben wir hier nicht die Polizeihoheit?« Knut hatte keine Kraft mehr, er fühlte sich wie eine Last, die langsam in dunkles, kaltes Wasser gesenkt wird.

Der Polizeichef erhob sich und blickte auf den Beamten herab. »Lass die Sache fallen, Knut. Das nächste Mal schicken wir keinen Polizeibeamten allein zu einem solchen Auftrag. Jetzt solltest du dich ein bisschen herrichten, dich rasieren und deine eigenen Sachen anziehen. In ein paar Stunden bist du zurück in Longyearbyen.«

Das formelle Mittagessen fand in der Sporthalle statt, dem einzigen Raum, in dem so viele Menschen Platz hatten. Die Gäste mussten auf niedrigen, langen Bänken sitzen. Das Küchenpersonal hatte Probleme, für so viele Personen zu servieren und gleichzeitig ihren Zeitplan einzuhalten. Schüsseln mit Brot, Butter und Käse standen bereits auf dem mit weißen Decken gedeckten Tisch. Die Leute brauchten lange, um sich zu setzen, gedämpftes Stimmengemurmel erfüllte den Saal. Große Töpfe mit Borschtsch wurden hereingetragen. Das Ganze erinnerte ein wenig an die Essensausgabe in den alten Arbeitermessen.

Mitten in der Halle war für die Besucher aus Longyearbyen ein eigener Tisch gedeckt, an den auch Knut gebeten wurde. Der Konsul nahm neben Anne Lise Platz, der Bergwerksdirektor Konstantin Nikolajewitsch de Rustin saß als Gastgeber in der Mitte. Er hieß die Besucher willkommen und sprach über Ivan Sergejewitsch Makanin.

Knut hörte nicht zu. Er fühlte sich leer, es war ihm vollkommen gleichgültig. Es hatte ein wenig geholfen, die eigene Kleidung wieder anzuziehen, obwohl sie zerknittert war und vom Salzwasser weiße Ränder hatte. Dennoch sah er aus wie ein norwegischer Polizeibeamter. Rasiert hatte er sich nicht, schon der Gedanke, in Barentsburg auf die Suche nach Rasierzeug zu gehen, war ihm zuwider. In gewisser Weise fühlte er sich sowohl von den Kollegen aus dem Büro der Regierungsbevollmächtigten wie von den Russen abgekoppelt.

Die Regierungsbevollmächtigte musste reden. Knut starrte auf den Tisch – wie furchtbar würde es? Es kam nicht so schlimm. Anne Lise Isaksen war im Laufe der fünf Jahre, die sie auf Spitzbergen verbracht hatte, als Regierungsbevollmächtigte und Mensch gewachsen, sie hatte sich von einer uninteressierten Sachbearbeiterin zu einem aufrichtigen Mitmenschen entwickelt. Sie tat nicht so, als hätte sie Ivan Sergejewitsch gekannt, und verlor sich auch nicht in allgemeinen Floskeln. Sie redete über das Leben in der Einöde, über die Gefahren, die sich nicht vermeiden ließen bei einer Tätigkeit als Bergarbeiter, über Todesfälle, die die wenigen Einwohner auf den Inseln unweit des Nordpols verband. Gleiche Schicksale, ob man nun Norweger oder Russe war. Die gemeinsame Liebe zur Arktis.

Knut sah sich vorsichtig nach Oksana um. Er entdeckte sie näher, als er gedacht hatte. Sie saß neben dem Direktor, trug ein schwarzes Wollkleid und hatte das Haar zurückgekämmt. Sie war so blass, dass sie durchsichtig zu sein schien. Ihr Blick war auf die Tischdecke geheftet. Er schloss die Augen, er musste mit ihr reden, bevor sie Spitzbergen verließ. Er sah ein, dass er froh sein müsste, wenn sie verschwand. Auf dem Festland wäre sie sicher … doch ein ausgesprochen unangenehmer Gedanke nahm nach und nach Gestalt an. Würde noch jemand aus Barentsburg an Bord der »Krasin« sein?

Ljudmila servierte am Haupttisch, ging von einem zum anderen, schöpfte rubinroten Borschtsch auf die Teller, bot die Sahne an. Knut überlegte, wie sie das schaffte. Als sie zum zweiten Mal an Knut vorbeiging, flüsterte er ihr zu, dass er gern mit Oksana Aleksandrovna reden würde.

Ljudmila schüttelte den Kopf. »Oksana fühlt sich nicht wohl. Sie muss mit den wenigen Kräften, die sie noch hat, haushalten.«

Knut sah selbst, dass irgendetwas nicht in Ordnung war. Oksana aß so gut wie nichts, pulte ein hartgekochtes Ei, rührte die Suppe aber nicht an.

Nur einige wenige Menschen fanden in der Kapelle Platz: Oksana, der Konsul, der Bergwerksdirektor und Igor Grigorowitsch, der Anführer der Arbeiter. Darüber hinaus die Gäste aus dem Büro der Regierungsbevollmächtigten. Knut zog es vor, mit den Bergleuten und den übrigen Einwohnern auf dem Platz stehen zu bleiben. Der Pastor aus Longyearbyen sollte eine kurze, ökumenische Zeremonie abhalten, da die Zeit nicht gereicht hatte, um einen orthodoxen Priester aus Murmansk zu holen.

Erst die Schläge der Kirchenglocke, dann leise Stimmen, die in der Kapelle die Messe lasen. Die Menge auf dem Platz war still. Es knirschte im Schnee, wenn sich jemand die Füße vertrat, der eine oder andere hustete. Auch Schniefen und Weinen war zu hören. Knut sah sich um, Ljudmila stand bei einer Gruppe Frauen. Es sah aus, als würde sie frieren. Sie hatte sich in eine dicke Kolotjoska-Jacke eingewickelt, die sie mit beiden Armen an den Körper presste. Über das korngelbe Haar hatte sie eine Mütze tief ins Gesicht gezogen. Jekaterina stand bei ihr und umarmte sie.

Der Dolmetscher zeigte sich an der Tür der Kapelle. Er winkte den sechs Bergleuten, die die verantwortungsvolle Aufgabe hatten, den Sarg die gesamte Treppe hinunter zum Kai zu tragen. Langsam und ganz leise begann einer nach dem anderen in der Volksmenge zu summen. Knut erkannte das ukrainische Lied *Heute ist der Tag dein, Donbas … nun kannst du ausruhen.*

Die Türen der Kapelle wurden geöffnet, der einfache Holzsarg vorsichtig herausgetragen. Dem Sarg folgten als Erste

Oksana und der Bergwerksdirektor. Sie hing an seinem Arm, fror und zitterte in ihrem langen, schwarzen Mantel. Danach kamen der Pastor und die Regierungsbevollmächtigte Isaksen, der Polizeichef, der Gewerkschaftsführer und der Dolmetscher. Dann folgten alle anderen: Bergleute, Küchenpersonal, Frauen, einige Kinder. Eine lange Reihe dunkler Silhouetten gegen den stahlblauen Himmel und das schwindende polare Tageslicht.

KAPITEL 25

Tod durch Ertrinken

Knut blieb auf dem Platz stehen und blickte der Prozession Richtung Kai hinterher. Grigótovit, der wie gewöhnlich abgetragene Bergarbeiterkleidung trug, der Arzt des Krankenhauses, Ljudmila zusammen mit einigen Frauen. Schließlich schloss er sich fast am Ende dem Zug an und hielt sich gut am Geländer fest, um auf den glatten, vereisten Treppenstufen nicht auszurutschen. Im schwachen Licht der Straßenlaternen war der Anblick der schemenhaften, singenden Schlange, die sich die Treppen hinunterwand, beinahe unwirklich. Wie ein Traum, aus dem er gerade erwachte. In ein paar Stunden würde er zurück in Longyearbyen sein.

Von einem Absatz direkt unterhalb des alten Grubengeländes hatte er eine gute Aussicht über das Geschehen am Kai. Die Bergleute, die den Sarg mit dem toten Steiger trugen, hatten jetzt die Gangway zum Hauptdeck der »Krasin« erreicht. Dort blieben sie stehen. Nach und nach sammelten sich so viele Menschen um sie, dass es zu einem Gedränge kam, dennoch blieb die Gruppe der wichtigsten Gäste weiterhin direkt hinter dem Sarg stehen.

Während des Mittagessens hatte der Forschungsleiter der »Krasin« sich als wichtiger und selbstbewusster Chef präsentiert. Hier am Kai gab es allerdings keinen Zweifel, dass jemand anderes das eigentliche Oberkommando innehatte. Aus Gründen, die Knut nicht kannte, hatte der Kapitän nicht an den Feierlichkeiten in der Siedlung teilgenommen. Nun präsentierte er sich in einer engen schwarzen Marineuniform und einer großen tellerförmigen Mütze, wie die Russen sie liebten, mit Goldschnüren an den Schultern und Armen und Medaillen auf der Brust. Hinter ihm uniformierte Seeleute, aufgereiht zu beiden Seiten der Gangway. Die Offiziere und die Mannschaft der »Krasin« taten ihr Bestes, um den toten Steiger zu ehren.

Ebenso selbstverständlich trat Bergwerksdirektor de Rustin als der eigentliche Kopf von Barentsburg auf. In der beißenden Kälte, die von See kam, trug er keinen Hut, das schwarze Haar war in einer hohen Welle, die sein aristokratisches Profil hervorhob, untadelig nach hinten gekämmt. Eine einnehmende, elegante Gestalt in einem langen schwarzen Mantel, dessen Kragen aus gekräuseltem grauen Lammfellpelz sich um die Ohren schmiegte. Der Direktor trat vor und grüßte den Kapitän mit der Hand an der Stirn, der Kapitän erwiderte die Ehrenbezeugung und wies dann mit der Hand auf das Schiff. Der Sarg konnte an Bord gebracht werden.

Auf dem Vordeck war eine mit grauweißem Stoff bezogene Plattform errichtet – eine feierliche Zwischenstation während des Auslaufens in den Grønfjord. Die Bergleute trugen den Sarg an Bord, dicht gefolgt von den Ehrengästen. Der Sarg wurde auf die Plattform gestellt, man breitete die russische Flagge darüber aus und befestigte ihn mit diagonalen Tauen an Eisenringen auf Deck. Der Kapitän wollte keinerlei Risiko eingehen. Eine Dünung, ein Windstoß … nichts sollte dem Sarg etwas anhaben können.

Knut sah sich um. Wo war Oksana? Sie hatte neben dem Direktor gestanden, als die Prozession sich am Platz in Bewegung gesetzt hatte, jetzt konnte er sie nicht sehen. Er lief die letzten Treppenstufen hinunter, rutschte am Kai aus und wäre beinahe gefallen. Überall waren Menschen, er verlor die Übersicht. Sie sahen sich alle so ähnlich in ihrer grauen oder schwarzen Kleidung, alle in diesen Russenjacken, die Kapuzen über den Kopf gezogen. Er lief zurück auf die Plattform, um sich einen Überblick zu verschaffen. Starrte auf die Volksmenge … Sie war nirgendwo zu sehen. Könnte sie bereits an Bord und unter Deck gegangen sein? Auf jeden Fall befand sie sich nicht auf dem Vorderdeck, wo der Sarg stand.

Der Polizeichef unterhielt sich am Kai mit dem Dolmetscher. Knut wollte die Treppe gerade wieder hinunterlaufen, als er weit draußen im Fjord etwas entdeckte. Zwei große Schiffe auf dem Weg nach Barentsburg. Wie festgefroren blieb er stehen und strengte seine Augen an, bis sie schmerzten. Es mussten die russischen Trawler sein. Resignierend schüttelte er den Kopf, kein Tag, an dem nicht irgendetwas Unerwartetes geschah. Er konnte all diese Ereignisse nicht mehr voneinander trennen.

Knut drängte sich durch die Volksmenge, wurde aber aufgehalten, als er versuchte, vom Kai auf die Gangway zu springen. Der Posten, ein Matrose aus der Mannschaft der »Krasin«, redete Russisch mit ihm. Es dauerte nur wenige Sekunden, bis der Dolmetscher neben ihm stand. »Der Decksmatrose Andropov fragt, was Ihr Anliegen an Bord der ›Krasin‹ ist. Sie stehen nicht auf der Liste der Ehrengäste.«

»Dann sagen Sie ihm, dass ich mit meiner Vorgesetzten, der Regierungsbevollmächtigten Isaksen, sprechen muss«, antwortete Knut. Er biss die Zähne zusammen.

»Was geht hier vor?« Der Polizeichef. Er hatte sich zu ihnen durchgekämpft und sah besorgt aus. »Was ist denn so wichtig?«

»Oksana, hast du sie gesehen? Sie ist verschwunden, und ich … Ich muss mit ihr reden, bevor sie von hier verschwindet.«

»Knut, was geht hier vor?« Der Polizeichef runzelte die

Augenbrauen. »Ihr wurde auf dem Weg zum Schiff übel. Ein paar von den russischen Frauen haben sie zurück in die Stadt gebracht. Sie hat sich übergeben müssen, konnte sich nicht mehr auf den Beinen halten. Sie wollten sie ins Krankenhaus bringen.«

Knut presste die Lippen zusammen und versuchte, sich zu beruhigen. »Gut, ich glaube… Aber Tom, da ist noch etwas anderes. Die beiden russischen Trawler, die der ›Andenes‹ entwischt sind. Ich glaube, sie sind auf dem Weg in den Grønfjord, jedenfalls habe ich sie gerade in der Bucht gesehen.«

Der Polizeichef entschied schnell. »Bleib an meiner Seite. Wir müssen zu Anne Lise.«

Die kleine Gesellschaft ausgewählter Gäste hatte in der geräumigen Kajüte des Kapitäns Tee getrunken. Für eine Führung über das Schiff fehlte leider die Zeit. Der Kapitän bedauerte. Vielleicht ein andermal? Man konnte die Bevölkerung von Barentsburg nicht auf dem Kai stehen und frieren lassen. Auf dem Weg zum Vorderdeck traf die Gruppe auf den Polizeichef und Knut.

»Anne Lise, es tut mir leid, wenn ich störe. Aber wir müssen sofort mit dir reden.« Tom war sicher, die Regierungsbevollmächtigte würde verstehen, dass etwas Außergewöhnliches vorgefallen sein musste. Sie gingen hinter das Steuerhaus und fanden eine ruhige Ecke, in der sie einigermaßen sicher sein konnten, dass das Gespräch nicht mitgehört werden konnte.

»Die beiden russischen Trawler aus Verlegenhuken kommen. Knut hat sie auf dem Weg in den Fjord gesehen.«

»Hierher?« Die Regierungsbevollmächtigte Isaksen starrte sie an, versuchte, auf die veränderte Situation zu reagieren. »Nicht die beiden kleinen Fischkutter, die hier am Kai gelegen haben? Wir reden über die Fabriktrawler?«

»Ja, wir wissen nicht, wo die anderen geblieben sind. Sie sind nicht zu sehen ...«

Anne Lise Isaksen sah Knut langsam an. »Bist du sicher?«

»Ich habe vor ungefähr zehn Minuten zwei Schiffe in der Fjordmündung gesehen. Sie sind für normale Fischkutter viel zu groß. Mehr kann ich nicht sagen.«

Die Regierungsbevollmächtigte sah den Polizeichef besorgt an. »Das wird schwierig. Ich kann jetzt nicht weg und du auch nicht. Bergwerksdirektor de Rustin wird am Sarg sprechen. Wir müssen dort sein.« Sie dachte nach. »Aber auf dich achtet niemand, Knut. Warte, bis alle aufs Vordeck gegangen sind. Und dann such dir eine Stelle, von der du ungestört beobachten kannst, wohin die Trawler unterwegs sind.«

Knut wartete, bis der Direktor mit seiner Rede begann, bevor er an die Reling hinter dem Steuerhaus trat, um den Fjord zu beobachten. Keiner der Fabriktrawler war zu sehen. Natürlich nicht, wie sich bald herausstellte. Er war nicht einmal überrascht, als er sie entdeckte. Beide Trawler lagen mit Tampen und ein paar Fendern vertäut am gewaltigen Rumpf der »Krasin«. Er sah sich um und beugte sich vor, dabei hielt er sich mit beiden Händen gut an der Reling fest. Ein paar Decks unter ihm stand eine Ladeluke offen, ungefähr auf der Höhe der Trawler. Ein Kran auf dem Deck darüber hievte ganze Stapel von Kisten an Bord des Eisbrechers. Ebenso effektiv wurden die Kisten von unsichtbaren Händen aus der Lukenöffnung abtransportiert.

Knut hätte am liebsten seinen Kopf gegen das Stahlschott geschlagen. Einige Meter unter ihm, gut getarnt vom gewaltigen Schatten der »Krasin« und von der Siedlung aus nicht zu sehen, schaukelten auch die beiden kleinen Fischkutter mit laufenden Motoren – sie lagen deutlich höher im Wasser als zuvor. Weder die Regierungsbevollmächtigte noch die Küstenwache mussten weiter nach dem illegalen Fang suchen. Er wurde während der Gedenkfeier für den toten Steiger an Bord der »Krasin« umgeladen.

Die formelle Feier auf dem Vorderdeck war vorbei. Die Gäste verließen das Schiff über die Gangway. Die meisten blieben auf dem Kai stehen, um zu sehen, wie der Eisbrecher den Grønfjord verließ. Der Zeitpunkt zum Auslaufen der »Krasin« war gekommen.

Knut rannte die Leiter hinunter, um Anne Lise Isaksen und den Polizeichef noch zu erreichen, er erwischte sie auf dem Weg vom Hauptdeck. Atemlos erstattete er Bericht. »Ihr müsst etwas tun«, sagte er. »Könntet ihr nicht über den Helikopter Kontakt mit der Küstenwache aufnehmen? Die ›Andenes‹ muss der ›Krasin‹ den Weg abschneiden, bevor sie in russisches Fahrwasser kommt. Die Frachträume sind voll mit Kabeljau aus der Barentssee.«

»Das ist so unverfroren, dass mir die Worte fehlen«, erwiderte der Polizeichef. »Du musst den Konsul damit direkt konfrontieren, Anne Lise. Wusste er davon? In einem derartigen Fall verspreche ich, dass es ein Nachspiel haben wird …«

»Und die Beweise?« Die Regierungsbevollmächtigte schüttelte den Kopf, offensichtlich entsetzt. »Wie können wir es dokumentieren? Wenn es jemanden tröstet, so glaube ich nicht, dass Dima eine Ahnung von den Dingen hat, die sich hier unmittelbar vor unseren Augen abspielen. Er ist ein Karrierediplomat. In so etwas würde er sich nie hineinziehen lassen.«

Die drei norwegischen Beamten blieben an der Gangway stehen – so enttäuscht, dass sie sich nicht einmal ins Gesicht sehen mochten. Der Dolmetscher kam dazu und erklärte, alles wäre jetzt bereit zum Abflug des norwegischen Hubschraubers, aber keiner von ihnen hatte die Kraft, jetzt aufzubrechen. Auch die Russen hatten es nicht eilig. Der Kai war voller Menschen, die den Kopf in den Nacken legten und verfolgten, was an Bord des Forschungsschiffes vor sich ging.

Die Seeleute der »Krasin« lösten die Trossen, alle bis auf eine, die von Bord geworfen werden sollte, wenn die Gangway eingeholt war – die letzte Verbindung zwischen dem Eisbrecher und der russischen Bergarbeitersiedlung. Alle Reden waren gehalten, der Direktor ging auf dem Hauptdeck umher. Er sprach mit den Offizieren, stolz über den gelungenen Ablauf der Zeremonie. Der Konsul trat am Kai verärgert von einem Fuß auf den anderen; er fühlte sich nicht genügend beachtet und war irritiert, dass der Direktor nicht von Bord ging.

Endlich sah es so aus, als wäre der Direktor fertig. Er grüßte den Kapitän militärisch, das Schiffhorn heulte langgezogen und so laut, dass Knut sich die Ohren zuhalten musste. Die »Krasin« war klar zum Ablegen.

Oben auf der Brücke waren Schatten zu erkennen, die auf und ab gingen. Der Steuermann kämpfte verzweifelt, um den enormen Eisbrecher am Kai zu halten. Starke Unterströmungen hatten den Kiel erfasst. Der Eisbrecher riss an der noch verbliebenen Trosse und dem dünnen Tampen, der die Gangway an ihrem Platz hielt.

Der Kapitän trat auf den Brückengang und grüßte noch einmal die Bevölkerung mit der Hand an der Mütze. Der Direktor der Zeche hatte endlich begriffen, dass alle nur darauf warteten, bis er das Schiff verließ. Er ging die nun schwankende und vibrierende Metalltreppe hinunter.

Knut beobachtete ihn, zunächst vollkommen desinteressiert. Aber … dann sah es so aus, als sei irgendetwas nicht in Ordnung. Eine Gestalt in einer russischen Jacke, die Kapuze tief ins Gesicht gezogen, löste sich aus der Menge der Zuschauer, stellte sich an die hintere Trosse und schien auf etwas zu warten. Eine Welle schob die »Krasin« langsam nach vorn, das Schiff bewegte sich einige Meter, das grobe Tau war einen Moment nicht mehr ganz so straff. Die dunkle Gestalt hob die Trosse über den Poller. Jetzt hielt nur noch der dünne Tampen die Gangway. Es dauerte nicht lange, knapp eine Sekunde. Dann rutschte sie mit einem scharfen Schrammen vom Kai.

Ein Matrose auf Deck holte die Gangway mit dem Kran ein – in dem Glauben, der Tampen sei mit Absicht gelöst worden. Er gab dem Steuermann ein Zeichen, der die Heck-Thruster mit voller Kraft hochfuhr. Die »Krasin« glitt vom Kai, drehte sich sachte um neunzig Grad. Der kolossale Propeller arbeitete sich durch die Wassermassen, schäumte sie auf zu einem Mahlstrom aus weißem Schaum.

Knut war ein paar Schritte vorgetreten, er stand direkt an der Kante des Kais. *Was ist denn da los?*, dachte er. *Fast wäre die Gangway ins Wasser gefallen.*

Dann sah er den verzweifelten Kampf des Bergwerksdirektors, der sich an der Gangway festklammerte, den Halt verlor und in die schäumenden Wassermassen stürzte. Knut starrte den Kai entlang, wollte nicht glauben, was er gerade gesehen hatte. Er bekam kein Wort heraus.

Nach einer Zeit, die ihm wie einige Minuten vorkam, vermutlich aber nur wenige Sekunden dauerte, tauchte der Direktor wieder an der Wasseroberfläche auf. Hilflos ruderte er herum, ein Arm war beinahe senkrecht abgetrennt. Das Gesicht verzerrt zu einem Angstschrei, und doch kam kein Laut über die blau angelaufenen, grimassierenden Lippen. Um den zum Tode verurteilten Mann schäumte das Blut bereits rot auf.

Die »Krasin« fuhr in den Grønfjord, nichts ahnend von dem Unglück am Kai. Die beiden Fischkutter und die beiden Fabriktrawler folgten in ihrem Kielwasser – in langsamer Fahrt, wie es sich für Schiffe mit einem derart feierlichen Auftrag gehörte. Ein letzter Stoß aus dem Horn, dann waren die Schiffe außer Sicht. Der Sarg mit dem Toten aus Barentsburg wurde – eher aus praktischen Gründen als aus Respekt – auf dem dritten Zwischendeck in einen Transportbehälter verladen und in einen der Kühlräume gestellt.

Die übrigen Kühlräume waren bereits voll, einige mit wissenschaftlichen Proben, die für Sankt Petersburg bestimmt waren, andere mit einer großen Anzahl von Kisten mit Fisch, die zu einem Frachtschiff gebracht wurden, das unweit von Murmansk auf sie wartete.

KAPITEL 26

Die Suche

Die Zuschauer begriffen erst nach einer Weile, dass sie überflüssig waren und die verzweifelten Versuche behinderten, den Zechendirektor de Rustin noch lebendig zu bergen. Ein paar kleinere Boote wurden eilig zu Wasser gelassen. Die Suchmannschaften taten, was sie konnten, doch ihre Aufgabe war hoffnungslos. Frostschwaden stiegen von dem ölglatten, dümpelnden Meerwasser auf und hüllten die Männer in einen beißend kalten Nebel, der sämtliche Wärme aus ihnen heraussaugte. Die Gezeitenströmung drückte die Boote zwischen die großen Holzpfosten, die den Kai stützten. Dort fand man die meisten Leichenteile.

Knut beteiligte sich bis zum Ende an der Suche. Ihm war kalt, er war durchnässt und erschöpft, aber er wollte diesen hoffnungslos chaotischen Tatort nicht verlassen, bevor er nicht alles in seiner Macht Stehende versucht hatte, um weitere Informationen über das Unglück zu sammeln. Er hatte das Gefühl einer persönlichen Schuld. Hatte er wirklich alles getan, um diesen makabren Todesfall zu verhindern? Er hätte Alarm schlagen müssen, als er sah, wie die einzige Trosse, die den schweren Eisbrecher noch am Kai hielt, vom Poller gelöst wurde. Vielleicht hätte er die Aufmerksamkeit eines Matrosen erregen oder die Leute auf der Brücke warnen können. Wäre der Hauptmotor nicht angelassen worden, bevor der Direktor sicher auf dem Kai stand, hätte sich das Unglück vermeiden lassen.

Aber hätte er es geschafft? Hatte der Direktor zu diesem

Zeitpunkt nicht bereits das Gleichgewicht verloren? Alles war so schnell gegangen. Knut konnte sich nicht an die Reihenfolge der Ereignisse erinnern. Er versuchte, alles zu verdrängen, er hatte Angst vor falschen Erinnerungen, die er sich nur einbildete. Bei einer Sache war er allerdings sicher. Die letzte Trosse hatte kein Seemann losgeworfen. Sondern jemand aus Barentsburg.

Was nach der tragischen Begegnung des Bergwerksdirektors mit den enormen Propellerblättern der »Krasin« zu finden war, wurde in einem groben Sack aus Segeltuch gesammelt und auf einer Bahre in die Siedlung gebracht. Wieder verwendete man die Sporthalle zu einem schaurigen Zweck, der im Widerspruch zu ihrer eigentlichen kulturellen und gesundheitsfördernden Intention stand. Die Leichenteile wurden auf einem der Tische ausgebreitet, der noch vor wenigen Stunden für das Mittagessen gedient hatte. Der Rest des Saals war leergeräumt und gesäubert. Noch einmal wurden die eisernen Kerzenleuchter geholt. Die Flammen der weißen Kirchenkerzen flackerten im Zug des ständig offen stehenden Dachfensters. Hinter diesen Vorkehrungen standen eine organisierende Hand und ein starker Wille. Ljudmila – woher nahm sie diese Kraft?

Am späten Abend stolperte Knut im Dunkeln die endlosen Treppen vom Kai hinauf. Natürlich führte auch eine Straße zum Platz. Sie schlängelte sich nach Norden, beschrieb einen Bogen und erreichte die Siedlung direkt an der Kapelle. Die erschöpfte Rettungsmannschaft war längst über die Straße in den Ort gebracht worden, aber Knut hatte den Transport abgelehnt. Er wollte einige Minuten für sich haben, bevor er mit Anne Lise und Tom sprach. Sollte er ihnen erzählen, was er unmittelbar vor dem Unglück gesehen hatte? Es wäre feige, es nicht zu tun, andererseits war es unklug, Tom mit einem weiteren Mord zu belasten, der sich möglicherweise nicht beweisen ließ. Vermutlich würde dadurch nur seine eigene Glaubwürdigkeit noch weiter geschwächt.

Vor der Sporthalle stand ein Wachtposten, doch Knut musste ihn nicht überzeugen. Der Posten erkannte ihn und ließ ihn ohne weitere Fragen passieren. Mit Entsetzen dachte Knut an die Untersuchung der Leiche. Als sie den Direktor aus dem Wasser fischten, hatte er genug gesehen, um zu wissen, dass ihn dieser Anblick noch viele Jahre quälen würde. De Rustin mochte ein zynischer Verbrecher und Dieb gewesen sein, der auch vor brutalen Methoden nicht zurückscheute – aber niemand hatte es verdient, auf diese Weise zu sterben.

Sobald er die Augen schloss, sah er ihr Gesicht vor sich. Sie fuhr nicht mit der »Krasin« und dem Sarg ihres Ehemanns nach Murmansk. Irgendetwas hatte auf dem Weg von der Sporthalle zum Kai eine akute Krankheit ausgelöst. Knut hatte das Gefühl, sich beeilen zu müssen, um sie zu finden.

»Sie hat eine Lebensmittelvergiftung«, erklärte der Arzt kurz und abweisend. Er hatte keine Zeit, sich mit Knut über Oksana zu unterhalten. Er war in die Sporthalle gekommen, damit an der Leiche des Direktors wenigstens formal eine Obduktion vorgenommen wurde. Obwohl es keinen Zweifel über die Todesursache gab, musste es getan werden. »Konstantin Nikolajewitsch – Gott möge seiner Seele gnädig sein – wurde von den Wirbelströmen, die beim Ablegen der ›Krasin‹ entstanden, in den Propeller gezogen. Sie bemerken vermutlich, dass ein Fuß und ein Teil des Armes fehlen, außerdem … Na ja, Sie sehen's ja selbst.« Der Arzt schüttelte den Kopf. Niemand gewöhnt sich an derartige Anblicke.

Es gab keinen Grund, an den Schlussfolgerungen des Arztes zu zweifeln. Jedenfalls nicht, was die Leiche betraf. Knut warf einen letzten Blick auf den Bergwerksdirektor. »Wissen Sie, was für eine Lebensmittelvergiftung das ist? Wann kann das passiert sein?«, wollte er wissen.

»Salmonellen. Genau wie bei den anderen. Der Herd ist noch nicht gefunden. Es könnte auch ansteckend sein. Im Augenblick habe ich drei Kranke, die im Krankenhaus ihr eigenes Zimmer haben. Oksana ist am schwächsten, aber sie hatte von vornherein nicht sehr viel Kraft. Sie gerät immer wieder in eine Art Traumzustand. Es kommt vor, dass sie mich gar nicht erkennt. Und dann ist sie plötzlich wieder ganz klar und will aufstehen und das Krankenhaus verlassen.«

»Finden Sie es nicht eigenartig, dass Sie den Herd nicht identifizieren können? Das kann doch nicht so schwer sein in einer kleinen Gemeinschaft wie Barentsburg?«

»Ich habe durchaus einen Verdacht«, sagte der Arzt und wandte den Blick ab. »Aber in diesem Fall ist es besser, sichere Beweise zu haben.«

Knut wusste, dass es keinen Sinn hatte, weitere Fragen zu stellen. Er zuckte die Achseln. »Hier können wir wahrscheinlich nichts mehr tun?«

Der Arzt wollte gehen, drehte sich aber noch einmal um. »Oksana Aleksandrovna hat übrigens nach Ihnen gefragt. Sie können sie besuchen, wenn Sie vor Ihrer Abreise noch die Zeit finden. Es würde ihr guttun. Sie hat in der letzten Woche viel durchgemacht. Alles, was sie vom Tod ihres Mannes ablenkt, ist gut für sie.«

Es war bereits später Abend. Der Helikopter stand noch immer auf Heerodden und wartete. Knut hatte gedacht, dass der Polizeichef und die Regierungsbevollmächtigte direkt nach dem Unglück nach Longyearbyen zurückkehren wollten, aber er hatte sich geirrt. Er fand beide im Büro des Konsuls. Als er durch die Tür des Vorzimmers hereinkam, drehten sie sich um und sahen ihn wie einen ungelegen kommenden Fremden an. *Irgendetwas ist hier vorgefallen*, dachte Knut mit einer merkwürdigen Mischung aus Erleichterung und Unruhe. Endlich. Vielleicht hatte noch jemand am Kai dasselbe gesehen wie er?

Die Regierungsbevollmächtigte erwiderte seinen Blick. »Knut, es tut mir wirklich leid … Du musst hier in Barentsburg bleiben. Tom wollte aber nicht aufbrechen, bevor wir nicht mit dir geredet haben.«

»Was?« Alles drehte sich. Was meinte sie damit?

»Konsul Brodskij hat gerade die Information bekommen, dass Trust Arktikugol einen Sachverständigen aus Murmansk mit einer Sondermaschine nach Spitzbergen entsendet hat, der Untersuchungen vornehmen soll. Der Hubschrauber der Russen holt ihn aus Longyearbyen. Er wird bereits morgen früh in Barentsburg erwartet.«

»Ein Sachverständiger, der Untersuchungen vornehmen soll, sagst du? Also kein Polizist?« Knut war überzeugt, dass Anne Lise Isaksen die Kripos um Hilfe bitten würde. Er hatte gedacht, er könnte die Kollegen in Longyearbyen briefen.

»Nein, er arbeitet für den Trust, hat aber sicher eine Vergangenheit bei der russischen Staatspolizei. Tom und ich haben gerade darüber gesprochen. Es ist nicht sonderlich erfreulich, dass sie jemanden schicken, der die Umstände untersuchen soll. Zwei Unglücksfälle innerhalb einer Woche könnten darauf hindeuten, dass mit den Sicherheitsvorkehrungen der Zeche etwas nicht in Ordnung ist. Unsere Arbeitsaufsicht muss sich damit beschäftigen – möglicherweise können sie damit morgen schon anfangen, aber keinesfalls früher. Es ist schließlich Samstag.« Die Regierungsbevollmächtigte sah ihn mitleidig an.

Knut sank in einen Sessel und begegnete dem Blick des

Konsuls. Ihm war deutlich anzusehen, dass auch er nicht begeistert war über den verlängerten Aufenthalt des Beamten aus dem Büro der Regierungsbevollmächtigten. Aber er unternahm keinen Versuch zu protestieren, er wusste, dass es nichts nützen würde. Die Regierungsbevollmächtigte würde einen russischen Ermittler nie allein einen verdächtigen Todesfall in Barentsburg untersuchen lassen.

Anne Lise Isaksen wandte sich an den Konsul. »Es wird doch keine Probleme geben, Dima?«

»Wir werden schon auf den Polizeibeamten Fjeld achtgeben.« Der Konsul verbeugte sich diplomatisch. »Er bekommt sein Hotelzimmer wieder. Ich gehe davon aus, dass die beiden Ermittler zusammenarbeiten. Dennoch möchte ich um Diskretion bitten. Die Menschen in Barentsburg haben in den letzten Tagen viel durchgemacht. Es ist ganz natürlich, dass sie ängstlich sind. Außerdem sind mir alle Ergebnisse mitzuteilen.«

»Aber Knut Fjeld ist der Einzige, der hier die Polizeigewalt hat.« Tom Andreassen sah besorgt aus, selten stellte er die Kompetenzen so eindeutig klar. Er sah Knut an. »Ich habe keine andere Wahl, aber du kannst dich darauf verlassen, dass ich alles tun werde, damit du ... bald von anderen Polizisten abgelöst wirst.«

Knut spürte eine Welle der Wut in sich aufsteigen. Hätten sie nicht wenigstens das Ladegerät seines Handys und ein paar Klamotten mitbringen können? Aber er sah ein, dass es unsinnig war. Niemand hatte diesen zweiten Todesfall voraussehen können.

Tom war aufgestanden und zur Tür gegangen. »Wollen wir die Fälle noch einmal kurz durchgehen, bevor Anne Lise und ich aufbrechen? Wir können den Helikopter nicht länger warten lassen.«

Das Sitzungszimmer im Obergeschoss hatte die Grubenleitung für die Befragung der Leute genutzt, die in der Nähe der Gangway gestanden und möglicherweise gesehen hatten, wie de Rustin ins Meer fiel. Pappbecher mit kalten Kaffeeresten standen auf dem Tisch, halb aufgegessene Butterbrote, Kuchen, Papierservietten … Der Abfall türmte sich.

»Gosja, der Dolmetscher, war wirklich eine Hilfe … gut, dass wir ihn hatten; unser eigener Dolmetscher ist gerade auf dem Festland. Soweit ich ihn verstanden habe, arbeitet ihr gut zusammen, Knut? Schön, dass du jemanden hast, auf den du dich verlassen kannst und der Norwegisch spricht.«

Tom strahlte schlechtes Gewissen aus, und Knut unternahm nichts, um ihm die Situation zu erleichtern. »Tom, du warst also bei diesen Pro-forma-Verhören dabei? Was haben die Leute gesagt, die am Kai in der Nähe standen? Hatten sie nichts zu erzählen?«

Der Polizeichef referierte kurz die Resultate der Befragung. Viele hatten gesehen, wie der Bergwerksdirektor ins Wasser fiel. Die meisten gaben den Seeleuten auf der »Krasin« die Schuld. Niemand hatte etwas Merkwürdiges oder Unerwartetes bemerkt – abgesehen davon, dass die Leinen, die die Gangway fest und sicher am Kai hielten, gelöst worden waren. Schlechte Arbeit, meinten alle, die es kommentiert hatten.

»Das Problem war nicht die Gangway«, widersprach Knut ärgerlich. »Ich hoffe, du verstehst das, Tom. Natürlich können die Leinen der Gangway kein Vierzehntausend-Tonnen-Schiff am Kai halten. Nein, jemand hat die große Trosse, die das Heck des Schiffs am Kai hielt, losgeworfen. Danach war es nur eine Frage von Sekunden, bis die Gangway weggerissen wurde. Alle konnten sehen, dass der Direktor es nicht schaffen würde, in Sicherheit zu springen. Vielleicht war das nicht geplant – aber ich bin überzeugt, dass es jemand getan hat, der nur auf eine solche Möglichkeit gewartet hat. Und der Betreffende hält sich noch immer in Barentsburg auf.«

Der Polizeichef war rot geworden. »Oder es war ein zufälliges Unglück«, sagte er, »das du unnötig dramatisierst.«

»Ich habe es gesehen«, erwiderte Knut leise. »Verdammt noch mal, vergiss das nicht. Das Ganze hatte etwas Konspiratives … so wie er sich unter seiner Kapuze umgesehen hat, als er die Trosse über den Poller schob.«

Anne Lise sah ihn an. »Ich würde nicht so viel darüber reden, wenn ich du wäre, Knut. Wenn du Recht hast, könnte jemand vielleicht auf den Gedanken kommen, dass es vernünftig wäre, wenn du auch verschwändest.«

Tom erhob sich. »Ich bin bereit, dir zu glauben, Knut. Du hattest schon früher Recht. Aber du musst ein Motiv finden. Wenn ich dich richtig verstehe, behauptest du, dass wir es mit zwei Morden zu tun haben. Wenn es dir gelingt, die beiden Unglücksfälle in Zusammenhang zu bringen und ein Motiv zu finden, das mich überzeugt, werde ich sofort die Kripos anrufen und um Unterstützung bitten.«

»Streng genommen ist das wohl meine Entscheidung«, erklärte Anne Lise mit dem Anflug eines Lächelns.

Auf dem Weg zum Krankenhaus sah sich Knut auf der Hauptstraße vorsichtig um, blickte in die Schatten zwischen den Häusern und schaute hinter sämtliche Ecken. Seine knirschenden Tritte im Schnee hallten wider. In der Bergarbeitersiedlung war es ruhig und menschenleer.

Der Arzt hatte das Krankenhaus bereits verlassen. Vom Personal war nur noch eine bissige, groß gewachsene Krankenschwester in einem grauen Krankenhauskittel da. Sie saß am Flureingang des ersten Stocks auf einem Stuhl und hatte auf einem Tisch einige notwendige Dinge angeordnet: Tassen und

Schalen, einen Haufen Papierservietten, einen uralten Wasserkocher und ein großes Glas mit etwas, das aussah wie versteinerter Pulverkaffee. Außerdem lehnte ein Holzbrett mit Haken, an denen Schlüssel hingen, an der Wand. Schloss man die Patienten in diesem Krankenhaus ein?

Knut sagte höflich: »*Privét.*« Er zwang seinen Mund zu einem Lächeln, aber nichts schien die sture Feindseligkeit im Gesicht der Krankenschwester erschüttern zu können.

»Oksana Aleksandrovna?«

»*Otluchites*. Nicht hier.«

»Doch, sie ist hier. Kam heute Nachmittag.« Wieder packte ihn die Nervosität. Er räusperte sich, um klar und deutlich sprechen zu können. »Makanin ... Oksana ...«

Ohne das Gesicht zu verziehen, fast so, als hätten sie überhaupt nicht miteinander gesprochen, zuckte die Krankenschwester die Achseln, griff nach einem Schlüssel an dem Brett und schaukelte langsam über den Flur. Sie sah sich nicht um, er folgte ihr ohnehin. Routiniert patschte ihre Hand auf die Lichtschalter und schaltete in dem jeweiligen Abschnitt des Flurs das Deckenlicht ein. Wie es in Barentsburg üblich zu sein schien, erloschen die Lampen wieder, bevor man auch nur den halben Weg bis zum nächsten Schalter hinter sich hatte. Die Wände waren weiß gestrichen, sahen aber grau und abgeblättert aus. Die Flure wirkten endlos und kalt. Nicht ein Stuhl, nicht ein Möbelstück war zu sehen. Kein Bild.

Eine ganze Abteilung war abgeschlossen. Die Krankenschwester öffnete die Türen, und ein strenger Geruch nach Chemikalien schlug ihnen entgegen. Oksana lag in einem der Zimmer auf der linken Seite. Eine vollkommen zufällige Unterbringung, soweit er sehen konnte.

»*Stjeriljt*«, sagte die Schwester. Er verstand nicht, schüttelte den Kopf. »*Stjeriiijt* ... sauber. *Isolate* ...«

Natürlich. Die Patientin war isoliert. Daher war die Abteilung geschlossen. Knut wusste nicht viel über Lebensmittelvergiftungen. Er war bisher davon ausgegangen, dass sie mit dem Verzehr von verdorbenen Speisen zu tun hatten, aber nicht ansteckend waren. Offenbar irrte er sich. Würde er in Norwegen so leicht in eine derartige Abteilung kommen können? Mangelnde Sprachkenntnisse waren eine ständige Quelle des Misstrauens zwischen Knut und den Russen.

Die Schwester klopfte vorsichtig an die Tür und öffnete sie einen Spalt, damit Knut hineinsehen konnte. Dort lag sie, die Arme auf der Decke, die Augen geschlossen. Sie sah ziemlich krank aus. An einer Hand war ein intravenöser Tropf befestigt. Als Knut sich an der Krankenschwester vorbei in den Raum drückte, bemerkte er, dass Oksana bereits Besuch hatte. Auf einem niedrigen Hocker saß die unvermeidliche Ljudmila.

KAPITEL 27

Vergangenheit

Ljudmila erhob sich, sie schien nervös zu sein. Der korngelbe Haarturm hatte sich gelöst, sie hatte Puderspuren im Gesicht. Sie erklärte der Krankenschwester irgendetwas auf Russisch, dann verschwanden beide auf dem Korridor. Knut ging ihnen nicht nach. Es war spät, und ihm blieb nur wenig Zeit.

Oksana hatte die Augen geöffnet. Sie wirkte verstört. »Warum hast du Ljuda verjagt? Sie sollte ein bisschen was zu essen besorgen. Ich habe solchen Hunger ...«

Knut setzte sich auf den niedrigen Hocker. »Ich werde nicht lange bleiben, ich wollte nur mal vorbeischauen, um ...« Er unterbrach sich, um ihr nichts vorzulügen. »Oksana, ich muss dir ein paar Fragen stellen. Fast ist es zu spät. Ich fliege zurück nach Longyearbyen, und du musst ja nach Murmansk.«

Sie drehte den Kopf zur Wand. »Ich dachte, du wärst gekommen, um zu sehen, wie es mir geht ...«

»Selbstverständlich bin ich deshalb hier. Ich habe nicht gesehen, wie du verschwunden bist, plötzlich warst du einfach weg, und da ... am Kai ist so viel passiert.«

»Ljudmila hat mir erzählt, dass Kostja von der Landebrücke ins Wasser gefallen und ertrunken ist. Dir ist ja fast dasselbe passiert, aber du bist nicht ertrunken ...«

»Nein, das ... Na ja, vielleicht, in gewisser Weise.« Sie hatte Recht. Er wunderte sich, wie transparent alles in Barentsburg war – alle wussten nahezu gleichzeitig, was sich ereignete. Nur er wurde ausgeschlossen. Trotz all seiner Erfahrung als Polizist hatte er keine Ahnung, wer für die beiden Morde verantwortlich war. Vielleicht verfügte sie ja über den Schlüssel zum Verständnis der Vorgänge in der kleinen Bergarbeitergemeinschaft? »Oksana, du willst doch herausfinden, was deinem Ehemann zugestoßen ist?«

»Vielleicht kann ich nicht …« Sie schüttelte langsam den Kopf. »Ich grübele, ob ich krank bin … alles ist so dunkel, ich weiß nicht mehr … was ich geträumt habe und was Wirklichkeit ist. Du musst mir helfen.«

Knut war aufgewühlter, als er gedacht hätte. Er griff nach ihren Händen und hielt sie fest. »So sehr ich kann, Oksana, das verspreche ich dir.«

Der Arzt hielt den Blick auf die Straße gerichtet und mied glänzende Eisflächen und große Schneehaufen. Er kam von der Sporthalle, wo der verstümmelte Körper des Bergwerksdirektors genauso aussah, wie er es erwartet hatte. Ein Unglücksfall. Es gab keinen Grund, etwas anderes in den Bericht zu schreiben. Trotzdem war irgendetwas faul in Barentsburg. Er hatte so lange hier gewohnt, dass er es an der Atmosphäre der Stadt spürte. Er sah es den Gesichtern der Menschen an, merkte es an der Art, wie sie sich in der Kantine benahmen. Die Leute vermieden es, sich direkt anzusehen. Sie führten sich auf wie Hasen auf einem Acker, sie hockten zusammen und hofften, dass der Jäger sie nicht sah.

Er ärgerte sich, dass er gegenüber dem norwegischen Polizisten nicht ehrlich gewesen war. Knut Fjeld wirkte wie ein aufrichtiger Mann – naiv, aber wohlmeinend. Hätte er ihm sagen sollen, dass er den Herd der Lebensmittelvergiftung längst lokalisiert hatte? Diese Norweger hatten ein so starkes Vertrauen in das Prinzip, dass alles sich lösen ließ, wenn man die Dinge nur offen vor der Bevölkerung ausbreitete. Der Arzt murmelte vor sich hin, schüttelte den Kopf. Er sah die Gestalt nicht, die ihm an den Hauswänden folgte, er hörte die Schritte nicht.

»Vielleicht ist es am besten, gar nichts zu sagen«, brummte er. »Der Norweger könnte auf die Idee kommen, den Verantwortlichen damit zu konfrontieren. Und was wäre die Folge? Neues Unglück.«

Plötzlich stand sie da, direkt vor ihm.

»Ah, ich habe dich gar nicht gesehen. Du hast mich erschreckt.«

»War es so, wie wir gedacht haben?« Unter ihrer Anorak-Kapuze schimmerte es. Glänzendes Metall spiegelte sich im Licht einer Straßenlaterne.

»Ja, es waren die eingelegten Eier. Dieser Idiot. Weißt du was? Ich glaube, es war Absicht. Er ist ein boshafter Knauserer.«

»Er ist schlimmer als das. Du weißt zu wenig über diesen Teufel. Du musst vom Büroleiter verlangen, dass ihm die Arbeit im Stall entzogen wird. Er muss zurück aufs Festland. Es ging, solange de Rustin lebte, aber jetzt …«

Der Arzt senkte den Kopf und blickte so lange in die stark geschminkten Augen, bis sie schließlich den Blick abwandte und etwas sagen musste. »Nein, wie kannst du glauben, dass ich …« Sie lächelte, aber ihre Heiterkeit erreichte nicht die Augen. »Es war ein Unglücksfall, aber auf jeden Fall ist er tot. Sein Nachfolger wird in wenigen Tagen aus Murmansk eintreffen. Du musst mit ihm reden, wir müssen Grigótovit loswerden.«

»Ich kann mich nicht in die Belegschaftsangelegenheiten der Grube einmischen.«

Der Arzt drehte sich um und ging. Er ließ sie mitten auf der erleuchteten Straße stehen. Jeder hätte sie aus den dunklen Fenstern beobachten können, wurde ihm ängstlich klar, aber er hoffte, dass wenigstens niemand ihr Gespräch mitgehört hatte.

Knut wusste, dass er ein Risiko einging, aber er sah keinen anderen Ausweg. Er musste sie direkt fragen: »Warst du an dem Abend, an dem dein Mann ermordet wurde, am Betonmischer? Du musst mir vertrauen, Oksana. Wenn du dort warst, musst du es mir erzählen.«

»Nein. Ich war nicht dabei, als Vanja starb. Warum glaubst du mir nicht?« Ihre Augen vereisten. »Alle fragen und fragen … Was weißt du, Oksana? Was hast du gesehen? Ich habe nie geantwortet … nicht einmal Vanja, wenn er mich nach meiner Familie und dem Abend ausfragte, als sie ermordet wurde. Er hat nie aufgehört zu fragen.«

»Heißt das, du kannst dich an etwas erinnern?« Knut mochte nicht glauben, dass sie ein solches Geheimnis mit sich herumschleppte, seit sie sechs Jahre alt war. »Und du hast es nie jemandem erzählt?«

»Nein.« Sie schüttelte den Kopf auf eine gehorsame, etwas kleinmädchenhafte Art. Strich sich kindlich übers Haar, lächelte mit weit aufgerissenen Augen. »Ljuda sagt, dass ich nichts sagen darf, auch wenn ich mich an etwas erinnere …«

Ljuda … Ljudmila. Sie war überall und hatte bei den meisten Dingen ihre Finger im Spiel. Er empfand beinahe so etwas wie Eifersucht. Als hätte sie eine eiserne Kontrolle über Oksanas Leben. Knut wurde klar, dass es schwierig sein würde, etwas aus ihr herauszubekommen, solange sie in Barentsburg war. Er hatte einen Einfall.

»Könntest du mich nicht nach Longyearbyen begleiten … im Hubschrauber der Regierungsbevollmächtigten? Du könntest dort auf den Festlandsflug warten. Das wäre doch möglich, oder?«

Sie dachte darüber nach. In ihren Augen wechselten sich Hoffnung und Mutlosigkeit ab. Schließlich seufzte sie und wandte den Blick ab. »Ich kann nicht … Außerdem hat Ljuda mich gefragt, ob sie mich vielleicht begleiten soll … nach Hause.«

Die Tür ging auf, und die Krankenschwester kam zurück. Sie trug ein Tablett mit zwei Kaffeetassen, kaltem Aufschnitt, einigen Scheiben Brot und einer kleinen Schale mit der grässlichen Mayonnaise herein. Die Auswahl hatte nichts mit der luxuriösen Mahlzeit zu tun, die Knut vor ein paar Tagen bei dem Direktor der Zeche eingenommen hatte.

Die Schwester stellte das Tablett vorsichtig auf Oksanas Nachttisch, stemmte die Hände in die Seiten und blickte Knut barsch an. »Ist spät. Nach Hause gehen. Patient schlafen.« Dann ging sie, sicher, dass der Norweger ihr gehorchen würde.

Knut wollte einen letzten Versuch wagen. Vorsichtig, vorsichtig, einen Umweg. Er musste sie zum Reden bringen, wie auch immer. Früher oder später würde sie sich verraten.

»Was ist deine erste Erinnerung als Kind?«

Ein Schatten zog über ihr Gesicht. Sie hielt den Atem an.

Plötzlich lächelte sie. »Du zuerst. Erzähl eine Geschichte aus deiner eigenen Kindheit, die dir etwas bedeutet. Danach werde ich erzählen … das, was du wissen willst.«

Von allen Dingen, um die sie ihn hätte bitten können – ihr die Möglichkeit zu verschaffen, nach Longyearbyen zu kommen, sich in Russland, der Ukraine oder wo auch immer zu treffen –, war dies sicherlich der Wunsch, den er am wenigsten erwartet hatte. Was um alles in der Welt sollte er aus seinem ganz gewöhnlichen Leben erzählen?

»Tja, ich weiß nicht … Es ist seltsam, aber … an dem Abend, an dem ich dir begegnete, habe ich an meine Mutter gedacht.« Knut lächelte. Es war wirklich wahr. »Meine Mutter war so stark und gleichzeitig so klug. Ich komme von einem Hof aus einem abgelegenen Landstrich in Norwegen. Man hätte uns wohl arm nennen können. Obwohl es nie an Essen mangelte.« Er dachte, dies könnte ebenso gut die Einleitung ihrer eigenen Geschichte sein.

»Als ich sechs Jahre alt war, nahm mein Vater mich mit auf die Jagd. Wir wollten Elche schießen, weißt du, was ein Elch ist? Eine sehr große Hirschart, sehr schön. Mein Vater hat normalerweise immer meinen großen Bruder mitgenommen, aber der war plötzlich krank geworden. Nichts Schlimmes, Masern oder so etwas. Jedenfalls fragte mein Vater mich, ob ich mitkäme. Ich war so glücklich und stolz, ich konnte über nichts anderes mehr reden. Aber meine Mutter wollte nicht, dass ich ihn begleitete, weil ich so klein war.

Am nächsten Morgen brachen wir sehr früh auf – mein Vater, ein paar Nachbarn und sein Hund, ein auf Elche abgerichteter Hund, der Bella hieß. Sie trugen Rucksäcke und ich meinen Schulranzen mit einer Flasche Milch und Brotstullen in einer Plastiktüte.

Ich war noch nie so früh am Morgen aufgestanden, jedenfalls nicht, um in den Wald zu gehen. Aber es war großartig, daran kann ich mich noch erinnern. Die Sonne ging gerade auf, als wir den Hof verließen. Das Heidekraut leuchtete rot auf den Hügeln, und von den Bäumen tropfte der Tau.

Sehr viel später kamen wir in die Gegend, in der wir uns auf die Lauer legen wollten. Als kleiner Junge wurde mir schnell kalt vom Stillsitzen. Ständig musste mein Vater mich ermahnen. Irgendwann muss ich dann wohl eingeschlafen sein, denn ich erwachte durch eine Art… Spannung. Keiner der Erwachsenen sagte etwas, sie saßen nur angespannt da. Ihre Blicke waren auf zwei Silhouetten geheftet, die sich durch den Morgennebel bewegten. Sie schwebten, beinahe wie in einem

Traum, schaukelten auf langen Beinen. Die Männer hielten ihre Gewehre bereit, sie zielten und schossen – ein Knall, der sich für einen kleinen Jungen anhörte, als hätte man ihm mit einem Boxhandschuh aufs Ohr geschlagen. Vielleicht zuckte ich zusammen, rief irgendetwas …

Sie waren wahrscheinlich viel zu angespannt, denn es war der erste Tag der Elchjagd. Mein Vater hatte das Kalb verfehlt und die Kuh angeschossen. Sie lief in den Wald, aber wir fanden ihre Blutspur. Das Kalb sah uns ein paar Sekunden an, als wäre es verwirrt, mit welchen Wesen es zu tun hatte – an den Blick erinnere ich mich noch, sanft und braun, vorwurfsvoll und verstört zugleich. Obwohl einer der Männer sofort reagierte und auf das Kalb schoss, verschwand es rasch in der gleichen Richtung wie die Elchkuh. Zwei schnelle Sprünge ins Unterholz und sie waren verschwunden.

Mein Vater war wütend. Vielleicht enttäuscht. Er schimpfte mit mir, behauptete, ich hätte die Jäger gestört. Ich war so verletzt, wie ein kleiner Junge es nur sein kann. Aber tief in meinem Inneren war ich auch froh, dass die beiden Elche entkommen waren. Ich wollte nicht mehr jagen, ich wollte nach Hause zu meiner Mutter. Als die Erwachsenen auf einem kleinen Feuer Kaffee kochten, lief ich den Weg durch den Wald zurück, den wir gekommen waren.

Ich war noch nicht weit gekommen, vielleicht ein paar Kilometer. In meinen Augen war ich aber ganz allein im Wald. Ich fantasierte, so wie Kinder es tun. War ein bisschen stolz auf mich, dass ich den Weg nach Hause ohne die Hilfe der Erwachsenen fand, freute mich heimzukommen, um alles meiner Mutter zu erzählen. Stellte mir vor, dass sie mich loben würde.

Plötzlich stand ein Braunbär vor mir auf dem Weg. Er hatte sich auf die Hinterbeine gestellt und war wahrscheinlich ebenso überrascht wie ich. Merkwürdig, dass einem Details einfallen, an die man mindestens zwanzig Jahre nicht gedacht hat.

Wilde Raubtiere sind etwas Besonderes. Ihre Wirklichkeit unterscheidet sich so grundsätzlich von unserer … Wenn du einem Braunbären in die Augen siehst, so wie ich damals, weißt du, dass er sich entschlossen hat, dich zu töten. Nicht sonderlich angenehm. Da stand ich nun allein auf dem Weg, ein kleiner Junge, mindestens einen halben Meter kleiner als der Bär. Eine leichte Beute …

Bella muss mir gefolgt sein. Sie war so schlau … Ich war mit ihr aufgewachsen, hatte zwischen ihren Pfoten gelegen und meinen Mittagsschlaf gehalten, seit ich knapp ein Jahr alt war … Bella … das ist eine lange Geschichte … ein kluger Hund. Jedenfalls stand sie plötzlich auf dem Weg. Das grauschwarze Fell stand ihr zu Berge, vom Nacken bis zur Schwanzspitze. Sie bleckte die Zähne, bellte und knurrte aus tiefster Kehle … und der Bär griff an.

Mein Vater hörte den Lärm und kam mit seinem Gewehr. Ein paar Minuten später war der Bär tot. Aber Bella hatte er schwer verletzt. Sie hatte tiefe Wunden, ein Ohr war beinahe abgerissen, Bisswunden und Risse an der Flanke. Sie blutete und lag regungslos auf dem Waldweg. Mein Vater trug sie in seinen Armen den ganzen Weg bis zum Hof.

Mein Vater liebte diesen Hund. Er redete ständig von Bella, wie gut sie eine Spur verfolgen konnte, wie gehorsam und treu sie war. Der Tierarzt kam auf den Hof, und es wurde alles getan, um den Hund zu retten. Langsam erholte sie sich, fing an zu fressen … humpelte umher, erst in der Küche, dann auf dem Hof. Als das Frühjahr kam, wurde sie wieder an der Scheune an die Kette gelegt, an ihren alten Platz.

Aber Bella war nicht mehr derselbe Hund. Sie war ängstlich und nervös, sie hatte sich bei dem Kampf mit dem Bären eine Augenverletzung zugezogen und einen Großteil ihrer Sehfähigkeit verloren. Sie glaubte, jeder, der sich ihr näherte, wollte sie angreifen; sie knurrte, biss um sich und fletschte die Zähne. Meine Mutter traute sich nicht mehr, ihr Fressen zu bringen, und mein Vater wusste nicht, was er tun sollte. Eines Tages biss sie meinen großen Bruder, dann war Schluss.

Ich bettelte so sehr darum, dass Bella am Leben bleiben durfte. Sie würde sich schon wieder bessern, mein Vater musste ihr nur etwas mehr Zeit lassen. Doch er hatte sich entschieden. Eines sehr frühen Morgens holte er sein Gewehr aus dem abgeschlossenen Schrank im Flur, ging hinaus, schloss Bellas Kette auf, nahm sie mit hinter die Scheune und erschoss sie.«

Oksana hatte seine Hand ergriffen. »Chnuet, das war nicht deine Schuld … du hast getan, was du konntest.«

»Ja, ich weiß. Mein Vater versuchte es mir zu erklären, aber ich war ihm viele Jahre böse. Eigentlich habe ich ihm nie verziehen.«

Sie rührten das Essen nicht an. Beide hatten den Pulverkaffee probiert, aber Knut schnitt eine derartige Grimasse bei der bitteren, dickflüssigen und kalten Brühe, dass Oksana lachen musste.

»Kann ich dich in der Ukraine besuchen?«, fragte er und zerstörte mit seiner Frage die Stimmung.

Sie hatte sich im Bett aufgesetzt und ein paar Kissen in den Rücken gestopft. »Ich weiß, weshalb du hier bist«, antwortete sie und wandte den Blick ab. »Du suchst jemanden, der dir helfen soll, den Mörder von Vanja zu finden.«

»Ja, kann schon sein.«

»Und was ist, wenn ich es nicht kann …« Sie sah verzweifelt aus.

Sag es mir einfach, dachte er. *Warst du dort? Weißt du, wer ihn getötet hat? Was kann so schlimm sein, dass du es mir nicht erzählen willst?* Hatte er den letzten Satz laut ausgesprochen? Weinte sie? Er wagte nicht aufzublicken.

Schließlich brachte sie einen Ton heraus. »Ich hatte keine Puppen als Kind… aber ich hatte ein Kaninchen, ein richtiges, lebendiges Kaninchen. Es stand in einem Käfig hinter dem Haus. Sanft, mit grauem Fell. Große blanke Augen. Ich habe es mit Gras und gelben Blumen gefüttert, die ihm sehr gut schmeckten. Unser Haus lag in einem Wald. Es war so dunkel und beängstigend zwischen den Bäumen. Ich hatte Angst, dass ein Fuchs oder ein anderes Raubtier sich heranschleichen und mein Kaninchen töten würde.

An einem Tag im Herbst spielte ich hinter dem Haus, als zwei Männer die Straße heraufkamen. Sie gingen ins Haus. Ich hörte, wie mein Vater anfing zu brüllen, es entstand ein gewaltiger Lärm… alle schrien. Nach einer Weile wurde es ruhig, und da bekam ich noch mehr Angst. Ich lief in den Wald und versteckte mich.

Die Männer kamen aus dem Haus, der eine trug einen Kanister. Er goss etwas an den Stall und zündete ihn an. Die Flammen waren so hoch, dass ich mich unter einem Baum versteckte, dort muss ich auch eingeschlafen sein. Als ich aufwachte, waren die Männer verschwunden. Das Haus brannte, es war so heiß, dass man es bis auf die Haut spürte. Ich bin trotzdem in die Küche gegangen. Mein Vater war tot, sein Kopf lag ganz verdreht auf dem Boden. Meine Mutter lag an der Tür zum Wohnzimmer, mit tiefen Wunden an den Armen. Ich suchte nach den anderen, aber es war so heiß im Haus… und überall war Blut. Ich dachte, ich hätte einen Albtraum, und gleich würde jemand kommen und mich trösten… also setzte ich mich neben meinen Vater auf den Boden und wartete. Aber es kam niemand, und es wurde so fürchterlich heiß.

Ich lief hinaus, um das Haus herum. Der Käfig, in dem mein Kaninchen wohnte, war kaputt, das Kaninchen war tot. Die Männer hatten ihm den Kopf abgeschnitten. Verstehst du, wie jemand so etwas machen kann? Wieso haben sie das Kaninchen umgebracht?«

Sie weinte. Knut setzte sich aufs Bett, legte seine Arme um sie. Aber er musste fragen.

»Hast du die Männer erkannt? Wusstest du, wer sie waren?«

Sie antwortete nicht.

»Oksana, hast du sie später wiedergesehen ... hier in Barentsburg?«

Sie antwortete so leise, dass er sie kaum verstand. »Der eine ist jetzt tot ...«

KAPITEL 28

Der Ermittler

Der Sachverständige aus Murmansk traf bereits am nächsten Morgen in Barentsburg ein. Ein Gewitter aus Hubschrauberlärm dicht über der Siedlung kündigte seine Ankunft an. Knut ging zum Konsulat, wo die Gespräche bereits begonnen hatten. Ihm gefiel der Mann vom ersten Moment an nicht.

Jewgeni Iwanowitsch Rostov fläzte sich auf dem Sofa, dickbäuchig und mit aufgedunsenem Gesicht. Ungewaschenes halblanges Haar. Kräftige schwarze Augenbrauen, braune Augen, darunter Tränensäcke bis über die Wangen, wie bei einer Bulldogge. Er trug abgetragene, ausgeblichene Kleidung und dicke Lederstiefel. Er hatte sich nicht die Mühe gemacht, sie an der Garderobe auszuziehen. Trotz des schäbigen Eindrucks strahlte er eine Selbstsicherheit aus, die ihn augenblicklich zum Mittelpunkt des Büros werden ließ. *Er ähnelt eher einem berühmten ehemaligen Polarforscher als einem Polizisten*, dachte Knut verärgert und setzte sich ganz hinten an den Sitzungstisch, um seine reservierte Haltung zu demonstrieren. Das Büro der Regierungsbevollmächtigten hatte die juristische Hoheit auf Spitzbergen. Bei dem Sachverständigen, den Trust Arktikugol nach dem Tod des Grubendirektors geschickt hatte, handelte es sich lediglich um eine Privatperson.

Der Konsul war im Laufe der letzten vierundzwanzig Stunden um zehn Jahre gealtert. Er bewegte sich schwerfällig in seinem eigenen Büro, fingerte an den Dokumenten auf seinem Schreibtisch herum und schaute unablässig und nervös auf den Dolmetscher. Suchte Unterstützung selbst bei den trivialsten Äußerungen. »Ganz Barentsburg ist schockiert über die jüngsten Entwicklungen. Erst Vanja und nun dies. Es kam wie ein Blitz aus … wer hätte sich vorstellen können, dass Kostja … Nicht wahr, wer hätte das voraussehen können?«

Der Dolmetscher hatte sich neben Knut gesetzt. Er sprach leise und vertraulich. »Wir warten auf den stellvertretenden Bergwerksdirektor. Er ist tief erschüttert.«

Und wie reagierst du selbst, Gosja?, dachte Knut. *Wie geht es dir heute? Bist du traurig … oder entsetzt?* Tatsächlich war an seinem Benehmen keinerlei Unterschied festzustellen. Solange de Rustin gelebt hatte, war der Dolmetscher als ein unterschätzter, hin und wieder kujonierter Freund des Direktors in Erscheinung getreten. Nun, da er tot war, schien es, als hätte der Dolmetscher ihn nie gekannt.

Wie sich herausstellte, hatte der örtliche Büroleiter des Trusts die Leitung der Zeche übernommen. Er setzte sich vorsichtig auf einen der Stühle, fühlte sich offensichtlich unwohl in seiner Rolle und sagte es geradeheraus. »Ich bin kein Experte für Kohleförderung, mein Fachgebiet ist die Ökonomie. Selbstverständlich werde ich tun, was ich kann – bis ein neuer Direktor gefunden ist. Laut Generaldirektorium in Murmansk kann es einige Wochen dauern. In der Zwischenzeit muss ich mich auf Igor Grigorowitsch verlassen, den Vertreter der Gewerkschaft. Die Zusammenarbeit mit ihm ist immer ausgezeichnet gewesen.«

»Wie steht es um die Sicherheit der Mine? Du kümmerst dich doch …« Die Augen des Konsuls strahlten Angst aus, sie suchten im Büro nach Hilfe.

Der Büroleiter wich dem Blick aus. »Die Sicherheit wird gewährleistet, so gut es sich machen lässt. Die Routinemessungen erfolgen, der Methangasgehalt wird zu Beginn jeder Schicht bestimmt. Man hält Übungen ab, bei denen durchgegangen wird, was bei einer eventuellen Gasexplosion zu geschehen hat ... mit der Ausrüstung, die wir hier in Barentsburg haben.«

Der Mann aus Murmansk hatte bisher kein Wort gesagt. Seine Augen glitten von einem zum anderen, flink wie bei einem Eichhörnchen. Offenbar hielt er es ebenfalls für eine schwierige Situation. Knut hatte sich aus den gleichen Gründen zu einer abwartenden Haltung entschlossen.

Der Dolmetscher räusperte sich. »Vielleicht wäre es sinnvoll, Dima, wenn die beiden Ermittler mit ihrer Arbeit begännen ... dann können wir uns um die eher gesellschaftlich relevanten Konsequenzen kümmern ... was zu tun ist im Zusammenhang mit Kostjas ...«

Der Konsul richtete sich auf und starrte den Dolmetscher kühl an. »Genau das wollte ich auch gerade vorschlagen.« Er wandte sich an Knut. »Ich wünsche einen baldigen Bericht über Ihre Arbeit. Heute Nachmittag. Allerdings nicht, weil ich an ein anderes Ergebnis glaube, als dass Kostja bei einem Unfall ertrunken ist ...«

Knut und der Sachverständige saßen sich am Tisch des Sitzungszimmers gegenüber und beobachteten sich wie zwei Rivalen. Das Englisch des Russen war brauchbar, aber sein Akzent so schwer, dass er bisweilen ausgesprochen schwierig zu verstehen war. Seiner Selbstsicherheit tat es keinerlei Abbruch.

»Tja, Polizeibeamter Fjeld, ich habe von Ihnen gehört. Besser gesagt, ich habe mich ein bisschen informiert, bevor ich in Murmansk aufbrach. Es heißt unter Ihren Kollegen, es sei schwierig, mit Ihnen zusammenzuarbeiten ...«

Knut hatte es für selbstverständlich gehalten, dass er die Ermittlungen leitete. Diese Eröffnung verblüffte ihn, verschlug ihm für einen Moment die Sprache. Schwierig in der Zusammenarbeit? Mit wem hatte der Russe gesprochen? Wohl kaum mit dem Büro der Regierungsbevollmächtigten …

Jewgeni Iwanowitsch nickte und sah aus, als würde er sich amüsieren. »Man sagt auch, dass Sie es mit dem polizeilichen Procedere nicht so genau nehmen …«

Wovon redete er? Wer behauptete so etwas? Es musste sich um einen Bluff handeln, einen Versuch, ihn aus dem Gleichgewicht zu bringen.

»Höre ich zum ersten Mal«, erwiderte Knut kurz angebunden. »Im Übrigen ist es auch vollkommen egal. Wollen wir die Fakten durchgehen, die uns über die beiden Unglücksfälle vorliegen?«

Der russische Ermittler lehnte sich auf seinem Stuhl zurück und streifte die dicken Lederstiefel ab. Zog eine verbeulte kleine Metallflasche aus der Jackentasche, nahm einen langen Schluck und rülpste diskret hinter dem Handrücken. »Ja, schauen wir uns die Unfälle mal an«, sagte er.

Sie gingen Jekaterinas Zusammenfassungen der Anhörungen über Vanjas Tod durch. Knut schaltete seine Digitalkamera ein, sie funktionierte, obwohl die Batterien kaum noch Spannung hatten. Er zeigte dem Russen die Fotos, die er am Tatort gemacht hatte.

»Man kann überhaupt nichts erkennen«, erklärte Rostov. »Viel zu schlecht. Worauf soll ich eigentlich achten?«

Knut berichtete von dem Vorschlaghammer, dem Spaten und den kleinen Fußspuren. Er hatte eigentlich nicht vor, von seinen Verdachtsmomenten zu erzählen, aber plötzlich diskutierten sie die Möglichkeit, dass die Witwe des Verstorbenen am Unfallort gewesen sein könnte. Vielleicht hatte sie etwas gesehen.

Das interessierte den russischen Ermittler. Er richtete sich auf und sah sich die Fotos noch einmal an. »Sie könnten auch jemand anderem gehören«, sagte er schließlich. »Einer anderen Frau aus Barentsburg. Frauen haben oft kleine Füße.«

Knut war fassungslos, wieso war er nicht längst selbst auf diesen Gedanken gekommen? Was war mit ihm los? Er fühlte sich wie ein Schlafwandler. »Wie verschaffen wir uns eine Übersicht?«

»Ich werde ein bisschen in der Stadt spazieren gehen«, erklärte der Russe. »Allein. Die Leute werden offener reden, wenn Sie nicht dabei sind.«

Knut blieb in dem leeren Sitzungszimmer sitzen und blätterte in dem unübersichtlichen Haufen Papier auf dem Tisch. Zu seiner Überraschung musste er feststellen, dass es anfing, nach einer ordentlichen Ermittlung auszusehen. Zwei Unglücksfälle, bei denen es sich um vorsätzlichen Mord handeln könnte. Er schüttelte den Kopf, alle Indizien waren sehr schwach. Welches Motiv könnte das Bindeglied zwischen den beiden Todesfällen sein?

Beide Toten hatten Verbindungen zur Grube. Daher schien es am wahrscheinlichsten, die Ursache der Morde dort zu suchen. Aber Knut glaubte nicht daran. Die Konflikte zwischen den Arbeitern und der Bergwerksleitung vollzogen sich in bekannten Mustern, die ebenso alt waren wie die Kohleproduktion auf Spitzbergen. Ärger um die vorhandenen Mittel, um Löhne und Arbeitsbedingungen. Fehlende Sicherheitsausrüstung, Einsparungen zu Lasten der Produktion. Der ständige Kampf mit dem Berg, sämtliche Gefahren, die in jeder Grube unumgänglich sind.

Er probierte es mit Geld als Motiv, dem Schwindel mit den Fischfangquoten. Der Polizeichef hatte angedeutet, dass eine darauf spezialisierte kriminelle Organisation möglicherweise einen Mann in Barentsburg hatte. Den sogenannten Koordinator. Knut hätte illegalen Fischfang nie für ein Mordmotiv gehalten, aber Tom hatte ihm versichert, dass es dabei um erhebliche Geldsummen ging. Die organisierte Kriminalität war jedem gegenüber gnadenlos, der ihren Geschäften in die Quere kam. Wer könnte der lokale Repräsentant dieser Aktivitäten in Barentsburg sein? Knut hatte nicht einen Hinweis, dem er nachgehen konnte, er hatte keine Ahnung. Er konnte nur darauf warten, dass der Betreffende sich verriet.

Der Steiger und der Direktor, was hatten sie gemeinsam? Knut fiel nur die alte grausame Geschichte aus den siebziger Jahren in der Ukraine ein, das Massaker bei Pischane. Wenn es so wäre, ständen auch drei andere Personen in Verbindung mit den Todesfällen: Oksana, der Konsul ... und Ljudmila. Könnten es noch mehr sein?

Statt in der Arbeiterkantine zu Mittag zu essen, ging Knut ins Krankenhaus, um Oksana zu besuchen. Sie hatte sich angezogen, saß auf einem Stuhl und sah wesentlich besser aus. Der Hocker stand nicht im Zimmer, daher setzte Knut sich vorsichtig auf die Bettkante.

»Ich soll morgen abreisen«, sagte sie. »Der Konsul ist hier gewesen.«

»Freust du dich?« Er vermied es, sie direkt zu fragen, ob sie tatsächlich nach Hause wollte.

»Ich weiß nicht. Ich habe ein bisschen Angst.«

»Ist der Mann aus Murmansk hier gewesen?«

Nein, sie schüttelte den Kopf. »Wer soll das sein?«

Knut erklärte es ihr, so gut er konnte; er erinnerte sich nicht an den Namen. Irgendetwas mit Genewitsch oder so. Er fragte sich immer noch, wieso der nach Barentsburg gekommen war und warum ihn der Konsul nicht erwähnt hatte.

»Oksana, du fährst bald. Nach allem, was du durchgemacht hast, will der Konsul dich sicher nicht quälen.« Er tätschelte ihr die Hand. »Bevor du fährst, musst du mir noch sagen, wie ich Kontakt zu dir aufnehmen kann. Vielleicht sehen wir uns ja noch einmal?«

»Nein. Das ist unmöglich.«

Er musste sie irgendwie aufmuntern. »Hast du übrigens gehört, dass der Arzt den Herd der Lebensmittelvergiftung gefunden hat? Es waren die eingelegten Eier, die ihr bei jedem Mittagessen und jedem Fest serviert. Eigentlich ist es komisch, theoretisch müsste doch ganz Barentsburg krank sein.«

Sie wandte ihm den Kopf zu und sah ihn direkt an. »Was hat der Arzt dazu gesagt? Wieso sind nur ein paar Leute krank geworden?«

»Es handelte sich offenbar nur um ein Glas. Also eins, das schlecht war.« Knut lief es eiskalt den Rücken hinunter. Plötzlich erinnerte er sich, dass Ljudmila Oksana gestern beim Mittagessen bedient hatte. »Der Arzt ist so wütend auf den Stallknecht, dass er ihn am liebsten schon morgen aufs Festland schicken würde. Aber wer soll sich dann um die Tiere kümmern? Nicht gerade ein Traumjob für einen Bergmann.«

»Also war es Grigótovit…« Sie sprach so leise, dass Knut es kaum hörte.

Der russische Ermittler war nicht in der Arbeiterkantine. Knut nahm hastig eine Art Mittagessen zu sich. Er misstraute den meisten Lebensmitteln. Ein bisschen Brot und etwas Käse waren aber vermutlich unbedenklich? Ein paar eingelegte Gurken, die so sauer waren, dass irgendwelche Bakterien sicherlich nicht überleben konnten. Von der Mayonnaise ertrug er nicht einmal den Geruch.

Er ging zurück ins Konsulat, im Glauben, Jewgeni Iwanowitsch – der Name war ihm endlich wieder eingefallen – dort zu treffen. Doch das Sitzungszimmer war leer. Zu dumm, dass sie nichts vereinbart hatten. Knut setzte sich und wartete. Es verging beinahe eine Stunde, bevor er schwere Schritte hörte und der Russe hereinschlenderte. Die Art und Weise, wie er sich bewegte, irritierte Knut.

»Tja, jetzt bin ich überrascht … Sie haben mir etwas voraus.« Rostov drehte einen Stuhl um, setzte sich und legte die Arme auf die Rückenlehne. Was meinte er damit? Knut hielt es für das Beste, nichts zu sagen.

Der Ermittler wischte sich über den Mund und zog die kleine Blechflasche aus der Jackentasche. »Kann nicht sagen, dass ich's Ihnen zum Vorwurf mache, sie ist ja süß …« Er kicherte und blinzelte. »Aber zurück zur Arbeit … tatsächlich gibt es nicht sonderlich viele seltsame Gerüchte hier in der Stadt. Ich war in der Zeche, im Pausenraum. Am Arbeitsplatz erfährt man die meisten Dinge. Die Leute glauben, Männer klatschen nicht, aber natürlich tun sie das. Sie brauchen bloß nicht so viele Worte wie die Frauen. Und apropos Frauen – ich war auch im Frauenhaus. Hab ein bisschen mit der lieben Ljuda geplaudert …«

Ah ja, Ljuda? Erstaunlich, wie schnell dieser Bursche mit den Einwohnern von Barentsburg bekannt wurde. Knut wunderte sich, dass er sich benahm, als wäre er hier zu Hause.

Der Russe trank aus der Flasche und wischte sich den Mund ab. Er schien sich nicht wirklich darüber im Klaren zu sein, es war eher eine automatische Handlung. Der Blick ging ins Leere, das Gesicht zeigte aber einen ernsthaften Ausdruck. »Ich habe langsam den Verdacht, dass Sie etwas herausgefunden haben. Die Dinge hier in Barentsburg sind nicht so, wie sie sein sollten. Ein gewisses Unbehagen gibt es immer, alles andere wäre seltsam. Es ist ja nicht einfach, in einer so kleinen Gemeinschaft zu überwintern. Es gibt viel Eifersucht, Streitereien im Suff … und dann passieren Unglücke. Die Leute sind unaufmerksam, oder sie haben plötzlich einen boshaften Einfall.«

»Aber hier geht es … um etwas anderes?« Knut war so gespannt, dass er kaum atmen konnte. Endlich waren sie bei den Todesfällen zu der gleichen Erkenntnis gekommen.

»Das kann man getrost so sagen. Die Leute haben Angst. Ich meine, sie sind nicht einfach erschüttert oder ratlos. Natürlich, das auch. Sie sind gespannt, wer vom Festland kommt und die Leitung der Grube übernimmt und was überhaupt in Zukunft passieren wird. Die Rentabilität ist ja ziemlich marginal hier, und ohne die Kohleförderung ist ihre Anwesenheit auf Spitzbergen überflüssig. Es könnte schon bald alles zu Ende sein. Schluss mit dem Lohn, den niedrigen Steuern und dem günstigen Kauf von Ausrüstung und Kleidung. Schluss mit dem lohnenden Schmuggel. Nein, hier geht es um etwas anderes, etwas Primitiveres. Ich habe nicht gesagt, dass es sich bei den beiden Unglücksfällen um Mord handelt, aber ich sage, dass die Leute Angst haben.«

Der Russe hatte von sich aus den Schmuggel erwähnt. Knut versuchte zu erfahren, ob er etwas herausgefunden hatte. »Ich habe Andeutungen gehört, dass um Spitzbergen illegal gefischt wird.«

»Ah ja, Andeutungen …« Der Ermittler wandte den Kopf ab.

»Es heißt, russische Trawler fischen in der Barentssee, verarbeiten die Rohware an Bord und verladen sie irgendwo draußen auf dem Meer in ein Frachtschiff. Möglicherweise westlich von Spitzbergen oder an der Bäreninsel. Man sagt, die Frachtschiffe hätten einen legalen Auftrag für Spitzbergen, zum Beispiel Fracht für Barentsburg. Der Fang wird während der Rückfahrt auf offenem Meer gelöscht, auf den Kontinent geschmuggelt und dort verkauft – schwarz. Auf diese

Weise können die Trawler ihre Frachträume noch einmal füllen. Wenn die Laderäume das nächste Mal voll sind, liefern sie ihre Ladung bei den Fischaufkäufern von Murmansk oder Archangelsk ab. Und bekommen dort einen Stempel für legal gefangenen Fisch.«

»Die Leute reden viel. Aber gibt es konkrete Beweise?«

»Die Leute sagen, es gibt eine Person in Barentsburg, jemand, zu dem die Fischer Kontakt aufnehmen können, wenn sie in Schwierigkeiten geraten … aber ich verstehe die Pointe noch nicht. Angeblich lässt sich alles über Reedereibüros auf dem Festland organisieren. Da ist es doch eigentlich nicht nötig, eine dritte Person miteinzubeziehen. Dieser Koordinator muss ständig mit den Frachtschiffen und den Trawlern in Kontakt sein, um eine passende Position für das Umladen zu vereinbaren.«

Der Ermittler nickte langsam. »Nicht viele Möglichkeiten … es muss Funk geben, Telex … oder vielleicht über Satellit?«

Knut beugte sich auf seinem Stuhl vor, eifrig. »Spitzbergen Radio hat sämtliche Funkfrequenzen zwischen den russischen Schiffen in der Gegend im Griff, sie hätten bemerkt, wenn sich jemand aus Barentsburg eingeschaltet hätte.«

»Nicht wenn es über Funktelex geht. Oder Satellit. Außerdem sprechen die bei Spitzbergen Radio nicht Russisch, oder?« Der Russe lächelte, er fühlte sich auf sicherem Boden.

»Nein, aber was könnte die Rolle dieses Koordinators sein? Was soll er machen?«

»Probleme lösen, vermute ich. Ist das nicht die Aufgabe eines Koordinators?«

»Aber weshalb in Barentsburg?«

»Vielleicht lassen sich hier die Probleme lösen? Aber was weiß ich …«

Offensichtlich hatte er das Interesse an diesem Thema verloren. Er war aufgestanden und ging im Sitzungszimmer auf und ab. »Gibt's hier Kaffee? Dürfen wir die liebenswürdige Olga rufen?«

Knut gab nicht auf. Dies war vielleicht die einzige Chance, die er hatte. Dieser Koordinator musste den ganzen Tag über für eingehende Gespräche erreichbar sein. Wenn er bei einem Gespräch überrascht oder abgehört würde, müsste es vollkommen normal erscheinen, dass er mit den Kapitänen von Frachtschiffen und Fischtrawlern und Reedereibüros auf dem Festland Kontakt hatte. Außerdem musste er eine gewisse Kontrolle über die Möglichkeiten in Barentsburg haben, wenn er jemandem nützlich sein sollte. Darüber hinaus musste er über einflussreiche Kontakte aufs Festland verfügen, um den Verkauf der Schmuggelware auf dem Kontinent zu organisieren. Auf wen passte solch eine Beschreibung? Gab es eine Verbindung zwischen der illegalen Fischerei und den Morden?

Jewgeni Iwanowitsch hatte sich wieder gesetzt. »Nein, Polizeibeamter Fjeld. Der Schmuggel von Fisch außerhalb der Fangquoten, da geht's ums Geschäft. Die Unglücksfälle sind etwas anderes, Dunkleres … Sehen Sie sich an, was passiert ist, hier gab es Hass. Nehmen Sie Vanja …«

Vanja? Wieder stutzte Knut über seinen familiären Umgang mit Namen und Beschreibungen. »Was meinen Sie …? Dass es eine Prügelei zwischen zwei Bergleuten gegeben hat? Nein, da bin ich nicht Ihrer Ansicht.« Knut schüttelte den Kopf. »Schauen Sie sich den Tatort an, wo der Steiger starb. Nichts deutet auf einen Kampf um Leben und Tod hin. Eher sieht es so aus, als hätte sich jemand an ihn herangeschlichen, als er an der Schalttafel stand, und ihn dann in den Mischer geschubst.«

»Ja, und weiter?« Der Russe sah Knut an, abwartend.

»Diese Person muss den Mischer angestellt haben. Sie kletterte vom Gerüst, stieg auf die Leiter bis zum Rand des Betonmischers und zertrümmerte mit dem Vorschlaghammer Vanjas Hände, so dass er sich nicht mehr festhalten konnte …«

Der Russe nickte langsam. »Wenn es wirklich so passiert ist, Polizeibeamter Fjeld, dann war es kein Totschlag im Affekt. Dann ist es Hass … denn es gehört viel dazu, einem verzweifelten Mann, der versucht, sich aus einer rotierenden Betonmasse zu retten, direkt in die Augen zu sehen und seine Hände zu zerschlagen … um dann zuzusehen, wie er untergeht.«

KAPITEL 29

Der weiße Eber

Normalerweise schlugen die Hühner bei Eindringlingen in den Stall mit heftigem Gekakel, Flügelschlagen und anderem Lärm Alarm. Hin und wieder waren auch ein durchdringendes Grunzen oder Quieken zu hören, furchtbare Geräusche. Der Lärm an diesem frühen Abend bedeutete, dass sich möglicherweise jemand im Stall befand – aber niemand, der in der spätnachmittäglichen Dunkelheit vorbeiging, hätte sich gewundert. Grigótovit versorgte um diese Zeit die Tiere. Das musste man ihm lassen, so unangenehm er sonst auch sein mochte, bei Sauberkeit und Futter war er gewissenhaft. Allerdings gab es nicht mehr so viel zu tun wie früher. Die Kühe waren abgeschafft, und das Pferd hatte man bereits vor vielen Jahren geschlachtet und gegessen. Auch die Schweine gab es nicht mehr, bis auf eins. Belyy Bes, der ekelhafte, fette Eber, der Grigótovit so viel Freude machte, stand in seinem Kober. Völlig unnütz, ein weißer Fleischberg, ein Albino-Schwein mit gewaltigen Hauern im Unterkiefer, roten Augen und hellen Borsten, die ihm aus den Ohren sprossen. Er war gefährlich, davon war in Barentsburg jeder überzeugt.

»Pass bloß auf, dass er dir nicht entwischt«, hieß es, »denn dann erschießen wir ihn.«

»Ach ja?«, antwortete Grigótovit. »Und ihr meint, eine Kugel könnte ihn zu Fall bringen? Wisst ihr nicht, dass er der Satan persönlich ist?« Und dann lachte der Stallknecht, der selbst eine erschreckende Figur war, mit seinen kalten, hellblauen Augen, die von bleichen Wimpern eingefasst waren.

Über ihn wurde geredet. Die Leute in Barentsburg wussten das eine oder andere über ihn zu erzählen. Aber diejenigen, die alles über ihn wussten, hielten den Mund. Es war gefährlich, zu viel über Grigótovit zu reden.

Normalerweise mochte Grigótovit die Abendstunden im Stall. Es war warm und angenehm. Er war allein. Das Gebäude war alt, mit schmalen, dunklen Korridoren. Die niedrige Decke dreckig von altem Staub, von den Glühbirnen hingen dünne Spinnwebenschleier, die nur im Laufe von vielen Jahren entstehen können. Der Gestank … alle anderen zuckten zusammen und hielten sich etwas vor die Nase, wenn sie den Stall betraten, nur Grigótovit nicht. Er liebte diesen Geruch und war glücklich … da war etwas, das er nicht erklären konnte, etwas Echtes, die Erde und die Felder der Ukraine vor langer Zeit, als er ein Kind auf einem kleinen, armen Bauernhof gewesen war.

Er murmelte und redete mit sich selbst. »Belyy Bes, Belyy Bes, jetzt wollen wir mal sehen …« Vorsichtig öffnete er den soliden Holzverschlag des Schweinekobers. Der Eber wog gut dreihundert Kilo, ein Riese von einem übellaunigen Schwein. Deshalb musste man sich ihm vorsichtig nähern, das Tier durfte nicht durch abrupte Bewegungen aufgeschreckt werden. Er schloss die niedrige Luke und achtete darauf, dass der Eisenhaken richtig festsaß. Sollte das Schwein entwischen, glaubte er nicht, dass irgendjemand es wagen würde, Belyy Bes zu erschießen. In der Siedlung wussten alle, wie viel Freude er an dem Eber hatte. Die Vergeltung für eine derartige Tat wäre schnell und grausam, daran zweifelte niemand. Aber vor dem Stalltor herrschten minus zehn Grad und ein scharfer Wind. Der arme Bes hatte kaum Borsten am Körper, nichts, was ihn gegen die Kälte schützte. Er könnte sich Erfrierungen am ganzen fetten Körper zuziehen.

Das Schwein ließ ein irritiertes Grunzen hören, als der Eisenhaken einschnappte, es war heute Abend unruhig. Grigótovit betrachtete mit Sorge die umhertrippelnden Füße mit den messerscharfen Klauen. Was hatte seinen Bes erschreckt? Er richtete sich auf und horchte, hatte er an der Stallwand vor dem Fenster Schritte gehört?

»Belyy, Belyy, Belyy«, lockte Grigótovit den Eber mit sanfter Stimme. »Komm schon, komm schon … komm zu Väterchen.«

Die Augen des Schweins leuchteten rot gesprenkelt aus der weißen Borste, aber er ließ es zu, dass Grigótovit vorsichtig die Hand ausstreckte und ihn mit einem kratzenden Geräusch am Kopf kraulte. Das Grunzen wurde leiser, zufriedener. »So ist es gut, Belyy Bes.«

Der Stallknecht bewegte sich langsam durch den Kober und fegte mit ruhigen Bewegungen den Dung des Vortages, Stroh und Staub von dem groben Betonboden in eine Ecke. Er streute frisches Stroh auf den Boden und schaufelte den Unrat in einen großen Zinkeimer. Der Blick des Schweins folgte ihm, als er den Eisenhaken hochzog und aus dem Kober trat.

Grigótovit verbrachte deutlich weniger Zeit bei den Hühnern, obwohl er den Lärm und das Flügelschlagen, die Panik und den Schrecken mochte, wenn er eines schlachtete. Leider war der Hahn im Vorjahr gestorben, und seine Bitte um einen neuen Hahn vom Festland hatte man abschlägig beschieden. Der ganze Stallbetrieb sollte eingestellt werden. Bei lediglich achthundert Einwohnern war es wirtschaftlich nicht mehr zu verantworten. Grigótovit hatte geseufzt, aber eigentlich war es ihm egal. Er kehrte ja bald aufs Festland zurück.

Ein merkwürdiges Beben durchfuhr seine Brust, er wusste nicht recht, was es war. Furcht? Oder vielleicht Vorfreude … zum ersten Mal in seinem Leben als Erwachsener war er frei und konnte tun, was er wollte. Nur wie sollte er Belyy Bes aufs Festland mitnehmen? Die Schiffsfracht würde ein Vermögen kosten. Und wo sollte er das Schwein unterbringen, wenn er in die Ukraine kam? Vielleicht war es ebenso gut, noch ein Jahr in Barentsburg zu bleiben. Niemand würde wagen, es ihm zu verweigern … er wusste zu viel über die Dinge, die sich hinter den dunklen Fenstern und den geschlossenen Türen abspielten.

Jetzt gab es keinen Zweifel mehr, jemand war in den Stall gekommen. Die große, schwere Eingangstür quietschte in ihren Angeln und klappte wieder zu. Grigótovit drehte sich um.

»Na, sieh mal einer an, du bist es?« Er sagte es beinahe gleichgültig, doch er hatte das stattliche Messer in der Hand des anderen Mannes gesehen. »Bist du gekommen, um mich umzubringen?«

Die kolossale Gestalt bewegte sich trotz der Grubenstiefel leise über den Betonboden. Er füllte den Türrahmen und senkte den Kopf, um hereinzukommen. Das Gesicht teilte sich in einem zahnlosen Grinsen. Die Bergarbeiterjacke war groß wie ein Zelt, aber er trug weder eine Kopfbedeckung noch Handschuhe. Die Ohren waren rot von der Kälte, die draußen herrschte. Ohne zu antworten, blieb er stehen und sah sich prüfend um.

»Was hättest du davon, mich zu ermorden? Ich meine, gerade jetzt? Das gibt ein Höllenspektakel – und Vanja ist doch tot. Er kann dich nicht mehr belohnen oder beschützen.« Grigótovit redete leise, er hatte den Eisenhaken aus der Verankerung gezogen und schob sich zurück in den Schweinekober. In der Hand hielt er einen Eimer mit gekochten, zerstampften Kartoffeln und Essensresten aus der Kantine – nicht viel, nur Kohlblätter und andere Sachen, die die Gäste nicht gegessen hatten. Für das Schwein war es noch gut genug, fand Ljudmila. Außerdem wusste Grigótovit, dass sie in der Küche erklärt hatte, zu Weihnachten würde der Eber geschlachtet, so unangenehm und gallig das Fleisch auch schmecken mochte.

Das Schwein senkte den Kopf und entblößte die Eckzähne. Es scharrte nervös mit einem der Vorderfüße, guckte abwechselnd auf Grigótovit und den Russen vor dem Kober, ein Zittern lief über seine Flanken. Es wurde langsam böse. Normalerweise bekam es sein Futter im Trog, alle Veränderungen irritierten es. Grigótovit wagte sich sogar ein wenig näher an das Schwein heran. Er wollte sehen, ob der andere den Mut hatte, den Kober zu betreten.

Der zahnlose Russe lehnte an der Wand, das Messer in seiner großen Faust. »Warum hast du Oksana Aleksandrovna vergiftete Eier gegeben?«, fragte er mit einem lispelnden, breiten Akzent, der gerade noch als Russisch zu erkennen war.

Ein Dorftrottel aus dem Kaukasus, dachte Grigótovit, *besonders clever ist er nicht, leicht zu durchschauen*. Kein Gegner für Grigótovit, obwohl der andere das Messer hatte. Er schüttete ein wenig Schweinefutter aus dem Eimer in den Trog. »Das war ich nicht«, antwortete er ruhig. »Ich habe Ljudmila ein Glas eingelegte Eier gegeben. Vielleicht waren die ein bisschen verdorben, aber wer konnte denn ahnen, dass die alte Hexe das ganze Glas auf einem Fest verteilt? Es war nur ein Scherz. Keiner stirbt an Salmonellen. Ich wollte ihr einen Schreck einjagen, sehen, wie sie sich quält…« Er grinste bei dem Gedanken. »Hast du schon mal gesehen, wie die Leute bei Salmonellen kotzen? Sie hätte sich nicht an die frische Luft getraut, nein.«

Der Russe grunzte unzufrieden. »Solange du Oksana in Ruhe lässt…«

»Aber wieso sollte ich… Außerdem, was geht dich das an?«

»Ich werde dich trotzdem töten. Und ich werde Oksana nach Hause in die Ukraine begleiten. Beschütz sie, hat Vanja gesagt.« Der Russe lächelte, sein Gesicht leuchtete auf.

Grigótovit erstickte fast vor Wut. »Bist du wirklich so dumm zu glauben, dass sie ... soll sie sich etwa als dankbar erweisen, was? Was bist du doch für ein armseliger Narr ...«

Die Augen des Russen flackerten im Stall umher, sein Gesichtsausdruck wechselte zwischen Wut und Erniedrigung. »Sie war mit Vanja verheiratet ... Und er war alt, er auch. Ich kann auf sie aufpassen ...«

»Hast du den norwegischen Polizisten ins Meer geschubst? Warum? Er hat doch nicht mal den Hauch einer Ahnung, wer ...« Er brach abrupt ab, begriff, dass der zahnlose Russe auch nicht wusste, wer Vanja getötet hatte. Offenbar glaubte er, Grigótovit sei es gewesen. Was für ein Idiot.

Die beiden blieben stehen und atmeten schwer. Jeder auf einer Seite des Schweinekobers. Der Eber lief Grigótovit zwischen die Beine, wollte mehr vom Inhalt des Eimers.

»Und du?«, fragte der zahnlose Russe aus dem Kaukasus schließlich. »Solltest du nicht Kostja beschützen, bist du nicht deshalb nach Barentsburg gekommen? Das hast du wunderbar hingekriegt ...«

»Halt die Schnauze!«, erwiderte Grigótovit. »Wenn nicht, öffne ich die Pforte des Kobers. Belyy Bes wird schnell mit dir fertig ... er liebt blutiges Fleisch. Manchmal überlass ich ihm Hühner, nachdem ich ihnen die Flügel gebrochen habe ...« Er grinste höhnisch und versuchte gleichzeitig, seine Anspannung und Aufmerksamkeit zu verbergen. Dieser lächerliche, blöde Kerl lief herum wie ein verliebter Narr – er würde plaudern. Jemand musste ihn erledigen. Grigótovit wollte sich nicht den ganzen Winter umsehen müssen. Bei einer passenden Gelegenheit würde einer den anderen töten. Es hatte nichts mit Hass zu tun, auch nicht mit ökonomischem Vorteil oder Macht. Sie kannten sich nicht einmal persönlich. Aber ihre beiden Arbeitgeber und Gönner waren tot – Vanja und Kostja. Sie würden daher nicht einmal etwas gewinnen, wenn sie den Auftrag ausführten. Um der Wahrheit Genüge zu tun, vermutlich gehörte es nicht einmal zu ihren ursprünglichen Instruktionen, den anderen umzubringen – aber nun würde es wahrscheinlich notwendig sein.

Je eher, desto besser.

KAPITEL 30

Die Nacht

Knut und Jewgeni Iwanowitsch waren alle möglichen Aspekte der beiden Todesfälle durchgegangen, es wurde allmählich spät.

»Ich habe verdammt großen Hunger«, erklärte Knut. »Seit dem Mittagessen habe ich nichts mehr gegessen.«

Der Russe schüttelte den leeren Flachmann, steckte ihn in die Tasche und erhob sich. »Schauen wir mal, ob die Kantine noch aufhat. Es ist sowieso Zeit aufzuhören.«

»Uns fehlen noch einige wesentliche Informationen. Wenn ich nur wüsste, wo wir suchen sollen.« Knut hatte beinahe vergessen, dass er dem Russen misstraut hatte. Kein Zweifel, er war ein erfahrener Ermittler. »Wo hast du in Russland als Polizist gearbeitet?«

»Was?« Der Russe blickte überrascht auf... oder war es Wachsamkeit?

»Na, bevor du für Trust Arktikugol gearbeitet hast? Gibt es in dem Laden wirklich genug zu tun, um eine ganze Stelle für jemanden wie dich einzurichten?«

»Ach, das... Ich habe meine eigene Firma, du wirst es vermutlich ein Detektivbüro nennen. Ich nehme unterschiedliche Aufträge an. Arbeite meist im Norden von Russland, mit Murmansk als Operationsbasis. Es hat sich als lukrativ erwiesen. Die meisten Geschäftspartner haben etwas voreinander zu verbergen, vermutlich ist das in Norwegen genauso.«

»Was meinst du?«

Der Ermittler sah aus, als würde er seine Äußerung bereuen. »Irgendwas gibt es immer, weißt du. So viele Firmen wurden in den Jahren nach dem Fall der Sowjetunion in Sibirien gegründet, und alle wollten schnell reich werden. Man setzt die Geheimnisse der Vergangenheit gegeneinander ein. Mein Job ist es häufig, die alten Vergehen auszugraben.«

Knut stutzte. »Und was ist dein eigentlicher Auftrag hier in Barentsburg? Was hat die Leitung des Trusts in Murmansk gesagt? Was sollst du hier machen?«

»Die Probleme aus der Welt schaffen«, antwortete der Russe und wandte den Blick ab. »Dafür sorgen, dass Ruhe und Frieden herrschen und der Betrieb der Zeche nicht gestört wird.«

»Woher hast du deine Polizeierfahrung? Wie lange hast du bei der Polizei gearbeitet, und warum hast du aufgehört?« Knut war sich bewusst, dass er den Russen verhörte. Und er wunderte sich, dass Rostov es sich gefallen ließ.

»Darüber rede ich nicht gern.« Er drehte sich um und ging aus dem Sitzungszimmer. »Suff im Dienst, ich wurde entlassen.«

Sie verließen das Konsulat und liefen nebeneinander über die menschenleere Hauptstraße. Der Wind hatte sich gelegt. Es hatte angefangen zu schneien – große weiße Flocken, die aussahen, als kämen sie aus einem schwarzen Loch über ihnen.

»Und wenn es sich nun andersherum verhält«, sagte Jewgeni Iwanowitsch und legte den Kopf in den Nacken. »Wenn die Hölle über uns läge. Spürst du nicht, wie der Schnee auf dem Gesicht brennt?«

»Und wo wäre dann der Himmel?«, fragte Knut, überrascht über den plötzlichen philosophischen Anflug des russischen Detektivs.

»Vielleicht sind wir gerade im Himmel? Geht's dir nicht

eigentlich ganz gut, wenn du darüber nachdenkst? Warme Kleider, solide Schuhe, ein Bett, in das du dich legen kannst, wenn du müde bist. Vielleicht kann es gar nicht besser sein?«

»Nein«, erwiderte Knut entschieden. »Dies ist die Realität, diese Straße in Barentsburg. Wir sind im Augenblick weder im Himmel noch in der Hölle. Irgendwo in diesen Schatten läuft ein Mensch herum und ermordet andere Menschen. Unsere Aufgabe ist es, ihn aufzuhalten. Das ist unser Job.«

In diesem Moment wurde die Nacht von einem quiekenden Geheul zerrissen, das sich vom Rand der Siedlung durch die Dunkelheit fraß. Es kam aus der Richtung, in der der Flugplatz lag.

»Das kommt aus dem Stall«, sagte der Russe.

»Woher weißt du das? So vertraut kann dir Barentsburg doch gar nicht sein?«

»Ich bin bei meinem Spaziergang heute Nachmittag dort gewesen. Habe mit dem Stallknecht geredet. Ein merkwürdiger Kerl … Er sagte, normalerweise füttere er die Hühner und das Schwein abends. Wir könnten ruhig kommen, wenn wir ihm noch weitere Fragen stellen wollen.« Der Russe grinste. »So wie er das sagte, hörte es sich fast wie eine Drohung an.«

Die Arbeiterkantine hatte geschlossen, was nicht weiter verwunderlich war, nach zehn Uhr abends. Knut guckte hoffnungsvoll durch ein Fenster, doch es war niemand mehr da.

»Gehen wir zu Igor Grigorowitsch«, schlug der Ermittler vor. »Er und Olga geben heute Abend eine Art Empfang für ausgewählte Gäste. Sie haben mich gefragt, ob ich Lust hätte zu kommen, wenn wir unsere Arbeit beendet hätten. Irgendetwas werden sie schon zu essen haben.«

Ausgewählte Gäste?, dachte Knut. Er stand eindeutig nicht mehr auf der Liste. Er wollte nicht einmal darüber nachdenken, woher Rostov wusste, wo der Gewerkschaftsfunktionär wohnte. Es gab bestimmt eine hinreichende Erklärung.

»*Dobro pozhalovat.*« Igor stand in der Tür, mit roten Wangen und glänzenden, hektischen Augen. Er breitete die Arme aus, sie waren willkommen. Knut fühlte sich plötzlich zwei Tage in der Zeit zurückversetzt. Ein anderer Ort, aber zumindest einige der Gäste waren identisch. Der Zigarettenrauch, der süße, starke Duft von russischem Tabak, der Tisch mit dem Essen und den kleinen Papptellern, das Sofa mit dem gleichen Bezug und den gleichen zerschlissenen Kissen.

Der Ermittler schob sich selbstsicher an Knut vorbei, grüßte und redete Russisch, machte einen lauten Scherz und wurde mit vorsichtigem Lachen belohnt. Die Versammlung hatte allerdings etwas verhalten Formelles. Keine Musikinstrumente und leise Gespräche statt Geschichten, Gelächter und Gesang.

Der Dolmetscher war anwesend, er trug ein weißes Hemd und Krawatte. Er saß mit dem Büroleiter zusammen und diskutierte mit einer Art ernster Würde; er sah beinahe komisch aus mit seiner vorgeschobenen Unterlippe, einen Finger an der Nase … War das nicht ein universales Zeichen dafür, sich mit seinem Wissen zurückzuhalten?

Knut ging sich selbst überlassen zu dem niedrigen Tisch, er wollte sehen, was es zu essen gab. Obwohl die Eier nach der Aufregung um die Lebensmittelvergiftung bestimmt in Ordnung waren, mochte er sie nicht probieren. Er versorgte sich mit etwas Fettem – halbmondförmigen Keksen, die in einer großen Schale gestapelt lagen. Piroggen, hatte der Dolmetscher gesagt, mit Fleischfüllung. Er erinnerte sich, sie am ersten Abend in Barentsburg gegessen zu haben; im Hotelzimmer, als sie sich mit dem Wodka besoffen hatten. Diese waren deutlich besser. Schnell fand er heraus, dass es auch eine kleinere Variante gab, die Blaubeermarmelade enthielt. Die Lebensmittellager des Trusts waren offensichtlich für Igors Empfang geöffnet worden.

Der Arzt betrat das kleine Wohnzimmer. Er schien erleichtert, als er Knut sah, und mischte sich unter eine Gruppe von Russen, die sich ernsthaft unterhielten – die meisten waren Büroangestellte. Knut kannte sie nicht, er hatte sie kaum gegrüßt. Ihm fielen eher all diejenigen auf, die nicht anwesend waren.

Dass Oksana nicht da war, wunderte ihn nicht. Überraschender war eher, dass keiner der Bergarbeiter geladen war. Igor und Olga biederten sich offen bei der Leitung des Trusts an.

Ljudmila oder Jekaterina waren ebenfalls nicht in der Wohnung. Vielleicht hatte man sie nicht eingeladen? Einige der jüngeren Frauen, die er im Frauenhaus gesehen hatte, schlängelten sich durchs Wohnzimmer, spielten Wirtin oder Kellnerin. Das Zentrum des Einflusses im Frauenhaus hatte sich verlagert.

Olga trug ein schwarzes Kleid, das ihr bis zu den Knien ging, dazu hatte sie einen gehäkelten Schal um die Schultern gelegt, der den tiefen Ausschnitt bedeckte.

»Polizeibeamter Fjeld, wie schön. Wir dachten, wir müssten einige derjenigen einladen, die … nun ja, von Kostjas Weggang betroffen sind. Morgen gibt es eine Trauerfeier, denken Sie nur, zum zweiten Mal innerhalb einer Woche …«

Sie flatterte davon. Wie lange würde es dauern, bis das Paar in das schöne alte Holzhaus zog, in dessen Obergeschoss die Wohnung des Bergwerksdirektors über den Büros und den ehrwürdigen Sitzungszimmern lag?

Der Arzt hatte endlich mit allen Gästen die üblichen Höflichkeitsfloskeln ausgetauscht und stand nun neben Knut, der hastig das Fett von den Fingern leckte und sie an einer Papierserviette abtrocknete.

»Ah, da sind Sie ja, Polizeibeamter Fjeld. Können wir uns unterhalten? Nicht hier, sondern unter vier Augen.«

Knut schaute überrascht auf, er sah sich im Raum um, bis er Jewgeni Iwanowitsch lokalisierte. Er saß von Büroangestellten umgeben in einer Ecke und schaute Knut und den Arzt skeptisch an. Dem Mann entging nicht viel.

»Ja, das müsste sich eigentlich machen lassen. Oder meinen Sie jetzt, sofort?« Knut fühlte sich ertappt, er wandte den Kopf ab. Auf der anderen Seite war er nicht verpflichtet, den russischen Privatdetektiv in all seine Vorhaben einzubeziehen. Er war der Polizist.

»Vielleicht passt es gerade nicht so gut? Aber ich glaube, es ist wichtig.« Der Arzt schien besorgt zu sein.

Knut wurde neugierig. »Können Sie etwas andeuten?«

»Ich habe jemanden gesehen. Vielleicht geht es mich ja nichts an, aber … Was ist mit morgen früh, können wir uns da treffen? Im Krankenhaus, eventuell um acht?«

»Ja, natürlich. Wie geht es Oksana?«

»Sie ist nicht mehr bei uns«, antwortete der Arzt kurz, beinahe abweisend. Knut sah ihn überrascht an, aber der Arzt war sein Anliegen losgeworden. Er drehte sich um und verschwand unter den Gästen.

Igors kleines Wohnzimmer war vollkommen verqualmt. Eines der Fenster stand offen, die nächtliche Kälte zog herein. Knut setzte sich auf die Fensterbank und atmete die frische Luft ein. Vom Haus aus sah man auf den schneebedeckten Fußballplatz und den Stall, in dem ein Fenster erleuchtet war. Weit draußen am Horizont konnte Knut die Lichter des Flugplatzes erkennen. Die Wohnung, in der er sich befand, lag in der fünften Etage. Er blickte in den Nachthimmel. In diesem Moment öffnete sich ein Spalt in der Wolkendecke. Schon bald war die ganze Mondsichel zu sehen. Knut schaute hinunter und wünschte, er hätte es nicht getan. Er bekam einen Anflug von Höhenangst – so beschrieb er normalerweise das lähmende Gefühl, das ihn um Atem ringen ließ. Direkt unter sich sah er die Treppe zur Eingangstür des Mietshauses. Die Treppe und die Schneehaufen darum wurden vom Mondlicht beleuchtet.

Es sah aus, als läge dort eine Person. Ein Besoffener vielleicht, der es nicht mehr bis nach Hause geschafft hatte? Knut beugte sich aus dem Fenster. In Longyearbyen kam es hin und wieder vor, dass das Büro der Regierungsbevollmächtigten mit der Bitte angerufen wurde, sich irgendeines müden Festteilnehmers anzunehmen, der seinen Rausch in der Kälte und im Schnee ausschlafen wollte. Im Winter waren die Beamten häufig mit derartigen Aufgaben beschäftigt.

Knut hielt sich am Fensterrahmen fest, der unter der Belastung knirschte. Er beugte sich so weit wie möglich hinaus. Die Gestalt schien sich nicht zu rühren. Sie lag auf der Treppe, das Gesicht nach oben, die Arme über die Stufen gebreitet. Als Knut und der russische Detektiv vor einer Stunde kamen, hatte sie definitiv nicht dort gelegen.

Die Gäste waren im Begriff, den kleinen Empfang zu verlassen. Sie hatten sich nachdrücklich gelangweilt, andererseits war es nie gut, zu viel über die Zukunft zu erfahren. Jedenfalls hatten sie an der Feier teilgenommen. Olga stand an der Tür. Die Munterkeit, das Lachen und die roten Wangen waren verschwunden. Die nette Olga wurde durch eine dünkelhaftere Ausgabe ihrer selbst ersetzt, die sich darauf vorbereitete, den Gästen für ihr Erscheinen zu danken. Viele Schritte polterten die Treppe hinunter. Knut schaute sich nach dem russischen Detektiv um, jetzt war er plötzlich nirgendwo zu sehen.

Er musste selbst handeln, drängte sich an den Gästen in der Tür vorbei, lief die Treppe hinunter und stand als Erster bei der zusammengesunkenen Gestalt.

Er schläft, dachte Knut erleichtert. Er legte eine Hand auf die kühle Wange, um den Puls zu fühlen, zog sie aber sofort wieder zurück. Seine Finger waren voller Blut. Hatte er sich verletzt? Knut drehte den Mann auf den Rücken. Kein leichtes Unterfangen. Der Mann war schwer und vollkommen schlaff.

Die Gäste kamen aus dem Treppenhaus, doch beim Anblick von Knut und der leblosen Gestalt blieben sie stehen. Knut schaute auf. Im Mondlicht sah er dunkle Schatten mit weißen Gesichtern. Eine der Frauen begann mit einer durchdringenden Stimme leise zu jammern. Knut blickte wieder auf den Mann. Wiederbelebungsversuche waren überflüssig, man hatte ihm die Kehle durchgeschnitten, von einem Ohr zum anderen. Der Kopf hing allerdings noch am Körper. Überall war Blut – unter ihm, auf den Treppenstufen, an der Kleidung, auf der Brust. Und noch immer floss es aus der klaffenden Wunde. Der Mann war eben erst ermordet worden, und dies war ein Todesfall, der in keiner Weise mit einem Unfall verwechselt werden konnte.

Knut erkannte den zahnlosen, aufstehenden Mund und die bleichen Augen wieder, die leblos zum Himmel starrten. Anton, der riesige Bergarbeiter, der nie von Oksanas Seite wich.

Plötzlich stand Jewgeni Iwanowitsch neben ihm und redete auf ihn ein. »Fjeld, hörst du, was ich sage? Ich schlage vor, die Gäste zu bitten, sich zurück in Igors Wohnung zu begeben. Wahrscheinlich möchtest du, dass die Umgebung abgeriegelt wird? Es gibt eine Blutspur …«

Knut riss sich zusammen, schluckte und räusperte sich. »Ja, mach das. Bitte sie, in der Wohnung zu warten. Aber komm sofort wieder. Ich brauche Hilfe.« Blutspur? Was meinte der Russe? Sie wateten doch geradezu in Blut, das im Mondschein noch immer in kleinen Rinnsalen die Treppe hinablief, schwarz wie Teer.

Der Ermittler kam rasch zurück. »Alles in Ordnung. Ich habe Igor gebeten, die Tür abzuschließen. Die meisten sind völlig fertig, nicht nur die Frauen.« Er setzte sich neben Knut in die Hocke und betrachtete den Toten genau. »Hast du ihn gefunden?«

»Ja. Ich habe dich nicht gesehen, als ich hinunterlief. Wo warst du?«

»Tut mir leid, ich habe den Empfang verlassen … ich hätte dir Bescheid geben sollen, *izvinite*.« Der Russe sah keineswegs so aus, als würde es ihm leidtun. Eher schien er sich über Knuts offenkundiges Misstrauen zu amüsieren. »Ich wollte noch mal ins Frauenhaus; ich vermute, dass Ljudmila dort eine Gruppe treuer Unterstützerinnen versammelt hat – wenn es denn noch welche gibt. Hast du bemerkt, dass es unter den Frauen in Barentsburg einen Machtkampf gibt?«

»Und dieser Mord soll mit dem Machtkampf im Frauenhaus zu tun haben?« Knut konnte es nicht ändern, er reagierte gereizt.

Der Russe zuckte die Achseln, erhob sich und ging die Straße hinunter. »He, Fjeld, kannst du mal kommen? Hier gibt es Spuren im Neuschnee. Sie führen zum Stall. Nur ein paar Tropfen. Siehst du?«

Knut nickte. Er sah die Flecken auf der Straße, die im Mondlicht schwarz aufleuchteten. Der Russe konnte Recht haben, dass es sich um Blut handelte.

»Hörst du? Den Krach aus dem Stall?«

Jetzt hörte auch Knut den Lärm in der Ferne, ein wahnsinniges Quieken und Schnaufen und dazwischen so etwas wie

Schläge und Poltern. »Wir müssen uns ansehen, was da unten vor sich geht.«

Im gleichen Moment erkannte er das Problem. Jemand musste auf den Tatort achten und dafür sorgen, dass er unberührt blieb. Jewgeni Iwanowitsch holte Igor und einen der Büroangestellten des Trusts. Widerwillig erklärten sie sich bereit, den Toten zu bewachen. Die Männer machten einen verärgerten und unwilligen Eindruck, doch Knut vermutete, dass es sich eher um Angst handelte. Nicht sonderlich überraschend; wie es aussah, schien jeder Grund zur Furcht zu haben.

Knut und Rostov gingen allein zum Stall. Das Mondlicht warf scharfe Schatten über den Schnee, hin und wieder blitzte eine Eisfläche auf, in der sich das Licht fing. Sie hätten auch auf einem nächtlichen Spaziergang sein können, auf dem Heimweg von Freunden. Aber die Blutstropfen, die hier und da im Schnee zu sehen waren, warnten vor etwas anderem, etwas Unheimlichem, das sie erwartete.

Der Lärm nahm mit jedem Schritt in Richtung Stall zu. Knut fiel auf, dass in dem Fenster kein Licht mehr zu sehen war. Was brachte die Hühner und das Schwein so auf? Sie blieben vor dem großen Eingangstor stehen. Das eiserne Vorhängeschloss lag auf der Erde, es sah aus, als stünde das Tor einen Spalt offen. Der Russe legte einen Finger auf die Lippen. Knut hatte einen Moment das Gefühl, in Gelächter ausbrechen zu müssen. Wer hätte sie bei all dem Radau aus dem Stall hören können?

Rostov zog einen Revolver aus der Innentasche seines geräumigen Anoraks. Knut zuckte bei dem Anblick zusammen, daran hätte er auch denken müssen. Hatte der Russe sich die Waffe beschafft, nachdem er nach Barentsburg gekommen war? Vorsichtig schoben sie das Tor auf und schlichen hinein. Es war dunkel, nur das Mondlicht fiel schwach durch die Fenster. Vor ihnen lag ein langer, dreckiger und übelriechender Gang. Dem Lärm nach zu urteilen, musste der Hühnerstall hinter einer der nächstgelegenen Türen sein. Der Ermittler ging an Knut vorbei den Gang hinunter. Seine Schritte knirschten auf dem Kies und etwas, das aussah wie altes Stroh.

Sie erreichten eine weitere Tür und sahen durch einen Spalt Licht brennen. Aus diesem Raum kam das grässliche Quieken. Knut hatte wenig Lust herauszufinden, was sich auf der anderen Seite befand, aber er zwang sich, dem Russen zu folgen, als der die Tür aufstieß und den Stall betrat.

Er drehte sich abrupt um und schob Knut beiseite. »Mein Gott, ist das widerlich ...«

Der weiße Eber hing mit zwei Beinen über der niedrigen Pforte des Kobers und versuchte herauszukommen. Sein Gewicht hinderte ihn. In unregelmäßigen Abständen sprang er herunter und rannte durch den Kober, dass Gülle und Mist aufspritzten. Dabei stieß er ein gellendes, unerträgliches Quieken aus. Dann warf er sich wieder gegen die Pforte und verdrehte wild die blutunterlaufenen Augen. Speichel tropfte aus der halb geöffneten Schnauze mit den blutigen Hauern.

Jewgeni Iwanowitsch sah aus, als müsse er sich gleich übergeben. »Fjeld, ich kann mir das nicht noch einmal ansehen. Geh ein bisschen näher ran, dann begreifst du ... aber sei um Himmels willen vorsichtig. Das Schwein könnte herauskommen ... ich bin nicht sicher, ob ich es schaffe, es mit dem Revolver zu erschießen.«

Knut beugte sich vorsichtig über die Mauer und sah in den Kober. Der Boden war bedeckt mit Schweinekot, Stroh und irgendwelchen roten Fleischfetzen ... von jemandem. In einer Ecke lag das, was einmal ein großer Zinkeimer gewesen sein musste. Nun war er so verbeult und malträtiert, dass er nur noch auf den Müll geworfen werden konnte.

In der anderen Ecke lagen die Reste eines Mannes. Es handelte sich um den Stallknecht, oder das, was noch von ihm übrig war. Es sah aus, als wäre er selbst dorthin gekrochen, um dem Schwein zu entkommen. Sein Körper bildete mit dem Dreck, der den Boden bedeckte, eine zusammengetretene Masse – die Arme und Beine waren zerschmettert, Knochen stachen in allen möglichen Winkeln hervor, Bauch und Brustkasten waren aufgeplatzt. Knut meinte, die weißen Rippen zu sehen. Trotzdem war es nicht schwer zu erkennen, um wen es sich handelte. Mit Ausnahme einer tiefen Wunde, die eine Seite des Kiefers entblößte, war das Gesicht relativ unversehrt. Direkt über dem rechten Auge gab es eine Stelle, die wie ein Einschussloch aussah. Knut konnte nicht mehr, er musste sich umdrehen. Er stolperte in den Gang und übergab sich im Freien in den Schnee.

Hinter ihm hörte er die Schritte des Russen. »Das ist das Schlimmste, was ich je gesehen habe«, sagte er. »Wir müssen dem ein Ende setzen, wir müssen denjenigen finden, der hinter den Morden steht. Es muss sich um einen sehr kranken Menschen handeln.«

KAPITEL 31

Gegensätze

Jewgeni Iwanowitsch besorgte ein großkalibriges Gewehr aus dem Zechenbüro. Er bat Knut, es zu nehmen, und erklärte es mit seiner Kurzsichtigkeit. Dann stellte er sich mit dem Revolver ans Tor. Sie ließen den Eber aus dem Kober, um ihn zu erschießen. Wie erwartet war es nicht so einfach. Das wütende, halb wahnsinnige Schwein rannte in die Schneewehen, warf den Kopf hin und her und griff jeden an, der sich ihm näherte. Die meisten Schüsse gingen daneben, doch auch mehrere Treffer in den Schädel schienen die dicke Stirnschwarte nicht durchschlagen zu haben. Erst als das Schwein ihnen die Breitseite bot, bekam Knut die Chance, einen Schuss in die Brust abzufeuern. Der Eber brach mit den Vorderbeinen in die Knie und fiel mit der Schnauze voran in eine Schneewehe. Trotz dieses nächtlichen Albtraums empfand Knut Mitleid mit dem Schwein, das nun in seinen letzten krampfhaften Zuckungen vor ihm lag. Das Tier traf schließlich keine Schuld.

Nach all dem Getrampel an den beiden Tatorten war es unmöglich, die Spur eines möglichen Täters zu finden. Grubenlampen wurden aus dem Lager der Tagebauanlage geholt und so aufgestellt, dass sie die Mordszenerien am besten ausleuchteten. Die wenigen Fußspuren, die noch zu erkennen waren, konnten auch Knut oder Jewgeni Iwanowitsch gehören. Sogar die Blutstropfen auf der Straße waren so gut wie verschwunden. Was sie fanden, sammelten sie trotzdem in Plastikbeutel. Es war auch nicht sonderlich hilfreich, dass große Schneeflocken aus dem dunklen Himmel herabsegelten.

Die beiden Ermordeten wurden ins Krankenhaus gebracht. Der russische Detektiv begleitete die Leichen; er wollte mit dem Arzt sprechen und eine Obduktion vorbereiten lassen – so gut es unter diesen Umständen möglich war. Im Laufe der Nacht hatten sie noch keine Zeit gefunden, über irgendwelche Mordmotive nachzudenken, aber Knut beschloss, möglichst viele von Igors und Olgas Gästen zu vernehmen. So bald wie möglich und noch bevor sie miteinander reden konnten und ihre frischen Eindrücke mit allzu vielen Theorien über die Ereignisse zerstörten.

Der Dolmetscher tauchte unter den entsetzten Zuschauern an der Treppe des Wohnblocks auf. Knut bat ihn, bei den provisorischen Vernehmungen mit der Übersetzung zu helfen. Allerdings hatte er keine große Hoffnung, dass etwas Wesentliches bei diesen Befragungen herauskam – und er sollte Recht behalten. Die meisten Gäste hatten nichts zu berichten. Sie waren in der Wohnung gewesen, als der Mord fünf Etagen unter ihnen verübt wurde. Einer von ihnen, der Büroleiter, hatte einen Schuss gehört. Er war erbost, dass so nahe der Stadt geschossen wurde – in den letzten Jahren kam es immer häufiger vor. Er wollte die Regeln für das Tragen von Waffen verschärfen. Jetzt, da er als neuer Bergwerksdirektor vorgesehen war, hatte er die Möglichkeit dazu.

Nach den Vernehmungen ging Knut allein zum Krankenhaus. Nicht eine Krankenschwester war zu sehen. Er versuchte, den Operationssaal zu finden, in den man die Toten gebracht hatte. Seine Schritte hallten in den leeren Fluren wider. Knut machte sich nicht die Mühe, nach einem Lichtschalter zu suchen. Das schwache Licht der Straßenlaternen reichte ihm. Die Schatten legten wechselnde Muster auf die Wände, und mehr als einmal blieb er stehen, um zu lauschen. Er spürte, dass es in diesem Gebäude Furcht gab – ein unangenehmes Gefühl, denn es schien berechtigt zu sein. Schließlich stand er vor den doppelten Klapptüren. Leise Stimmen von innen verrieten ihm, dass er den richtigen Saal gefunden hatte.

Die Leichen lagen auf zwei Operationstischen ein paar Meter voneinander entfernt und sahen in dem scharfen Neonlicht der Deckenlampen grotesk aus. Der Arzt beugte sich über die Reste des Stallknechts. Weiter hinten saß Jewgeni auf einem hohen Schemel und machte sich Notizen. Niemand sonst befand sich in dem Operationssaal, und der Arzt drehte sich blitzartig zu Knut um, als er hörte, wie die Klapptüren zufielen.

»Da sind Sie ja endlich«, sagte er mit einer gewissen Erleichterung in der Stimme. »Das ist entsetzlich, unverständlich …«

»Ich hoffe, Sie können uns helfen?«, erwiderte Knut und warf dem russischen Detektiv einen Blick zu. Der schüttelte nur den Kopf und verzog das Gesicht.

Da der Arzt nicht antwortete, fuhr Knut fort. »Ich glaube, ich weiß, wer die Opfer sind, möglicherweise können Sie das ja bestätigen? Es handelt sich um Grigótovit, der sich um den Stall kümmerte. Und der andere, der an der Treppe ermordet wurde, ist ein Bergarbeiter. Ich glaube, er heißt Anton.«

»Er hieß nicht Grigótovit«, entgegnete der Arzt und blickte auf den Operationstisch. »Das war nur sein Spitzname. Es bedeutet Schweinekoch. Ein bisschen abschätzig, aber keine direkte Beleidigung, würde ich sagen …«

»Und der andere war kein Bergarbeiter«, fügte Jewgeni Iwanowitsch hinzu. »Er war das Faktotum der Tagebauanlage. Ursprünglich hatte ihn Vanja nach Barentsburg geholt. Er behauptete, sie wären verwandt, aber das kann ich mir nicht vorstellen.«

»Wer hat dir das erzählt?« Knuts Ton war scharf. Hier

stimmte wirklich etwas nicht. Der russische Ermittler konnte diese Informationen unmöglich in weniger als einem Tag herausgefunden haben.

»Das haben mir die Bergleute erzählt, als ich bei ihnen im Pausenraum gewesen bin und mit ihnen gegessen habe. Du erinnerst dich vielleicht, dass ich gesagt habe, man muss zu den Männern gehen, wenn man Klatsch hören will?«

Ja, Knut erinnerte sich. Der Russe lächelte ein wenig herablassend und zog den verbeulten Flachmann heraus. Trank einen ordentlichen Schluck und bot die Flasche dem Arzt an. Er und Knut schüttelten den Kopf.

Jewgeni Iwanowitsch stand auf und ging zu den Leichen, winkte Knut heran. »Dieser Anton wurde mit einem Messer ermordet, so…« Er beschrieb mit dem Arm einen Bogen. »Der Mörder muss ein Riese sein, oder?«

Knut mochte diese theatralische Geste nicht.

»Anton wurde mit dem Gesicht auf der Treppe gefunden. Der Mörder könnte ein, zwei Stufen über ihm gestanden haben.«

Der Arzt richtete sich auf und strich sich mit der Hand über die Augen. »Dieser hier, Grigótovit, wurde aus nächster Nähe erschossen. Das heißt, aus einem Abstand von ungefähr zwei Metern. Drei Schüsse – einen in den Kopf, einen in den Bauch und einen in die linke Brustseite. Ich habe eine der Kugeln herausgeholt. Das Kaliber ist ungewöhnlich.«

»Legen Sie sie in eine Schachtel oder einen Beutel«, sagte Knut. »Ich nehme sie mit nach Longyearbyen und lasse sie analysieren. Wir brauchen eine Liste aller Schusswaffen in Barentsburg.« Er hatte seinen Satz noch nicht beendet, als der Arzt ihn unterbrach.

»Die Kugel stammt nicht aus einer Handfeuerwaffe, die in solchen Listen verzeichnet sind. Soweit ich weiß, haben die

Leute Makarov-Pistolen und ein paar Glocks. Aber wenn ich wetten sollte, würde ich sagen, bei der Mordwaffe handelt es sich um einen alten Webley-Mk-VI-Revolver, Kaliber 445, ein altertümliches Kaliber, das nicht mehr verwendet wird.«

»Kennen Sie sich mit Handfeuerwaffen so gut aus, dass Sie das bereits jetzt sagen können?«, fragte Knut verblüfft.

»Tja.« Der Arzt drehte sich um und lächelte entschuldigend. »Ich habe auf dem Festland als Pathologe gearbeitet, obwohl das eigentlich nicht mein Spezialgebiet ist. Außerdem habe ich ein Hobby, Spitzbergens Geschichte. Besonders die Ereignisse während des Zweiten Weltkriegs … Sie wissen vermutlich, dass wir alliierte Soldaten in Barentsburg hatten, sowohl norwegische wie englische. Vor ein paar Tagen wurde ein Revolver aus einer Vitrine im Pomor-Museum gestohlen. Mit meinen Kenntnissen habe ich ein wenig geblufft – tatsächlich ist ein Webley-Revolver verschwunden. Zusammen mit einer kleinen blass orangefarbenen Pappschachtel mit Munition. Darüber wollte ich ohnehin mit Ihnen reden. Ich habe nämlich etwas gefunden, das der Schachtel sehr ähnlich sieht, man hat versucht, sie die Toilette hinunterzuspülen …«

Diesmal war Knut es, der ihn unterbrach. Eine Frage hatte ihn die ganze Nacht schon gequält. Sie war unter den übrigen Problemen wie ein Stück Treibholz aufgetaucht und wieder verschwunden. »Wer ist zuerst gestorben, können Sie das sagen? Ist es möglich, dass einer den anderen ermordet hat?«

Der Arzt schüttelte langsam den Kopf. »Jetzt fragen Sie mehr, als ich beantworten kann. Wie soll ich Ihrer Ansicht nach vorgehen, um so etwas zu untersuchen? Aufgrund der Körpertemperaturen und in Anbetracht der Tatsache, dass der eine draußen und der andere im Stall lag, hätte ich gesagt, sie starben ungefähr gleichzeitig. Möglicherweise sogar mit einer gewissen Genauigkeit. Aber …«

»Es gibt einen Grund für meine Frage«, erklärte Knut. »Wir fanden eine Spur, einige Tropfen Blut, auf der Straße vom Stall zur Siedlung.« Er zog die Plastikbeutel mit dem geschmolzenen, rot gefärbten Schnee heraus.

Der Arzt schritt langsam um den Operationstisch, betrachtete die Leichen, ließ sich viel Zeit. »Solche Untersuchungen müssten in einem Polizeilabor auf dem Festland vorgenommen werden«, sagte er schließlich. »Entweder in Norwegen oder in Russland. Aber so viel kann ich bereits jetzt sagen, keiner der beiden konnte noch sonderlich weit laufen, nachdem sie angegriffen wurden. Hilft das?«

Einige Stunden später hatte man in Barentsburg zu einer Struktur gefunden. Der Büroleiter koordinierte aus dem Büro des Trusts die Bergleute. Die Tagesschicht fuhr wie bisher um sechs Uhr ein. Es wurde nicht laut gesagt, aber die meisten Bergleute meinten, die Morde hätten etwas mit der Stadt zu tun, nicht mit der Zeche. Wer frei hatte, wurde auf den schlecht beleuchteten Straßen der Siedlung als eine Art Wachmannschaft eingesetzt. Die Arbeiter bildeten Zweiergruppen, einige von ihnen waren mit alten Brno- und Nagant-Gewehren bewaffnet. Sie hatten strenge Anweisungen, keinerlei Konfrontationen zu provozieren, sollten sie auf Personen mit blutbefleckter Kleidung oder merkwürdigem Verhalten stoßen.

In der Nacht lag eine unnatürliche Ruhe über Barentsburg. Viele Einwohner hatten sich am Vorabend zu Bett gelegt, ohne von den beiden Morden zu wissen. Igors und Olgas Gäste konnten nach der kurzen Befragung nach Hause gehen oder bei Igor bleiben, wenn sie wollten. Andere wurden alarmiert, dass sich vermutlich ein Mörder im Schatten der Häuser verbarg.

Die Bevölkerung wurde gebeten, am nächsten Tag möglichst zu Hause zu bleiben und nur in Gruppen zur Kantine zu gehen. Angst zog in die Siedlung ein, als würde die Polarnacht rund um die Stadt tiefer und dunkler. Vier Tote innerhalb einer Woche, Menschen, mit denen man gelebt und gegessen hatte, mit denen man auf Ausflügen und Festen zusammen war ... Nicht bei allen hatte es sich um gute Menschen gehandelt, und doch waren sie ein Teil dieser kleinen Gesellschaft gewesen. Es gab keinen Platz mehr für Trauer oder Mitgefühl mit den Opfern. Jeder konnte der Nächste sein.

Jewgeni Iwanowitsch und Knut hatten im Büro des Konsuls eine Art Zentrale errichtet. Der Konsul hielt sich mit aller Kraft aufrecht, graubleich im Gesicht. Seine Augen flackerten im Büro umher, suchten hilflos nach Haltepunkten. Der Beamte der Regierungsbevollmächtigten machte ihm keinen Vorwurf. Er hatte selbst das Gefühl, ziemlich erschöpft zu sein. Alle drei waren sie die ganze Nacht wach gewesen. Knut hatte den Konsul gegen Mitternacht informiert und erklärt, dass in Barentsburg Ausnahmezustand herrsche. Ebenso selbstverständlich waren Telefonate gewesen, die Polizeichef Andreassen und die Regierungsbevollmächtigte Isaksen weckten. Beide waren schockiert und verwirrt in ihrem halb wachen Zustand. Keiner konnte sich an irgendetwas Vergleichbares auf Spitzbergen erinnern. Nicht einmal annähernd.

Eine Stunde später fand eine von Lautsprechern verstärkte Telefonkonferenz zwischen Longyearbyen und Barentsburg statt. Knut fühlte sich nicht wohl bei diesem Arrangement. Er hätte gern vertraulich mit Anne Lise und Tom gesprochen. Aber das war unmöglich, und die allerletzten Reste der Batteriekapazität seines Handys wollte er nicht verschwenden. Außerdem galt es, keine Zeit zu verlieren. Sie mussten die Kontrolle über die Situation in der russischen Bergarbeitersiedlung wiederherstellen.

»Vier Morde innerhalb einer Woche, mir fehlen die Worte …« Anne Lise war heiser, sie räusperte sich und hustete.

»Wir müssen ruhig bleiben …« Toms Stimme war leiser, seine Botschaft aber deutlich. »Es steht nicht fest, dass die ersten beiden Unglücksfälle und diese Morde zusammenhängen. Könnte es sich um eine Prügelei im Suff gehandelt haben? Möglicherweise eine dritte Person, die sich in einem der verfallenen, leeren Gebäude versteckt?«

Es war nicht versucht worden, die beiden letzten Morde zu vertuschen, vermutlich wollte Tom darauf hinaus. Die beiden ersten Todesfälle hatte man als Unfälle kaschiert. Diese beiden Morde waren brutal und direkt. Der Mörder schien kein Interesse mehr zu haben, seine Handlungen zu verheimlichen. Etwas zwang ihn, sich aus der Deckung zu wagen, sich zu beeilen. Vorausgesetzt natürlich, dass die vier Todesfälle etwas miteinander zu tun hatten. Welche Verbindung bestand unter den Opfern? Warum gerade diese Personen?

»Wir schicken Beamte, sobald wir den Hubschraubertransport organisiert haben. Selbstverständlich informieren wir sofort die Kripos …« Anne Lises Stimme bebte.

Der Konsul ging in die Arbeiterkantine zum Essen, es kam nur selten vor. Er hatte sich aufgerafft, den Büroleiter angerufen und darum gebeten, mit einem verfügbaren Fahrzeug abgeholt zu werden. »Es wird eine beruhigende Wirkung haben, wenn ich mit gutem Beispiel vorangehe«, sagte er und verschwand aus der Tür.

Jewgeni Iwanowitsch und Knut sahen sich über den Sitzungstisch an. Sie waren erleichtert, endlich allein zu sein, um Überlegungen und Verdachtsmomente auszutauschen, ohne sie dem Konsul erklären zu müssen. Beide wussten, dass sie den Mörder schnell fassen mussten, aber keiner von ihnen wollte der Erste sein, der eine Vermutung aussprach, die sich später als falsch herausstellen könnte.

Der Russe ging ins Vorzimmer, öffnete, als wäre er zu Hause, alle Schränke, die nicht abgeschlossen waren, und fand schließlich einen uralten Wasserkocher und ein Glas mit schwarzem, versteinertem Pulver. Aus einer Schublade holte er eine Packung gefüllter Kekse. Knut stopfte sich ein paar davon in den Mund. Sie schmeckten ganz akzeptabel, wenn sie mit starkem Kaffee hinuntergespült wurden.

Sie breiteten ihre wenigen Notizen über den Sitzungstisch aus und beugten sich über eine abgenutzte Karte der Siedlung, die Knut von dem Dolmetscher erhalten hatte.

»Wo stehen wir bei diesen Morden, Fjeld?«, fragte der russische Detektiv. Er sah mitgenommen aus, die Tränensäcke zeichneten sich deutlich ab. »Wollen wir mit den bekannten Tatsachen beginnen?«

Knut mochte ihn noch immer nicht, aber im Laufe der Nacht hatte er einen gewissen Respekt vor Jewgeni Iwanowitsch Rostov bekommen. Der Mann ging systematisch und zielgerichtet vor. »Ich glaube, wir müssen uns die wenigen Fakten ansehen, die wir haben. Zeitpunkte, die Alibis der Leute. Barentsburg ist ein kleiner Ort, es müsste eigentlich möglich sein, alle achthundert Einwohner zu überprüfen.«

Der Russe lehnte sich auf seinem Stuhl zurück und seufzte. »Ich sehe nicht, wie wir beide allein diese Arbeit bewältigen wollen. Es wird Tage dauern.«

Sie waren müde, dachten unklar, und sie wussten es. Trotzdem entwickelte sich eine Art Wettkampf, wer den erlösenden Vorschlag brachte.

»Wir müssen uns auf einen gemeinsamen Ausgangspunkt für unsere Diskussion einigen. Hast du die ersten beiden

Morde in deine Überlegungen miteinbezogen oder nicht?« Knut hielt dies für eine ziemlich wesentliche Frage. »Wenn wir über vier geplante Morde innerhalb einer Woche reden, müsste das Motiv so klar sein, dass wir es eigentlich gar nicht übersehen können.«

»Vielleicht hast du Recht. Aber ich finde, etwas so Spekulatives als Ausgangspunkt zu nehmen, ist Zeitverschwendung.« Er holte seinen Flachmann heraus und goss einen ordentlichen Schuss in den Kaffee. Wollte die Blechflasche Knut reichen, der wiederum ablehnte.

»Was willst du sonst machen?«

»Es als eine Jagd betrachten, nicht als eine Ermittlung. Sei mal ein bisschen primitiv, Polizeibeamter Fjeld. Wo sind deine Instinkte?«

Knut hatte nichts übrig für die Art von Polizisten, die dieses oder jenes im Gefühl hatten. Obwohl es ihm häufig ähnlich ging, war er überzeugt, dass Mordfälle vor allem durch systematisches Vorgehen aufgeklärt wurden. Aber die Worte des Russen ließen ihn doch nachdenklich werden. Die letzten Minuten vor den Morden ... was war passiert?

»Ja, vielleicht ...« Er nickte widerwillig. »Wer wurde zuerst ermordet? Anton oder Grigótovit?«

»Du hast den Arzt gehört. Er konnte es nicht mit Sicherheit sagen.«

Plötzlich war es Knut klar. Ein Blitz leuchtete einen kurzen Moment in seinem Unterbewusstsein auf und verschwand. »Anton hat es zuerst erwischt«, erklärte er.

»Ach ja? Das musst du mir näher erklären.« Der Russe lehnte sich wieder auf seinem Stuhl zurück, schaute Knut mit halb geschlossenen Augen an.

»Wir sind uns einig, dass es eine dritte Person geben muss, nicht wahr?« Knut sprach hastig, aus Angst, die Übersicht zu verlieren, wenn er es nicht schnell genug darlegte. »Egal, wer von den beiden zuerst umgebracht wurde – sie haben sich nicht gegenseitig ermordet. Wäre das der Fall, hätten wir sie an derselben Stelle gefunden, mit dem Messer und dem Revolver neben sich. Es muss eine dritte Person geben, die entweder einen von ihnen ermordet hat oder beide.«

Im aufgequollenen Gesicht und den müden Augen des Ermittlers zeigte sich ein höhnischer Ausdruck. »Jetzt wiederholst du Selbstverständlichkeiten. Ich dachte, darüber wären wir uns bereits bei der Obduktion einig gewesen? Der Arzt hat doch gesagt, dass keiner der beiden nach der Verwundung mehr weit kommen konnte.«

Knut überhörte die Unterbrechung, wollte seinen Gedankengang ungestört zu Ende bringen. »Nehmen wir an, eine dritte Person hat beide ermordet … oder Anton brachte Grigótovit um und wurde dann von einem anderen getötet. Dann wäre diese dritte Person über und über mit Blut bespritzt. Antons Kehle wurde in einem langen Bogen durchgeschnitten. Die Halsschlagader war durchtrennt. Aus einer solchen Wunde spritzt eine große Menge Blut. Der Mörder konnte gar nicht vermeiden, davon getroffen zu werden.«

»Gerade darum ist es so wichtig, die Suche auf diese Person zu konzentrieren. Oder ihre Kleidung …« Der Russe setzte sich in seinem Stuhl auf. Sie waren wieder auf der Spur, die er verfolgen wollte. »Wir müssen mit jemandem im Trust reden. Es braucht viele Leute, um von Haus zu Haus zu gehen …«

»Nein, warte.« Knut spürte, wie sich eine gelassene Zufriedenheit in ihm ausbreitete. »Es gibt eine andere Lösung. Wenn sie richtig ist, finden wir niemanden mit blutigen Klamotten. Anton wurde zuerst getötet. Grigótovit hat ihn umgebracht. Wenn wir suchen, werden wir ein Messer oder irgendetwas anderes im Stall finden. Vielleicht hatte er einen besonderen

Raum, in dem er geschlachtet hat? Seine Kleidung muss, wie gesagt, vollkommen blutverspritzt gewesen sein. Es tropfte, als er zurück zum Stall ging, die Blutstropfen, die wir an der Straße fanden … Was er dort in den letzten Minuten seines Lebens getan hat, weiß ich allerdings nicht.«

»Und wer hat ihn ermordet?«, fragte Jewgeni Iwanowitsch. Er schüttelte den Kopf.

»Ich weiß nicht, wer die dritte Person ist«, räumte Knut ein. »Er oder sie muss gesehen haben, wie Grigótovit Anton umbrachte. Dann ist er ihm zum Stall gefolgt. Vermutlich ist Grigótovit in den Schweinekober gegangen, vielleicht, um den Eber zu füttern? Dort wurde er erschossen. Das Schwein bekam Angst. Wegen des Schusses, wegen des Blutgeruchs … und lief Amok. Trampelte und sprang, wollte aus dem Kober heraus. Antons Blut auf Grigótovits Sachen vermischte sich mit seinem eigenen Blutbad. Ein Polizeilabor würde dies alles bestätigen, auch, dass die Blutstropfen an der Straße von Anton stammen. Sie würden auch die Spuren von zwei Blutgruppen auf den Überresten von Grigótovits Kleidung finden.«

Vor den Fenstern des Konsulats wurde die Polardunkelheit allmählich ein wenig heller. Maschinengeräusche näherten sich vom Eingang des Bergwerks und von den Gebäuden am Ende des Abhangs. Es war Mittagszeit. Diejenigen Einwohner, die den Mut dazu hatten, versuchten so zu tun, als gingen sie die Morde der letzten Nacht nichts an.

»Ich verstehe, was du meinst«, sagte Rostov. »Diese dritte Person muss gar keine Blutflecke abbekommen haben. Es wurde aus wenigen Metern Abstand geschossen, vermutlich stand der Schütze außerhalb des Schweinekobers.«

Knut nickte und fühlte sich plötzlich so erschöpft, dass er nicht wusste, wie er sich aufrecht halten sollte. Eben noch hatte er sich an seiner eigenen Analyse erfreut. Er hatte das Gefühl, den Tag frontal angehen zu können. Nun sah er ein, dass sie schlafen mussten, der Russe ebenso wie er. »Ich leg mich ein paar Stunden ins Hotelzimmer«, erklärte er. »Du solltest dir auch ein bisschen Schlaf gönnen. Hören wir eine Weile auf?«

Es kostete ihn Kraft aufzustehen und die Treppe hinunter zur Straße zu gehen. Vor dem Konsulat fiel der Schnee so dicht, dass die Konturen der Gebäude am Abhang kaum noch zu sehen waren. Jeder konnte sich unbeobachtet in der Stadt bewegen. Sicher, nicht erkannt zu werden, sicher in seiner Verkleidung als anonymer Schatten unter all den anderen Einwohnern von Barentsburg. *Wir sind allein*, dachte Knut. *Der Helikopter von Longyearbyen startet bei so schlechter Sicht nicht. Es gibt nur diesen versoffenen ehemaligen Polizisten und mich – und wir müssen einen Mörder finden, bevor noch mehr geschieht.*

KAPITEL 32

Gespräche

Beide saßen in einem fadenscheinigen Sessel und tranken Tee an einem kleinen runden Tisch. Normalerweise kam sonst niemand so früh am Morgen. Sie hatten das Frauenhaus für sich und konnten sich unterhalten, ohne dass jemand mithörte.

Ljudmila nahm sich einen Löffel Brombeermarmelade und rührte sie langsam in den Tee. Sie hatte sich einen Wollschal um die Schultern gelegt. Es war kalt, der Ofen hatte das Zimmer noch nicht genügend beheizt. Jekaterina sah, dass sie Angst hatte. »Niemand weiß, dass wir hier sind«, sagte sie.

»Nein, niemand weiß es ...« Ljudmila strich über ihren geschickt hochgesteckten Haarknoten. »Die Kantine ist geöffnet, aber mich wird man erst in einer halben Stunde vermissen, denke ich. Trotz der Umstände.«

Jekaterina schauderte. »Wer könnte es sein?«

»Darum müssen wir uns nicht kümmern ... nicht unsere Sache.« Ljudmilas Ton war entschieden, wie immer, wenn sie unsicher war. Jekaterina glaubte ihr nicht. Jedes Unglück oder Elend in Barentsburg betraf früher oder später die Frauen. Die Morde am gestrigen Abend würden sie in irgendeiner Form heimsuchen.

Ljudmila hatte keine Zeit, um die andere Frau zu trösten. Sie wusste, dass sie ihr die Informationen, die sie wollte, aus der Nase ziehen musste.

»Wie geht es deiner Nichte Katja? Kommen sie und das Baby zurecht? Der neue Job – behält sie ihn? Wer hätte das gedacht – im Sekretariat der Duma in Moskau, was? Wenn sie jetzt noch einen passenden Mann findet, wird sie mit der Zeit großen Einfluss bekommen.«

Ljudmila lächelte bei dem Gedanken. So etwas gefiel ihr – man säte einen Samen und half gleichzeitig den Verwandten eines ängstlichen Freundes oder Kollegen in Barentsburg. Nach einigen Jahren keimte der Samen. Und derjenige, dem man geholfen hatte, war nun in der Lage, seinen Einfluss geltend zu machen. Man zog Nutzen aus seiner ursprünglichen Investition. So funktionierten die Frauen und ihr Netzwerk am besten. Aber nun musste sie es aufgeben, leider.

Sie nahm sich zusammen, sie hatte keine Zeit zu verlieren … »Es könnte sein, dass ich Spitzbergen verlassen muss. Aber vorher … muss ich dich etwas fragen. Du warst doch gestern im Büro, oder? Der Büroleiter … hat er Jewgeni Iwanowitsch Rostov angefordert?«

»Du meinst den Ermittler aus Murmansk? Nein, glaub ich nicht … das war doch der Konsul, oder? Ja, ich bin ganz sicher, dass unser Büro es nicht gewesen ist.« Jekaterina sah sie verwirrt an. »Wieso interessiert dich das?«

»Ich glaube, ich bin ihm schon einmal begegnet, verstehst du.« Ljudmila beugte sich vor und griff nach der Hand der anderen Frau. »Danke, dass du jederzeit bereit bist zu helfen, Katja … und jetzt muss ich dich um noch einen Gefallen bitten. Es könnte gefährlich sein …«

Knut stand vor seinem alten Hotelzimmer. Der Schlüssel steckte im Schloss. Innen wirkte es beinahe heimelig – das beruhigende Gurgeln des Heizkörpers, das abschreckende Arbeiterbild an der Wand, der leichte Geruch nach etwas Undefinierbarem, von dem er aber meinte, es sei russisch.

Er war so müde, dass es in seinen Ohren sauste. Er erinnerte sich nicht, wann er das letzte Mal geschlafen hatte. Es musste über vierundzwanzig Stunden her sein. Er hängte die Jacke auf, zog die russischen Kleidungsstücke aus der Plastiktüte, die er aus dem Konsulat mitgenommen hatte, breitete sie auf dem Bett aus und strich sie mit den Händen glatt. Dann legte er seine Sachen auf den niedrigen Tisch zwischen den Betten – das Handy, die Kamera, die Seiten des kleinen Notizbuchs und einen inzwischen ansehnlichen Stapel mit Notizen aus den Gesprächen und Verhören. Er setzte sich und schaute sich alles an. Es wirkte so erbärmlich. Das sollte sie vor einem Mörder schützen, von dem noch immer niemand wusste, wer er war?

Das Hotel war leer und ruhig. Er fühlte sich erschöpft, konnte nichts anderes mehr tun, als sich hinzulegen. Neues Bettzeug, bemerkte er. Zum ersten Mal während seines Aufenthaltes in Barentsburg schlief Knut mit einem Gefühl der Geborgenheit ein, das er nicht analysieren wollte. Er nahm die tiefe Dunkelheit nur dankbar entgegen.

Jekaterina ging nach Hause in ihre kleine Wohnung. Sie hatte Angst, verstand, worum Ljudmila sie gebeten hatte. Was sie tun sollte, war riskant, das wusste sie. Trotzdem war Ljudmilas Risiko noch größer.

Sie setzte sich auf die Bettkante. Was sie nicht begriff, war der Grund, warum Ljudmila sie darum gebeten hatte. Hätte sie es nicht selbst tun können?

Ljudmila ging nach dem Gespräch mit Jekaterina im Frauenhaus nicht nach Hause. Sie schlich über die Hauptstraße durch Barentsburg und erwartete jeden Moment, von einer Person überrascht zu werden, der sie von allen Einwohnern am wenigsten begegnen wollte. Aber es ging gut. Sie kam bis zur

Wohnung von Vanja und Oksana, ohne bemerkt zu werden. In der Wohnung waren nur noch Vanjas Sachen, das hatte sie vor ein paar Tagen schon kontrolliert. Oksana hatte bereits alles geholt, was sie haben wollte.

Das Haus war unverschlossen, niemand stahl in Barentsburg. Schließlich konnte man den ganzen Winter über nicht verschwinden. Wenn etwas fehlte und Beschuldigungen ausgesprochen wurden, konnten der Bergwerksdirektor oder der Konsul eine Hausdurchsuchung anordnen. War jemand beim Stehlen erwischt worden, wurde das Vertragsverhältnis mit Trust Arktikugol augenblicklich gelöst, und der Dieb musste zurück aufs Festland – in aller Regel hatte er eine Zukunft mit Not und Arbeitslosigkeit vor sich. Daher stahl niemand.

Ljudmila öffnete vorsichtig die Tür zu dem kleinen Flur. Es war kalt, die Heizung war seit mehreren Tagen abgestellt. Sie schlich von Raum zu Raum, kontrollierte zur Sicherheit, ob sie wirklich allein war. Wie lange sie brauchen würde, wusste sie nicht, aber sie wollte sich Zeit nehmen, um die Kleider und Habseligkeiten ihres lieben Vanja zu untersuchen. Vermutlich würde sie alles zum letzten Mal sehen.

Jekaterinas erster Gedanke war, mit dem Büroleiter zu reden, doch ihr kamen Bedenken. Er wirkte so schwach und unsicher, was erwartete sie eigentlich von ihm? Was sollte er tun? Anders wäre es, wenn Kostja noch die Leitung innehätte. Bei ihm hatte es sich um einen Chef mit Autorität und großem Einfluss gehandelt, auch in Murmansk. Er hätte etwas tun können. Aber der Büroleiter? Vermutlich würde er eine Reihe von Sitzungen einberufen, und nichts käme dabei heraus. Jekaterina zweifelte. Schließlich betrat sie doch das Vorzimmer des Büroleiters.

Zu ihrer Überraschung saß Olga an Jekaterinas Schreibtisch. Die Sekretärin des Konsuls wühlte in ihren Papieren. »Was machst du hier?« Jekaterina war erleichtert, als sie hörte, dass ihre Stimme herrisch klang. Sie sah, wie das Gesicht der jungen Sekretärin flammend rot wurde.

»Oh, Katja … Ich wollte nur … Du weißt doch, dass der Büroleiter mich gebeten hat, dich zu vertreten. Und als du heute Morgen nicht gekommen bist, dachten wir, du seist krank, und daher …«

»Du hättest dir nichts verhoben, wenn du zu mir gekommen wärst, um dich zu erkundigen, wie es mir geht.« Sie konnte fantastisch sein, wenn sie wollte. Ihre dünne Gestalt stand aufrecht wie ein Ausrufezeichen. »Hast du in den Unterlagen etwas Nützliches gefunden?«

»Aber Katja, Liebes, ich wollte doch nur …« Die jüngere Frau schluchzte, als kämen ihr die Tränen, aber Jekaterina glaubte nicht, dass sie anfangen würde zu weinen. Es hätte ihr kunstvolles Make-up zerstört.

Die Tür zum Vorzimmer ging auf, und der Büroleiter schaute heraus. Hinter ihm stand Igor und reckte sich, um zu sehen, was im Vorzimmer vor sich ging.

»Ich hörte schrille Stimmen? Was ist denn hier los?«

»Katja glaubt, ich würde in ihren Sachen herumschnüffeln. Seien Sie so nett und erklären Sie ihr, dass ich lediglich angeboten habe, in einer schwierigen Situation zu helfen.« Olga hatte als Erste eine Erklärung parat, wrang die Hände und sah in ihrer Verzweiflung reizend aus.

Der Büroleiter drückte den Rücken durch. Mit Olgas Verlobtem im Rücken spürte er eine gewisse Entschlossenheit. »Jekaterina Tarasiwna, wir haben Verständnis dafür, dass Sie ängstlich und verzweifelt sind … Kostjas Tod, die Unsicherheit wegen Ihrer Stellung hier in Barentsburg, die Morde gestern Nacht … Gehen Sie nach Hause und ruhen sich aus. Olga kann den Arzt anrufen, wenn Sie das Bedürfnis haben, mit ihm zu reden.«

Was meinte er? Die Unsicherheit ihrer Stellung? Jekaterinas Augen verengten sich zu Schlitzen. Nein, sie würde dem Büroleiter nichts erzählen. Wenn etwas schiefgehen sollte, wüsste sie diese Unterhaltung auf ihre Weise zu referieren.

Ljudmila hatte sich ausgezogen. Nackt und frierend stand sie in dem eiskalten Schlafzimmer, weiß wie eine Marmorstatue, üppig wie eine alt gewordene Aphrodite. Hier war sie nie gewesen. Sie sah sich die Möbel an und versuchte, sich das Zusammenleben von Vanja und Oksana vorzustellen. Das Zimmer war klein, das Doppelbett hatten sie an die Wand geschoben. Vanja hatte eindeutig außen gelegen. Auf der Kommode direkt gegenüber vom Bett lagen ein altes Feuerstein-Feuerzeug, eine Lesebrille und ein Buch, Gogols *Die toten Seelen*. Ljudmila wusste, dass Vanja es sehr gemocht hatte. Oft hatte er daraus zitiert und über die burlesken Schilderungen der unbeholfenen Dorfschwindeleien gelacht.

Von Oksanas persönlichen Dingen fand sich nichts mehr im Schlafzimmer. Als wäre sie nie hier gewesen. Ljudmila seufzte und zog die unterste Schublade aus der Kommode. Fing an, Vanjas Kleidungsstücke zu sortieren. Das meiste sollte seiner Familie geschickt werden, etwas wollte sie selbst behalten. Einzelne Sachen zog sie sofort an – Wollunterwäsche, eine grobe Baumwollhose, einen großen Pullover.

In der obersten Schublade fand sie etwas, das ihr Gesicht aufleuchten ließ: Vanjas Medaille. Der Orden »Der goldene Stern«, den man ihm zusammen mit dem Ehrentitel »Held der Russischen Föderation« verliehen hatte, lag in einer mit blauem Samt ausgeschlagenen Schachtel. Woraus war er gemacht, der glänzende Stern unter dem einfachen weißen, blauen und roten Band? Ein Metallkern, vielleicht Stahl, überzogen mit reinem Gold? Ljudmila fand, es hätte zu Vanja gepasst, ein Herz aus Stahl und Gold. Sie befestigte den Orden an der linken Seite des Pullovers.

Dann holte sie Vanjas Grubenstiefel und stopfte Wollsocken vor ihre Zehen. Seine große Kolotjoska-Jacke legte sie neben sich aufs Bett. Schließlich steckte sie seine alte Dienstpistole in die Tasche.

Sie setzte sich aufs Bett. Die nächsten Stunden wollte sie mit Erinnerungen an ein langes Leben mit Vanja verbringen.

Die Fenster im Büro des Konsuls waren erleuchtet. Jekaterina ging über den Abhang auf das Büro zu. Sie war erleichtert, dass sie ihr Anliegen im Vorzimmer nicht erklären musste, da Olga sich im Büro des Trusts aufhielt. Am liebsten wollte Jekaterina mit dem Konsul allein reden. Sie war enttäuscht über Georgi Gavrilowitschs Anwesenheit und erinnerte sich an Ljudmilas Worte. »Du musst nur dies erzählen, Katja, nicht mehr. Ich denke, das reicht. Verbreite es bei so vielen Leuten, wie du kannst. Aber rede auf keinen Fall mit Gosja, wenn du nicht musst. Ihm vertraue ich nicht.«

»Und womit können wir Ihnen behilflich sein, Jekaterina Tarasivna?«, erkundigte sich der Konsul in väterlichem Ton. Er hatte sich ein wenig erholt, nachdem er zu Mittag gegessen und ein paar Stunden geschlafen hatte. »Wie geht es Ihnen? Wir haben alle Angst, dafür müssen Sie sich nicht schämen. Setzen Sie sich … nehmen Sie diesen Sessel. Möchten Sie etwas Tee? Vielleicht ein wenig Kaffee?«

»Nein, danke.« Jekaterina senkte höflich den Kopf. »Ich bin gekommen, um Rat zu suchen … unter vier Augen.«

»Selbstverständlich, aber Gosja kann ruhig bleiben. Wir können uns doch auf unseren Dolmetscher verlassen, nicht wahr? Er hört mehr vertrauliche Informationen als Sie und ich zusammen. Seien Sie nur ganz offen, Katja. Worum geht's denn?« Der Konsul schaute den Dolmetscher nervös an. Wie gewöhnlich wollte er die Verantwortung mit jemandem teilen. Vermutlich kam sie mit nichts Wichtigem, aber ganz sicher konnte man nie sein.

Jekaterina dachte, es wäre das Beste, vorsichtig zu sein. »Wenn ich etwas gehört habe… etwas, das nicht gut ist für jemanden, zum Beispiel, dass jemand nicht der ist… nicht der ist, für den er sich ausgibt. Könnte er aufgehalten werden, ohne dass er erfährt, woher man es weiß?«

»Nicht der ist… ich verstehe Sie nicht.« Der Konsul sah sie bekümmert an.

»Der Trust hat Jewgeni Iwanowitsch Rostov nicht angefordert. Nicht unser Büro. Wer also hat ihn geschickt? Waren Sie es…?«

»Wer, ich… was?« Die Unterlippe des Konsuls begann heftig zu zittern.

»Na, na, Katja.« Der Dolmetscher griff ein und runzelte die Augenbrauen. Doch es gelang ihm nicht, ein strenges Gesicht zu ziehen, die runden Pausbacken und die wenigen Haarsträhnen ließen ihn nur lächerlich aussehen. »Sag mal, hast du getrunken? In diesem Fall… nun ja, es ist verständlich, dass du Angst hast, aber so benimmt man sich doch vernünftigerweise nicht. Geh nach Hause, wenn du nichts anderes hast als diese vagen Beschuldigungen.«

Was sollte sie machen? Sie durfte Ljudmila nicht enttäuschen. Sie richtete sich auf. »Ich verlange zu erfahren, wer dafür gesorgt hat, dass dieser Ermittler aus Murmansk hier ist. Es ist nicht Trust Arktikugol gewesen. Möchten Sie, dass ich den Generaldirektor in Murmansk anrufe und um eine Bestätigung bitte?«

Beide setzten sich auf. Starrten sie an. Der Dolmetscher trat an ihren Sessel, packte ihren Ellenbogen, zwang sie zum Aufstehen und schob sie aus dem Büro. »Denk nicht mehr daran. Dima und ich werden uns der Sache annehmen. Du kannst ganz beruhigt sein. Eine Stunde, vielleicht … Und wenn ich du wäre, würde ich diese Geschichte anderen gegenüber nicht erwähnen.«

Knut hatte ein paar Stunden geschlafen, als er durch ein Geräusch auf dem Flur abrupt geweckt wurde. Er sprang aus dem Bett, lief auf nackten Füßen zur Tür, öffnete sie vorsichtig. Soweit er sehen konnte, war der Flur vollkommen leer. Stille. Das Geräusch hatte er sich sicherlich nur eingebildet. Er legte sich wieder ins Bett, konnte aber nicht mehr einschlafen.

Schließlich stand er auf und trank eine Tasse abgestandenes, lauwarmes Wasser aus dem Hahn des Waschbeckens. Er konnte sich nicht erinnern, wann er das letzte Mal eine ordentliche Mahlzeit gegessen hatte.

Ratlos blieb Jekaterina vor dem Konsulat stehen. Was sollte sie jetzt unternehmen? Mit wem könnte sie reden? Mit so vielen wie möglich, hatte Ljudmila gesagt. Ihr fiel in ganz Barentsburg nur eine einzige Person ein, die ihr vielleicht glauben würde. Der norwegische Beamte aus dem Büro der Regierungsbevollmächtigten.

KAPITEL 33

Notsignale

Tom Andreassen war im Büro, als Knut anrief. Im Grunde hielt er mehr oder weniger allein die Stellung im Polizeirevier. Zwei Beamte warteten am Flugplatz. Die Regierungsbevollmächtigte war in dem Glauben nach Hause gegangen, dass mit dem Helikoptertransport nach Barentsburg und der Verstärkung für Knut alles in Ordnung sei. Sie fiel ins Bett, erschöpft von der Nacht, die sie größtenteils wach verbracht hatte. Sie nahm nicht einmal mehr wahr, dass es angefangen hatte zu schneien.

»Knut, ich weiß, warum du anrufst, aber wir können nicht viel machen. Der Tower meldet auch für Barentsburg Schnee. Na ja, das siehst du wohl selbst, aber ...« Weiter kam er nicht, denn er wurde von einem ziemlich erregten Polizisten unterbrochen. »Was? Ja, ich sehe, dass du vom Handy aus anrufst ... Okay, ich halte den Mund. Fass dich kurz.«

Nach ein paar Minuten unterbrach ihn der Polizeichef. »Knut, spar dir die Batteriekapazität. Ich habe die Situation begriffen. Ich werde sehen, was ich über Kripos und das Justizministerium machen kann. Das lassen wir uns nicht gefallen. Ruf mich in ein oder zwei Stunden wieder an, wenn du bis dahin nichts über die offiziellen Kanäle gehört hast.«

Tom Andreassen starrte das Telefon an. Waren sich die Russen nicht im Klaren darüber, dass der Minister in Oslo, der den Spitznamen »Sheriff« trug, toben würde? Er sah auf die Uhr. Anne Lise war erst vor einer Stunde zum Schlafen nach Hause gegangen. Er konnte sie noch nicht wecken.

Knuts Informationen über den russischen Detektiv schienen absurd. Der Polizeichef dachte nach. Wer hatte ihnen mitgeteilt, dass ein Ermittler aus Murmansk käme? Er sah die Szene im Büro des Konsuls vor sich. War es Dima gewesen? Hatte der Konsul es Anne Lise erzählt? Nein, es war der Dolmetscher, jetzt erinnerte er sich. Aber bei dem Dolmetscher handelte es sich ja nicht um eine unmittelbare Informationsquelle, er musste es von irgendjemandem erfahren haben. Von wem …?

Dem Polizeichef fiel ein, dass der Konsul überrascht reagiert hatte. Vergnügt und erleichtert. Er hatte nicht gewusst, dass der Trust einen Ermittler sendete, bevor der Dolmetscher es erwähnte.

Knut zog sich rasch an. Er ließ die russischen Kleidungsstücke im Hotelzimmer, stopfte die Kamera, das Handy und die anderen Dinge jedoch in die Taschen seiner eigenen Lederjacke. Eigentlich wäre es am besten, im Hotel zu warten, bis er Tom anrufen konnte, um sich die Informationen bestätigen zu lassen, mit denen Jekaterina gekommen war. Aber er war zu rastlos, um untätig herumzusitzen. Die unheimliche Stimmung hatte sich nicht verändert. Alles konnte dort draußen geschehen. Ganz Barentsburg war eine Einöde mit schlecht beleuchteten Straßen, verfallenen Häusern, langen Schatten und unberechenbaren Angriffen. Nicht einen Augenblick vergaß er die beiden Morde. Er hatte Kopfschmerzen von der Anspannung, seine Nackenmuskulatur tat weh.

Auf dem Weg zum Konsulat versuchte Knut, sich auf die unausweichliche Begegnung mit Jewgeni Iwanowitsch Rostov vorzubereiten. Warum war er hier, wenn der Trust ihn nicht beauftragt hatte? War sein Entsetzen über die beiden makabren Todesfälle ehrlich gewesen, hatte er für eine intensive und glaubwürdige Absicherung der Tatorte gesorgt, hatte er sich konstruktiv in der anschließenden Analyse der Situation verhalten? Er benahm sich durchaus wie ein Polizist. Aber wenn er nicht ein Privatdetektiv im Auftrag des Trusts war, wer war er dann?

Außer dem Russen hielt sich niemand im Büro des Konsuls auf. Er saß am Ende des Sitzungstischs, mit einem vor Müdigkeit grauen Gesicht und blutunterlaufenen Augen.

»Du hast dich nicht hingelegt«, stellte Knut fest. »Wo bist du gewesen?«

»Der Konsul und der Büroleiter haben zu einer Versammlung in der Sporthalle aufgerufen. Ich dachte, es wäre gut, wenn wenigstens einer von uns anwesend ist.« Es hörte sich an, als hätte Knut eine wichtige Verpflichtung geschwänzt.

»Kam bei dem Treffen was heraus?« Natürlich hätte er dort sein müssen, fand Knut irritiert, aber er konnte schließlich keine Gedanken lesen. Jemand hätte ihn informieren müssen.

»Die Leute haben Angst. Sie verstehen nicht, was passiert, niemand kann ihnen eine schlüssige Erklärung für die Todesfälle liefern. Sie erfinden alle möglichen Geschichten von Lustmördern, fantasieren über Wiedergänger toter Grubenarbeiter, die man tief unten in den alten Stollen zum Leben erweckt hat … Niemand wagte es, auf der Versammlung den Mund aufzumachen. Der Mörder hätte ja unter ihnen sein können.«

»Ich hoffe nur, dass die Leute nicht anfangen, in der Stadt mit Waffen herumzulaufen. Abgesehen von den Wachen. Die Situation könnte außer Kontrolle geraten.« Knut sah ein, dass eine Konfrontation im Augenblick nicht sehr vernünftig war. Der Mann benahm sich offensichtlich ganz verantwortungsbewusst.

»Mit der Versammlung wollte man so etwas verhindern.

Aber da wir so wenig wissen, glaube ich kaum, dass der Konsul zur Beruhigung beitragen konnte … und ich auch nicht.«

»Du?« Knut sah ihn an. »Hast du auf der Versammlung etwas gesagt?«

»Hör mal, ich bin nicht blöd. Ich habe gehört, dass Jekaterina herumläuft und allen, die es hören wollen, ihre Geschichte erzählt. Ich bin bereit, die Karten auf den Tisch zu legen. Es muss allerdings in aller Vertraulichkeit passieren, nur dir gegenüber, aber zuerst hole ich uns etwas zu essen und Kaffee aus der Kantine. Der Rest der Stadt isst in der Sporthalle zu Mittag.«

Als Knut Iwanowitschs Schritte auf der Treppe hörte, rannte er ins Vorzimmer. Konnte er sich an die Reihenfolge der Ziffern erinnern, um eine externe Verbindung aus der Stadt zu bekommen?

Wieder klingelte es im Büro des Polizeichefs in Longyearbyen. Tom lief den Flur hinunter, warf sich auf das Telefon und meldete sich im letzten Moment. »Knut, endlich …«

»Ich rufe aus dem Konsulat an.«

Tom dachte nach. »Du kannst nicht offen sprechen? Wirst du abgehört?«

»Ja, vielleicht.«

»Gut, ich werde versuchen, dir keine Fragen zu stellen. Ich habe den Chef der Mordkommission bei Kripos kontaktiert. Ich ging davon aus, dass ich damit am schnellsten an Informationen komme.«

»Und was hat er gesagt?«

»Dieser Detektiv … das meiste, was er dir erzählt hat, stimmt. Er hat eine kleine Firma in Murmansk und lebt im Wesentlichen von den Aufträgen der Gewerbetreibenden dort. Lund Hagen glaubt, dass er für die organisierte Kriminalität arbeitet, für korrupte Politiker und Geschäftsleute. Nicht sonderlich überraschend, wenn man in Betracht zieht, dass ihn die Polizei bereits in den Achtzigern gefeuert hat …«

»Wegen Saufens, ja, das hat er mir erzählt …«

»Nein, wegen Korruption. Und noch etwas …« Tom machte eine kleine Pause. »Und das ist ziemlich ernst … er arbeitete im Polizeidistrikt Krasnodon, als er rausgeschmissen wurde. Laut Lund Hagen war der Grund, dass er regelmäßig Informationen gegen Bezahlung an eine kriminelle Organisation da unten weitergegeben hat. Eine mafiaähnliche Organisation, die damals die illegale Produktion von Schnaps betrieb …«

Knut atmete tief durch. Es war schlimmer, als er gedacht hatte. »Hat Lund Hagen gesagt, was für Informationen?«

»Ja. Die Informationen, die er weitergegeben hat, betrafen ein Massaker auf einem Hof bei Pischane 1974.«

Knut saß am Sitzungstisch, als Jewgeni Iwanowitsch zurückkam. Der Russe hatte die Arme voll – eine Blech-Thermoskanne, zwei Kaffeebecher, gesalzene Kekse und Käse. »Das wäre geschafft«, grinste er. »Der Kaffee bringt uns wieder auf die Beine, der ist schwarz wie Teer.« Er zog den verbeulten Flachmann heraus und stellte ihn zwischen Knut und sich auf den Tisch. »Sicher, dass du keinen Schluck willst?«

Knut schüttelte den Kopf. »Nein, danke, ich glaube, wir müssen klaren Kopf bewahren. Du wolltest mir erzählen, dass du nicht im Auftrag des Trusts nach Barentsburg gekommen bist.«

»Nun ja, das kommt darauf an, wie du es siehst … Als Kostja starb, gab es ein paar Stunden ein Leitungsvakuum hier oben. Georgi Gavrilowitsch übernahm die Verantwortung und rief mich an. Wir hatten schon früher zusammengearbeitet.«

»Der Dolmetscher und du haben also den Konsul und mich belogen«, antwortete Knut kühl. »Das ist eine ziemlich ernste Sache. Und kannst du mir auch erklären, warum?«

Der Ermittler hatte sich den Mund mit Keksen und Käse vollgestopft, er lehnte sich zurück und kaute langsam. »Die erste Unterhaltung, die wir geführt haben ... erinnerst du dich, dass du von einem wirtschaftlichen Motiv geredet hast ... Fischereischmuggel und der Schwindel mit den Quoten. Du hast erwähnt, du hättest Gerüchte über einen Kontaktmann in Barentsburg gehört ... einen Koordinator.«

Knut spürte, wie seine Irritation wuchs. »Weißt du, wer es ist?«

Der Russe antwortete nicht sofort. Er goss aus der Thermoskanne Kaffee in beide Becher und sah Knut wachsam an. »Ich sage es nur dir ...«

»Ich gebe nicht eher auf, bis ich weiß, wer es ist.« Knut sprach leise.

»Jemand, der ständig mit Gott und der Welt telefoniert, hast du ihn nicht selbst so beschrieben?« Der Detektiv seufzte. »Hast du übrigens gehört, dass Georgi Gavrilowitsch Dubidin eine Stelle bei der russischen Botschaft in Oslo bekommen hat? Ein vielversprechender junger Mann ...«

»Gosja? Der Dolmetscher?« Knut starrte den Russen an.

»Ja, sicher. Ihn interessiert die Ölgewinnung im Norden ... denn die Fischerei wird jetzt strengeren Kontrollen unterworfen. Das nächste große Thema der Diplomatie zwischen den beiden Polarnationen ist eine Grauzone. Sollte mich nicht wundern, wenn er es noch weit bringt, der gute Georgi Gavrilowitsch.«

»Du behauptest, dass ...« Knut versuchte, die Informationen des Russen zu sortieren. Sollte der Dolmetscher in kriminelle Handlungen verstrickt sein? War er der Koordinator für den Schmuggel von Fisch aus Spitzbergen? »Du sagst… dass Gosja hinter den Morden steckt?«

»Nein, natürlich nicht. Gosja hat niemanden umgebracht, solche Methoden passen nicht zu ihm. Er ist Diplomat und Geschäftsmann. Es wäre übrigens vollkommen falsch, ihn als Spion zu bezeichnen. Sei so gut und mach das nie. Zu deinem eigenen Besten.«

War das eine Drohung? Drohte dieser korrupte ehemalige russische Polizist etwa einem norwegischen Beamten aus dem Büro der Regierungsbevollmächtigten auf Spitzbergen? Knut spürte, wie sein Wutpegel stieg.

Der Detektiv schien es bemerkt zu haben. Er beugte sich über den Sitzungstisch. Die dunklen geäderten Augen appellierten an Knut. »Jetzt nicht überreagieren. Sollten wir, so wie die Dinge liegen, nicht das Beste daraus machen? Ich habe von Gosja den Auftrag erhalten, für Ruhe in Barentsburg zu sorgen. Das ist im Interesse des Trusts und auch Wunsch des Konsuls. Wollen wir nicht zusammenarbeiten, bis dieser Mörder überführt ist? Die Situation ist explosiv. Du glaubst doch nicht etwa, ich hätte etwas mit den Morden zu tun? Irgendwo gibt es eine Grenze, auch für mich.«

Merkwürdigerweise glaubte Knut ihm. Jewgeni Iwanowitsch war ein Betrüger, aber kein Mörder. Bei den meisten Dingen, die er über sich erzählt hatte, war er bei der Wahrheit geblieben. Nur hatte er seine Vergangenheit als Polizist in Krasnodon und seine Kenntnis des alten Falls in Pischane verschwiegen.

Wieder schien Iwanowitsch Gedanken lesen zu können. »Du hast doch mit mehr Leuten als nur mit Jekaterina geredet? Na los, raus damit!«

Knut seufzte. Versuchte, eine Formulierung zu finden, die sich nicht wie eine Anschuldigung anhörte, in einen Mordfall verwickelt zu sein. »Ich habe erfahren, dass du in den achtziger Jahren als Polizist in Krasnodon gearbeitet hast. Natürlich weißt du von dem Mord an Oksanas Familie. Ist diese alte Geschichte eines der … Probleme, die du für Gosja aus der Welt schaffen sollst?«

»Du denkst dabei an den Empfang bei Igor, den ich verlassen habe?« Der Russe schickte ihm einen merkwürdigen Blick, nickte langsam. »Du hast dich erinnert, dass ich geradewegs aus der Dunkelheit kam, als du dich über Anton beugtest, und dass ich ebenso gut hätte vom Stall kommen können?«

Beide atmeten schwer. Ihre Blicke hatten sich ineinander verkeilt. Knut spürte, wie seine Nackenhaare sich aufstellten. Er musste immer wieder daran denken, dass sie vermutlich allein im Konsulat waren.

»Hast du Anton und Grigótovit ermordet?«

»Nein, Polizeibeamter Fjeld. Das habe ich nicht getan.« Der Russe setzte sein höhnisches Lächeln auf. »Wenn du nicht so müde gewesen wärst, hättest du es begriffen. Meine Waffe ist eine moderne automatische Pistole mit einem ganz gewöhnlichen Kaliber. Woher sollte ich den Webley-Revolver haben? Könnte Gosja ihn gestohlen und mir gegeben haben? Wozu? Ich habe doch meine eigene Pistole. Ich verstehe, warum du mich verdächtigst, aber glaub mir – wenn du die Alibis und die Zeitabläufe überprüfst, merkst du, dass deine Theorie nicht stimmt. Du hast doch selbst gesagt, der Mörder von Anton müsse Blut an seiner Kleidung gehabt haben. Und das hatte ich nicht.«

Knut sank ein wenig zusammen. Aber er richtete sich sofort wieder auf. »Warum hast du nicht offen über deine Vergangenheit bei der Polizei in Krasnodon geredet? Ich muss mich doch wundern, wenn du die Karten nicht offen auf den Tisch legst.«

Rostov nickte. »Ich bin selbst überrascht, dass du mich nicht schon früher gefragt hast. Das Massaker in Pischane 1974. Es ist schon seltsam, dass einige, die in diese alte Geschichte verwickelt sind, nun hier in Barentsburg leben, in einer klaustrophobisch kleinen Bergarbeiterstadt auf Spitzbergen. Und daraus entsteht Mord – aus altem, auf Eis liegendem Hass.«

»Daran habe ich auch schon gedacht.« Knut nickte. »Aber mir fehlen die Fakten, um Zusammenhänge herzustellen.«

Der Ermittler legte die Finger zusammen und schaute in die Luft. »Lass mich diese Geschichte aus meiner Sicht erzählen«, sagte er.

»Die Morde an einer kleinen russischen Familie 1974, auf einem Bauernhof tief in den ukrainischen Wäldern. Glaub mir, in Norwegen fand dieses Ereignis keine besondere Beachtung. Aber es gab eine Überlebende, ein kleines Mädchen. Dank Vanja und Ljudmila lebt sie zwanzig Jahre später hier in Barentsburg. Und durch ausgesprochen unglückliche Umstände hält sich auch einer der Täter hier auf.«

»Konstantin Nikolajewitsch de Rustin«, warf Knut leise ein.

»Ja, stimmt. Er war nicht sonderlich aktiv während des eigentlichen Massakers. Aber er war dort, auf dem Hof, als es passierte. Kostja bekommt einen Schock, als er herausfindet, dass es in Barentsburg eine Überlebende gibt. Er findet alles heraus, was mit dem kleinen Mädchen seit 1974 passiert ist. Er vertraut sich einem alten Freund an, dem Konsul Dimitri Petrowitsch Brodskij, der auch eine kleine Rolle in der alten Tragödie hatte. Die beiden alten Wölfe können es kaum glauben. Vielleicht gibt es doch eine Nemesis, die alles, was geschieht, aufrechnet? Kostja ist verzweifelt und bittet den Konsul um Hilfe. Aber was kann der tun?«

Trotz seiner Skepsis gegenüber dem Russen war Knut fasziniert von der Geschichte.

»Der Konsul hat selbstverständlich nichts mit den Morden

in Pischane zu tun. Er ist ein Karrierediplomat und war über die Jahre sehr umsichtig bei allem, was er angefasst hat. Trotzdem brauchte er hin und wieder Geld. 1974 bekam er eine bedeutende Summe von eben jenem Kostja, um die Ermittlungen nach dem Massaker einschlafen zu lassen. Obwohl er staatlicher Angestellter in Krasnodon war. Viele Jahre später nimmt er, jetzt als Wortführer in Krasnodon, ein zweites großes Geldgeschenk an – diesmal von Vanja, damit der Steiger die inzwischen sechzehn Jahre alte Überlebende aus Pischane heiraten kann. Und noch sehr viele Jahre später gerät er auf Spitzbergen mitten zwischen die beiden Kontrahenten. Für ihn könnte das sehr gefährlich werden, so viel ist ihm klar.«

»Der Konsul? Er?« Knut versuchte, die neuen Fakten einzuordnen. »Aber wie ist das möglich? Er wirkt doch so …«

»Warte, ich bin noch lange nicht fertig … Der Konsul empfiehlt beiden – vielleicht auf den Rat eines anderen –, sich einen … Freund zu besorgen. Jemanden, der ein Auge auf alles hat, was hier passiert; der darauf achtet, dass der andere nicht hinterrücks angeschlichen kommt. Grigótovit kommt als Erster in die Stadt. Er wird im Bergwerk angestellt, nur lässt sich die Schichtarbeit schlecht mit der Rolle als Leibwächter für Kostja verbinden. Daher wird er Stallknecht. Da kann er kommen und gehen, wie er will.

Nach einigem Hin und Her verschafft Vanja einem Verwandten einen Posten – Anton, dem zahnlosen Russen. Nun haben beide einen Leibwächter. Jeder passt auf jeden auf. Und Ljudmila hat ihre Frauen, die die vollständige Kontrolle über alles haben, was in Barentsburg geschieht. Der Konsul ist zufrieden. Es ist ein vollkommenes Gleichgewicht der Macht. Doch dann stirbt Vanja …«

»Glaubst du doch an einen Unfall?«

»Nein, es war Mord. Vielleicht nicht vorbereitet und geplant … aber Vanja wurde ermordet. Genau wie du es beschrieben hast. Der Mann war stark wie ein Bär. Er hätte sich am Rand des Betonmischers hochziehen können. Aber jemand hat ihm mit einem Vorschlaghammer die Hände zertrümmert.« Der Russe seufzte. »Nur starb der falsche Mann. Eigentlich hätte Kostja als Erster umgebracht werden sollen. Gegen ihn sollte sich der Hass richten.«

Knut hatte Schwierigkeiten zu atmen. Sie näherten sich einer Lösung.

»Und warum hat es die beiden Morde letzte Nacht gegeben?«

»Weil Grigótovit die Morde in Pischane begangen hat. Er war ein Sadist – ein merkwürdiges verkrüppeltes Wesen direkt aus der Hölle!«

Knut spürte, wie ihm das Blut in den Schläfen pochte, er versuchte die Zusammenhänge zu erkennen. »Was ist mit dem anderen Opfer … Anton?«

»Das war Grigótovit, da hattest du Recht. Er hat vermutlich eins dieser alten, rostigen Schlachtermesser benutzt … und ging dann mit der bluttriefenden Messerklinge zurück zum Stall – mit sich selbst zufrieden, weil er sich eines lästigen und gefährlichen Feinds entledigt hatte. Allerdings wusste er nicht, dass er selbst nur noch kurze Zeit zu leben hatte.«

Der Ermittler hatte seine Geschichte beendet. Er zog den Flachmann heraus und trank einen Schluck, rülpste zufrieden hinter vorgehaltener Hand.

Knut sah ihn an. Er hatte sich beinahe blenden lassen. Der Russe arbeitete mit Worten wie ein Zauberkünstler, doch das eigentliche Problem war damit nicht aus der Welt. »Verdächtige ich dich zu Recht, dass du Informationen über die polizeilichen Ermittlungen an dem Massaker in Pischane direkt an Kostja weitergegeben hast? Gegen Bezahlung?«

»Deine Informanten haben sich geirrt. Ich war noch gar nicht in Pischane, als das Massaker stattfand«, erwiderte Iwanowitsch. »Ich habe für Vanja gearbeitet. Er wollte freie Bahn für seine Heirat mit Oksana.«

Knut war einverstanden, mit Jewgeni Iwanowitsch weiterzuarbeiten, bis sie die Morde an Grigótovit und Anton aufgeklärt hatten. Er war auch bereit, den tatsächlichen Auftraggeber des Detektivs vorläufig vertraulich zu behandeln. Er hatte es dem Russen nicht gesagt, aber er hatte definitiv nicht vor, dies geheim zu halten, wenn die Sonderermittler der Kripos in Barentsburg ankamen. Die Zusammenarbeit war befristet und fragil.

»Wir kommen um Hausdurchsuchungen nicht herum«, meinte der Russe. »Hast du was dagegen?«

»Wonach sollen wir denn suchen? Hast du nicht gehört, was ich vorhin gesagt habe? Wenn ich Recht behalte, findest du nirgendwo blutige Klamotten. Der Mörder hat vermutlich nicht einmal einen Fleck abbekommen.«

»Was ist mit der Waffe, mit der Grigótovit erschossen wurde? Sie muss doch irgendwo hier in Barentsburg sein.«

»Wenn sie nicht bereits weggeschmissen wurde. Hast du mal versucht, in den Schneewehen etwas zu suchen? Ich schon. Glaub mir, du kannst einen Menschen unter dem Schnee verstecken, und sie werden ihn erst im Sommer finden, wenn der Schnee geschmolzen ist.« Knut hörte selbst, dass er nicht sonderlich entgegenkommend war.

»Ich glaube nicht, dass der Mörder den Revolver weggeworfen hat. Dann kann er doch nicht mehr schießen.« Der Russe war ebenso störrisch.

»Woher willst du das wissen? Vielleicht hat er mehrere Waffen?«

Die Diskussion entwickelte sich zu einem Wortgefecht. Beide waren erschöpft. Mit der guten Zusammenarbeit der vorherigen Nacht war es nach den Eingeständnissen des Russen vorbei.

Knut wollte einen versöhnlicheren Ton anschlagen, etwas finden, worauf sie sich einigen konnten. »Was ist mit diesen Listen, über die wir gestern Nacht geredet haben? Werden Schusswaffen in Barentsburg registriert?«

»Nehme ich an.« Der Ermittler schien noch immer verärgert zu sein. »Übrigens habe ich das Gewehr, mit dem du das Schwein erschossen hast, wieder in der Zeche abgeliefert. Du hast es im Büro des Konsuls einfach stehen lassen.«

»Hab ich's mir ausgeliehen? Ich wusste doch nicht…«

Sie hatten sich schon wieder in den Haaren. Knut war klar, dass er zu der miserablen Stimmung ebenso beitrug wie der Russe. Während sie noch gegenseitig stichelten, ging ihm plötzlich etwas durch den Kopf. Die Umrisse einer Idee. Er brach mitten im Satz ab. Er fragte nach etwas anderem.

»Hast du den Eindruck gehabt, dass es schwer ist, sich im Zechenbüro eine Waffe zu leihen?«

»Was weiß ich?« Iwanowitsch zuckte die Achseln. Dann runzelte er die Augenbrauen. »Du meinst… der Mörder könnte sich dort ein Gewehr oder einen Revolver beschafft haben?«

Knut nickte, aber eigentlich verfolgte er einen anderen Gedanken. Letzte Nacht hatte er gesehen, dass es in Barentsburg viele Waffen gab, sowohl Gewehre wie Handfeuerwaffen. Wenn es sich tatsächlich so verhielt, dass alle Waffen registriert wurden, die Notwendigkeit, sich eine Waffe zu beschaffen, aber nicht nachgewiesen werden musste, warum hatte der Mörder dann einen Revolver mit einem besonderen Kaliber gewählt, wie die gestohlene Webley? Warum hatte er sich die Mühe gemacht, den Revolver zu stehlen?

Die einzige Erklärung bestand darin, dass der Mörder sich auf andere Weise keine Waffe beschaffen konnte, nicht ohne in irgendeiner Liste erfasst zu werden. Es handelte sich um jemanden, der nicht auffallen wollte. Jemanden, an den man nicht dachte, wenn es um den Gebrauch von Waffen ging – jedenfalls nicht in Barentsburg. Eine Frau.

Es gibt nur zwei Frauen, die ein mögliches Motiv haben, dachte Knut und empfand plötzlich ein Gefühl der Resignation und Erschöpfung. Beide Frauen hatten etwas mit dem Massaker in Pischane zu tun.

Vor den Fenstern des Konsulats fiel dichter Schnee. Es herrschte noch immer kein Flugwetter.

KAPITEL 34

Flucht

Knut ging allein ins Sitzungszimmer im ersten Stock des Konsulats und verbrauchte den Rest der Batteriekapazität seines Handys. Er rief Tom im Büro an. Der Polizeichef ging sofort ans Telefon. Knut erzählte ihm, was er herausgefunden hatte. Seine Stimme war heiser, gleichzeitig ohne Spannung und gefühllos.

»Du bist groggy, Knut. Leg dich hin und schlaf ein bisschen.«

»Tom, wir haben nicht mehr viele Sekunden …«

Der Polizeichef redete langsam, zwang sich, ruhig zu bleiben. Am liebsten hätte er die Telefonleitung aus der Wand gerissen, so frustriert war er. »Was willst du, was soll ich machen? Es schneit wie verrückt. Die Meteorologen haben für den Abend Besserung versprochen, aber … Die gute Nachricht ist, dass die Kripos-Leute morgen mit dem Flieger vom Festland kommen. Wir tun alles, was in unserer Macht steht, um sie nach Barentsburg zu schaffen. Was willst du mehr? Es kann doch kaum um Stunden gehen, oder …«

»Ich möchte, dass du mir vertraust. Wenn wir eine der Frauen aus Barentsburg rausschaffen, wird nichts passieren. Ich dachte, sie seien Freundinnen, aber sie hassen sich …«

Tom Andreassen ging durch den Kopf, dass sich Knut zum ersten Mal so niedergeschlagen und unsicher anhörte. Irgendetwas stimmte hier nicht. »Knut, ich verstehe nicht, warum du eine dieser Frauen mit nach Longyearbyen nehmen willst. Verdächtigst du nicht beide?« Plötzlich wurde es ihm klar. »Oh, nein, Knut, sag nicht, dass …«

Jeden Moment konnte die Batterie tot sein. Knut war verzweifelt. »Sei so nett und tu mir diesen Gefallen. Denk dir etwas aus. Sie ist in Barentsburg nicht sicher. Wenn sie diesen Grigótovit umgebracht hat, dann kann sie in jedem Fall auf mildernde Umstände plädieren. Sie ist keine Mörderin, Tom. Ich kenne sie.«

Der Polizeichef dachte nach, sah keine Möglichkeit … aber mit einem Mal fiel ihm etwas ein. »Du willst sie also unbedingt nach Longyearbyen bringen? Obwohl du damit deine Karriere bei der Regierungsbevollmächtigten aufs Spiel setzt?«

»Ja.«

»Und dann überlässt du sie und den Fall der Kripos und hältst dich raus?«

»Ja.«

»Es gibt vielleicht eine Möglichkeit … Erinnerst du dich an die alte Jagdhütte bei Finneset in nördlicher Richtung, die die Beamten im Winter hin und wieder zur Übernachtung nutzen? Vom Flugplatz aus gesehen, liegt sie nicht weit von Barentsburg, auf der anderen Seite der Siedlung. In der Nähe des Grubeneingangs …«

Am anderen Ende war es still. *Eine verzweifelte Stille*, dachte der Polizeichef. »Im Frühjahr sind zwei Beamte mit Scootern unterwegs gewesen, als das Eis im Grønfjord aufbrach. Es lag nur noch so wenig Schnee auf den Bergen über Barentsburg, dass sie die Scooter in Finneset stehen ließen; die beiden wurden mit dem Hubschrauber geholt. Die Scooter stehen unter einer Abdeckung hinter der Hütte. Ja, nicht weil wir dachten, die Russen würden sie klauen … aber du weißt ja, die Eisbären reißen die Sitze kaputt.«

Hörte er ein leises »Danke«?

»Und Knut? In dem Schrank in einem der Zimmer steht eine alte Mauser mit ein bisschen Munition. Für den Fall, dass du … dass ihr … versuchen solltet, Barentsburg mit den Scootern zu verlassen. Letzte Woche ist viel Schnee in Longyearbyen gefallen, vielleicht klappt's ja.«

Stille am anderen Ende der Leitung.

»Knut? Viel Glück …«

Aber die Verbindung war bereits unterbrochen. Die Batterie in Knuts Handy war tot.

Natürlich erinnerte sich Knut an die Hütte der Regierungsbevollmächtigten vor Barentsburg. Er hatte dort selbst einige Male übernachtet. Es war eine für Spitzbergen typische Hütte, aus grauem Holz gebaut, mit einem kleinen Windfang und zwei Räumen. Ein Ofen in der Küche und Etagenbetten im Innenraum. Dass dort zwei Schneescooter standen, hatte man ihm im Laufe des Frühjahrs sicher mal erzählt, aber das war einige Monate her. Er hatte es vergessen.

Mit einem Mal hatte sich die Situation geändert. Unter optimalen Bedingungen konnte Longyearbyen mit den Scootern in einigen Stunden erreicht werden. Vermutlich würde es aufgrund des lockeren Schnees doppelt so lange dauern. Dennoch – in weniger als einem Tag könnte Oksana in Sicherheit sein.

Er verließ das Konsulat und fing an zu suchen. Er fand sie sofort – auf dem Sofa ihres Zimmers. In dem Raum gab es keinerlei persönliche Gegenstände mehr. Neben ihr stand eine große, übervolle Leinentasche auf dem Boden. Überrascht fragte er sich, was sie sich gedacht hatte? Hatte ihr niemand gesagt, dass der Hubschraubertransfer nach Longyearbyen wegen des Schneewetters ausgesetzt war? Sie schüttelte den Kopf, sah vollkommen apathisch aus. Rasch skizzierte er seinen Plan, mit den Schneescootern, die in der Hütte bei Finneset standen, nach Longyearbyen aufzubrechen.

»Ist es nicht gefährlich, mit Schneescootern in der Dunkelheit zu fahren? Ich ertrage keine Enttäuschungen mehr. Bist du sicher, dass es möglich ist?«

»Warum sitzt du hier, auf gepackten Koffern? Was hast du dir dabei gedacht? Du kannst schließlich nicht Gedanken lesen, oder?« Er versuchte zu scherzen, aber er war nervös.

Sie zögerte ein wenig, bevor sie die Hand in die Jackentasche steckte und einen Umschlag herauszog. »Ich habe einen Brief von Ljudmila bekommen. Jemand hatte ihn unter der Tür durchgeschoben, als ich zurückkam. Sie sagt, ich soll zu ihr ziehen, das wäre besser, als allein zu leben. Sie hat einen Plan, um mich hier wegzubringen … Sie will mit mir nach Hause in die Ukraine.«

Knut schloss einen Moment die Augen. Tom hatte im letzten Moment eine mögliche Lösung vorgeschlagen.

Das Schneewetter hatte Barentsburg in eine Geisterstadt voller Umrisse und Schatten verwandelt. Nicht zu erkennende Gestalten tauchten mit gesenkten und in Schals gehüllten Köpfen auf. Oder mit großen, pelzverbrämten Mützen, die sie tief in die Stirn gezogen hatten. Ebenso unvermittelt verschwanden sie hinter der Gardine aus fallendem Schnee. Die Straße war nicht mehr zu erkennen. Knut trug die Leinentasche, dennoch stolperte Oksana mehrfach und verschwand in Schneewehen. Sie rappelte sich auf, kämpfte sich weiter voran. Knut konnte sich nicht erinnern, wie weit es von der Siedlung bis zur Hütte war, er versuchte, sich die exakte Lage von Finneset zu vergegenwärtigen. Es war ein gewaltiger Unterschied, ob man sich dem Ort zu Fuß oder mit dem Scooter näherte. In dem Schneetreiben bestand die große Gefahr, sich zu verlaufen, aber davon erwähnte er Oksana gegenüber nichts. Es war wichtig, dass sie jetzt nicht den Mut verlor.

Sie sahen die Hüttenwand erst, als sie wenige Meter davorstanden. Der Weg zu Fuß durch den knietiefen Schnee hatte weniger als eine Stunde gedauert. Allerdings bot die Hütte keinen einladenden Anblick. Platten vor den Fenstern, große Schneewehen, die eine Wand bis an das Dach verdeckten, der Frost lag wie ein weißer Belag auf dem grauen Holz.

Knut schaufelte vor der Eingangstür den Schnee beiseite. Wie die meisten Hütten auf Spitzbergen war sie nicht verschlossen. Menschen, die unterwegs waren und aus irgendeinem Grund eine Unterkunft brauchten, sollten hier eine Zufluchtsstätte finden. Knut drückte die Tür auf, suchte eine Kerze und half Oksana auf einen Küchenstuhl. Dann entfernte er die Platten vor den Fenstern. Noch immer fiel dichter Schnee, die Sicht hatte sich nicht gebessert. War es zu riskant, mit den Scootern nach Longyearbyen zu fahren?

Als er wieder in die Hütte kam, saß Oksana noch immer auf dem Küchenstuhl, die Leinentasche stand neben ihr auf dem Boden. Sie hatte sich nicht bewegt. Hatte nicht einmal den Versuch unternommen, den kleinen Küchenschrank zu untersuchen oder die Kohlen anzuzünden, die im Ofen bereitlagen. Ihr Gesicht blieb regungslos, überzogen von einer Art resignierender Ruhe. Er griff nach einem Hocker und setzte sich neben sie. »Hast du Angst?«

Sie wandte sich ihm zu. »Es ist so unwirklich, das alles … Wieso müssen wir mit Schneescootern nach Longyearbyen fahren? Könnten wir nicht einfach abwarten, bis es aufhört zu schneien und der Hubschrauber fliegen kann?«

»Du musst mir vertrauen. Es wird hart, aber in ein paar Stunden sitzen wir im Polarhotel und essen zu Abend.« Er lächelte und versuchte, seine eigene Angst zu übertönen. »Bleib hier sitzen und wärm dich auf. Ich zünde den Ofen an, dann grabe ich die Scooter aus.«

Die Polizisten der Regierungsbevollmächtigten hatten zum Schutz gegen Eisbären und das Wetter eine Holzverschalung um die Schneescooter gebaut, als sie sie zurückgelassen hatten. Im Laufe des Herbstes hatte der Sturm ein paar Bretter weggerissen. Der Motorraum der beiden Fahrzeuge war voller Schnee. Knut öffnete die Motorhauben und schaufelte den Schnee heraus. Er steckte einen Spaten unter die Kufen und versuchte, den Schnee zu entfernen, der sich dort festgesetzt hatte. War es sinnvoll, die Batterien mit in die Hütte zu nehmen, um sie anzuwärmen? Wenn die elektrischen Starter nicht funktionierten, musste er die Scooter mit dem Seilzug manuell anwerfen. Er wusste, dass es harte Arbeit würde.

Oksana saß noch immer auf dem Stuhl, aber sie hatte den Küchenschrank untersucht, ein paar Tassen, etwas Pulverkaffee und ein Glas Marmelade aus den Schränken geholt und eine Packung Kekse aufgemacht. »Ich habe keinen Kessel gefunden«, sagte sie. »Ich dachte, ich könnte Schnee schmelzen und Kaffee kochen.«

Knut trug die Batterien zum Ofen. In der Hütte war es kaum wärmer als draußen. »Hast du Hunger?«, erkundigte er sich.

»Nein, Durst.« Sie schaute auf, ihre Blicke begegneten sich. Knut schauderte. Ihre Augen waren matt und dunkel wie Öl, sein aufmunterndes Lächeln reflektierten sie nicht. Oksana fror, die Zähne schlugen hinter ihren blauen Lippen aufeinander.

»Hast du kalte Füße?« Sie schüttelte den Kopf, aber er glaubte ihr nicht. Es hatte den Anschein, als würde sie darauf warten, dass diese Reise und überhaupt alles einfach aufhörte. Er hockte sich vor sie auf die Knie, zog ihr die Stiefel und die Wollstrümpfe aus und sah, dass ihre Zehen ganz weiß waren. »Du darfst nicht an den Füßen frieren«, sagte er. »Wenn wir eine Weile gefahren sind, werden deine Stiefel von der Hitze der Scootermotoren warm, dann wird es besser. Aber es kann schnell zu Erfrierungen kommen.« Er zog seinen Pullover und sein Hemd hoch und legte ihre eiskalten Füße an seine Brust. Er ließ sie dort liegen, bis sie wieder hellrot und warm waren. Sie ertrug alles mit einer Art hoffnungsloser Passivität.

Schließlich hatten auch ihre Wangen ein wenig Farbe zurückbekommen. Er zog ihr alles an, was er in der Tasche an zusätzlicher Kleidung finden konnte. Dann startete er beide Scooter, fuhr ein kleines Stück auf eine Schneewehe hinter der Hütte und zurrte die Leinentasche auf dem kleinen Gepäckträger seines Scooters fest. Er half Oksana auf die Beine, schloss die Tür hinter sich, ließ die Kohle im Ofen aber glühen. Möglicherweise mussten sie die Fahrt wegen mangelnder Sicht abbrechen. Dann würden sie in die Hütte zurückkehren, bis das Wetter sich änderte.

Kurz vor dem Aufbruch fiel Knut Toms Hinweis auf den Waffenschrank ein. Er nahm das Gewehr heraus, hängte es sich über die Schulter und steckte eine Schachtel mit Patronen in die Tasche seiner Russenjacke. Dann brachte er Oksana zu dem Scooter, den sie fahren sollte. Er machte sich Sorgen, als er ihr auf den Sitz geholfen hatte, denn es war eiskalt, und Oksana schien vollkommen willenlos zu sein. Sie ließ den Kopf in der blauen Skimaske hängen, die er in einem Schrank im Schlafzimmer gefunden hatte.

»Oksana, du bist doch schon mal Schneescooter gefahren, oder?« Er brüllte sie fast an, damit sie reagierte.

Sie nickte. Setzte sich auf dem Sitz zurecht, stellte die Füße unter die Abdeckung. Fasste an die Hebel am Ende des Lenkers. Es sah aus, als hätte sie eine gewisse Erfahrung, aber hatte sie diesen Scootertyp schon mal gefahren?

Knut zeigte auf einen Knopf: »Hier ist der Totmannknopf. Den musst du drücken, wenn du das Gefühl hast, die Kontrolle zu verlieren. Der Scooter stoppt dann sofort. Dies ist der Gashebel. Anfangs wird er etwas schwergängig sein. Das liegt daran, dass die Kufen ziemlich tief im Schnee stecken. Wenn du zu heftig beschleunigst, kann es einen Ruck geben. Dann bist du beim nächsten Mal einfach vorsichtiger. Hab Geduld, dann wird's schon gehen. Hier sind die Bremsen. Sei vorsichtig, damit du nicht Hals über Kopf über den Lenker fliegst.«

Hatte sie verstanden, was er ihr erklärte? Sie hob den Kopf, vollkommen am Ende. Sie mussten aufbrechen, sonst würde sie die Fahrt nach Longyearbyen nicht überstehen.

Knut stapfte durch den lockeren Schnee und setzte sich auf seinen Scooter. Gab Gas und fuhr ein Stück – auf eine Schneewehe und in die Senke dahinter. Oksana versuchte ihm zu folgen, aber sie drehte zu fest am Gashebel. Ihr Scooter machte einen Satz in Knuts Richtung und verfehlte sein Fahrzeug um einen halben Meter. Nur wenige Meter vor der Hüttenwand fiel sie herunter. Der Scooter kippte um, der Motor setzte aus.

Die Ungeduld nagte an ihm, aber er wusste, wie wichtig es war, ausgeruht zu starten. Er biss die Zähne zusammen und brachte sie zurück in die warme Hütte. Dann grub er ihren Scooter aus. Mit einiger Mühe stellte er ihn wieder auf die Kufen und öffnete die Motorhaube. War etwas kaputt? Er konnte nichts entdecken, nur ein paar Kratzer an der Windschutzscheibe.

Sie war so leise hinter ihn getreten, dass er sie nicht bemerkt hatte. Er zuckte zusammen, als er ihre Stimme hörte. »Du musst das alles nicht für mich tun, Knut. Ich will zurück nach Barentsburg … ich werde schon zurechtkommen.«

»Nein, wir müssen aufbrechen. Verlier durch solch eine Bagatelle nicht gleich den Mut. Das hätte jedem passieren können.« Er umarmte sie und rieb ihr über den Rücken.

»Du hast statt der Bremse den Gashebel benutzt, nicht wahr? Schau, hier verläuft der Gaszug und hier der Bowdenzug für die Bremse. Der rechte Hebel ist fürs Gas, der linke für die Bremse. Ein normaler Anfängerfehler. Los, rauf auf den Sitz!«

»Wenn der Scooter unterwegs liegenbleibt ... werden wir da draußen im Schnee sterben.«

Sie hatte Recht. Wenn sie aus irgendeinem Grund umdrehen mussten, war das Risiko groß, dass sie es in dem lockeren Tiefschnee nicht schaffen würden. Er löste einen Riegel und zog den Scootersitz nach oben. »Sieh dir an, was unter deinem Hintern liegt – ein komplettes Werkzeugset und jede Menge Reserveteile, um die gewöhnlichsten Schäden zu reparieren, wenn du unterwegs bist. Glaubst du, ich hab so etwas noch nie gemacht? Was ist bloß mit euch Russen los, dass ihr immer solche Pessimisten sein müsst.«

Auf ihrem Gesicht zeigte sich ein leichtes Lächeln.

Sie fuhren mit den Scootern bis in die Berge hinter Barentsburg, bogen links ab und blieben der Bergbausiedlung so fern wie möglich. Der am häufigsten genutzte Weg führte hinunter zum Fjord, über das Flussbett und auf der anderen Seite wieder hinauf in die Berge. Diesen Weg konnten sie aber nicht nehmen, weil man sie vom Flugplatz aus hätte sehen können. Sie mussten das Flussbett an einer höher gelegenen Stelle überqueren. Knut kannte das Gebiet nicht, niemand aus Longyearbyen wählte diese Route. Sie mussten enorm vorsichtig sein und durften nur so schnell fahren, dass sie jederzeit die Beschaffenheit des Bodens vor sich sehen konnten. Er sah sich um und wollte Oksana ein Zeichen geben, dass sie zu ihm aufschließen sollte. Plötzlich war sie nicht mehr zu sehen.

Knut drehte in einem großen Halbkreis und fand beinahe seine eigene Spur nicht wieder. Die Sicht auf den Boden war schlecht, obwohl der Himmel und eine dünne Mondsichel direkt über ihnen zu erkennen waren. Ängstlich fuhr er über seine eigene Spur. Hatte sie ihn aus den Augen verloren und sich verfahren? Oder hatte sie einfach umgedreht und fuhr zurück nach Barentsburg?

Es dauerte nur wenige Minuten, dann hatte er sie gefunden. Sie stand an einem kleinen Abhang neben ihrem Scooter. Der Motor war abgestellt, sie hatte die Motorhaube geöffnet. Er hielt neben ihr. Sie hatte auch den Sitz hochgeklappt und die Werkzeugkiste geöffnet. Er wusste nicht, ob er lachen oder wütend werden sollte.

»Liebe Oksana, was in aller Welt hast du vor? Warum hast du angehalten?«

»Habe nicht angehalten ... der Motor hat ausgesetzt.«

Knut sah, dass sie weinte, und verbiss sich die Bemerkung, dass sie doch wohl nicht glaubte, einen eventuellen Motorschaden reparieren zu können? Er schloss die Motorhaube und drehte den Zündschlüssel. Der Scooter startete sofort.

»Sieht nicht so aus, als wäre etwas kaputt. Bist du an den Totmannknopf gekommen? Der ist gedrückt.«

»Nein. Schlechter Scooter. Ich will ihn nicht mehr fahren.« Sie wandte den Kopf ab, wollte ihn nicht ansehen.

»Wollen wir die Scooter tauschen? Du kannst meinen fahren, wenn du meinst, damit besser zurechtzukommen.« Sie benahm sich wie eine trotzige Jugendliche, und er musste sich in Erinnerung rufen, was sie in der letzten Woche alles durchgemacht hatte.

Sie tauschten die Scooter, und er half ihr, den Scooter zu drehen, den er bisher gefahren hatte. Ermahnte sie, ihn nicht aus den Augen zu verlieren. Versprach, langsam zu fahren, damit sie ihm folgen konnte. Wie erwartet, war der Scooter, den sie gefahren hatte, vollkommen in Ordnung, das Motorengeräusch war absolut normal. Er versuchte ein paar Mal, die Umdrehungszahl zu erhöhen, nichts passierte. Wahrscheinlich hatte sie den roten Knopf für den Notstopp gedrückt, ohne es bemerkt zu haben.

Knut spürte, wie die Kufen sich aufgrund des langsamen Tempos in den Schnee gruben, und war erleichtert, als sie ihm signalisierte, sich vor sie zu setzen. Langsam erhöhte er die Geschwindigkeit. Es fing an, dunkel zu werden, die Konturen der Landschaft ließen sich allmählich schwerer erkennen. Sie waren noch nicht sehr weit gekommen. Zunächst mussten sie über das Flussbett. Er seufzte. Es würde eine lange Fahrt werden.

Es verging kaum eine Minute, in der er sich nicht umdrehte und nach Oksana sah. Wenn sie noch einmal zurückblieb, wusste er nicht, ob er sie wirklich mitnehmen konnte. Doch seine Sorge war unbegründet, es gelang ihr, sich einige Meter hinter ihm zu halten. Langsam entspannte er sich. Wenn sie es nicht schafften, heute noch Longyearbyen zu erreichen, könnten sie vielleicht in der Coles-Bucht übernachten, einem alten, verlassenen Grubenort. Eines der Gebäude hatte man instand gesetzt, es gab einen Ofen und einen Kohlevorrat. Vielleicht hatten sie Glück und fanden auch ein paar Lebensmittel. Wenn sie in der Coles-Bucht waren, hätten sie ungefähr die Hälfte des Weges bis Longyearbyen geschafft. Knut fühlte sich allmählich besser, er drehte sich nach Oksana um. Sie war nicht weit hinter ihm, winkte. Glücklicherweise schien sie sich auf dem Scooter langsam sicherer zu fühlen.

Als er wieder nach vorn blickte, öffnete sich vor ihm ein schwarzes Loch.

Das Flussbett, konnte er noch denken. *Verflucht, so tief. Dieser Abhang ist zu steil, um hinunterzufahren. Brems… brems, zum Henker!*

Er zog die Bremse. Sie hatte merkwürdig viel Spiel, griff eigentlich überhaupt nicht. Verzweifelt drückte er den Totmannknopf, versuchte die Kufen vom Rand wegzudrehen, doch es war zu spät. Der Scooter schoss über die Böschung und stürzte mit Knut auf dem Sitz durch die Luft ins Leere.

KAPITEL 35

Der Abgrund

Schnee hat keine nennenswerte Elastizität und lässt sich kaum komprimieren, wenn die Partikel dichter zusammengepresst werden. Bei hoher Geschwindigkeit gibt es kaum einen Unterschied, ob man auf Schnee aufschlägt oder mit Sand kollidiert. Der Scooter, auf dem Knut saß, fuhr circa dreißig Stundenkilometer, als er über den Rand der Böschung sauste. Er fiel mehr als zehn Meter tief auf den Grund des Flussbettes und erreichte eine Fallgeschwindigkeit von null auf ungefähr dreieinhalb Kilometer pro Stunde. Als der Scooter am Boden aufschlug, bewegte er sich horizontal noch immer mit über dreißig Stundenkilometern. Hätte Knut nicht verletzt mit dem Gesicht im Schnee gelegen, wäre er möglicherweise zu dem Schluss gekommen, das Flussbett sei mindestens elf Meter breit. Und ungefähr ebenso tief.

Knut fiel vom Scooter und traf in einer rollenden Bewegung, die den schlimmsten Stoß milderte, mit der Schulter auf eine Schneewehe im Flussbett. Er spürte einen kräftigen Schlag auf den Hinterkopf. Der Lauf des Gewehrs, das er auf dem Rücken trug. Der Schneescooter schlug ein paar Meter von ihm entfernt auf. Hätte er noch daraufgesessen, wäre der Lenker vermutlich gegen seine Brust geprallt. Und wäre der Scooter auf ihn gefallen, würde er jetzt wahrscheinlich tot sein. Solche Unglücksfälle waren nicht ungewöhnlich auf Spitzbergen. Tiefe, von Schnee verborgene Flussbetten gab es überall.

Hatte sie noch vor dem Abhang bremsen können? Er erhob

sich unsicher, die Schulter schmerzte, und die kleinste Bewegung rief einen messerscharfen Schmerz bis hinauf in den Nacken hervor.

»Oksana?« Der Klang seiner Stimme wurde vom Schnee gedämpft, er hörte sich jämmerlich kläglich an.

Knut sah sich um. Zunächst konnte er nichts anderes als die Konturen der Böschung zu beiden Seiten des Flussbettes erkennen. Hoch über ihm leuchtete der Nachthimmel. Nicht weit entfernt entdeckte er eine dunkle Masse, bei der es sich um den Schneescooter handeln musste. Er ging einen Schritt darauf zu, doch die Bewegungen fielen ihm schwer. Der Schnee reichte bis an den Oberschenkel. Er stolperte und wurde vor Schmerzen in der Schulter fast ohnmächtig. Doch er musste den Scooter unbedingt erreichen. Geduldig schob er sich Zentimeter um Zentimeter vor. Rang nach Atem und japste vor Erleichterung, als er endlich ankam. Er legte sich auf den Sitz und zog die Beine aus dem Schnee. Erst jetzt spürte er, dass er an den Füßen fror. Er schnallte das Gewehr ab und legte es auf den Lenker.

Nach drei Jahren auf Spitzbergen war Knut ein erfahrener Mann im Polargebiet. Er wusste, dass Wolle nahezu ebenso gut wärmte, wenn sie feucht war. Aber der Schnee musste aus den Stiefeln. Es gab keine andere Möglichkeit, als zu versuchen, auf dem Sitz das Gleichgewicht zu behalten, die Stiefel und Socken auszuziehen und alles vom Schnee zu befreien. Er wärmte die nackten, kalten Füße auf, indem er sie kräftig massierte. Dann zog er die eiskalten Socken und Stiefel wieder an. Bewegte die Zehen, um die Blutzirkulation zu erhöhen. Am besten wäre es, schnell auf und ab zu gehen, aber im Tiefschnee war es unmöglich.

Immer wieder rief er nach Oksana. Ab und an hörte er leise Geräusche von weit her. Es konnte sich um nichts anderes als

Motorenlärm handeln. Sie suchte nach ihm. Würde sie die Spur finden, nachdem der Scooter über die Böschung geflogen war? Das Motorengeräusch kam näher und brach abrupt ab.

»Oksana!«, brüllte er so laut er konnte. »Hinten an der Ladefläche gibt es ein Seil. Bind es los und wirf es an der Stelle runter, wo der Scooter abgestürzt ist.«

»Chnuet? Hallo? Bist du da?« Ihre Stimme kam von weit her. Er musste einen neuen Versuch unternehmen, er stapfte auf die andere Flussseite und hoffte, dass der Fluss, der im Sommer das Schmelzwasser von den Bergen in den Fjord transportierte, wirklich zugefroren war.

»Oksana? Nimm das Seil hinten am Scooter und wirf es mir zu …« Seine Stimme erstarb zwischen den Schneedünen. Sie hörte ihn nicht.

Nach einer Weile rief sie ihn wieder, diesmal weiter entfernt. »Chnuet … kannst du mich hören?«

Knut verfluchte sich, dass er nicht vorher daran gedacht hatte, mit dem Gewehr einen Schuss abzufeuern. Einen Schuss hätte sie natürlich gehört. Jetzt war es zu spät. Er würde nicht rechtzeitig wieder auf der anderen Seite des Flussbettes sein.

Ein leises Motorengeräusch verriet ihm, dass sie ihren Scooter wieder gestartet hatte. Der Lärm entfernte sich rasch. Vermutlich fuhr sie zurück nach Barentsburg. Vielleicht wollte sie Hilfe holen.

Knut stapfte zum Schneescooter, stieg auf und sah auf die Uhr. Halb sieben. In den kalten Lederstiefeln taten ihm die Füße weh – eine alte Erfrierung, die er sich im ersten Jahr auf Spitzbergen zugezogen hatte. Aber er spürte sie kaum, der Schmerz in der Schulter war weitaus schlimmer. Seine Finger waren nahezu taub vor Kälte, und die nassen Fingerhandschuhe aus Wolle wärmten nicht sonderlich gut. Es war höchste Zeit, sich zu überlegen, wie er aus dem Flussbett kam.

So gut es ging, verschaffte sich Knut einen Überblick über die Schäden am Schneescooter. Der Verschluss der Motorhaube hatte sich geöffnet. Er versuchte, sie aufzustoßen, damit er sich den Motor ansehen konnte. Nachdem er den Schnee beseitigt hatte, schien der Motor auf den ersten Blick keinen größeren Schaden genommen zu haben, er sah intakt aus. Der Variatorriemen war abgesprungen, aber den konnte er problemlos wieder auflegen. Der Gaszug war unversehrt. Das Bremskabel hingegen war gerissen.

Er dachte an die letzten Sekunden vor dem Fall, als er überhaupt keinen Widerstand in dem Handgriff gespürt hatte. Er zog das Kabel heraus und sah sich das Ende an. Jemand hatte es durchgeschnitten. Nicht durchgerissen, sondern durchgeschnitten. Irgendjemand hatte versucht, den Scooter zu manipulieren. Aber wieso war der Gaszug nicht kaputt?

Knut starrte in den Motorraum. Eine Dunkelheit legte sich langsam über ihn, wie eine Hand, die seine Schulter berührte und wollte, dass er sich umdrehte. Etwas Unverständliches, etwas Tödliches. Wer hatte Oksanas Scooter manipuliert? Schließlich war ihr Bremskabel durchgeschnitten worden – sie hatten ja die Scooter getauscht. Sie hatte tatsächlich die ganze Zeit geahnt, dass irgendetwas nicht in Ordnung war, aber sie hatte gedacht, es sei der Gaszug.

Und er grübelte an einer noch schwierigeren Frage: Wann war es zu dieser Sabotage gekommen? Schließlich wusste nur er von den Schneescootern in Finneset; und er hatte entschieden, wer welchen Scooter fahren sollte.

Der Windschutz war abgerissen und steckte im Schnee. Knut zog ihn heraus und sah, dass er an mehreren Stellen gesplittert war. Es hatte keinen Sinn, ihn wieder anzubringen. Außerdem kam er gut ohne Windschutz zurecht. Sehr viel mehr hätte schiefgehen können, andere Dinge hätten bei der heftigen Kollision zwischen dem Scooter und dem eisüberzogenen Boden passieren können. War der Tank unbeschädigt, oder war der gesamte Treibstoff in den Schnee gelaufen? Funktionierte der Lenker noch, oder war er gebrochen? Ließ sich der Scooter überhaupt noch anlassen? Knut ging davon aus, dass er den Motor nicht mit der Hand würde anwerfen können. Die Schmerzen in seiner rechten Schulter waren zu stark.

Zuerst musste er den Variatorriemen reparieren. Er klappte den Sitz auf, kramte in der Werkzeugkiste nach etwas, das er benutzen konnte, um den steifen Gummi wieder an seinen Platz auf der Scheibe zu drücken. Er wusste, dass es irgendwo in der Kiste einen langen, kräftigen Schraubenzieher gab.

Die schmale Mondsichel segelte aus ein paar schweren Schneewolken und erleuchtete einen Moment die Landschaft des Flussbetts. Und da sah er es: ein altes rostiges Messer mit einem blauen Schaft. Die Lackierung war teilweise abgeplatzt, das Messerblatt hatte man so oft geschliffen, dass es dünn und spitz war. All dies wusste Knut, ohne dass er das Messer herausnehmen und sich ansehen musste. Selbstverständlich, es war sein Messer. Sein Vater hatte es ihm vor vielen Jahren geschenkt, als er gerade mal fünf oder sechs Jahre alt war. Er hatte es überall dabeigehabt. Hier auf Spitzbergen hatte er es verloren und mehrere Monate danach gesucht, bis er es aufgegeben hatte. In seiner Werkzeugkiste hatte es ganz sicher nicht gelegen. Aber vielleicht hatte er es in Finneset verloren?

Der Scooter startete beim ersten Versuch. Knut hätte erleichtert sein müssen, aber er empfand nichts. Er war weder verzweifelt noch resignierte er bei dem Gedanken, dass er für die Kufen eine Spur schaffen musste, damit der Scooter sich drehen ließ. Er wollte dem Flussbett bis zum Fjord folgen und von dort am Ufer zurück nach Barentsburg fahren. Es war zu spät, um an andere Lösungen zu denken. Keine andere Entscheidung wäre realistisch gewesen. Er arbeitete mechanisch.

Das Flussbett erweiterte sich nach und nach. Der Schnee am Boden war nicht mehr so tief. Es war möglich, mit einer vernünftigen Geschwindigkeit auf den Fjord zuzuhalten. Das Gestänge hatte einen Knick, dennoch behielt er nur mit dem linken Arm die Kontrolle über die Richtung des Scooters.

Nach einer Weile sah Knut die Lichter des Flugplatzes. Er hielt und ließ den Motor im Leerlauf laufen, ohne einen Gedanken daran zu verschwenden, wie viel Benzin noch im Tank sein mochte. Er zog die Fingerhandschuhe aus und steckte die Hände in die Jacke, unter die Achseln. Die Schmerzen in den Fingernägeln waren nicht zu ertragen und konkurrierten einige Minuten mit dem konstanten Schmerz in der Schulter. Glücklicherweise ging es den Füßen unter der Motorhaube durch die Motorwärme besser.

In den letzten beiden Stunden hatte er sich nicht gestattet nachzudenken, dafür hatte er keine Kraftreserven. Hier draußen in der Kälte waren Gefühle eine kostspielige Angelegenheit, das wusste er von frühen Erfahrungen auf Spitzbergen. Man friert weniger durch einen Temperaturabsturz in gewaltige Minusgrade als aus Furcht oder Sorge. *Zwei Dinge, die man in der Arktis vermeiden sollte*, dachte er. *Wind und Angst.*

Der kleine Anflug von Optimismus, die auch noch so winzige Hoffnung, die Situation zum Besseren zu wenden, war rasch verflogen. Als Knut sich links der höher gelegenen Uferregion zuwandte, der sogenannten Steilküste, fing der Motor an zu stottern. Zunächst nur hin und wieder, beim Anstieg an einem kleinen Hügel oder einer Kurve im Gelände. Dann immer häufiger, je näher er Barentsburg kam. Kurz darauf setzte der Motor aus. Knut wusste nur zu gut, was passiert war, er hatte dieses Geräusch oft genug gehört. Das Benzin war alle. Der Tank hatte offenbar doch etwas abbekommen.

Dieses verdammte Land, dachte er und blickte über die mit blauem Schnee bedeckte Ebene. Nicht eine Spur durchkreuzte die Abhänge. Unberührt und einsam lagen sie im Mondlicht.

Er hätte heulen können, erinnerte sich jedoch nicht, wann er es als Erwachsener das letzte Mal getan hatte. Außerdem hatte er keine Zeit, um zu verzweifeln. Er öffnete die Leinentasche und zog ein paar Kleidungsstücke heraus, die er sich umband. Sonst brauchte er nichts. Bevor er den Scooter verließ, schnallte er sich das Gewehr auf den Rücken. Wie hoffnungslos es auch schien, er musste das letzte Stück bis zum Kai in Barentsburg zu Fuß bewältigen.

KAPITEL 36

Ein Augenblick der Resignation

Es hatte aufgehört zu schneien, aber er sah das Ende des Kais erst, als es nur noch wenige Meter entfernt war. Der Himmel war überzogen von einer dicken Wolkenschicht, kein Mond schien über der öden Landschaft. Stundenlang hatte er sich durch den Schnee gearbeitet und war auf dem letzten Stück die Hänge auf Händen und Füßen hinaufgekrochen. Jetzt rang er um Atem und setzte sich auf die untersten Stufen der Treppe. Wieder einmal hing sein Leben davon ab, ob er es schaffen würde, die steilen Treppen zu bewältigen. Endlos schienen sie zu sein, sie verschwanden in der Dunkelheit wie ein unbezwungener Berg.

Bei den Lagerhäusern war es ruhig. Kein Schiff lag vertäut am Kai, kein Mensch war zu sehen. Nur das Schwappen der langen, ruhigen Dünung, die aus dem Isfjord kam. Kein Wind wirbelte den federleichten Neuschnee auf. Kein Laut war zu hören, außer seinen eigenen angestrengt rasselnden Atemzügen. Er drehte sich um und blickte hinauf zu den Häusern der Siedlung. In einem einzigen Haus schien Licht. Das Konsulat war strahlend hell erleuchtet, wie für ein Fest.

Die Kälte und die Erschöpfung ließen ihn halluzinieren. Einen Augenblick meinte er, in einem der Lagerhäuser Schritte zu hören, eine Tür, die geschlossen wurde. Die medizinische Ursache dieses Phänomens kannte er. Wenn der Körper auskühlt, versorgen sich die großen Organe – Leber, Herz, Milz und Nieren – mit so viel Blut wie möglich, um die Temperatur zu halten. Daher friert man zuerst an den Fingern und den Zehen. Das Gehirn bekommt dann zu wenig Sauerstoff. Es kommt zu Halluzinationen, Fantasien. Und schließlich fällt man in einen tiefen Schlaf.

Knut ließ sich auf alle viere fallen und begann, eine qualvolle Stufe nach der anderen hinaufzukriechen. Das Gewehr hing an seiner unverletzten Schulter und schlug rhythmisch gegen das Treppengeländer.

In dem schwachen Licht der Straßenlaternen erstreckten sich die Schatten unnatürlich lang über die Treppenstufen. Knut sah alles von unten – eine Art umgedrehte Wirklichkeit. Doch nicht nur die verzerrte Perspektive verwirrte ihn. Einige Treppenstufen über ihm saß eine zusammengesunkene Gestalt mit dem Kopf auf der Brust.

Jewgeni Iwanowitsch Rostov, der russische Detektiv, hob langsam den Blick. Die Augen waren matt. Eine Seite seines braunen, zerschlissenen Anoraks war zerrissen und rot vor Blut, das langsam aus einer Wunde pumpte, die Knut nicht sehen konnte. Er trug keine Mütze. *Eine Bühne*, dachte Knut. *Ein Theaterstück. Das kann nicht die Realität sein.*

»Ah, du lebst noch«, sagte der Russe. Er schien nicht überrascht zu sein.

Knut musste die Frage stellen, so absurd sie auch war. »Was machst du hier?«

Der Russe bewegte den Kopf hin und her und stöhnte leise mit zusammengepressten Lippen. »Ich wollte hinunter zum Kai, um dich zu warnen. Ich hab dich vom Fenster des Konsulats aus gesehen. Du hast dir verdammt viel Zeit gelassen, bis du aufgetaucht bist.«

Knut nickte, es war eine Halluzination. Kein Grund, seine Kräfte zu verbrauchen. »Findet da oben ein Fest statt?«, fragte er. »Sämtliche Fenster sind erleuchtet.«

»Sie haben Ljudmila verhaftet. Diese dämliche Idiotin kam zum Konsul und wedelte mit einem alten verrosteten Revolver herum, Vanjas Dienstwaffe. Sie wollte Gosja erschießen, weil sie dachte, er hätte Vanja ermordet. Blödsinn, natürlich. Warum sollte er es getan haben? Er hat überhaupt kein Interesse an Konflikten in der Zeche, außer dass sie beendet werden. Er hatte auch nichts mit der alten Geschichte in Pischane zu tun, zum Zeitpunkt der Tat war er ein Junge von zehn oder zwölf Jahren. Keine Ahnung, wer sie auf diese Idee gebracht hat. Vermutlich weil Gosja … über gewisse Kontakte verfügt. Wahrscheinlich hat Jekaterina ihr das erzählt. Sie hat den Bergwerksdirektor lang genug ausspioniert und wusste viel zu viel über ihn.«

Knut hatte Angst um die vorsichtige und bemitleidenswerte Sekretärin, die er einen Moment lang ganz deutlich vor sich sah. »Was habt ihr mit Ljudmila und Jekaterina gemacht?«

»Nichts.« Der Russe zog eine verächtliche Grimasse. »Wenn sie wollen, können sie in Barentsburg bleiben. Hauptsache, sie halten den Mund und kümmern sich um ihre Weiberangelegenheiten. Parfüm- und Cremeschmuggel aus Longyearbyen, Theateraufführungen, Kostüme nähen. Für mehr Unfug gibt es keinen Platz mehr. Ihr Einfluss ist vorbei.«

»Aber sie hat auf dich geschossen. Sieht aus wie eine ernsthafte Verletzung, solltest du nicht …«

»Nein, das war nicht Ljudmila. Ihr Revolver versagte.« Der Ermittler hatte den Kopf wieder gehoben. Er sah Knut aufmerksam an. »Oksana hat dich auch gesehen. Sie ist irgendwo dort unten am Kai, hat auf dich gewartet … aber wie es aussieht, hast du es geschafft, an ihr vorbeizukommen. Offenbar hast du nicht allzu viel Krach gemacht, als du durch den Schnee gekrochen kamst. Vielleicht war sie in diesem Moment auch gerade in einem der Lagerhäuser.«

Knut setzte sich, stützte sich mit einer Hand auf die Treppenstufen. Er war so erschöpft, dass er nicht einmal Angst empfand. Er nahm das Gewehr von der schmerzenden Schulter. Lud durch, wusste selbst nicht warum, aber irgendetwas Drohendes und Dunkles näherte sich. Seine Hand glitt über den Schaft, sie war klebrig-feucht. Er hob die Hand und sah, dass sie nass war. Das Blut des Russen, das über die Stufen rann, war real.

Beide blieben sitzen, ohne etwas zu sagen. Sie sahen über den schwarzen, eisfreien Fjord. Auf der anderen Seite leuchteten die Gletscher im Schatten der Berge.

»Vielleicht sollten wir versuchen, hinauf zur Siedlung zu kommen«, schlug Knut schließlich vor.

Doch es war zu spät, sie hatte sie entdeckt. Sie stand ganz unten an der Treppe.

»Du hast also überlebt«, sagte sie. Ruhig, beinahe gleichgültig.

»Sie hat erzählt, dass du sie zwingen wolltest, mit dem Schneescooter nach Longyearbyen zu fahren«, sagte Jewgeni Iwanowitsch. »Sie hat behauptet, du hättest einen Abhang übersehen und wärst tot.«

»Oksana …« *Sie muss es wohl so gesehen haben*, dachte Knut. *Von ihrem Standpunkt aus habe ich sie gezwungen.*

»Warum bist du zurückgekommen, Knut? Hättest du nicht bis Longyearbyen fahren können? Da gehörst du hin, nicht hierher.«

»Ich hätte es nie über den Pass geschafft. Und der Longyear-Gletscher ist ziemlich steil. Die Lenkung des Scooters war beschädigt. Und wie du weißt, funktionierten die Bremsen nicht.«

»Nein.« Sie wusste genug, um ein wenig verlegen den Blick

abzuwenden. »Und jetzt muss ich dich erschießen.« Knut sah, dass sie einen Revolver in der Hand hielt.

»Sie glaubt, wenn sie uns beide erschießt, wird niemand die Ermittlungen fortsetzen. Sie glaubt, Gosja wird alles ausbügeln, ihm wird etwas einfallen, um die ganzen Morde und Todesfälle zu vertuschen.«

»Unmöglich«, sagte Knut. Er stand auf. Hielt mit der linken Hand das Gewehr. »Was für eine Geschichte sollte das sein?«

»Er denkt sich schon was aus.« Plötzlich lächelte sie, eine Art kindliche Freude über die eigene Cleverness.

Es galt, keine Zeit zu verlieren, der Zeitpunkt kam näher. Sie hatte den Revolver gehoben und zielte direkt auf ihn. »Jewgeni Iwanowitsch ist bereits tot«, erklärte sie. »Auch wenn er noch unablässig redet. Er schafft es niemals bis zur Stadt. Verliert viel Blut … ich habe ihn direkt neben dem Herzen getroffen.«

»Wo hast du gelernt, so treffsicher zu schießen, Oksana?« Knut zwang sich stehen zu bleiben. Es tat überall weh. In der Schulter, an den Füßen, an den nackten Fingern, die blutignass und kalt waren.

»Zu Hause in Pischane, Vanja hat es mir beigebracht. Er fand mich ziemlich gut.« Wieder zeigte sich dieses vergnügte Kinderlächeln.

»Hast du Grigótovit erschossen?«

»Ja, ich musste es tun. Er hat es verdient. Ein böser Mann …« Ihre Augen wurden hart und dunkel. »Ich traf gut. Es war schnell überstanden … drei Schüsse. Genau wie Vanja es mir geraten hat, sollte ich jemals jemanden erschießen müssen.«

Knut schüttelte den Kopf. »Aber wieso … hast du auch Anton ermordet?« Selbstverständlich wusste er, dass sie es nicht getan hatte. Er fragte, um Zeit zu gewinnen, um nachzudenken, was er unternehmen könnte. Er hoffte auf Hilfe aus der Stadt, irgendjemand musste sie doch sehen.

»So dumm bist du nicht.« Sie war wütend. Oder eher beleidigt. »Grigótovit hat Anton ermordet. Ich kam vorbei. Er hat mich gesehen, er wollte, dass ich alles sehe ... Danach grinste er nur und ging zurück zum Stall. Als wären wir vollkommen egal, Anton und ich. Aber er hat sich geirrt ...«

»Oksana, hör mir zu. Du musst niemanden mehr umbringen ... leg den Revolver weg. Komm mit uns zum Konsulat.«

»Ich gehe in kein Gefängnis. Weißt du, wie es in russischen Gefängnissen aussieht? Dorthin will ich nicht ...«

»Du bist auf Spitzbergen, hier gelten norwegische Gesetze. Es wird ein norwegisches Verfahren geben. Nach allem, was du durchgemacht hast ... gibt es mildernde Umstände. Du hast nur Grigótovit erschossen. Du hast Kostja doch nicht ermordet?«

Sie wirkte abwesend, dachte über seine Argumente nach. »Nein, das war Anton ...«

»Aber sie hat ihn gebeten, es zu tun.« Iwanowitschs Stimme klang angestrengt.

Knut fasste es nicht, dass der Russe versuchte, sie zu provozieren. Was hatte er vor? »Niemand kann das beweisen«, erwiderte er. »Und Vanja? Wer hat ihn in den Betonmischer gestoßen? Du weißt es, nicht wahr?«

»Sie war es«, presste der Russe zwischen zusammengebissenen Zähnen hervor.

»Nein, Schluss jetzt ...« Knut wollte sich umdrehen, aber sie hatte den Revolver wieder auf ihn gerichtet.

»Ich war es, ich habe ihn hineingestoßen. Die ganze Zeit, in der wir in Barentsburg gelebt haben, hatte er ein Verhältnis mit dieser alten, widerlichen ... Ich habe es an dem Tag erfahren, an dem ich ihn umbrachte. Ich schlich ihm nach und versteckte mich im Schlafzimmer des alten Holzhauses auf der Plattform. Dort trafen sie sich gewöhnlich. Sie wollten heiraten, Ljudmila und er. Und was wäre dann aus mir geworden? Ich wäre allein gewesen ...«

»Oksana, leg den Revolver weg.«

»Vanja ... Kostja, alle sind sie tot ... Es gibt nur noch uns. Wenn du bloß nach Longyearbyen zurückgefahren wärst.«

»Oksana, du darfst nicht ...«

Sie drehte sich zu ihm um, sie schossen gleichzeitig. Zunächst spürte Knut nichts. Hörte nur das Echo der Schüsse. Dann zuckte eine Flamme durch seine Schulter. Er rang nach Luft, knickte zusammen, wollte sich übergeben vor Schmerz. Schließlich richtete er sich auf.

Er wusste nicht, wie lange er regungslos stehen blieb. Er versuchte nicht einmal, zu ihr hinunterzuschauen. Mit dem Gewehr in der Hand stützte er sich aufs Geländer. Ihm war schwindlig, der Anblick kam und ging. Weit unter ihm ... Er versuchte, die Augen zusammenzukneifen, um besser sehen zu können.

Sie lag mit geschlossenen Augen am Ende der Treppe auf dem Kai und sah aus, als schliefe sie. Die Kapuze ihrer Russenjacke war ihr vom Kopf gerutscht. Das helle Haar lag in einer Pfütze aus Blut.

Sicher ein Streifschuss, dachte Knut verwirrt. Er ging nie auf die Jagd, nahm selten an den Schießübungen seiner Kollegen aus dem Büro der Regierungsbevollmächtigten teil, und doch hatte er das Gewehr aus der Hand abgefeuert und sie mitten in die Brust getroffen.

Knut stolperte auf die Treppenstufe neben Jewgeni Iwanowitsch. Schnitt eine Grimasse und hielt sich die Brust, um die

Schmerzen zu lindern. Zu seiner Überraschung sah er, dass er heftig blutete.

»Wie geht's?« Vorsichtig legte er das Gewehr in den Schnee.

»Mir? Ich wäre längst tot, wenn es den Alkohol nicht gäbe …« Der Russe unternahm den Versuch eines Lächelns und steckte die Hand langsam und unbeholfen unter die Jacke. Zog die verbeulte Blechflasche hervor und stellte sie vor sich. Der Flachmann hatte ein großes Loch. »Ich habe viel Blut verloren. Wenn wir rasch Hilfe bekommen, überlebe ich vielleicht. Es tut verdammt weh …« Er sah Knut an. »Und du? Sie hat dich getroffen, wie ich sehe. Ist sie tot?«

»Ja.«

Auf der anderen Seite des Fjords leuchtete die Morgendämmerung am Horizont mit einem durchsichtigen, farblosen Widerschein. Knut atmete tief ein, obwohl es höllisch wehtat. Er spürte, wie die Kälte sich in seinem Körper ausbreitete. Eine Art unwiderruflicher Ruhe.

»Seit wann … wusstest du …« Der Russe bewegte sich, stöhnte leise.

»Die ganze Zeit, glaube ich. Aber ich habe lange gehofft, dass ich mich irre.«

Iwanowitsch nickte, in seinen Augen zeigte sich das Weiße.

»Der Schaden an dem Scooter, auf dem ich saß, hat mir schließlich die Augen geöffnet … nur sie konnte das Bremskabel durchgeschnitten haben. Den Schnee rund um die Hütte hatte niemand betreten. Und es gab ein Messer mit einem blauen Schaft …« Knut begriff, dass seine Sätze für den Russen keinen Sinn ergaben.

Lange saßen sie nebeneinander, ohne ein Wort zu wechseln. In der Ferne konnte Knut das trockene, klappernde Geräusch eines Super Puma hören.

»Es ist so friedlich hier«, sagte er. »Spitzbergen ist so mild und gleichzeitig auch gnadenlos schön.« Er legte das Kinn auf die Brust. »Ich glaube, ich werde jetzt ein wenig schlafen.«

Knut ließ sich vornüberfallen und blieb zusammengekauert auf der Treppenstufe liegen, mit der Wange im eiskalten Schnee.

Nachwort

Dieses Buch ist ein Roman, dessen Handlung an realen Orten auf Spitzbergen spielt. Da es für den Kern der Handlung notwendig war, habe ich Namen geändert, Personen weggelassen oder hinzugefügt, geographische Orte, Gebäude, Strukturen und Einrichtungen vertauscht. Jede Ähnlichkeit mit lebenden oder toten Personen ist rein zufällig.

Während der Arbeit an diesem Buch war mir Eugene Bouzneys *Dagbok fra Barentsburg* (»Tagebuch aus Barentsburg«) eine Inspiration und Hilfe. Wenn mein Text davon abweicht und es zu Fehlern in meinem Buch gekommen ist, darf man es nicht Eugene Bouzney vorwerfen. Die kontroversen Meinungen der fiktiven Personen in diesem Buch sollten nicht als Beleg für Eugene Bouzneys oder meine Ansichten dienen. Glücklicherweise hat die Bergbaugesellschaft Store Norske Spitsbergen Kulkompani Eugene Bouzneys Buch ins Norwegische übersetzen lassen, sonst wäre es mir nicht möglich gewesen, es zu lesen.

Einen großen Dank an Morten Ruud, den ehemaligen Regierungsbevollmächtigten auf Spitzbergen, dem Kommunikationsdirektor Terje Carlsen und dem stellvertretenden Direktor Dag Ivar Brekke, beide von der Store Norske Spitsbergen Kulkompani as, Lisbeth A. Chumak, Ruth und Emma Schiro, Torill Marshal und Clas Gunnar Kristensen für Hilfe und Rat während der Arbeit an diesem Buch. Ein besonderer Dank an

Arne Roy Solås für seine geduldige Arbeit bei der Korrektur meiner Beschreibungen von Seeleuten und Fischern.

Dank an den tüchtigen Verlag Press und all seine Mitarbeiter. Ich bin glücklich, ihre Autorin zu sein.

Dank auch an meine Familie und Freunde und besonders an meine Tochter Emma, die dafür sorgt, dass ich genügend Freizeit bekomme, wenn ich schreibe.

Kongsvinger, 15. Juni 2011
Monica Kristensen